edition
tingeltangel

Covergestaltung unter Verwendung zweier Fotos
von ricardoreitmeyer/Fotolia.com (Nachthimmel)
und fablok/Fotolia.com (Einschuss),
Foto Left-Chronik: Gemeinde Schwangau / Bearbeitung: Thomas Endl,
Ansicht Neuschwanstein und Marienbrücke von oben: Time in the Box GmbH,
historische Fotos: Sammlung Julius Desing / Verlag Wilhelm Kienberger,
Fotos Markus Richter, Pistole: Thomas Endl

Herstellung: Booksfactory.de, PRINT GROUP Sp. z o.o.
ul. Księcia Witolda 7, PL – 71-063 Szczecin

Originalausgabe (1. Auflage: 2017)
Zweite Auflage, München 2018
ISBN 978-3-944936-32-1

Kohlstraße 7, 80469 München

Markus Richter

Ins Herz

Neuschwanstein-Thriller

Jäger und Gejagte

Lorenz »Lenz« Baumgartner	Gehilfe des Kastellans (Verwalters) von Schloss Hohenschwangau
Klara Grünspan	Kammerzofe im Dienst von Königin Marie, der Mutter König Ludwigs II. von Bayern
Johannes Balthasar Heiland	Soldat des 4. Chevaulegers-Regiments »König«; persönliche Leibwache von Ludwigs Bruder, Prinz Otto von Bayern
Richard Reisinger	Vorsitzender des Krankenunterstützungsvereins der Handwerker am königlichen Burgbau zu Hohenschwangau (Neuschwanstein); preußischer Spion
Herr Schilling	Agent der bayerischen Geheimpolizei; zuständig für die diskrete Abwicklung von Sonderaufträgen
Pankraz Ward	ehemaliger Waisenjunge; Handlanger von Herrn Schilling
Benedikt Pfeifer	Kastellan (Verwalter) von Schloss Hohenschwangau
Richard Hornig	Stallmeister und persönlicher Sekretär von König Ludwig II. von Bayern
Heinrich Herold	Bauführer am königlichen Burgbau zu Hohenschwangau

Prolog

Am 23. April heute früh 6 Uhr hat sich der Bauführer am kgl. Burgbau zu Hohenschw. Herr Herold, durch einen Schuß in das Herz das Leben genommen. Derselbe litt an Geisteszerrüttung und liegt in Waltenhofen begraben.

Aus der Chronik des Schwangauer
Dorflehrers Alois Left, 1875

Es schien, als habe sich die Nacht wie ein pechschwarzer Umhang um seinen Körper gelegt. Hier oben auf dem Gerüst war es so finster, dass er wie ein Blinder nach dem Handlauf tasten musste, um nicht den Halt zu verlieren. Herold fühlte sich der Dunkelheit beinahe hilflos ausgeliefert.

Plötzlich stieß er mit dem Schienbein gegen etwas Hartes. »Verfl…!«, stieß er hervor und presste augenblicklich die Lippen fest aufeinander, um den restlichen Fluch zu unterdrücken. Seine Verfolger durften ihn auf keinen Fall hören. Das musste eine achtlos abgestellte Werkzeugkiste oder etwas Ähnliches gewesenen sein, wogegen er da gestoßen war und was ihn ins Straucheln gebracht hatte. Auf dieser Seite der Baustelle würde er mindestens hundert Fuß tief in die Schlucht stürzen. Die Angst, ins schwarze Nichts zu fallen, traf ihn unvermittelt wie ein Magenschwinger. Ihm stockte der Atem. Er taumelte nach vorne. Sein Herzschlag setzte aus, als er ins Leere griff. Dann prallte seine Hüfte brutal gegen einen der Holzriegel des Gerüstes. Herold verlor das Gleichgewicht, kippte, riss die Arme nach vorne. Sein Herz raste. Hart knallte seine rechte Hand gegen rohes Holz. Der Handlauf! Herold griff zu, klammerte sich mit beiden Händen daran fest. Der Schmerz, der in seinen

Fingern tobte, war ihm egal. Keuchend stand er da, glücklich über jeden Atemzug, den er noch machen durfte.

Wie jeden Abend um die gleiche Zeit beförderte der Wind kalte Luft aus der Pöllatschlucht zur Baustelle hinauf. Die frische Brise kühlte sein schweißnasses Gesicht und er konnte sich dadurch etwas beruhigen. Auch das gleichmäßige Tosen der herabstürzenden Fluten des Wasserfalls in die Schlucht dämpfte seine Panik. Heinrich Herold war auf sich allein gestellt. Hier oben konnte ihm niemand helfen. Sie würden ihn wohl töten, sollte er nicht vorher in die Schlucht stürzen.

Unter ihm knarzte das Holzgerüst. Sie kamen also näher.

So schnell es in der Dunkelheit eben ging, tastete er sich am Geländer entlang. Zum Glück riss die dichte Wolkendecke ab und zu auf und der Mond erhellte die Baustelle. Sein Ziel war die Leiter, die zur nächsthöheren Gerüstlage führte. Er konnte die Leiter zwar nicht sehen, aber sie musste ganz in der Nähe sein. Die vielen Holzsplitter von den ungehobelten Balken des Geländers in seinen Handflächen ignorierte er. Früher waren seine Hände rau und grob gewesen. Seit er als Bauführer nicht mehr regelmäßig selber mit Hand anlegen musste, waren sie zu »zarten Klavierhändchen« verkommen. Damit ärgerte ihn zumindest sein Vorarbeiter Josef gern.

Jetzt konnte er seine Verfolger erneut miteinander reden hören. Er hielt kurz inne, um zu lauschen.

»Schneller, er geht nach oben!«

Die Stimme kam ihm bekannt vor, doch er hatte kein Gesicht dazu vor Augen.

»Nur mit der Ruhe. Wo soll er schon hin?«, antwortete ein anderer. Er sprach ohne jede Hektik. So, als ob er seiner Sache absolut sicher sei. Diese Stimme hatte Herold noch nie gehört. Aber wer immer es war, der Mann hatte vollkommen recht. Es befanden sich zwar noch einige Gerüstlagen über dem flüchtenden Herold, aber was sollte er tun, wenn er ganz oben angekommen war? 180 Fuß

Höhe hatten die Baumeister für das Hauptgebäude der Neuen Burg des bayerischen Königs Ludwig II. geplant. Der Rohbau war schon weit fortgeschritten und beinahe die Hälfte errichtet.

Herold hangelte sich am Geländer weiter vorwärts und stieß erneut auf eine Leiter, die er hastig hinaufstieg. Dann stolperte er nach vorne und bekam die nächste zu fassen. Sie waren stets an der gleichen Stelle des Gerüstes angebracht. Als er sich das klarmachte, kam er wesentlich schneller voran.

Er stoppte einen Moment, um nach Luft zu schnappen. Das Klettern strengte ihn mehr an, als ihm lieb war. Sein schwerer Atem kam ihm viel zu laut vor. Das würde ihn noch verraten. Er musste versuchen, sich zu beruhigen und leiser zu werden. Er holte tief Luft, hielt sie eine Weile an und ließ sie schließlich durch die Nase entweichen. Ganz langsam.

Erstaunlich: Von den Stimmen seiner Verfolger war nichts mehr zu hören. In ihm keimte Hoffnung auf. Vorsichtig suchte er nach dem Handlauf. Zwar hatten sich seine Augen inzwischen an die Dunkelheit gewöhnt, aber er konnte keinen Querriegel erkennen. Er griff ins Leere. Anscheinend war er jetzt ganz oben auf dem Gerüst, denn dort fehlte noch die Absturzsicherung. Herolds Knie begannen zu zittern.

Im Grunde war er Höhe gewöhnt. Schließlich arbeitete er schon seit seinem vierzehnten Lebensjahr als Bauarbeiter. Auch sein Vater hatte sein Geld auf dem Bau verdient. Über die Möglichkeit, einen anderen Beruf zu erlernen, hatte dieser nie mit ihm gesprochen. Es hatte seinem alten Herrn gar nicht schnell genug gehen können, dass sein Sohn die Schule verließ, um endlich sein eigenes Geld zu verdienen.

Herold hatte also schon früh gelernt, die Angst vor wackeligen Gerüsten oder dem Balancieren auf schmalen Simsen abzulegen. Das hier war freilich etwas ganz anderes.

Schon das Absprengen der alten Burgruinen Vorder- und Hinterhohenschwangau vor sieben Jahren war abenteuerlich gewesen. Jedes Mal, wenn nach dem Zünden der Sprengladungen mächtige Steinquader ins Tal rumpelten, hielt er den Atem an, denn obwohl das Gelände weiträumig abgesperrt wurde, konnte man nie wissen, ob nicht trotzdem ein neugieriger Dorfbewohner irgendwo im Gefahrenbereich herumlungerte.

Die Überreste der vormaligen Burgen der Ritter von Schwangau mussten weichen, als König Ludwig sich für eine neue Burg entschied. Zuvor hatte er noch mit dem Gedanken gespielt, anstelle einer der beiden Ruinen eine Art Raubritterburg errichten zu lassen. Nach seiner Reise zur Wartburg in der Nähe von Eisenach war das Projekt um ein Vielfaches gewachsen und der ganze Berg musste dafür bearbeitet werden. Aus zwei Hügeln, auf der sich je eine Ruine befand, schuf man mithilfe von Unmengen an Dynamit den geeigneten Baugrund.

»Da oben steht er!«

Herold zuckte zusammen. Sie waren also ganz nah. Höchstens zwei Ebenen unter sich konnte er den matten Schein einer Lampe sehen. Das Gefühl der Hoffnung erlosch und machte panischer Angst Platz. Fieberhaft überlegte er, wie er jetzt noch entkommen konnte.

Eigentlich blieb ihm nur noch ein Ausweg. Er musste irgendwie auf die andere Seite des Palas gelangen. Nur dort war es möglich, vom Gerüst herabzusteigen und in den Wald zu flüchten.

»Bleib stehen, Herold! Wir wollen uns bloß mit dir unterhalten.«

Das war wieder der Unbekannte, der beinahe beruhigend klang. Herold hielt inne und überlegte, ob er hier stehen bleiben sollte. Er würde ihnen einfach das Päckchen geben, dann ließen sie ihn vielleicht zufrieden. Danach könnte er nach Hause gehen und sich morgen ganz normal um die Belange auf der Baustelle kümmern.

Endlich würde er wieder einmal ruhig schlafen und nicht ständig nach dem Päckchen unter seinem Kopfkissen greifen, aus Angst davor, dass es weg war. Seit man es ihm anvertraut hatte, lebte er in ständiger Furcht, es zu verlieren.

»Hüte es wie deinen Augapfel, mein Bruder. Wenn die Zeit kommt, werden wir es brauchen. Lass es nicht in die falschen Hände geraten. Gott helfe dir dabei.« Das waren die Worte vom ersten Aufseher des Bundes gewesen, als dieser ihm das Päckchen übergeben hatte. Es war etwa so groß wie ein Zigarrenkistchen und passte nicht ganz in seine Handfläche. Zögerlich hatte er es vom Aufseher entgegengenommen. Herold konnte dabei ein Zittern nicht unterdrücken, so sehr er sich auch bemühte, seine Hände ruhig zu halten.

Es fühlte sich an wie eine kleine Schatulle aus Metall, die man in edles, dunkelbraunes Leder eingewickelt hatte. Zusammengehalten wurde es von einer dünnen Schnur, die wie ein Schnürsenkel in der Mitte des Päckchens zusammengeknotet war. Manchmal überlegte Herold, ob die Schatulle wohl aus Blei war, denn sie lag schwer in seiner Hand. Allerdings hatte das eher etwas mit der ihm auferlegten Verantwortung zu tun denn mit dem Material der Schatulle. Sicherlich bestand sie aus feinem Gold oder Silber und nicht aus Blei. Jedoch hatte er bis zum heutigen Tag noch keinen Blick riskiert, denn das hatte ihm der Aufseher ausdrücklich verboten. Dieser war einer der wichtigsten und einflussreichsten Männer im Bund und wenn man sich mit ihm gutstellte, hatte man es in so mancher Angelegenheit leichter. Ihm verdankte es Herold auch, dass er als Bauführer des königlichen Burgbaues uneingeschränktes Vertrauen genoss, und deshalb war es an der Zeit gewesen, sich zu revanchieren.

Sie wussten genau, wo er war. Es hatte keinen Sinn mehr, davonzulaufen. Herold bemühte sich, selbstsicher zu klingen, obwohl die

Angst ihm fast die Kehle zuschnürte: »Was habt ihr hier zu suchen? Keiner darf die Baustelle nachts betreten. Ich werde die Wachen rufen!«

»Wer soll dich denn schon hören? Gib auf.«

Sie hatten recht. Die Wachstube war weit entfernt, unten im Torgebäude, und Herolds Hilferufe würden im Tosen des Wasserfalles untergehen. Außerdem fiel Herold ein, dass König Ludwig vorgestern nach Hohenschwangau gekommen war. Sein jüngerer Bruder Otto wollte am kommenden Dienstag unten im alten Schloss Hohenschwangau seinen Geburtstag feiern. Also hatte man die Wachen der Baustelle wohl nach Hohenschwangau abgezogen. Er hatte sich schon gewundert, dass das Tor unverschlossen und kein Wachsoldat zu sehen gewesen war. Da er seinen Schlüssel nicht dabei hatte, wäre er seinen Verfolgern schon am versperrten Eingang in die Hände gefallen. Aber durch diese glückliche Fügung des Schicksals und die Nachlässigkeit der Wachmannschaft gab es für ihn eine Chance zu entkommen oder zumindest das Päckchen auf der Baustelle zu verstecken.

Plötzlich umklammerte eine Hand sein rechtes Fußgelenk und zerrte heftig an ihm. »Hab ich dich, Herold!«, zischte der Mann, dessen Stimme er kannte, triumphierend.

Das Licht der Lampe schimmerte viel weiter unten auf dem Gerüst. Also war der kurze Wortwechsel nur ein Ablenkungsmanöver gewesen, um ihn aufzuhalten.

Instinktiv trat Herold mit dem freien Fuß dorthin, wo er die zweite Hand des Angreifers vermutete. Der Mann heulte auf und löste prompt die Umklammerung. Blitzschnell zog Herold seinen Fuß weg und drehte sich um. Zu seiner Linken klaffte der Abgrund. Rechts erkannte er schemenhaft die hellen Mörtelränder der Ziegelmauer. Von hier aus mussten es mindestens fünfzig Schritte bis zum Ende der Längsseite des Palas sein, von wo aus er zur rettenden Seite queren konnte. Er spürte, wie die Finger des anderen wieder nach seinem Fuß tasteten.

»Du Schweinehund! Gib mir das Päckchen. Du kannst eh nicht entkommen.« Der Mann sprach hörbar gequält. Offenbar hatte Herolds Tritt gesessen.

»Ich weiß nicht, wovon du redest. Verschwindet! Lasst mich in Ruhe!« Er riss seinen Fuß los und tastete sich vorsichtig mit einer Handfläche an der rauen Ziegelmauer entlang. Mit der anderen Hand griff er zitternd in seine Jackentasche. Es war noch da. Herold atmete auf.

Plötzlich trat er ins Nichts. Er verlor das Gleichgewicht und knallte mit dem Kopf hart an die Ziegelwand. Grelle Sterne explodierten in seinem Schädel, dann wurde ihm schwarz vor Augen. Sein rechtes Bein rutschte zwischen die Bodenplanke und die Mauer und blieb dann stecken. Er kippte vornüber und schlug unkontrolliert mit dem Gesicht auf den Bretterboden des Gerüstes. In seinem Mund sammelte sich Flüssigkeit, die den metallischen Geschmack von Blut hatte. Aus den Augenwinkeln sah er das Licht der Lampe auf sich zu tanzen.

»Gleich haben wir dich, Herold. Mach es dir doch nicht so schwer.«

Jetzt fiel ihm ein, wo er diese Stimme schon einmal gehört hatte. Das war einer der Steinmetze hier am Burgbau, dessen war er sich beinahe sicher.

In seinem Brustkorb spürte er ein Stechen. Beim Sturz musste er auf das Päckchen gefallen sein. Mühsam zog er sein in der Luft baumelndes Bein zu sich hoch, um sich unter Schmerzen aufzurappeln. Das Einatmen tat ihm fürchterlich weh. Hastig fasste er in seine Jackentasche, zog die Schatulle, oder was auch immer in dem Päckchen eingewickelt war, heraus. Soweit er es in der Dunkelheit beurteilen konnte, schien es unversehrt und nach wie vor fest eingewickelt zu sein.

Dass der Bund das Päckchen ausgerechnet ihm anvertraut hatte, war eine große Ehre. Er gehörte dem Bund schon eine ganze Weile an und schätzte das Zugehörigkeitsgefühl sehr, ein wenig war der Bund Ersatz für die Familie, die er nie gehabt hatte. Seine Mutter war früh gestorben, der Vater konnte nichts mit ihm anfangen, denn der hatte nur seine Arbeit im Sinn — und das Wirtshaus. So stand Herold schon früh auf eigenen Beinen. Er hatte sich durch seinen Fleiß, seine Zuverlässigkeit und seinen Lerneifer rasch nach oben gearbeitet und selber nie eine Familie gegründet. Schon kurz nach Baubeginn an der Neuen Burg von Hohenschwangau war einer der Aufseher des geheimen Bundes auf ihn zugekommen und er hatte sich ohne Zögern darauf eingelassen, der Gemeinschaft beizutreten.

»Jetzt bist du fällig!«

Herold spürte den Luftzug im letzten Moment. Sein Gegner stand unmittelbar hinter ihm. Herold duckte sich blitzschnell, der Schlag verfehlte das Ziel, der Angreifer verlor das Gleichgewicht und taumelte nach vorne. Herold nutzte die Gelegenheit und hastete an der Mauer entlang. Bei jedem Schritt schwankte das Gerüst bedenklich hin und her. Zur Orientierung streifte er mit den Fingern an der Wand entlang. Seine Fingerkuppen wurden von den rauen Ziegelsteinen regelrecht abgeschliffen. Mit der anderen Hand umklammerte er das Päckchen.

Plötzlich verloren die Finger den Kontakt. Hier war die Mauer also zu Ende. Er bremste abrupt und fasste nach hinten, um sich an der Wand festzuhalten. Fußspitzen und Oberkörper ragten schon über die Kante der Gerüstbretter hinaus. Mit der Hand, in der er das Päckchen hielt, ruderte er durch die Luft, um nur irgendwie das Gleichgewicht zu halten. Aber er schaffte es nicht. Sein Oberkörper zog ihn mächtig nach vorne. Das Schwingen seines Armes wurde langsamer und langsamer. Ihm wurde klar, dass er sich nicht mehr halten konnte. Im letzten Augenblick ließ er das Paket in seine

Jackentasche gleiten. Dann kippte er vornüber und stürzte in die Finsternis.

Wie lang lag er schon so da? Jeder Knochen tat ihm weh. Er konnte kaum glauben, dass er diesen Sturz überlebt hatte.

Es dauerte eine Weile, bis er sich orientiert hatte. Er war auf der Schuttrutsche gelandet. Auf ihr wurde der Bauschutt aus dem hinteren Teil des Palas nach unten zum Weg befördert, um mit Fuhrwerken ins Tal abtransportiert zu werden.

Mit zerschundenen Fingern nestelte Herold an seiner Jackentasche herum. Das Päckchen steckte noch darin. Es war also noch nicht vorbei. Vorsichtig drehte er sich auf den Rücken und blickte nach oben. Über sich konnte er schemenhaft die Umrisse dreier Gestalten auf dem Gerüst erkennen.

»... hat er nicht überlebt ... holen uns ... rasch ...« Gesprächsfetzen drangen zu ihm herab. Seine Kehle war wie ausgetrocknet. Er verspürte ein unmenschliches Verlangen zu husten und versuchte, es mit aller Kraft zu unterdrücken. Tatsächlich drang nur ein leises Röcheln aus seinem Mund. Sofort war das kratzige Gefühl des Hustenreizes gelindert.

Als er wieder nach oben schaute, waren die Gestalten verschwunden. Herold umklammerte mit beiden Händen die Ränder der Rutsche und zog sich nach oben. Ein stechender Schmerz fuhr durch sein rechtes Bein und er konnte einen Aufschrei nicht unterdrücken. Spätestens jetzt wussten sie wohl, dass er noch lebte.

Noch einmal packte er zu und zog sich hoch. Der Schmerz raubte ihm beinahe das Bewusstsein, aber er musste weiter. Sein Ziel war eine Klappe, die vielleicht zwei Körperlängen über ihm in die Mauer eingelassen war. Dort, wo er aufgekommen war, neigte sich die Rutsche noch nicht sonderlich, schon ein kleines Stück unterhalb allerdings fiel sie fast senkrecht in die Tiefe. Ganz unten hätte er sich in den Wald flüchten können, aber er wagte es nicht, hinunterzurutschen. Er wollte sein Glück nicht ein weiteres Mal herausfordern. Er musste es unbedingt bis zur Wachstube im Torbau schaffen. Vielleicht war ja doch eine Wache abgestellt worden, die ihn beschützen konnte.

Herold zog sich nochmals hoch, dabei hatte er das Gefühl, als würde sein Knie explodieren. Mit dem unversehrten Bein drückte er sich ab und zog sich weiter nach oben, bis er endlich die Klappe zu fassen bekam. Mit letzter Kraft presste er sie nach innen und schob sich in die Öffnung. Noch einmal stieß er sich mit dem gesunden Fuß ab und landete unsanft auf dem harten Steinboden, während die Klappe krachend hinter ihm zufiel.

Sie mussten noch eine ganze Weile nach Herold suchen. Es war kaum zu glauben, dass er den Sturz überlebt hatte. Noch unglaublicher war es, dass er sich wieder in die Burg schleppen konnte. Schließlich entdeckten sie ihn auf dem oberen Burghof neben der großen Seilwinde, mit der die schweren Baumaterialien vom unteren zum oberen Hof gezogen wurden.

Herold lag auf dem Rücken und starrte mit weit geöffneten Augen in die Dunkelheit. Im Schein der Lampe konnte man erkennen, dass sein Gesicht blutüberströmt war. Sein rechter Unterschenkel stand in einem unnatürlichen Winkel vom Oberschenkel ab.

Sie durchsuchten ihn gründlich, konnten aber nichts finden. Entweder hatte er das Päckchen wirklich nicht gehabt oder er hatte es irgendwo auf der Baustelle versteckt. Und diese Baustelle war groß. Es schien fast so, als ob ein Lächeln über Herolds Gesicht huschte, während sie ihn schüttelten und fragten, wo das Päckchen sei.

Er sagte kein Wort. Er rührte sich nicht einmal, als sie ihm die Pistole auf die Brust setzten.

Der Knall hallte an den Wänden der Schlucht mehrfach zurück. Es klang, als ob ein Jäger auf der Pirsch wäre.

Und sie waren Jäger.

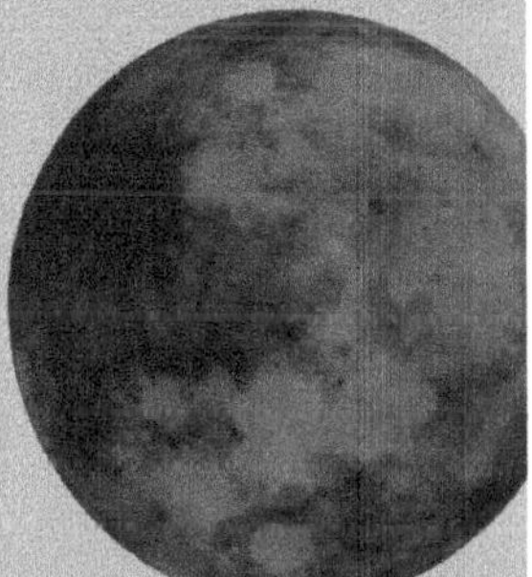

Der Duft von Blumenwiesen

Ein Tag zuvor — Donnerstag, 22. April 1875

Lenz lehnte an der Mauer der Eingangstreppe, hatte den Kopf voller Gedanken und blickte in den Schlosshof hinunter. Er war sehr aufgeregt, denn der heutige Tag würde der wichtigste in seinem Leben werden. Zumindest ein sehr wichtiger Tag und auf jeden Fall genauso wichtig und aufregend wie sein erster Arbeitstag für die Königsfamilie.

Als er daran zurückdachte, musste er lächeln. Denn seine Mutter war damals wahrscheinlich noch viel nervöser gewesen als er selbst.

»Denk an deine Manieren!«, hatte sie ihn oft ermahnt. »Wenn dir eine der hohen Herrschaften über den Weg läuft, verbeuge dich und schau auf den Boden, Junge.« Und sie hatte ständig an seinem Hemdkragen herumgezupft, bis er das Haus verließ, um zum ersten Mal seinen Dienst im Schloss Hohenschwangau anzutreten.

Jetzt arbeitete er schon über zwei Jahre im Schloss und ihm war noch nie ein Fehler unterlaufen, außer der mit dem Schlüssel für die Silberkammer vielleicht. Er hatte ihn aus Versehen mit nach Hause genommen, was ihm leider erst am nächsten Morgen auffiel, als er die Hose vom Vortag anzog. Seinen allmorgendlichen Fußmarsch von Füssen nach Hohenschwangau hatte er noch nie so schnell hinter sich gebracht wie an diesem Tag. Als er völlig außer Atem den Schlosshof betrat, kam Herr Pfeifer, der Kastellan, mit hochrotem Kopf auf ihn zugestürmt.

»Weißt du, wo der Schlüssel für die Silberkammer ist? Die Königin will zum Morgengebet und der vermaledeite Schlüssel ist weg!«

Ihr Sohn, König Ludwig II., hatte ihr zwar den nicht ganz offiziellen Titel »Königinmutter« verliehen, doch solange Ludwig noch nicht verheiratet war, blieb Marie sogar die Königin von Bayern, selbst nach der Thronbesteigung ihres ältesten Sohnes.

Lenz tat damals Pfeifer gegenüber so, als würde er überlegen, wo der Schlüssel sein könnte, und zuckte dann mit den Schultern. »Ich helfe Ihnen suchen«, murmelte er verlegen und rannte zur Treppe, die nach oben in die Eingangshalle des Schlosses führte.

Es schien ihm sicherer zu sein, Pfeifer erst einmal aus dem Weg zu gehen.

Königinmutter Marie bewohnte das Schloss Hohenschwangau sehr oft und ging fast jeden Morgen vor dem Frühstück kurz in die Kapelle. Das war der Zeitpunkt, den Frühstückstisch in ihren Gemächern in der ersten Etage zu decken. Und das Geschirr dafür befand sich in der Silberkammer.

Lenz war froh, dass König Ludwig gerade nicht da war. Denn dann konnte es vorkommen, dass man mitten in der Nacht in die Silberkammer musste, um etwas zu holen. Der König war meistens nachts wach und verlangte oft nach Wein oder einer Kleinigkeit zu essen. Pfeifer hätte sicher einen Herzinfarkt bekommen, wenn der Schlüssel unauffindbar gewesen wäre.

Pfeifer selber wohnte im Kavaliersbau des Schlosses und sollte rund um die Uhr für alle erreichbar sein. Das war das Los eines Kastellans. Da Pfeifer nicht mehr der Jüngste war, suchte man eines Tages nach einem Gehilfen für ihn und fand Lenz.

»Hab ihn!«, frohlockte Lenz und lief dem Kastellan freudestrahlend entgegen, nachdem er den Schlüssel heimlich aus seiner Hosentasche hervorgeholt hatte.

Pfeifer hechtete auf Lenz zu und entriss ihm den Schlüssel mit weit geöffnetem Mund. »Das gibt's ja nicht! Wo war er denn?«, fragte ihn der Kastellan.

»Hier auf der Treppe, ganz im Eck. War kaum zu sehen. Ich bin gestolpert, sonst hätte ich ihn nicht bemerkt«, fabulierte Lenz drauflos und fürchtete, einen hochroten Kopf zu bekommen. Er war ein miserabler Lügner.

Doch Pfeifer schöpfte keinen Verdacht. Er war sichtlich froh, den Schlüssel in Händen zu halten. Ohne ein weiteres Wort sprang der Kastellan die Treppe hinauf. Mit seinen spindeldürren Beinen nahm er gleich mehrere Stufen auf einmal. Lenz hatte den hageren Mann mit den tiefen Furchen im Gesicht und der viel zu großen Nase, die die anderen Dienstboten als Zinken bezeichneten, noch nie so flink laufen sehen.

Jetzt vergrub Lenz seine Hände so tief wie möglich in den Hosentaschen. Für April war es ziemlich frisch an diesem Morgen. Sein Blick wanderte vom Schlosshof über das Dach des Verbindungsbaus weiter in die Ferne. Lenz nutzte jede sich bietende Gelegenheit, die Aussicht zu genießen.

Es zogen dicke Nebelschwaden über die Felder und vom Ort Hohenschwangau war kein einziges Haus zu sehen. Auch Schwangau schien verschwunden zu sein. Nur der Bullachberg, ein bewaldeter Hügel zwischen den beiden Ortschaften, ragte aus dem Nebel hervor und wirkte wie ein einsames Schiff auf einem grauen Ozean. Lenz äugte in die Eingangshalle des Hauptgebäudes hinein, ob nicht der Kastellan irgendwo stand und ihn beobachtete. Pfeifer konnte es gar nicht leiden, wenn Lenz vor sich hin träumte.

Benedikt Pfeifer behauptete zwar von sich selber, er sei ein ruhiger Zeitgenosse, der es am liebsten gemütlich möge und jede Art von Hektik verabscheue, aber andere scheuchte er gern auf. Und er konnte sich fürchterlich aufregen. Am allermeisten über diese »preußische Hohenzollernbrut.« Königinmutter Marie ging ihm als Einzige von diesem »vermaledeiten Kaisergesindel«, wie er sich gern ausdrückte, nicht gegen den Strich, vor allem seit sie im Herbst des letzten Jahres zum katholischen Glauben konvertiert war.

»Jetzt ist sie ja quasi eine von uns, sogar vor unserem Herrgott, im Gegensatz zu ihrer protestantischen Verwandtschaft«, führte er stets an, wenn die Diskussion zwischen den Bediensteten auf Marie oder ihren Cousin, Kaiser Wilhelm, kam. »Was kann sie schon für ihre Familie«, beendete er fast jedes Mal das Gespräch und nestelte nervös an seiner Jackentasche herum.

Alle wussten, was das zu bedeuten hatte, nämlich dass er sich gleich einen Schluck Schnaps aus einer kleinen, silbernen Flasche gönnte. Diese steckte unauffällig in der Innentasche seiner Livree. War der König da oder immerhin angekündigt, genehmigte er sich schon mal einen Schluck mehr als sonst, zur Beruhigung.

Pfeifer war es auch gewesen, der ihm den Namen Lenz verpasst hatte. »Lorenz Baumgartner ist mir viel zu lang. Ich nenne dich einfach Lenz«, hatte er eines Tages bei der Frühstückspause beschlossen. Seit diesem Tag nannte man ihn Lenz, nur seine Mutter konnte sich nicht so recht daran gewöhnen. Sie weckte ihn jeden Morgen gegen halb fünf mit einem lauten »Lorenz, der Tag beginnt«, schmierte ihm ein Butterbrot, ging in den Stall und kümmerte sich um ihre Kuh und das Dutzend Hühner.

Sie bewohnten ein windschiefes Haus mit einem steilen Dach, roten Fensterläden und einem winzigen Stall vor den Toren der Stadt Füssen am gegenüberliegenden Ufer des Lechs. Etwas oberhalb des Hauses verlief die Straße Richtung Schwangau und Tirol und gar nicht weit entfernt führte der Lechsteg mit seinen fünf hölzernen Brückenpfeilern auf die andere Seite des Flusses nach Füssen. Der Steg war nur für Fußgänger und kleine, leichtere Fuhrwerke benutzbar. Bei starkem Hochwasser konnte es vorkommen, dass die Holzpfeiler nachgaben und die Brücke für eine Weile unpassierbar war. Folgte man der Straße nach Tirol, erreichte man nach ein paar hundert Fuß die Theresienbrücke, deren massive Brückenpfeiler jeder Flut trotzten. Auf diesem Weg gelangte man unmittelbar am Fuße des Klosters St. Mang in die Stadt hinein. Von ihrem Gärtchen neben dem Haus konnten sie direkt auf das Hohe Schloss blicken, das — jenseits des Lechs — über der Stadt thronte. Früher hatten darin die Bischöfe von Augsburg gelegentlich im Sommer residiert. Jetzt war darin das Amtsgericht untergebracht, das Lenz niemals von innen sehen wollte. Seine Mutter gemahnte ihn ja auch regelmäßig, er solle stets auf dem rechten Weg bleiben. Unterhalb des Hohen Schlosses befand sich die Kirche St. Mang mit dem barocken Benediktinerkloster und wiederum nicht unweit davon das Kloster des Franziskanerordens. Doch das war für sie, vom Flussufer her, durch große Bäume fast vollständig verdeckt. Von ihrem Häuschen aus konnte man nur den Turm der Franziskanerkirche und das lang gezogene Dach des Klostergebäudes sehen, die über die Baumwipfel ragten.

Unterhalb ihres Häuschens schlängelte sich der Lech. Sein Vater hatte eine schmale Treppe die Böschung hinuntergebaut, damit die Mutter dort Wäsche waschen konnte. Nur wenn der Fluss zu viel Wasser führte, musste sie, wie die anderen Frauen, zum Waschplatz unterhalb des Klosters gehen, der mit kleinen Kaimauern gesichert war.

Sie durften das Haus bewohnen, weil Lenz' Vater, neben seinem Beruf als Maurer, die Aufgabe des Brückenwärters für den Lechsteg übernommen hatte. Beinahe täglich kontrollierte er die Brücke. Hin und wieder entdeckte er Schäden, die er nicht selber beheben konnte, und meldete diese der Stadtverwaltung.

Sein Vater war im Frühjahr vor zwei Jahren an einem seltsamen Fieber gestorben. Sein Todeskampf hatte drei qualvolle Wochen gedauert. Jeden Tag saß Lenz' Mutter am Bett ihres Ehemannes, kühlte ihm die heiße Stirn und versuchte ihm zu trinken oder zu essen zu geben, doch er wurde zunehmend schwächer. Auch der Arzt war ratlos und empfahl ihnen schließlich, den Priester zu rufen. Sie hielten beide seine Hand, als er den letzten Atemzug tat. Noch nie hatte er die Mutter so verzweifelt gesehen wie damals. Sie weinte andauernd und kam kaum noch aus ihrer Kammer. Für Lenz war sie der Fels in der Brandung gewesen, liebevoll, aber bestimmt. Meistens hatte ein Lächeln ihre strahlend blauen Augen umspielt, selbst dann, wenn sie mit ihm schimpfte. Nach dem Tod des Vaters verschwand dieses Lächeln. Lenz war ebenfalls erschüttert, aber er konnte nicht weinen. Nach einiger Zeit stellte er jedoch fest, dass er eher Angst hatte, als dass er um seinen Vater trauerte. Er fürchtete, dass seine Mutter und er verhungern würden. Dass sie aus dem kleinen Haus ausziehen müssten und kein Dach mehr über dem Kopf hätten. Da wurde er zornig auf den Vater. Wie konnte er sie nur im Stich lassen? Weshalb hatte Lenz noch keinen Beruf lernen dürfen? Warum hatte er sich nur um den Hof kümmern sollen? Zu gern wäre er mit dem Vater auf die Baustelle gegangen. Doch der hatte seine Bitte einmal mit den Worten »Du hilfst gefälligst deiner Mutter im Haus und schaust nach dem Steg, das ist Aufgabe genug!« abgetan. Dann sprachen sie nie mehr darüber, denn Lenz traute sich nicht nochmals zu fragen. Sein Vater war seit Baubeginn als Maurer an König Ludwigs Neuer Burg beschäftigt gewesen und seit dieser Zeit mussten seine Mutter und er sich größtenteils um die Wartung des Lechstegs kümmern.

Lenz' Mutter hatte gleich nach der Beerdigung bei der Stadtverwaltung vorgesprochen, dass sie sich weiterhin um die Brücke kümmern würden, wenn sie nur im Haus bleiben durften. Da bislang alles reibungslos funktioniert hatte, war ihrem Antrag auf unbestimmte Zeit stattgegeben worden.

Nur ein paar Tage nach dem Tod des Vaters erschien eine Abordnung der Arbeiterschaft bei ihnen zu Hause. Die Männer berichteten ihnen vom Verein der Handwerker am königlichen Schlossbau, den die Arbeiter der Neuen Burg von Hohenschwangau gegründet hatten und der sogar vom König finanziell unterstützt wurde. Man musste nur siebzig Pfennige im Monat einbezahlen und bekam dafür bei Krankheit oder Unfall noch für ein paar Wochen mehr als die Hälfte des Lohns ausbezahlt. Im Todesfall wurde für die Hinterbliebenen eine Rente gewährt.

Lenz konnte sich nur noch an einen der Männer von damals erinnern, an denjenigen, der vorwiegend gesprochen hatte und sich als Einziger mit Namen vorgestellt hatte. Richard Reisinger.

Er wurde zu ihrem Retter, nicht nur, weil er ihnen die Nachricht von der unerwarteten Witwenrente überbrachte. Er kam eine Woche später nochmals zu ihnen, diesmal alleine, und fragte, ob Lenz nicht im Schloss Hohenschwangau für den Kastellan arbeiten wolle. »Der Pfeifer ist mir noch einen Gefallen schuldig. Und du bist großgewachsen, kräftig und verfügst wohl über gute Manieren.« Richard Reisinger sprach reinstes Hochdeutsch. Lenz war schon beim ersten Treffen der akkurat gezwirbelte Schnauzer Reisingers aufgefallen, der perfekt mit den buschigen Augenbrauen harmonierte, denn deren Enden waren ebenfalls leicht gezwirbelt worden. Dann die schlanken, langen Finger. Er tippte beim Reden ständig mit dem Zeigefinger gegen sein Kinn. »Wie alt bist du, Bursche? Sechzehn?«, fragte er und legte eine Hand auf Lenz' Schulter.

Lenz nickte und trat gleichzeitig überrascht einen Schritt zurück. Mit einer Berührung hatte er nicht gerechnet.

»Das ist alt genug.« Reisinger wandte sich Lenz' Mutter zu. »Und ich sehe ja, dass es euch nicht gut geht. Sie zahlen ganz ordentlich. Am Anfang 15 Gulden im Monat. Zu essen gibt's auch.«

Einen Wimpernschlag lang konnte Lenz ein Lächeln über die Lippen seiner Mutter huschen sehen, doch dann kullerten dicke Tränen aus ihren Augen. »Aber ... aber das können wir nie wieder gutmachen, Herr Reisinger.« Sie blickte ihn sorgenvoll an.

Reisinger zog ein blütenweißes Taschentuch aus seiner Westentasche und hielt es ihr hin. »Kommt Zeit, kommt Rat«, erwiderte er leise. »Und du, Bursche, meldest dich morgen früh um halb sechs beim Pfeifer im Schloss.« Ohne ein weiteres Wort ging Richard Reisinger damals aus ihrem Haus. Seitdem hatte Lenz ihn nicht wiedergesehen.

Schon am nächsten Tag hatte sich Lenz beim Kastellan gemeldet und kurz darauf seinen Dienst im Schloss antreten dürfen.

Hohenschwangau war für Lenz ein magischer Ort, und das nicht nur, weil er Klara dort kennengelernt hatte.

Wenn er frühmorgens auf seinem Weg zur Arbeit das Schloss zum ersten Mal vor sich auftauchen sah, blieb er jedes Mal kurz stehen. Zu diesem Zeitpunkt waren noch keine Arbeiter im nahe gelegenen Steinbruch neben dem Schwansee beim Klopfen und Sprengen, es ratterten noch keine Pferdefuhrwerke polternd durch die Allee nach Hohenschwangau und der Dampfkran oben an der Baustelle beförderte noch keine Materialien laut schnaufend in die Neue Burg.

Und da war noch kein Kastellan Pfeifer, der ihm schon alle möglichen Aufträge erteilte, bevor er überhaupt »Guten Morgen« gesagt hatte.

Es herrschte nur himmlische Stille, höchstens untermalt vom Gesang der Vögel.

Das gelbe Schloss thronte über ihm wie in einem überdimensionalen Gemälde, umrahmt von grünem Gehölz, mal mit einem himmelblauen Hintergrund, mal schlängelten sich Nebelschwaden zwischen den Türmen hindurch und an den Mauern entlang. Sogar an tristen Regentagen wirkte das Gemäuer wie ein fröhlicher Farbklecks auf einer grauen Landkarte. Lenz bewunderte den Anblick von Schloss Hohenschwangau täglich aufs Neue.

Vor ungefähr fünfzig Jahren hatte Maximilian, der damalige Kronprinz von Bayern, die verlassene Burg bei einer Wanderung entdeckt, gekauft und herrichten lassen.

Lenz kam es manchmal so vor, als sei das Schloss der Fantasie eines Märchenerzählers entsprungen. Es lag eingebettet in dichte Wälder und wurde beschützt vom schroffen Massiv des Säulings, der sich dahinter auftürmte wie eine versteinerte Wache. Irgendwie hatte Lenz jeden Morgen, wenn er zum Dienst ging, das Gefühl, als ob er sich in eine andere Welt begeben würde. In eine Welt, in der alles gut war.

Doch Pfeifer schaffte es jedes Mal, diese märchenhafte Stimmung zunichte zu machen. »Abstauben! Kehren! Silber polieren! Das Lager aufräumen! Hopp, hopp!« So begann in der Regel Lenz' Tag im Schloss. Manchmal kam es ihm so vor, als würde er die meiste Zeit in der Silberkammer verbringen. Dabei wollte er so gern das ganze Schloss erkunden. Doch dazu hatte sich noch keine Gelegenheit ergeben. Neben den Diensträumen des Personals und der Silberkammer kannte er die Eingangshalle im Erdgeschoss am besten. Sechs Säulen aus weißem Sandstein unterteilten die Halle in zwei Hälften. Auf beiden Seiten führten schwere Holztüren in verschiedene Räume — zum einem in die Silberkammer, zum anderen in einen Aufenthaltsraum der Lakaien und in die große Kleiderkammer. Dort hatte er Klara zum ersten Mal getroffen.

Sie sollte im Auftrag der Obersthofmeisterin mit dem klangvollen Namen Gräfin von der Mühle eine Miederbluse suchen, welche die Königinmutter unbedingt anziehen wollte.

Lenz konnte sich noch ganz genau daran erinnern. Schließlich hatte Klara ihn beim Öffnen der Tür beinahe von der Leiter gestoßen. Anfangs schämte er sich ein wenig dafür, dass er seine Leiter so ungeschickt hinter der Tür abgestellt hatte. Später war es für ihn eine Fügung des Schicksals.

Durch den Stoß verlor er den Halt, rutschte ab und knallte mit dem Kinn auf eine der Leitersprossen. Er war gerade dabei gewesen, den Türrahmen abzustauben. Bei dieser Arbeit streckte er anscheinend unwillkürlich seine Zunge ein wenig heraus und so biss er sich auf die Spitze und schrie vor Schmerz auf.

Klara erschrak ebenso. »Hab ich dir wehgetan?«, rief sie und zwängte sich durch den Türspalt in den Raum.

Lenz hielt sich den Mund und brachte nur ein leises Winseln zustande. Er hatte Tränen in den Augen und konnte sein Gegenüber lediglich verschwommen sehen, aber der süßliche Duft einer Blumenwiese im Frühling, den sie verströmte, stieg ihm sofort in die Nase.

»Zeig mal her!« Sie griff nach der Hand vor seinem Mund. Obwohl sich ihre Finger samtweich anfühlten, war ihr Griff sehr energisch. Lenz ließ sofort los.

»Das blutet ja! Ich hole dir ein feuchtes Tuch.« Flink schlüpfte sie durch den Türspalt nach draußen und verschwand.

Sie sollten sich erst Tage später wieder begegnen, denn kaum war sie weg, polterte Pfeifer in die Kleiderkammer, packte Lenz am Ärmel und zog ihn mit sich.

»Du musst mir eine Kommode tragen helfen. Hopp, hopp! Du kannst da nachher weitermachen.«

Lenz stolperte mit verschwommenem Blick hinter dem Kastellan her. Noch immer hing ihm der feine Duft von Blumen in der Nase, der allerdings mehr und mehr von Pfeifers Geruch nach Bierwurst verdrängt wurde. Pfeifer hatte irgendwie den Geschmack seiner Lieblingsspeise angenommen. Lenz vermutete, dass er in seiner Livree ständig ein Stück davon bei sich trug, anders konnte er sich diesen penetranten Geruch nicht erklären.

Ganz hinten in der Eingangshalle, etwas verdeckt durch die letzte Säule, befand sich ein Altar, der von zwei herrlichen Buntglasfenstern flankiert wurde. Pfeifer hatte ihm erklärt, dass die beiden Männer auf den Bildern zwei ruhmreiche Vorfahren der königlichen Familie seien, und einer von ihnen war sogar ein Kaiser gewesen.

Lenz fand das alles verwirrend. Es gab einen König von Bayern und dazu noch einen deutschen Kaiser. Zu den deutschen Ländern zählten Bayern und Preußen, Baden, Sachsen und noch viele andere, in denen deutsch gesprochen wurde. Alle hatten ihren eigenen Herrscher, dennoch brauchten sie einen gemeinsamen Kaiser. In Österreich sprach man ebenfalls Deutsch, aber die hatten ihren eigenen Kaiser. In der Schule hatte Lenz von all dem nie etwas gehört. Erst hier in Hohenschwangau.

Pfeifer redete viel über Politik, aber Lenz kapierte so gut wie nichts davon. Er verstand nur, dass der Kastellan die Preußen nicht ausstehen konnte. Pfeifer nannte alle Bayern, die sich als Deutsche bezeichneten und eine gemeinsame deutsche Nation forderten, Heuchler und Vaterlandsverräter.

Doch seit Lenz Klara kannte, wurde das mit der Politik verständlicher für ihn. Sie wusste unglaublich viel und brachte eine Menge Geduld auf.

Klara Grünspan war in München aufgewachsen und zur Schule gegangen, allein das nötigte Lenz eine gehörige Portion Respekt ab. München war für ihn wie eine andere Welt. Der Name der Hauptstadt war zwar am Hof in Hohenschwangau allgegenwärtig, aber für ihn blieb sie weit weg. Unerreichbar. Sie war eine Tagesreise entfernt und er konnte schließlich seine Mutter nicht allein lassen. Also hatte er sich damit abgefunden, München niemals zu sehen. Umso mehr sog er Klaras Geschichten von dort in sich auf.

Zwar hatte sie, genauso wie Lenz, nur bis zu ihrem zwölften Lebensjahr die Volksschule besucht, aber ihr Vater unterrichtete seine Töchter anschließend zu Hause. Er war Professor für Analytische Chemie an der Ludwig-Maximilians-Universität in München. Lenz konnte sich darunter rein gar nichts vorstellen und war bei Klaras Erklärungsversuch, was genau ihr Vater da mit chemischen Stoffen, Versuchsanordnungen und Experimenten zu schaffen hatte, frühzeitig ausgestiegen. Aber er genoss es zu hören, wie Klara aufgewachsen war.

»Jeden Nachmittag ab drei Uhr, wenn der Vater nach Hause kam, war Studierzeit. Meine Schwester und ich mussten bis dahin der Mutter bei der Hausarbeit helfen und dann saßen wir alle gemeinsam am großen Tisch im Salon zum Lernen«, erzählte sie Lenz. »Der Vater war sehr streng mit uns. Wehe, Rosa oder ich waren nicht konzentriert bei der Sache oder unvorbereitet, was den Stoff vom Vortag betraf, dann holte er seinen Ledergürtel und ...« Klara presste ihre sonst so vollen und wunderbar geformten Lippen zusammen, bis die rote Farbe aus ihnen wich. Ihr weicher Gesichtsausdruck wechselte schlagartig in eine undurchschaubare, starre Maske. Erst nach einer Weile fuhr sie fort: »Sogar am Samstag mussten wir studieren. Schön waren dagegen die meisten Sonntage. Am Morgen ging's gemeinsam zur Messe in die Frauenkirche, danach verabschiedete sich der Vater zum Mittagessen mit Kollegen. Mutter, Rosa und ich gingen im Englischen Garten spazieren oder an der Isar entlang.«

Lenz hatte das Gefühl, dass Klara nicht gern über ihr Elternhaus redete. Auch von ihrer Schwester erzählte sie so gut wie nichts. Er wollte nicht nachfragen, denn sie sollte ihn nicht für neugierig halten. Wenn sie allerdings über den Englischen Garten sprach, über den Chinesischen Turm und die vielen interessanten Menschen, die dort promenierten, weil sie von den anderen gesehen werden wollten, strahlten ihre grünen Augen regelrecht. Wie zwei klare Gebirgsseen, die in der Sonne funkelten und ihn zu einem tollkühnen Sprung ins kühle Nass einluden. Er fand Klara wunderbar und verbrachte gern Zeit mit ihr, auch wenn sie so viel mehr wusste als er selber. Lenz hatte bei ihr nie das Gefühl, dass sie ihn für dumm oder ungebildet hielt.

Der Kastellan war nirgends in der Eingangshalle zu sehen, doch es konnte nicht allzu lang dauern, bis er irgendwo auftauchte, überlegte Lenz und rieb sich die klammen Hände warm. Manchmal fanden in der Halle des Schlosses Gottesdienste statt, zu denen ausgewählte Ortseinwohner eingeladen waren. Leider durfte Lenz bis jetzt noch nicht dabei sein, aber er hoffte inständig, dass Pfeifer ihn eines Tages zum Dienst einteilen würde. Denn manchmal war sogar der menschenscheue König Ludwig bei der Messe anwesend und diesem war Lenz bisher noch nicht persönlich begegnet. Er konnte ihn nur das eine oder andere Mal im Schlosshof stehen sehen oder einen Blick auf ihn erhaschen, wenn er aus seiner Kutsche stieg. Ansonsten herrschte die strikte Anweisung, dem Monarchen aus dem Weg zu gehen. Am besten sollte man augenblicklich unsichtbar sein, wenn der König irgendwo erschien. Einmal schaffte es Lenz gerade noch, in die Silberkammer zu huschen, als er die hochgewachsene Gestalt des Monarchen durch das Portal in die Halle kommen sah.

»Eigentlich glaube ich nicht, dass der König wirklich will, dass alle vor ihm davonlaufen und sich verstecken. Vielleicht weiß er von dieser Order gar nichts. Vor den Leuten hier hat er bestimmt keine Angst«, hatte Klara einmal gemutmaßt. »Nur vor den Großkopferten, die was von ihm wollen. Die mag er nicht. Denen geht er lieber aus dem Weg«, fügte sie hinzu.

Lenz stellte sich manchmal vor, dass die Waffen an den Wänden der Eingangshalle nur dort hingen, damit sich der König im Notfall verteidigen konnte. In den zwei Ritterrüstungen beim Kamin versteckten sich während der Messe bestimmt seine Leibwachen. Aus welchem Grund sollten sich denn sonst Schwerter, Streitäxte und Ritterrüstungen in einer Kapelle befinden? In den zahlreichen Kirchen und Kapellen von Füssen hatte er so etwas zumindest noch nie gesehen.

Es war nun wirklich an der Zeit, zurück nach drinnen zu gehen, bevor Pfeifer ihn hier auf der Treppe erwischte, dachte sich

Lenz. Aber er konnte sich einfach nicht von dem wunderschönen Ausblick lösen. Die Nebelschwaden schienen mittlerweile sogar den Bullachberg verschlingen zu wollen. Lenz fühlte sich, als ob er über der Welt schwebe, fern von allen Sorgen und Nöten.

Sein Blick wanderte nach oben zur Baustelle. Die Mauern wuchsen stetig in die Höhe. Durch das Holzgerüst blitzte die helle Fassade des neuen Schlosses hindurch, denn die Ziegelmauern des Rohbaus wurden nach und nach mit weißen Kalkplatten verkleidet. Lenz konnte es kaum erwarten, die Neue Burg das erste Mal zu betreten. Heute war es endlich so weit.

Ein heikles Versprechen

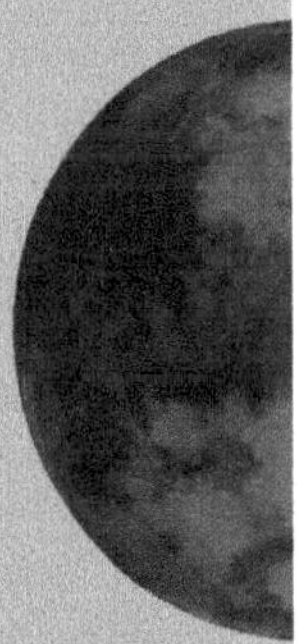

»Du musst heute Abend zur Neuen Burg hinauf und die Öfen in der Königswohnung anfeuern.« Sie hatten gerade an dem kleinen Tisch in der hintersten Ecke der Schlossküche gesessen und ihren morgendlichen Kaffee vor Arbeitsbeginn getrunken.

Lenz schüttete sich vor lauter Überraschung beinahe das heiße Gebräu auf die Hose, als der Kastellan ihm diese Neuigkeit eröffnete.

»Ich kann hier abends nicht mehr weg, weißt du. Es ist zu viel zu tun, damit für die Feier alles in Ordnung gebracht wird.«

Lenz musste husten und bemühte sich, den letzten Schluck Kaffee nicht auf den Tisch zu spucken. Pfeifer klopfte ihm mehrmals auf den Rücken.

»Keine Angst, ich zeig dir alles. Wir gehen später zusammen rauf. Sind ja nur die paar Öfen in der Wohnung vom Torbau«, sagte Pfeifer und klopfte nochmals besonders kräftig.

»Kommt er selber auch nach oben?«, ächzte Lenz. Er spürte Pfeifers Handabdruck noch auf seinem Rücken.

»Kann sein. Das weiß man bei seiner Majestät ja nie so genau. Auf jeden Fall muss alles vorbereitet sein. Und du solltest zum Nachfeuern oben bleiben. Zumindest so lange, bis dich einer seiner Lakaien wegschickt.«

An die Geburtstagsfeier von Prinz Otto hatte Lenz gar nicht mehr gedacht. Er selber hatte ja mit den Vorbereitungen gar nicht so viel zu tun, außer im Vorfeld das Silber zu polieren.

»Muss ich vielleicht sogar die ganze Nacht oben bleiben?«, fragte er den Kastellan. Insgeheim hoffte er das natürlich. Noch nie zuvor war er über Nacht von zu Hause weg gewesen, aber in diesem Fall konnte seine Mutter nichts dagegen einwenden.

»Du weißt ja, dass seine Majestät oft die ganze Nacht wach bleibt. Vielleicht überlegt er sich erst am frühen Morgen, hinaufzugehen, und dann sollte es schon noch warm sein da oben. Im Parterre vom Torhaus ist eine kleine Wohnung, direkt neben der Wachstube, dahin kannst du dich ja zurückziehen, solange man dich nicht braucht.«

Augenblicklich schoss ihm der Gedanke durch den Kopf, Klara zu fragen, ob sie ihn zum neuen Schloss begleiten oder ihn dort besuchen würde. Er wollte dieses Erlebnis nur zu gern mit ihr teilen. Deshalb war für Lenz dieser Tag so wichtig.

Er löste seinen Blick von dem Nebelmeer im Tal und kehrte ins Schloss zurück, um das Silberbesteck weiter zu polieren. Die ganze Zeit über hielt er Ausschau nach Klara. Ständig spähte er aus der Silberkammer in die Halle oder durch eines der Fenster in den Burggarten. Die Zeit kroch nur so dahin und Klara war nirgends zu entdecken. Der Kastellan kam kurz vorbei, um ihm zu sagen, dass er doch keine Zeit habe, mit ihm nach oben zu gehen. Er solle sich bei der Torwache melden, man würde ihm schon alles zeigen.

Klara war ihm den ganzen Tag über nicht begegnet. Erst als sein Dienst in Hohenschwangau zu Ende war und er sich auf den Heimweg machte, sah er Klara unten im Schlosshof stehen. Sein Herz begann wild zu klopfen.

»Ich dachte schon, wir treffen uns heute gar nicht mehr«, rief er ihr übertrieben fröhlich entgegen und sprang die Stufen hinab.

»Was ist denn los mit dir, Lenz?«, fragte sie und ging ihm entgegen. »Du strahlst ja übers ganze Gesicht!«

»Ich hab Neuigkeiten!« Lenz packte Klara am Handgelenk. Sein Griff war wohl ein wenig zu heftig, denn Klara verzog das Gesicht. Sofort lockerte er die Umklammerung und Klara lächelte ihn an. Er liebte es, wenn Klara lächelte, und eine wohlige Wärme durchströmte dabei seinen Körper von den Haarspitzen bis zu den kleinen

Zehen. »Aber das kann ich dir nicht hier erzählen. Begleitest du mich ein Stück nach unten?«

»Eigentlich habe ich gar keine Zeit. Die Blumen müssen nach oben.«

Erst jetzt fiel Lenz auf, dass Klara einen bunten Blumenstrauß in der Hand hielt. Anscheinend kam sie gerade von der Orangerie. Diese befand sich unterhalb des Schlosses. Klara hatte ihn schon einmal mitgenommen. Obwohl damals tiefster Winter geherrscht hatte, hatte es dort drinnen gegrünt und in den herrlichsten Farben geblüht. All die Pflanzen, die ansonsten den Schlossgarten zierten, überwinterten in der Orangerie, damit sie nicht erfroren. Die meisten dieser Gewächse kannte Lenz gar nicht. Klara hatte ihm erklärt, dass man viele davon eigens aus fernen Ländern herholen musste, weil der König exotische Pflanzen so gern mochte. Dann hatte sie ihm eine Geschichte erzählt, die er nicht glauben konnte.

»Du weißt ja, dass unser König manchmal so traurig ist«, begann Klara, während sie vor einem nahezu mannshohen Blumentopf standen, der sich normalerweise im Garten beim Löwenbrunnen befand.

Lenz nickte. Seit dem verlorenen Krieg gegen Preußen und dem Feldzug gegen Ludwigs geliebtes Frankreich hatte sich der König mehr und mehr zurückgezogen. Von Klara wusste Lenz, dass Ludwig vor ein paar Jahren seinen Truppen befehlen musste, gemeinsam mit Preußen gegen Frankreich zu kämpfen, obwohl Ludwig die französische Kultur verehrte und die Herrscherfamilien beider Länder seit jeher enge Kontakte pflegten. Aber nach der Niederlage gegen die preußische Armee im Krieg von 1866 blieb ihm wohl keine andere Wahl.

»Und wenn er ganz traurig ist, geht er am liebsten ins Theater. Aber ganz alleine. Es dürfen keine anderen Zuschauer dabei sein.« Klaras Stimme wurde immer leiser. »Die Schauspieler treten nur für den König auf. Mitten in der Nacht. Ludwig sitzt dann ganz allein in seiner Loge. Alle anderen Plätze sind leer. Wenn ihm ein Auftritt von einer Schauspielerin oder einem Schauspieler besonders gefallen hat, lädt er sich diese Person manchmal in die Residenz ein.«

Auch von der Residenz in München wusste Lenz dank Klara mittlerweile einiges. Dort hatte Ludwig eine prunkvolle Wohnung und es gab viele Räume, um Besucher zu empfangen oder sich mit den Ministern zu treffen.

»Dann wartet der König im gläsernen Wintergarten auf dem Dach der Residenz auf seinen Gast. Die Schauspieler werden von einem orientalisch gekleideten Diener hereingeführt. Sie dürfen den König aber die ganze Zeit über nicht sehen und sollen ihm etwas aus einem Buch vorlesen oder Gedichte vortragen. Ludwig sitzt entweder in einem maurischem Kiosk oder einer kleinen Fischerhütte am künstlichen See. Manchmal versteckt er sich zwischen den Palmen und tropischen Pflanzen.«

Lenz traute seinen Ohren nicht. Ein künstlicher See. Palmen. Eine Fischerhütte. Auf dem Dach der Münchner Residenz?

»Bist du mal dort gewesen?«, fragte er Klara.

Sie strich sich eine Haarsträhne aus dem Gesicht, nestelte an der Haube, die die Mädchen tragen mussten, und ging zum nächsten Topf. Dieser war noch größer als der erste.

»Das Betreten ist für alle strengstens verboten. Außer für Ludwigs Diener und die Gärtner. Aber man kann die riesigen, gebogenen Eisenträger und das Glas von unten sehen.«

»Und das alles nur, weil der König so oft traurig ist?«, fragte Lenz.

Klara lächelte und knabberte mit den Zähnen auf ihrer Unterlippe herum — genauso wie jetzt, als er sie hastig in Richtung Fußweg zog, damit sie keiner beobachtete, wenn er ihr die Neuigkeit berichtete. Lenz wollte zum einen kein unnötiges Getratsche, sollte man ihn mit Klara sehen. Zum anderen wollte er seinen Plan möglichst geheim halten und niemanden zu irgendwelchen Spekulationen verleiten.

»Von da unten komm ich gerade her«, lachte sie, ließ sich aber ohne Gegenwehr von Lenz mitschleifen.

Sie war einen Kopf kleiner als Lenz und so zierlich, dass er schon gescherzt hatte, sie würde zweimal in ihn hineinpassen. Als sie endlich die steinerne Treppe erreichten, die den Schlosshof mit dem Weg verband, der durch den Wald nach unten ins Dorf führte, gab er Klaras Hand frei.

»Jetzt erzähl schon, was los ist«, rief sie. »Und beeil dich bitte. Die von der Mühle wartet auf die Blumen für die Königin.«

»Ich sollte mich auch beeilen. Ich muss schnell nach Hause, mich umziehen und meiner Mutter Bescheid sagen, dass ich heute Nacht nicht da sein werde.« Lenz machte eine kurze Pause. Dann platzte er heraus: »Ich darf heute Nacht zur Neuen Burg hoch. Stell dir das vor! Der Pfeifer schickt mich rauf, um alles für den König herzurichten!«

Klara schaute ihn verwundert an.

»Warum macht er das nicht selber?«

»Na, wegen Prinz Ottos Geburtstag. Er hat keine Zeit.«

Sie nahm seine Hand.

Augenblicklich pochte sein Herz schneller.

»Ich freue mich für dich.« Klara schaute ihm in die Augen.

Sein Herzschlag raste. Sie konnte das Pochen unmöglich überhören, dachte er sich. Jeder Schlag dröhnte förmlich in seinen Ohren.

»Ich wollte dich fragen …«, aber seine Stimme versagte ihren Dienst. Er hatte Angst, sie würde Nein sagen.

»Was wolltest du fragen, Lenz?« Sie lächelte ihn an und drückte seine Hand.

»Kommst du mit?«, flüsterte Lenz. Er war erleichtert, es endlich ausgesprochen zu haben. Die ganze Zeit hatte er sich das Hirn zermartert, wie er Klara am besten fragen sollte. Jetzt, da es gesagt war, schlichen die Sekunden dahin und er konnte ihre Antwort kaum erwarten.

Das Lächeln war aus ihrem Gesicht verschwunden und Lenz meinte, Ablehnung und Ärger aus ihren Augen lesen zu können. Er duckte sich innerlich schon vor dem harschen »Was fällt dir eigentlich ein«, das sie ihm sicherlich gleich entgegenschleudern würde.

»Du weißt, dass ich das nicht darf«, antwortete Klara und ließ seine Hand los.

Sie wollte also nicht. Damit hatte er insgeheim gerechnet. Es war ja auch eine blöde Idee, denn sollten sie dabei erwischt werden, würde das gewaltigen Ärger geben.

»Der König kennt bei so etwas kein Pardon, das weißt du doch. Gräfin von der Mühle würde mich sofort nach Hause schicken, wahrscheinlich dürfte ich nicht an den Hof zurück.«

Jetzt war Lenz endgültig klar, dass aus seinem ach so genialen Plan nichts werden würde.

»Aber ich komm trotzdem mit!«

Er blinzelte sie ungläubig an. Dann lachte er befreit auf und konnte sich einen lauten Jauchzer nicht verkneifen.

»Aber freu dich nicht zu früh. Ich muss mich erst unbemerkt rausschleichen.«

Die Räume des weiblichen Personals befanden sich im Torbau, in unmittelbarer Nähe zu den Gemächern der Königinmutter. Glücklicherweise bewohnte Klara gerade ein Zimmer ganz für sich alleine, was die Sache erheblich erleichterte.

»Hoffentlich schläft die Gräfin bald und steht nicht so lang draußen beim Paffen.«

Die Obersthofmeisterin bezog in Hohenschwangau stets das größte Zimmer im Untergeschoss des Torbaus. Auf dem Dach dieses Traktes gab es eine Terrasse, auf der Lenz und der Kastellan des Öfteren sauber machen mussten. Von da war der Ausblick noch herrlicher als vom Schlosshof. Nur hier oben konnte man den Schwanseepark einsehen, der ansonsten hinter den Schlossmauern verborgen blieb. In der hintersten Ecke des Parks lag der kleine

Schwansee mit seinen geheimnisvoll dunklen Gewässern. Auf einer Wiese in Ufernähe hatte sich König Maximilian II. eigens eine Reitbahn anlegen lassen. Diese wurde jetzt allerdings kaum mehr genutzt, obwohl sein Sohn ein begeisterter Reiter war. Denn ganz in der Nähe der Reitbahn lag der Steinbruch Alterschrofen und das Brechen der Steine für den Bau der Neuen Burg machte die Pferde scheu.

Unter dem Torbau hindurch führte die Fahrstraße ins Schloss. Klara beklagte sich ab und zu bei Lenz, dass sie durch das Poltern der Kutschen aus dem Schlaf gerissen wurde. Gerade wenn der König da war, konnte es vorkommen, dass mitten in der Nacht eine Ausfahrt unternommen wurde.

Bekanntermaßen rauchte Gräfin von der Mühle jeden Abend vor dem Schlafengehen eine dicke Zigarre. Manchmal stand sie mitten in der Nacht auf, um sich eine zu gönnen. Entweder ging sie dazu hoch auf die Terrasse oder hinunter in den Garten, der zwischen Torbau und Straße lag. Klara konnte den Torbau also erst verlassen, wenn die Gräfin nicht mehr draußen stand.

»Irgendwann muss sie ja mit dem Rauchen fertig sein, oder? Sobald ich oben in der Neuen Burg bin, schau ich mit einer brennenden Laterne zu jeder vollen und halben Stunde vor das Schlosstor, ob du schon wartest. Wenn du das Licht siehst, pfeif zwei Mal«, sagte Lenz aufgeregt. Er fühlte sich wie ein Abenteurer, der geheime Pläne schmiedete, und grinste von einem Ohr zum anderen. Er hatte sich getraut, Klara zu fragen. Lenz war stolz auf sich. Er würde sich trauen, ihr zu gestehen, dass er in sie verliebt war. Aber erst heute Nacht, wenn sie sich oben in der Neuen Burg trafen. Lenz spürte, dass sich sein Leben verändern würde — aber nicht, auf welch dramatische Weise.

Bei Tag und bei Nacht
die Treue stets wacht

Johannes Balthasar Heiland war nach außen hin ein geduldiger Mann. Er konnte nicht sagen, wie viele Stunden oder Tage er schon mit Warten verbracht hatte. Trotzdem kostete es ihn nach wie vor große Überwindung, nur still dazusitzen, denn eigentlich war er kein Wachsoldat, sondern ein hervorragend ausgebildeter Reiter. Schon als kleiner Junge war er geritten, wann immer es eine Gelegenheit dazu gegeben hatte. Die hatte es oft gegeben, denn schließlich war er auf einem recht ansehnlichen Gutshof in der Nähe von Freising aufgewachsen.

Sein Vater, Balthasar Heiland, arbeitete dort als Stallmeister für den Gutsherren Bertram von Liechteneck, dessen Vorfahr ein gewisser Franz Eckher von Kapfing und Liechteneck gewesen war. Seltsamerweise hatte sich Johannes Balthasar diesen schwierigen Namen schon als kleiner Junge eingeprägt. Franz Eckher war vor mehr als hundert Jahren Fürstbischof von Freising gewesen. Auf seine Frage, wie ein Bischof, der ja nicht heiraten durfte, zu Nachfahren kam, erhielt Johannes Balthasar niemals eine zufriedenstellende Antwort von seinen Eltern. Die Familie bewohnte ein kleines Nebenhaus hinter dem Gutshof, der aus vier etwa gleich großen Bauteilen bestand, die sich um einen quadratischen, gepflasterten Innenhof gruppierten. Gut die Hälfte der Gebäude wurde von den Stallungen sowie den Heu- und Futterkammern beansprucht. Es gab aber auch eine große Wagenremise mit Fahrzeugen aller Art — für die Landwirtschaft und zum Ausfahren. Im eigentlichen Wohnhaus hätten bestimmt vier Familien untergebracht werden können. Doch Bertram, der Gutsherr, hatte keine Familie. Somit waren die einzigen Spielkameraden von Johannes Balthasar seine zwei älteren Brüder, mit denen er sich eine kleine Kammer teilen musste. Dies führte dazu, dass er sich lieber in den Stallungen tummelte, um nicht andauernd getriezt zu werden. Letztlich verbrachte er schon als Knirps mehr Zeit mit Pferden als mit anderen Kindern. Noch bevor ihm der Vater Lesen und Schreiben beibrachte, durfte er das Reiten lernen.

Als er mit knapp sechs Jahren das erste Mal auf dem Rücken eines Pferdes saß, fühlte er sich klein und verletzlich. Der Boden war unglaublich weit entfernt und er fürchtete, jeden Moment durch die Luft geschleudert zu werden. Doch sein Vater, der das große süddeutsche Kaltblut am Zügel führte, zwinkerte ihm zu. Da wusste er, dass alles gutgehen würde.

Johannes Balthasar vertraute seinem Vater blind. Als kleiner Junge staunte er über dessen Pranken. Wenn sie sich an den Händen nahmen, verschwand seine vollständig in der großen des Vaters. Johannes Balthasar spürte die Kraft, mit der er umfasst wurde. Dennoch hatte er nie das Gefühl, sein Vater würde zu fest zudrücken. Er vertraute ihm auch, als der Vater ihm riet, er solle Soldat werden. Da er ein ausgezeichneter Reiter war, kamen nur die Chevaulegers in Frage.

Während er jetzt so dasaß und wartete, vermisste er die Pferde. Ihm fehlte die Bewegung, das Auf und Ab des Pferderückens, die Kraft der Muskelpakete, die sich gegen seinen Körper stemmten und natürlich die Wärme des dampfenden Pferdeleibes, die beim Reiten auch seinen eigenen Körper durchflutete. Ganz abgesehen vom Duft der Tiere. Dieser Geruch war einzigartig. Er liebte ihn, denn er verband ihn mit seiner glücklichen Kindheit in einem schönen Zuhause.

Heilands Aufstieg beim Reiterregiment ging schnell. Seine Reitkünste kamen ihm dabei sehr zugute. Kurz vor dem deutschen Krieg wurde er ins Chevauleger-Regiment »König« aufgenommen. Dieses unterstand traditionell dem bayerischen Monarchen. Dass

König Ludwig II. kein Interesse am Militär hatte, wusste natürlich jeder im Regiment.

Und so war es nicht verwunderlich, dass der König die Truppen 1866 nicht selber an der Seite von Österreich in den Krieg gegen Preußen führte. Das übernahm sein Großonkel, Prinz Karl von Bayern.

König Ludwig besuchte sein Chevauleger-Regiment nur ein einziges Mal, etwa zwei Wochen vor der entscheidenden Schlacht bei Kissingen. Heiland erinnerte sich lebhaft daran.

Die Soldaten waren nicht gut auf den König zu sprechen, doch als er aus seiner schwarz glänzenden Kutsche stieg, den Männern kurz zunickte und mit riesigen, sonderbar gestelzten Schritten an den Reihen der Uniformierten vorbeischritt, konnte man ihre Ehrfurcht deutlich spüren. Wahrscheinlich war es nur die außergewöhnliche Erscheinung des Monarchen, die die Stimmung drehte, denn gesagt hatte er nicht viel.

Er war blutjung, ungewöhnlich groß und schlank, den Haarscheitel zu einer tollkühnen Locke frisiert. Jeden, den er mit seinen blitzenden Augen ansah, durchfuhr ein Schauer der Euphorie. Auch Heiland hatte damals einen solchen Blick abbekommen. Bis heute, beinahe zehn Jahre später, war die Erinnerung daran quicklebendig.

Johannes Balthasar Heiland war jetzt ganz allein in der Neuen Burg und wartete. Weil er nicht mehr sitzen konnte, stand er auf und ging ein paar Schritte durch das kleine Zimmer der Torwache. Stallmeister Hornig hatte ihm ausdrücklich befohlen, den Raum nicht zu verlassen, bis der Junge kam. Seine Ankunft war für die Zeit zwischen zwei und drei Uhr nachts angekündigt. Er sollte ihn hereinlassen, das Tor nicht verriegeln und sofort wieder hineingehen.

»Wenn seine Majestät noch in die Burg kommen sollte, wünscht er niemanden zu sehen«, hatte ihm Hornig lapidar erklärt. »Also zeig dem Burschen, wo die Öfen sind und das Holz lagert. Und dann macht euch unsichtbar.«

Heiland hatte schon vor langer Zeit aufgehört, Anweisungen und Befehle zu hinterfragen. Erst recht, seit er seinen Dienst im unmittelbaren Umfeld des Königs verrichtete.

Die Neue Burg war zwar noch eine Baustelle, aber das Torhaus war schon fertig. Im Untergeschoss befanden sich die Stallungen, das Zimmer der Torwache und ein kleines Quartier für den Kastellan. In der ersten Etage gab es einen langen, schmalen Gang, von dem sich mehrere Arbeitszimmer zum Innenhof erstreckten. Ganz oben war die Königswohnung untergebracht, in die man nur über den unteren Schlosshof gelangen konnte. Man stieg von dort einen der beiden Rundtürme hinauf, die den Torbau links und rechts flankierten. Oben angekommen, stand man unter freiem Himmel vor einem Holzsteg. Auf diesem musste man das Dach über den Arbeitszimmern queren, bevor man durch eine kleine, aber wuchtige Eichenholztür die Königswohnung betreten konnte. In den ersten vier Jahren wurde auf Wunsch des Königs zuerst das Torhaus fertiggestellt, erst dann begannen die Arbeiten am Hauptgebäude. Darin sollten die eigentlichen Gemächer des Königs und seiner Hofhaltung entstehen. Wie im Mittelalter nannte man diesen Teil der Burg »Palas«. Das neue Schloss mit seinen fünf Gebäudeteilen und den zahlreichen Türmen sollte alles andere in den Schatten stellen. Allein die Lage der Baustelle war nichts für Menschen mit Höhenangst, denn die Neue Burg entstand auf einem Felsplateau, das durch eine tiefe Schlucht von den Hängen des Tegelberges und des Säulings getrennt war. Die Grundmauern waren über die Hangkanten gezogen worden und wirkten dadurch wie eine unnatürliche Verlängerung des Felsens. Der Pöllatbach stürzte zwischen den Ausläufern der beiden Berge tosend in die Schlucht und exakt in der Flucht des Wasserfalles wuchs die Neue Burg in die Höhe.

Hornig hatte ihm die Räume dort oben gezeigt. Das große Mittelzimmer war ausschließlich für den König bestimmt, verfügte über zwei Balkone und wurde von zwei kleinen Schlafzimmern flankiert. Die Wände schmückten vier monumentale Gemälde, die das Leben eines Knappen, vom Kindesalter bis zum Tod, zeigten. Über die abgebildeten Szenen wusste Hornig Bescheid, da er noch im vorigen Herbst im Auftrag des Königs die Maler Schwoiser und Hauschild hatte anmahnen müssen, die Gemälde rascher fertigzustellen.

»König Ludwig ist einigermaßen ungehalten gewesen, dass sie nicht schneller vorankamen, schließlich wollte er die Räume baldmöglichst bewohnen. Aber im Januar waren sie endlich fertig und seitdem kommt er regelmäßig hier herauf«, begann Hornig und deutete auf das erste Gemälde. »Hier unten links ist der Knappe noch ein Kind und da schon ein Jüngling, und siehst du, hier in der Mitte verlässt er seine Eltern und lernt, mit Axt, Pfeil und Bogen umzugehen.« Hornig ging ein paar Schritte zu einer der beiden Balkontüren und öffnete sie, um frische Luft in das stickige Zimmer hereinzulassen. »Und da oben heiratet der Bursche, man sieht ihn im Kreis seiner Familie, und gleich daneben begleitet er seinen Herrn zu einem Turnier, ja und dort drüben im nächsten Gemälde kämpft er selber, bis er schließlich ein alter Mann ist und Waffenschmied wird, um schlussendlich zu sterben. Ganz rechts unten steht sein Grabstein. Und jedes Bild stellt eine andere Jahreszeit dar: Frühling, Sommer, Herbst und Winter.«

Heiland dachte dabei an sein eigenes Leben, denn er war ja im Prinzip ein Knappe. Genauso wie der Bursche im Gemäldezyklus wurde er in Waffenkunde ausgebildet, diente einem adeligen Herrn und war selber nur ein normaler Bürgerlicher. Er überlegte kurz, in welcher Jahreszeit seines Lebens er sich wohl befand, und entschied sich für den Spätsommer. Allerdings hatte er keine Familie, noch nicht mal eine Frau. Es hatte für ihn nur flüchtige Affären gegeben. Er wagte es nicht, eine engere Bindung einzugehen. Eigentlich ließ er gar niemanden näher an sich heran. Er hatte nicht einmal Freunde, nur Kameraden. Für einen kurzen Moment wurde er traurig.

Doch Hornig riss ihn aus seinen schwermütigen Gedanken: »Und den hier muss der Bursche anheizen und darf ihn ja nicht ausgehen lassen!« Er zeigte auf den hohen, mit dunkelgrün glänzenden Kacheln verzierten Ofen, der bestimmt für eine angenehme Wärme hier oben sorgen würde. Mitten im Raum stand eine lange Tafel aus Eichenholz. Daran reihten sich kunstvoll gedrechselte Stühle mit geflochtenen Rückenlehnen. Unter einem Fenster, neben der Balkontür, stand der Schreibtisch des Königs, auf dem einige Schriftstücke lagen. Heiland durfte sogar mit auf die Balkone, da der Stallmeister kurz lüften wollte, wobei er genussvoll eine Zigarette rauchte.

Der größere Balkon befand sich direkt über dem Eingangstor. Die Aussicht von dort war atemberaubend. Linker Hand schlängelte sich der Lech durch die saftigen Wiesen des Alpenvorlandes. Vereinzelt konnte man kleinere Ortschaften und Häuser erkennen. Sie wirkten von hier oben wie dunkle Punkte oder Flecken, versprengt auf einem grünen Teppich.

Zwischen dem Lech und den ersten Erhebungen der Alpen schimmerte der Bannwaldsee. Es schien, als habe ein Riese sein Wasserglas verschüttet und vergessen, die Pfütze aufzuwischen. Rechts konnte Heiland in die Pöllatschlucht hinuntersehen. Man erhaschte von hier noch einen Blick auf die Ausläufer des Wasserfalls, der sich gegenüber der Baustelle mindestens zweihundert Fuß in die Tiefe stürzte.

Der kleinere Balkon befand sich auf der gegenüberliegenden Seite des Raumes. Von hier aus hatte man eine gute Sicht auf den unteren Innenhof und das Hauptgebäude, das am hinteren Ende des oberen Hofes in die Höhe wuchs. Überall standen Holzgerüste und Seilwinden, sogar eine kleine Bauhütte konnte er oben sehen. Dahinter erblickte man eine weiße Brücke, die die Pöllatschlucht in luftiger Höhe überspannte.

»Der König hat sie nach seiner Mutter benannt«, sagte Richard Hornig, als er Heilands Blick zur Brücke bemerkte. »Früher war sie aus Holz. Seine Majestät hat sie aus Eisen neu bauen lassen.« Der Stallmeister zündete sich mit dem glühenden Stummel seiner Zigarette gleich die nächste an.

Heiland dachte bei sich, dass wohl ein Funken genügen würde, um Hornigs buschigen Vollbart in Brand zu stecken. Hornigs blonde Haarpracht und sein imposanter Vollbart bildeten eine Art Bilderrahmen, der seine strahlend blauen Augen besonders zur Geltung brachte. Man fühlte sich von seinem Blick regelrecht durchbohrt. Also vermied Heiland jeden Augenkontakt.

Richard Hornig war seit einigen Jahren König Ludwigs ständiger Begleiter und so etwas wie sein Privatsekretär. Dementsprechend einflussreich war er auch. Deshalb erschien es Heiland sinnvoll, in Hornigs Gegenwart nicht viel zu sagen und das zu tun, was man von ihm verlangte.

Weil Heiland im Frankreichfeldzug Ludwigs Bruder, Prinz Otto, das Leben gerettet hatte, war er zur königlichen Leibwache befördert worden. Das war selbstverständlich eine große Ehre. War er anfangs noch im Gefolge des Königs unterwegs, wurde er bald als persönliche Leibwache von Otto abkommandiert. Seit ungefähr zwei Jahren bewohnte der Prinz ein Appartement im südlichen Pavillon von Schloss Nymphenburg. Die Räume waren mit Gucklöchern versehen, die Fenster nicht zu öffnen und mit besonders dicken Scheiben ausgestattet, die der Prinz nicht zertrümmern konnte. Dies war der Tatsache geschuldet, dass es mit Ottos Nervenkostüm nicht zum Besten stand.

Unmittelbar nach der Proklamation des preußischen Königs Wilhelm zum deutschen Kaiser, der Otto anstelle seines königlichen Bruders im Schloss Versailles beigewohnt hatte, verschlechterte sich der Zustand des Prinzen erheblich. Schon auf der Heimreise nach München erlitt er mehrere Krampfanfälle, war unruhig und wollte mit niemanden mehr sprechen. Nicht einmal mit Heiland, obwohl sie ein nahezu kameradschaftliches Verhältnis pflegten. Wenn Heiland daran zurückdachte, wurde er traurig.

Nach der Ankunft des Prinzen in München übernahmen die Ärzte das Kommando. Otto wurde im Schloss Nymphenburg isoliert. Nach und nach sickerten immer neue Diagnosen durch. Letztlich entschieden sich die Mediziner für die Syphilis. Man prophezeite, dass er nur noch ein Jahr zu leben hatte. In dieser Zeit veränderte sich Heilands Auftrag: Er hatte Otto nicht mehr zu beschützen, sondern zu bewachen.

Selbst jetzt konnte Heiland, wenn er die Augen schloss, das bittere Weinen des unglücklichen und verwirrten Prinzen hören, der sich Nacht für Nacht in den Schlaf jammerte. Da Otto, entgegen der negativen Voraussagen der Ärzte, noch immer lebte, verbrachte Heiland viel Zeit mit Warten. Gott sei Dank konnte der Prinz ab und an verreisen, denn so änderten sich wenigstens die Orte und Räume, in denen Heiland warten musste.

So wie nun zum Geburtstag von Otto, den dieser unbedingt in Hohenschwangau feiern wollte. Sein königlicher Bruder erfüllte ihm diesen Wunsch gern.

Heiland wurde aus Nymphenburg abgezogen und schon ein paar Tage vor dem Prinzen nach Hohenschwangau geschickt. Weil es im alten Schloss aber genügend Wachpersonal gab, hatte man ihn kurzerhand zur Neuen Burg abkommandiert.

Als Stallmeister Hornig am späten Abend mit ihm nach oben fuhr, kamen ihnen etliche Fuhrwerke entgegen.

»Die Arbeiter sind für heute fertig«, erklärte Hornig. »Wer kann, springt auf und fährt mit runter. Die anderen laufen.«

»Und wer bleibt die Nacht über sonst noch oben?«, wollte Heiland wissen.

Hornig lachte auf. »Heute nur du, Kamerad. Du hast den ganzen Palast für dich. Außer seine Majestät kann nicht schlafen und entschließt sich zu einer nächtlichen Ausfahrt, anstatt seinen Abstecher zur Baustelle wie geplant erst in den Morgenstunden zu unternehmen.«

Johannes Balthasar Heiland war heute Nacht also ganz alleine. Bis auf den angekündigten Gehilfen des Kastellans, der auch zum ersten Mal einen Fuß in dieses Gebäude setzen würde. Ein Unbehagen beschlich ihn, als sie durch das Schlosstor fuhren. Die Sonne war schon hinter dem eingerüsteten Hauptgebäude verschwunden. Schatten eroberten sich nach und nach die Mauern.

Als Hornig ihn verließ, steigerte sich sein Unbehagen in deutliches Unwohlsein. Auch wenn er sich nicht recht erklären konnte warum, zuckte er bei jedem Geräusch unwillkürlich zusammen.

Während ihrer Suche nach dem Bauführer hatte er die verschiedenen Optionen gegeneinander abgewägt. Sollte er Herold am Leben lassen, wenn der ihm das Päckchen aushändigte? Was, wenn er es nicht tat? Wie weit konnte er gehen? Und dann waren da noch seine beiden Helfer — unnötige Zeugen. Er trug ein Messer und eine Pistole bei sich. Mit welcher dieser beiden Waffen konnte er Herold wohl am besten dazu bringen, ihm die Wahrheit zu verraten? Die letzten Schritte zum Bauführer, der sich am Boden krümmte, brachten die Entscheidung: Ein Schuss könnte es nach einem Selbstmord aussehen lassen. Der Knall würde zwar von den Mauern der Burg und dem Steilhang des Tegelberges verstärkt werden, sodass man ihn ganz sicher unten im Dorf hören konnte. Aber die Leute würden bestimmt nur an einen nächtlichen Jäger denken und keinen Verdacht schöpfen. Hier oben waren sie heute Nacht ganz alleine. Glaubte er zumindest.

Im Grunde war seine Mission nicht kompliziert. Jeden Montag begab er sich zum Münchner Hauptpostamt gegenüber der Residenz. Dort war auf den Namen Franz Meyerhofer ein Brief für ihn hinterlegt. Oder auch nicht. Dieses Mal hatte man ihm einen Umschlag ausgehändigt. Darin fand er die Anleitung zu seiner Mission.

Franz Meyerhofer war nicht sein richtiger Name. Er wusste nicht einmal, ob er bei seiner Geburt überhaupt einen erhalten hatte. Aufgelesen hatte ihn eine brave Kirchgängerin, an einem Pfingstmontagmorgen. Er lag, in dünne Leinentücher eingewickelt, auf den Stufen der Frauenkirche. Später erzählte man ihm, dass er höchstens ein paar Tage zuvor das Licht der Welt erblickt haben musste.

Den Rest seiner Kindheit verbrachte er im Waisenhaus in der Findlingstraße bei den Fräuleins. So nannten die Kinder die Barmherzigen Schwestern, einem kleinen Ableger des Mary Ward-Ordens, die mehr oder weniger unbehelligt vom Mutterorden das Waisenhaus betrieben.

Die Fräuleins tauften ihn Pankraz, denn dieser christliche Märtyrer hatte an jenem Pfingstmontag, als man ihn fand, seinen Feiertag. Und alle Findlinge, deren Nachnamen unbekannt waren, hießen kurzerhand Ward, nach der Ordensgründerin. Er hasste diesen Namen, weil er ihn mit Hunger und Schlägen verband. Oft gab es nur saure Milch zu trinken. Wer sie nicht runterbrachte, bekam Hiebe mit dem Teppichklopfer oder musste stundenlang barfuß im Schnee ausharren. Ein kleiner Junge erlitt dabei einmal so starke Erfrierungen, dass man ihm den rechten großen Zeh amputieren musste. Er schrie die ganze Nacht vor Schmerzen und bezog auch noch Prügel dafür. Irgendwann verstummten seine Schreie. Pankraz sah den Jungen nie wieder.

Der Name Franz Meyerhofer gefiel ihm viel besser als Pankraz Ward. Vor allem war er unauffällig.

Rekrutiert wurde er mit knapp siebzehn Jahren. Er konnte sich noch genau daran erinnern, denn damals starb König Maximilian II. überraschend und sein Sohn Ludwig bestieg den Thron. Ludwig war gerade einmal ein Jahr älter als Pankraz und schon König. Wie verschieden manche Leben verliefen, dachte Pankraz immer wieder.

An einem Sonntagvormittag, nach der Messe, kam ein Herr mit dunklem Anzug und schwarzem Zylinder ins Waisenhaus. Pankraz wurde von der Schwester Oberin persönlich im Schlafsaal abgeholt. Sie brachte ihn in ihr Büro. Pankraz ahnte, was jetzt folgen würde. Schwester Ludmilla holte ihn regelmäßig in ihr Arbeitszimmer, um mit ihm allein zu sein. Die Oberin war die unangefochtene Herrin des Hauses. Keiner wagte es, sich ihr zu widersetzen. Auch nicht die anderen Schwestern und schon gar nicht die Kinder. Pankraz hatte sich ein einziges Mal geweigert, mit in ihr Arbeitszimmer zu gehen. Ludmilla hatte dafür nicht ihn bestraft, nein, das wäre zu einfach gewesen. Stattdessen wurden für eine ganze Woche die Essensrationen aller Kinder gekürzt, verbunden mit einer allabendlichen Ansprache der Oberin, dass sie es ausschließlich Pankraz zu verdanken hätten, da er seine Pflichten vernachlässigt habe.

Sie betraten Ludmillas Arbeitszimmer im Erdgeschoss. Zu seiner Überraschung war der Raum, anders als sonst, lichtdurchflutet. Die schweren Vorhänge aus schwarzem Samt standen offen und es schien, als wäre frische Luft durch die hohen, bleiverglasten Fenster hereingelassen worden. Bei ihren wöchentlichen Glaubensgesprächen, wie sie ihre sonntäglichen Treffen nannte, war der Raum komplett verdunkelt und nur durch den schwachen Schein einer kleinen

Petroleumlampe erhellt. Normalerweise hing ein beißender Geruch nach menschlichen Ausdünstungen, saurer Milch und verwesendem Fleisch in der Luft. Er nannte dieses Zimmer »die Schattenwelt« und versuchte, alles, was ihm hier widerfuhr, in dem Raum eingesperrt zu lassen. Diesmal war es anders. Schwester Ludmilla verließ den Raum und er war mit einem ihm völlig unbekannten älteren Herrn allein. Der Mann stand vor dem Schreibtisch der Oberin und stützte sich auf einen hölzernen Gehstock. Unter seinem Zylinder spitzten weiße Haare hervor.

»Ich stelle dir diese Frage jetzt nur ein einziges Mal, mein Junge.« Der Alte sprach laut und deutlich und fixierte ihn mit einem durchbohrenden Blick. »Ich kann dich von hier wegholen. Dir ein neues und sinnvolles Leben verschaffen. Willst du das?«

Pankraz konnte gar nicht sagen, wie sehr er das wollte. Die ganze Szenerie erschien ihm unwirklich, denn das konnte eigentlich nur ein Traum sein oder eine Verwechslung. Seine Fantasie spielte im wohl einen Streich.

»Willst du das?«, sagte der Alte jetzt deutlich lauter und hob seinen Stock in die Höhe. Den Griff zierte ein faustgroßer, silberner Löwenkopf, der ihn noch durchdringender anblickte als der Besitzer des Stockes. Die Augenhöhlen des Löwen waren deutlich herausgearbeitet und jeweils mit einem hellrot leuchtenden Stein besetzt.

Pankraz brachte keinen Laut hervor. Sein Hals fühlte sich staubtrocken an, also nickte er nur schüchtern mit dem Kopf. Der Alte ließ den Stock mit einem dumpfen Schlag auf dem Boden hinab sausen und lächelte. Aber nur kurz.

»Du wirst alles zurücklassen, was dir gehört. Wenn du überhaupt etwas besitzt. Ich nehme dich jetzt sofort mit. Du erhältst eine Ausbildung, die einige Jahre dauern wird. Du lebst in einer Kaserne, die du in dieser Zeit nur selten verlassen wirst.«

Angst stieg in ihm auf.

»Du wirst viel lernen. Lesen, Schreiben und die Geschichte deines Landes.« Der Alte machte einen Schritt auf ihn zu. Mit seinem Zylinder auf dem Kopf überragte er Pankraz bei weitem. »Aber vor allem wirst du lernen zu kämpfen.«

Pankraz' Hände zitterten, seine Knie knickten fast ein und ihm wurde flau im Magen. Jahre in einer Kaserne. Wo war da der Unterschied zum Waisenhaus, dachte er sich. Aber eigentlich wollte er nur weg von hier, egal wohin. Wenn sich jetzt diese einzigartige Möglichkeit auftat, dem dunklen Schatten, der sein täglicher Begleiter geworden war, zu entfliehen, musste er sie am Schopf packen und allen Mut zusammennehmen.

Bevor er mit dem älteren Herrn das Waisenhaus verließ und in seine schwarze Kutsche stieg, baute sich der Mann nochmals direkt vor ihm auf. Er war trotz seines Alters eine imposante Erscheinung. Der Mann legte den Löwenkopf auf Pankraz' Schulter. Das Gewicht drückte schwer auf sein Schlüsselbein. Die roten Augen des Löwen funkelten ihn an.

»Und eines wirst du außerdem lernen, mein Junge.« Er machte eine kurze Pause und kniff die Augen zu schmalen Schlitzen zusammen. »Du wirst lernen zu töten.«

Mit schreckgeweitetem Blick starrte Pankraz seinen vermeintlichen Retter an. Tränen drohten ihm in die Augen zu schießen. Doch er bekämpfte den Drang zu weinen, ballte seine Hände zu Fäusten und nickte dem alten Mann zu. Pankraz wollte weg aus der Findlingstraße. Koste es, was es wolle.

Wo Mauern aus den Bäumen wachsen

Den Weg zur Neuen Burg war Lenz schon öfters gelaufen. Allerdings nur bis zur Burgschänke an der vorletzten Biegung, denn ohne Erlaubnis durfte man nicht weitergehen. Lenz hatte sich natürlich daran gehalten.

Im oberen Stock der Burgschänke brannte noch Licht. Da wohnten die Wirtsleute. Als er die erleuchteten Fenster vor sich auftauchen sah, atmete er auf. Obwohl er nur eine Viertelstunde durch den Wald gelaufen war, freute er sich, ein Licht zu sehen. Die Bäume, die die Straße säumten, schienen das Licht regelrecht zu verschlingen. Der Schein von Lenz' Laterne erhellte nur einen kleinen Kreis um ihn herum. Ab und zu hörte er etwas im Unterholz rascheln, dann blieb er stehen und starrte in die Finsternis, doch sehen konnte er nichts.

Von der Burgschänke aus, die den Bauarbeitern als Kantine diente, führte auch ein schmaler Pfad hinüber zur Marienbrücke. Dort oben stand er oft und bewunderte die Fortschritte am Bau und natürlich den Blick auf seine Heimat. Die Höhe verursachte bei ihm stets ein flaues Gefühl in der Magengrube. Die Brücke war eine moderne Eisenkonstruktion, ihr Boden allerdings bestand aus teils wackeligen Holzplanken, zwischen denen fingerdicke Spalten klafften. So konnte man das Tosen des Wasserfalles nicht nur hören, sondern sogar einen Blick auf die wilde Naturgewalt werfen, wenn man nach unten sah.

Nur ein einziges Mal wagte er es, sich über das Geländer zu beugen und hinunter zu spucken. Er konnte zwar seine Spucke noch eine Weile fliegen sehen, aber nicht, wie sie im dunkelgrünen Wassergumpen aufklatschte. Es war einfach zu hoch.

Überquerte man die Brücke, gelangte man auf einen schmalen Pfad, der zum Tegelberg hinauf führte. Man benötigte an die zwei Stunden, um den Gipfel zu erreichen. Lenz' Vater hatte ihn einmal mitgenommen. Die meiste Zeit marschierte man auf der Rückseite des Grats und konnte die Gipfel des Karwendelgebirges mit der Zugspitze in der Ferne sehen. Ab und zu führte einen der Weg auf die andere Seite, manchmal sogar unmittelbar an den Abgrund heran. Von einer dieser exponierten Stellen sah man direkt auf die königliche Baustelle hinunter. Sein Vater hatte ihm dort voller Stolz erklärt, wie das Schloss einmal aussehen sollte.

»Ganz vorne bauen wir gerade das Torhaus. Links entsteht irgendwann eine breite, steinerne Treppe zum oberen Hof«, sagte er und zeigte nach unten. »Da, wo jetzt die hölzerne Rampe ist. Siehst du? Da ziehen wir das Material nach oben. Ganz hinten kann man schon die erste Lage Ziegelmauern vom Hauptgebäude erkennen.«

Noch nie zuvor hatte sein Vater ihm so viel erzählt. Eigentlich war er ein sehr in sich gekehrter Mensch, der nur das Nötigste redete. Aber damals berichtete er ihm sogar noch von den beiden seitlichen Gebäuden, die den Palas flankieren sollten.

»Das eine für die Frauen und das andere für die Herren. Kemenate und Ritterhaus. Wie bei einer Burg im Mittelalter, weißt du.«

Lenz war glücklich gewesen damals. Endlich gab es etwas, das sein Vater mit ihm teilte.

»Aber das Gewaltigste wird die Schlosskapelle auf dem oberen Hof. Mit einem dreihundert Fuß hohen Turm«, rief er und deutete zur Baustelle hinunter. »Wir wissen noch gar nicht, wie das funktionieren soll. Mit all den Felsspalten und Aushöhlungen im Berg. Aber der hohe Herr will das so, also müssen sich die Schlauen was einfallen lassen.«

Sie gingen weiter, ohne noch ein einziges Wort zu wechseln. Oben am Gipfel befand sich eine Blockhütte aus der Zeit von

König Maximilian II., zu der auch dessen Sohn Ludwig oder die Königinmutter des Öfteren Ausflüge unternahmen.

Lenz hatte schon einmal mithelfen müssen, im Hof von Schloss Hohenschwangau große Kisten auf Kutschen und Pferde zu verladen, als König Ludwig angekündigt hatte, oben in der Tegelberghütte eine Nacht verbringen zu wollen. Kastellan Pfeifer ging mit Lenz in die Packkammer im Verbindungsgang zwischen Torhaus und Kavaliersbau. Als Lenz die vielen Kisten sah, konnte er nicht glauben, dass der König nur eine Nacht oben bleiben wollte. Sicher würde er sich für einen ganzen Monat dort einnisten. Durch eine geöffnete Falltür mussten sie die Kisten mit einer Seilwinde nach oben ziehen, während darüber im Hof schon das erste Pferd zum Beladen bereitstand. Als sie die erste Truhe hinaufhievten, erklärte ihm Pfeifer, dass man die Sachen über die Rückseite des Tegelbergs zur Hütte transportierte. Es gab einen gut ausgebauten Pfad, den man sogar mit kleinen Fuhrwerken befahren konnte.

Von der Burgschänke aus konnte man normalerweise schon die eingerüsteten Mauern des Palas durch die Bäume erspähen. Allerdings war es jetzt schon zu dunkel. Von hier aus brauchte Lenz höchstens noch fünf Minuten bis zum Schloss. Als er um die nächste Kurve bog und die Burgschänke hinter sich ließ, wurde es wieder finster. Im Schein seiner Laterne konnte er linker Hand eine Mauer erkennen. Er ging an ihr entlang, bis sie abrupt endete. Mit den Fußspitzen stieß er gegen etwas Hartes. Als er hinableuchtete, sah er einen mächtigen Baumstamm am Boden liegen. Hier musste also der Zimmermannsplatz sein.

Pfeifer hatte ihm am Nachmittag alles genau erklärt: »Nach der Schänke gehst du an der Straßenmauer entlang. An ihrem Ende liegt links der Platz der Zimmerleute, gegenüber steht ein kleines Gebäude. Da sind die Werkstätten drin.«

Die Umrisse von diesem Haus konnte Lenz nur erahnen. Hätte Pfeifer es nicht erwähnt, wäre es ihm in der Dunkelheit sicher nicht aufgefallen. Er machte ein paar Schritte, bis er die Fortsetzung der Stützmauer fand, die nur am Zugang zum Zimmermannsplatz ausgespart worden war.

Mit einem Mal erfasste ihn ein frischer Windstoß, der aus der Pöllatschlucht heraufwehen musste, so kalt wie er war. Lenz knöpfte seine Jacke zu und schlug den Kragen hoch. Über sich sah er den mächtigen Schatten der Neuen Burg. Obwohl er genau wusste, dass sie da stand, war er so überrascht, dass er stolperte und in die Wasserrinne neben der Mauer trat. Lenz schrie auf.

Er musste ein paar Mal tief durchschnaufen, bevor er die Laterne auf den Mauersims stellen und vorsichtig seinen schmerzenden rechten Fuß abtasten konnte. Als er den Knöchel berührte, fühlte er ein heftiges Stechen. Jammernd lehnte er sich gegen die Mauer und rempelte mit seiner Schulter gegen die Laterne. Sie kippte klirrend um und rollte über die Abdeckplatte. Bevor er nach ihr greifen konnte, erlosch ihr Licht und sie fiel scheppernd vom Sims auf den Abhang. Er hörte, wie sie weit nach unten stürzte und sich ein ums andere Mal überschlug.

»Ich Rindvieh!«, brüllte Lenz. Wie sollte er Klara jetzt das verabredete Zeichen geben? Lenz fuhr sich schniefend mit dem Ärmel seiner Jacke übers Gesicht. Zwar musste er zuallererst seinen Dienst in der Neuen Burg verrichten. Aber sein heimliches Treffen mit Klara war ihm natürlich viel wichtiger. Und ein entscheidender Teil ihres Planes war das verabredete Zeichen mit der Laterne gewesen. Lenz atmete tief ein und ließ die Luft zischend wieder entweichen.

»Da wird es schon noch eine Lampe für mich geben«, murmelte er trotzig.

Nun gut, sein nächstes Ziel war das Schlosstor. Dort wartete ein Soldat namens Heiland, der ihm alles zeigen sollte. Lenz biss die Zähne zusammen, tastete nach der Mauer und humpelte los. Die ersten Schritte taten höllisch weh. Mit jedem Auftreten fiel ihm das Laufen jedoch leichter.

»Hinter dem Zimmermannsplatz folgst du der Mauer. Nach einer langgezogenen Linkskurve geht's leicht bergauf und schließlich mündet die Mauer genau in den steinernen Bogen, der das Schlosstor umschließt«, hatte Pfeifer gesagt und ihm die Laterne in die Hand gedrückt. »Pass auf, dass dein Licht nicht erlischt, bevor du oben bist. Es wird dunkel heute.«

Wie recht der Kastellan gehabt hatte. Vor ihm tauchte der vordere Turm des Torgebäudes auf. Er erhob sich aus der Dunkelheit wie ein riesiger, regungsloser Wächter, dessen Aufgabe es war, die Burg zu beschützen. Lenz humpelte weiter. Zwar waren die Schmerzen einigermaßen erträglich, aber dennoch musste er sich jedes Mal, wenn er auftrat, überwinden, nicht zu jaulen wie ein verletzter Welpe. Nach einer schier endlos erscheinenden Folge von Auftreten, nicht Jaulen, Auftreten und Zähnezusammenbeißen endete schließlich die Mauer.

Er tastete mit beiden Händen blindlings so lang durch das schwarze Nichts der Nacht, bis er das Holz des Schlosstors spürte. Der Griff der Türglocke musste ganz rechts sein. Als Lenz ihn zu fassen bekam und mit aller Kraft nach unten zog, war er sehr erleichtert. Schon kurz nach dem lauten Schellen der Glocke öffnete sich eine Luke im Tor. Helles Licht drang von drinnen in die Dunkelheit heraus. Es blendete Lenz so stark, dass er sich schützend eine Hand vor die Augen hielt.

»Wer da?«, fragte eine Stimme. Das musste Heiland sein.

In dem Brief standen nur die nötigsten Informationen. Wie jedes Mal hatte Pankraz Ward das Kuvert nicht gleich im Hauptpostamt geöffnet, sondern sich damit auf eine Parkbank im Hofgarten gesetzt. Die Schrift war ihm bestens vertraut. Er bekam seine Anweisungen ausschließlich von seinem Herrn. Wenn er sich alles genau eingeprägt hatte, zündete er den Brief an und wartete, bis der letzte Fetzen verbrannt war. Die Geldscheine stopfte er sorgsam in die Innentasche seiner Jacke. Damit konnte er nicht nur seine Auslagen decken. In der Regel blieb genug davon übrig, um sich bis zu seinem nächsten Auftrag über Wasser zu halten. Sein kleines Appartement in Giesing musste er nicht selber bezahlen, denn das übernahm sein Herr für ihn. Er musste nur unauffällig bleiben.

Für den jetzigen Auftrag war er am Morgen des 22. April mit der Eisenbahn nach Biessenhofen gefahren. Von dort hatte ihn eine Kutsche ins Hohe Schloss nach Füssen gebracht, wo ihm für die gesamte Dauer seines Aufenthalts eine Kammer zur Verfügung stand.

Von Füssen hatte Pankraz schon gehört. Das war die kleine Stadt ganz in der Nähe von König Maximilians ehemaligem Sommersitz Schloss Hohenschwangau, in dem sich jetzt vorwiegend Maximilians Witwe Marie aufhielt — und des Öfteren König Ludwig II. Seit einigen Jahren baute dieser gegenüber von Schloss Hohenschwangau eine neue Burg. Darüber hatten vor einiger Zeit die *Münchner Neuesten Nachrichten* berichtet. Seit Pankraz das Lesen gelernt hatte, verschlang er jede Ausgabe dieser Zeitung. Laut dem Artikel war die Stadtbevölkerung geteilter Meinung hinsichtlich Ludwigs Bauprojekts. Man verstand nicht, weshalb der König noch ein Schloss in den Bergen brauchte, unmittelbar neben dem seines Vaters. Man befürchtete, dass der König seiner Hauptstadt noch häufiger den Rücken kehren würde, als er es sowieso schon tat.

Am Abend nach seiner Ankunft suchte Pankraz Herold auf, den Bauführer der Neuen Burg. Vor Herolds Wohnung erwarteten ihn schon zwei Männer, die ihm helfen sollten — ganz so, wie es im Brief angekündigt worden war. Herold sei im Besitz eines Päckchens, das sie ihm abnehmen mussten, notfalls mit Gewalt. Das Päckchen sei von höchster Bedeutung für die nationale Sicherheit. Pankraz müsse es umgehend an seinen Herrn übergeben. Sobald er zurück in München sei, sollte er es im Hauptpostamt auf den Namen Hubertus Schilling hinterlegen.

Herold war aber nicht zu Hause. In wenigen Minuten stellten sie das kleine Appartement, das sich im Förster-Thoma-Haus in Hohenschwangau befand, vollständig auf den Kopf. Es bestand nur aus einem einzigen Raum im Erdgeschoss, der allerdings über einen eigenen Eingang von draußen verfügte, was ihr unbemerktes Eindringen um ein Vielfaches vereinfacht hatte.

Ein Päckchen fanden sie nicht, also setzten sie sich auf Herolds Bett und warteten. Seine beiden Helfer für diesen Abend waren deutlich jünger als er selber. Nachdem es schon dunkel gewesen war, als sie sich trafen, hatte er ihre Gesichter kaum erkennen können. Er fragte sie nicht nach ihren Namen. Sobald sie das Päckchen hätten, würde jeder seiner Wege gehen.

Plötzlich stand einer der beiden auf. »Ich muss ganz dringend Wasser lassen!«, flüsterte er. Noch bevor Pankraz etwas einwenden konnte, riss er die Tür auf, um nach draußen zu gehen. Doch ein kleiner, stämmiger Mann stand vor der geöffneten Tür und starrte ihn verdutzt an. Es hatte den Anschein, als wolle er gerade einen Schlüssel in das Schloss stecken, um aufzusperren. Für einen Augenblick rührte sich keiner.

Herold reagierte am schnellsten von den vieren. Er machte auf dem Absatz kehrt und flüchtete in die Dunkelheit.

Pankraz hätte am liebsten lauthals geflucht und seinem Helfer, der eigentlich keiner war, einen kräftigen Magenschwinger versetzt, aber dazu blieb keine Zeit. Trotz seiner kurzen Beine war der Bauführer verdammt schnell. Pankraz schaffte es nicht, ihn einzuholen und Herold verschwand schließlich im Wald.

»Der läuft hoch zur Burg, da wett ich was«, rief der zweite Helfer, der seinen Harndrang offenbar besser kontrollieren konnte.

In Pankraz kochte die Wut wie eine siedend heiße Suppe. Diese würde der Junge, der seine Blase nicht im Griff gehabt hatte, auslöffeln müssen. Doch zuerst war Herold an der Reihe.

Manchmal hatte Pankraz Angst vor sich selber. Meistens spürte er es rechtzeitig, wenn der Zorn in ihm hochstieg. Dann nahm er das Messer, das ihm sein Herr am Ende der Ausbildung geschenkt hatte, und ritzte sich kleine Schnitte in den Unterarm. Anfangs reichten ein bis zwei Schnitte, um seine Wut zu dämpfen. Aber mit der Zeit musste er öfter und tiefer schneiden, bis er sich beruhigte. Mittlerweile unterließ er es, in der Öffentlichkeit kurzärmlig aufzutreten. Er mied die Gesellschaft anderer Menschen sowieso, wo er nur konnte. Musste er dennoch unter Leute, achtete er peinlich genau darauf, dass niemand seine Narben sah. Ab und zu fragte er sich, wie tief er schneiden musste, um seinen Zorn endgültig in den Griff zu bekommen.

Als sie hinter Herold herliefen, spürte er den Drang, stehen zu bleiben, sein Messer zu zücken und den Burschen für immer von seinem Problem des unkontrollierbaren Urinierens zu erlösen. Ein gezielter Schnitt würde genügen. Auch wenn Pankraz sich das für später aufheben musste — erst hatte er eine Mission zu erfüllen — erheiterte ihn der Gedanke daran. Den restlichen Weg zur Burg umspielte ein Lächeln seine Lippen und seine Wut war verflogen.

Beinahe.

Der Junge hat ja nicht einmal eine Laterne dabei, dachte sich Heiland, als er die kleine Tür im Schlosstor öffnete und den Ankömmling durch den Eingang schlüpften ließ. Es fiel ihm sofort auf, dass der Bursche humpelte.

»Geh da rein und setzt dich kurz hin, bevor ich dir alles zeige.« Er deutete zur offenen Tür der Wachstube, die sich unmittelbar links hinter dem Schlosstor befand. Auch als der Junge die zwei Stufen nach oben ging, konnte er nicht richtig auftreten und musste sich an der Türlaibung abstützen. Heiland schätzte ihn auf allerhöchstens achtzehn Jahre. »Wie heißt du denn?«, fragte er ihn und schloss die Stubentür hinter sich. In der Tür war ein Guckloch, das man nur von innen öffnen und schließen konnte. Er hatte es einen Spalt offen gelassen, damit er besser hören konnte, was draußen vor sich ging. Jetzt schloss er es wieder und wandte sich dem Jungen zu. Der saß inzwischen auf der Holzbank mit dem goldbraunen Sitzkissen, die in der hintersten Ecke der Wachstube stand.

Heiland war zuvor ebenfalls auf dieser Bank gesessen und hatte lange Zeit ihre Verzierungen bewundert. Die beiden Armlehnen stellten stilisierte Fabeltiere dar. Irgendetwas zwischen Drache und Löwe. In die Rückenlehne waren allerlei Ornamente eingearbeitet. Unter dem Sitz befanden sich drei Schubkästen. Heiland hatte in alle drei einen Blick geworfen, aber nur im mittleren etwas entdeckt: Ein leerer Bierkrug war beim Öffnen nach vorne gerutscht. Lange Wachdienste konnten durstig machen.

Das Sitzkissen, auf dem sich der Junge niedergelassen hatte, bestand aus Schweinsleder und war mit zahlreichen bayerischen

Löwen versehen. Diese waren kunstvoll mit Goldfäden in das Leder eingestickt.

»Lorenz Baumgartner«, presste der Bursche als Antwort hervor. Er hatte seinen rechten Schuh ausgezogen und rieb sich unablässig den Knöchel. Sein Gesicht verzerrte er zu einer Grimasse. »Aber alle sagen Lenz zu mir.«

Heiland musste schmunzeln. Lenz hieß auch einer der Stallknechte, die in Freising seinem Vater zur Hand gingen. Aber im Gegensatz zu diesem Lenz war der Freisinger Lenz vom Körperumfang her ein ganz anderes Kaliber gewesen.

Lorenz Baumgartner war groß gewachsen, hatte aber schmale Schultern. Man konnte seinen Hals gut erkennen, nicht so wie beim Stallknecht aus Freising, dessen Kopf ohne Hals unmittelbar zwischen den Schultern zu sitzen schien. Auch die Haarpracht unterschied sich deutlich. Während der Kopf des Knechtes an eine blank polierte Billardkugel erinnerte, besaß der Bursche noch fülliges, dunkelblondes Haar, das ihm jetzt in nassen Strähnen ins Gesicht hing. Er war auf seinem Weg nach oben wohl anständig ins Schwitzen geraten.

»Im Hof ist ein kleiner Brunnen. Da kannst du dir das Gesicht waschen und deinen Knöchel kühlen«, sagte Heiland. »Tut ganz schön weh, oder?« Heiland reichte ihm die Hand.

Der Junge schaute sie erst verdutzt an. Damit hatte er wohl nicht gerechnet. Doch er ergriff sie und ließ sich von Heiland nach oben ziehen.

»Lass den Schuh gleich ausgezogen. Sind nur ein paar Schritte.«

Der Bursche erinnerte Heiland an den Prinzen Otto. Zum einen wegen der schlaksigen Statur mit den leicht hängenden Schultern, zum anderen wegen der feinen, langen Finger. Auch die hervorstehenden Wangenknochen trugen dazu bei. Nicht nur in der äußeren Erscheinung gab es Ähnlichkeiten mit dem jüngeren, noch gesunden Otto, den Heiland nur von Fotografien her kannte. Darauf hatte dieser noch einen wachen und klaren Blick. Von seinem späteren seelischen Leiden war noch nichts zu erkennen. Genauso kam ihm jetzt Lorenz Baumgartner vor: aufgeweckt und neugierig, aber zurückhaltend.

»Soll ich dir helfen?«, fragte Heiland.

»Nein, nein. Das geht schon. Trotzdem danke«, antwortete der Junge und lächelte den Soldaten an.

Heiland hatte das Gefühl, dass Lenz dankbar war, so behandelt zu werden. Er wusste aus den unzähligen Stunden des Wacheschiebens bei Hofe, wie schlecht mit den niederen Bediensteten manchmal umgegangen wurde. Schon das eine oder andere Mal hatte er es für nötig gehalten, einzugreifen. Er konnte es auf den Tod nicht ausstehen, wenn Menschen augenscheinlich ungerecht behandelt wurden. Seine eigene Beliebtheit hatte dieses Verhalten jedoch nicht befördert. Ganz im Gegenteil. Von den meisten höheren Dienern oder Hofdamen wurde er gemieden oder wenigstens argwöhnisch beäugt. Diesen Umstand betrachtete Heiland aber nicht als Nachteil. So blieb er in Bezug auf die allseits kursierenden Intrigen und den Klatsch bei Hofe wenigstens außen vor.

In der Tordurchfahrt brannte das Licht einer wuchtigen Lampe, die an einer Eisenkette von der Decke hing. Der Lichtkegel erhellte einen Teil des unteren Hofes, wo der Brunnen stand. Lenz humpelte die paar Schritte dorthin und setzte sich auf den Rand.

»Ich lass noch frisches Wasser rein«, sagte Heiland und zog am Schwengel der Handpumpe. »Halt den Fuß unters fließende Wasser. Das ist so richtig schön kalt.«

Der Junge rutschte auf dem Brunnenrand zu ihm herüber und hielt seinen lädierten Knöchel unter den Wasserstrahl. Heiland konnte an seinem Gesichtsausdruck die Erleichterung erkennen, als das kühle Nass über den Fuß strömte.

»Drinnen liegt ein Tuch zum Abtrocknen. Dann zeig ich dir die Räume von seiner Majestät und wo du alles findest, was du brauchst.«

Der Junge nickte und klatschte sich noch eine Handvoll Wasser aus dem Brunnen ins Gesicht. Er fuhr sich mit den nassen Händen durch die Haare und versuchte, seine Frisur ordentlich nach hinten zu streichen, allerdings mit mäßigem Erfolg. Einige Strähnen fielen ihm sofort in die Stirn zurück.

»Denken Sie, dass er heute Nacht noch rauf kommt?«, fragte Lenz.

Heiland zuckte mit den Schultern. »Das kann man bei ihm nie so genau sagen. Geplant ist sein Besuch für die frühen Morgenstunden. Aber es sollte alles parat sein, falls er vorher kommt.«

Lenz hüpfte auf einem Bein in Richtung Wachstube. »Ich will nicht den ganzen Sand und Kies am nassen Fuß kleben haben«, sagte er zu Heiland und legte ein beachtliches Tempo vor.

Bei der Treppe zur Stube lehnte er sich an die Wand und bedeutete Heiland, vor ihm hinein zu gehen.

»Bist du dem König schon mal begegnet?«, fragte der Soldat den Jungen im Vorbeigehen. »Ich meine: so von Angesicht zu Angesicht?«

»Bis jetzt hab ich ihn nur aus der Ferne gesehen«, antwortete Lenz und folgte Heiland in die Wachstube.

»Dabei sollte es bleiben, hörst du!« Heiland versuchte sich an einem strengen Gesichtsausdruck. Dann lächelte er und griff in die Innentasche seines Mantels, den er unordentlich über einen Stuhl geworfen hatte. Das Tuch, das er bei sich trug, um notfalls seine Stiefel polieren zu können, reichte er nun dem Jungen.

Lenz setzte sich, rieb seinen Fuß trocken und zog Strumpf und Schuh wieder an.

»Wenn du soweit bist, gehen wir nach oben.« Heiland wartete eine Antwort gar nicht erst ab. Er nahm eine der beiden schmiedeeisernen

Laternen, die die Stube beleuchteten, vom Wandhaken. »Nimm die andere. Da oben ist es stockfinster. Und wir müssen noch ein Stück übers Dach laufen.«

Bewaffnet mit den schweren Laternen und einem großen Schlüssel machten sie sich auf den Weg. Heiland ging am Brunnen vorbei und mit jedem weiteren Schritt verblasste der Schein der Lampe im Torbogen. Der Junge stapfte hinter ihm her ohne ein Wort zu sagen, wahrscheinlich war ihm genauso unheimlich zumute wie Heiland selbst. Obwohl er schon einige brenzlige Situationen überstanden hatte, war das hier etwas anderes. Er konnte es sich nicht erklären, aber dieser Ort war ihm nicht geheuer.

»Da ist die Türe«, sagte Heiland. Ihm kam es so vor, als läge ein Zittern in seiner eigenen Stimme. Genauso wie bei der Wachstube führten hier zwei steinerne Stufen zum Eingang hinauf.

Jetzt reiß dich am Riemen, dachte er und drehte sich zu Lenz um. »Nimm mal meine Laterne und leuchte auf das Schlüsselloch.« Er drückte Lenz die Laterne in die Hand und bugsierte sie dabei gleich in Richtung Türklinke.

»Was ist denn das da oben für ein Zeichen?«, fragte der Bursche plötzlich und leuchtete nicht mehr auf das Schlüsselloch, sondern hielt die Lampe über seinen Kopf.

In einem Bogenfeld über der Tür prangte ein großer, geschwungener Stern mit fünf Zacken. Im flackernden Licht schien es, als würde er sich leicht vor und zurück bewegen. Heiland kannte dieses Zeichen.

»Das ist der Stern der Freimaurer«, sagte er kurz angebunden und drückte die Hand von Lenz mitsamt der Lampe nach unten. Ihm war das Symbol gar nicht aufgefallen, als er zuvor mit Hornig durch die Tür gegangen war. Er hatte keine Ahnung, was Lenz schon über die Freimaurer wusste, aber ihm fehlte jetzt die Lust, ihm sein eigenes Wissen mitzuteilen. Das hielt sich sowieso in Grenzen und stammte nur aus Erzählungen von Kameraden oder Bediensteten des Hofes. Allerdings hielt sich hartnäckig das Gerücht bei Hofe, dass es unter den Arbeitern der königlichen Baustelle eine geheime Freimaurerloge gab. Ihre Mitglieder würden bestimmen, wer Arbeit bekam oder welche leitenden Stellen mit welcher Person besetzt wurden. Nicht nur bei den Steinmetzen, sondern ebenso bei den Maurern und den einfachen Hilfsarbeitern. Heiland konnte sich aber nicht vorstellen, dass der Stern über dieser Tür ohne die Zustimmung des Königs eingemeißelt worden war. Ludwig achtete wohl penibel auf die Einhaltung jedes kleinsten Details an seinen Bauwerken. Ob der Monarch selber Mitglied bei einer Loge war, wusste niemand. Wahrscheinlich passte dieses Zeichen einfach nur zur Symbolik des Mittelalters. Der König wollte sich hier oben ja schließlich in diese vergangene Epoche zurückversetzen.

Heiland schloss die Tür auf, nahm Lenz die Laterne aus der Hand und ging durch den Flur zur Wendeltreppe. Schon die erste Stufe knarzte laut, ja es gab einen regelrechten Knall, als er seinen Fuß aufsetzte. Heiland zuckte unwillkürlich zusammen.

»Was war denn das?«, rief Lenz hinter ihm.

»Keine Angst, Junge. Hier spukt's nicht. Das ist nur das Holz«, antwortete Heiland und achtete auf die Festigkeit seiner Stimme.

Lenz stand noch unten im Flur und leuchtete in seine Richtung.

»Und jetzt komm schon. Wir haben nicht ewig Zeit.« Heiland empfand seinen eigenen Tonfall als viel zu grob. Doch er musste dem Jungen Selbstsicherheit vorgaukeln. Die nächste Stufe knarzte noch lauter. Heiland jagte ein Schauer über den Rücken. Er wollte das alles schnellstmöglich hinter sich bringen und in die Wachstube zurückkehren. Oder am besten gleich nach Hohenschwangau. Dort war man wenigstens unter Menschen. Hier heroben fühlte er sich wie ein Gestrandeter auf einer einsamen Insel, der nicht wusste, was sich hier alles herumtrieb — so wie in dem Buch über den Schiffbrüchigen Robinson Crusoe, das er während seiner endlosen Wachdienste gelesen hatte.

Überall hörte er merkwürdige Geräusche, die er nicht zuordnen konnte, weil der Großteil der Baustelle im Dunkel der Nacht verborgen lag.

Er passierte die Eingangstür zur ersten Etage. Sie mussten noch ein Stockwerk höher steigen. Hinter sich hörte er Lenz' Schritte. Beinahe jeder Tritt erzeugte ein Knacken, das im engen Turm der Wendeltreppe laut widerhallte.

Dann war er endlich oben angekommen. Heiland machte die Tür zum Dach auf. Ein kühler Windhauch strich ihm wie eine kalte Hand übers Gesicht.

Er hatte sich schon vorher gefragt, warum der König unbedingt über das Dach in seine Wohnung musste, aber er konnte sich keinen Reim darauf machen. Das Torgebäude war zwar lang, aber dafür sehr schmal. Man hatte vielleicht keinen geeigneten Platz für eine weitere Treppe nach oben gefunden, ohne wertvollen Raum zu vergeuden. Da im Hauptgebäude die richtige Königswohnung entstehen sollte, war die Nutzung der Räume hier oben sowieso nur vorübergehend, überlegte er.

Heiland trat auf den Holzsteg und stellte seine Laterne auf den Boden. Er lehnte sich an eine mit Kupferblech verkleidete Zinne der Mauer.

Im unteren Hof war es stockfinster. Er wunderte sich. Eigentlich hätte man von hier oben den Lichtkegel der großen Lichtampel im Torbogen sehen müssen. Anscheinend war sie zwischenzeitlich erloschen. Vielleicht war das Petroleum darin zur Neige gegangen.

Endlich trat auch Lenz ins Freie. Im fahlen Licht der Laterne ragten die Wangenknochen des Burschen noch deutlicher aus seinem Gesicht hervor. Sein Anblick hatte etwas Gespenstisches.

Kein Ort für Hofdamen

Erst nach halb zwei Uhr hatte Gräfin von der Mühle ihre Zigarre zu Ende geraucht. Klara war die ganze Zeit über fertig angezogen in ihrer Kammer auf dem Bett gesessen und hatte gewartet. Ab und zu ging sie zum Fenster, schob den Vorhang ein wenig zur Seite und spitzte unauffällig nach draußen. Glücklicherweise war die Gräfin heute Abend hinunter in den Garten gegangen, um zu rauchen, und nicht nach oben auf die Terrasse, dachte sich Klara. So konnte Klara sie wenigstens sehen.

Die Gräfin war eine Seele von Mensch. Selten verlor sie ein böses Wort. Noch nie hatte sie mit Klara geschimpft oder war ungeduldig gewesen. Aber sie legte größten Wert darauf, dass alle Arbeiten pünktlich und korrekt ausgeführt wurden. Am wichtigsten war ihr jedoch ihre abendliche Zigarre. Kam etwas dazwischen, konnte sie unausstehlich werden. Zuerst wurde sie in sich gekehrter, bis sie gar nichts mehr sagte und sich ihr Blick schließlich verdüsterte. Von da an ging man ihr am besten aus dem Weg.

Klara schaute erneut aus dem Fenster. Noch immer glühte in regelmäßigen Abständen die Zigarrenspitze auf, wenn die Gräfin einen tiefen Zug nahm. Sie saß auf der kleinen Bank an der Mauer, zwischen Garten und Fahrstraße, genau unter Klaras Zimmer. Auch Klara mochte dieses Plätzchen. Dort war es ruhig und windgeschützt.

Seit Lenz gefragt hatte, ob sie ihn oben in der Neuen Burg besuchen wolle, war Klara aufgeregt. Mit jeder Stunde steigerte sich ihre Nervosität, denn damit würde sie gegen nahezu jede Vorschrift verstoßen, die es gab.

Die Mädchen durften das Schloss nachts nicht verlassen. Hatten sie tagsüber keinen Dienst, mussten sie sich bei der Gräfin abmelden, wenn sie ausgehen wollten — auf Spaziergänge oder zu Besorgungen in der Stadt. Der Zeitpunkt ihrer Rückkehr musste vorab genannt und eingehalten werden. Außerdem durften sie nie allein unterwegs sein. Die strengen Vorschriften dienten vor allem ihrem eigenen Schutz, hatte die Gräfin den Mädchen erklärt. Dieses Mal war Klara allerdings allein aus München mit nach Hohenschwangau gereist. Die beiden anderen, Josefine und Sophia, würden erst in den nächsten Tagen nachkommen. Bis dahin durfte sie das Schloss also gar nicht verlassen. Höchstens mit der Gräfin zusammen.

Noch mehr Respekt hatte Klara vor dem Verbot, die Neue Burg des Königs zu betreten. Bei ihrem letzten Aufenthalt im Schloss Hohenschwangau hatte sie zufällig ein Gespräch zwischen Kastellan Pfeifer und Stallmeister Hornig belauscht.

»Er hat's nicht mehr rechtzeitig geschafft, der Arme«, hatte Hornig zu Pfeifer gesagt.

Als sie Hornig hörte, war Klara gerade dabei, das Fenster im Erker des Burgfrauenzimmers zu schließen. Dieser Raum diente Ludwigs Mutter als Wohnzimmer. Klara wusste, dass die Königinmutter jederzeit hereinkommen konnte. Jedoch konnte sie ihre Neugier nicht unterdrücken. So spähte sie in den Hof hinab und ließ das Fenster einen Spalt offen, um die Unterhaltung der beiden Männer mitanhören zu können. Ludwigs Stallmeister und Pfeifer standen unten am Gänsemännchenbrunnen.

»Und was hat seine Majestät dann gesagt?«, fragte Pfeifer, während er den Brunnen von Laub befreite. In der einen Hand hielt er einen Eimer, in der anderen einen Kescher.

Hornig wusch sich die Hände im Wasserstrahl des Brunnens. Der sprudelte munter aus dem Schnabel einer der beiden Gänse, die sich der kupferne Gänsemann unter die Arme geklemmt hatte.

»Er hat so laut gebrüllt, dass ich nicht verstehen konnte, welche Verwünschungen er dem Mayr hinterhergeschrien hat. Der ist rückwärts raus, immer den Bückling machend, und wäre beinahe auf dem Hosenboden gelandet.« Hornig rubbelte sich die Hände an seiner Hose trocken. »Ich hatte es dem Mayr noch ausdrücklich gesagt, dass seine Majestät keine Menschenseele sehen will, wenn er oben ist. Nicht mal die Kammerdiener. Nur ich durfte dabei sein.«

Pfeifer zog den Kescher gemächlich durch das runde Wasserbecken, ohne eine Miene zu verziehen. Gräfin von der Mühle hatte Klara erzählt, dass der Kastellan den Stallmeister des Königs nicht sonderlich mochte. Er hielt ihn für einen Aufschneider, dem die Gunst des Monarchen zu Kopf gestiegen war.

»Man soll jeden in den Kerker werfen, der seine Neue Burg unerlaubt betritt, hat er mir gesagt. Aber ich konnte ihm schließlich ausreden, den Mayr zu bestrafen.«

Diese königliche Anweisung war Klara im Gedächtnis geblieben. Einerseits hatte sie Angst davor, eingesperrt zu werden, andererseits loderte in ihr die Abenteuerlust auf. Ohne die beiden anderen Mädchen war ihr sterbenslangweilig und mit der Gräfin wollte sie nicht plaudern. Bei der ging es stets nur um den Hoftratsch.

Vor allem: Sie mochte Lenz wirklich sehr. Er hatte ausgezeichnete Manieren, war meist zum Scherzen aufgelegt und man konnte sich mit ihm über so viel unterhalten. Genau genommen redete meistens sie und er hörte ihr zu. Das schätzte sie am allermeisten an ihm.

Klara wollte gerade aufstehen und zum Fenster gehen, als sie nebenan die Tür ins Schloss fallen hörte. Die Gräfin hatte endlich fertig geraucht. Klara wollte vorsichtshalber noch eine halbe Stunde warten, bevor sie aufbrach.

Gräfin von der Mühle war dafür bekannt, dass sie unheimlich schnell einschlief — egal wo sie sich gerade aufhielten. Darüber staunte Klara anhaltend. Sie selber musste sich jedes Mal erst eingewöhnen. Ihre Aufenthalte wechselten regelmäßig zwischen Schloss Nymphenburg, der Residenz in München, Hohenschwangau und Elbigenalp in Tirol. Die Königinmutter reiste gern. Natürlich musste der ganze Hofstaat dabei sein, sogar im beschaulichen Elbigenalp. Dieses Dorf mitten im Tiroler Lechtal hatte Marie vor einigen Jahren für sich entdeckt.

Ludwigs Mutter war eine preußische Prinzessin. Schon als Kind wanderte sie viel. Aber seit sie in Bayern lebte, hatte sie sich zu einer begeisterten Bergsteigerin entwickelt. Man benannte ihretwegen sogar einige Berge in der Nachbarschaft von Hohenschwangau um. Aus Gründen der Pietät: Der Hochscheisser wurde zum Gimpel, aus dem Hundsarsch der Vilser Kegel und den Metzenarsch machte man zur Köllespitze. Eine Königin sollte schließlich keinen Arsch oder Scheißer besteigen. Klara fand diesen Akt der Rücksichtnahme sehr lustig. Maries Gemahl, König Max, und die meisten der Hofdamen waren allerdings wenig begeistert gewesen von den oft nicht ganz ungefährlichen Bergpartien. Seit sie Witwe war, wurden die Wanderungen seltener. Glaubte man der Gräfin, hatte die Königinmutter mangels Bewegung und dank bester Verpflegung inzwischen einiges an Gewicht zugelegt. Klara war ja erst seit knapp drei Jahren in Maries Gefolge und kannte sie nur als kleine und rundliche Erscheinung. Obwohl die Königinmutter stets das schwarze Gewand einer Witwe trug, erlebte Klara sie als eine lebenslustige und fröhliche Frau. Klara konnte sich noch gut an den letzten Ausflug zum Schweizer Haus auf der Bleckenau erinnern. Der gesamte Hofstaat saß eng gedrängt in der urigen Stube der Hütte zusammen. Zwei Burschen in kurzen Lederhosen spielten auf Quetsche und Hackbrett bekannte Volkslieder. Die Königinmutter servierte eigenhändig den von ihr selber gebackenen Kuchen. Das hatte Klara sehr imponiert.

Wie Klara feststellen musste, war es nicht ganz so einfach, die Wendeltreppe im Torbau hinab zu steigen, ohne Geräusche zu machen. Bei jedem noch so leisen Knacken blieb sie stehen und fürchtete, dass gleich jemand eine Tür aufreißen würde, aber schlussendlich schaffte sie es, unbemerkt nach unten zu gelangen.

Blieben nur noch die Torwachen. Wenn der König im Schloss wohnte, verstärkte man die Wachmannschaft. Doch es gab eine Tür nach draußen, die in der Regel unbesetzt blieb. Da wollte Klara hin. Sie lief den Verbindungsgang entlang, der vom Torhaus bis zum Kavaliersbau führte und an dessen Ende man ein paar Stufen hinabsteigen musste, um zur Tür in den äußeren Garten zu kommen. Diese Tür hatte von außen einen unbeweglichen Knauf und wurde deshalb nie verschlossen. Von Lenz wusste sie, dass der Kastellan einen Schlüssel unter einem Stein neben dem Eingang deponiert hatte. Er wollte nicht zurückgehen müssen, sollte er den Schlüssel für diese Tür in seiner Wohnung vergessen haben. Diese lag ja außerhalb von dem Durchgang und er benötigte stets einen Schlüssel, um ins Schloss zu gelangen. Bei dem Gedanken daran musste Klara schmunzeln, denn Pfeifers Wohnung befand sich nur einen Steinwurf entfernt. Es wären allerhöchstens fünf Schritte für ihn gewesen. Aber er wollte sich diesen unnötigen Aufwand eben ersparen. Welch ein Glück für Klara, denn somit konnte sie hier unbemerkt ins Schloss zurück.

Klara begegnete keiner Menschenseele auf ihrem Weg zu diesem Ausgang. Sie ging einfach nach draußen, schaute nach dem Schlüssel unter dem Stein und ließ die Tür ins Schloss fallen. Sie fragte sich, ob wohl doch noch jemand die Tür kontrollieren, zusperren und gar Pfeifers Schlüssel einsacken würde. In diesem Fall könnte sie nicht mehr unbemerkt hineingelangen und es wäre der Teufel los, wenn sie sich am Haupteingang bei der Wachmannschaft melden müsste. Sollte sie selber den Schlüssel mitnehmen? Aber wenn Pfeifer ihn dann vermisste? Sie wischte all diese Gedanken beiseite, schlich sich an der Wohnungstür des Kastellans vorbei zur Treppe, die vom äußeren Garten ins Tal führte. Mit jeder Stufe nach unten dachte sie weniger an ihre Verpflichtungen und freute sich mehr auf ihr Treffen mit Lenz.

Als sie unten im Dorf ankam, blieb sie für einen Moment stehen und blickte zum alten Schloss nach oben. Es war ein Kinderspiel gewesen, sich unbemerkt davonzuschleichen. Die meisten Fenster waren dunkel, nur hinter einigen schimmerte Licht, vorwiegend in der zweiten Etage, die der König bewohnte. Von jetzt an hatte sie noch vier Stunden. Dann musste sie zurück sein. Es war an der Zeit zu gehen. Sie drehte sich um und marschierte los.

An der letzten Biegung vor der Neuen Burg wartete Klara lang auf das mit Lenz vereinbarte Signal. Schließlich wurde es ihr zu unheimlich. Bei all ihrer Euphorie über die geglückte Flucht aus Hohenschwangau hatte sie etwas Wesentliches vergessen: Sie hatte kein Licht dabei. Den Pfad vom alten Schloss ins Tal kannte sie in- und auswendig. Deshalb war es ihr überhaupt nicht in den Sinn gekommen, eine Lampe mitzunehmen. Aber der Weg durch den Wald zur Baustelle hinauf stellte sich als problematisch heraus. Sie musste sich Schritt für Schritt vorantasten. Mit ausgestreckten Armen setzte sie vorsichtig einen Fuß vor den anderen. Mit der Zeit wurde sie mutiger, obwohl sie kaum etwas sah und den Weg zum ersten Mal ging. Gerade als sie sich sicherer fühlte, stieß sie mit dem Knie gegen etwas Hartes, das sich anfühlte wie eine Mauer. Da sie Wasser plätschern hörte, war es wohl eher die Brüstung einer Brücke. Klara fühlte sich immer unwohler in ihrer Haut. Was hatte sie sich nur dabei gedacht, mitten in der Nacht einen ihr völlig unbekannten Weg entlangzulaufen, allein und ohne Licht? Mehrfach blieb sie stehen und überlegte, ob es nicht besser wäre, umzukehren.

Doch dann dachte sie an Lenz, wie er oben auf sie wartete und wie enttäuscht er sein würde, wenn sie nicht käme. Außerdem: Sollte der ganze Aufwand umsonst gewesen sein?

Als sie endlich die Umrisse der Neuen Burg vor sich auftauchen sah, seufzte sie erleichtert. Aber mit jeder Minute, in der sie auf das dunkle Gemäuer zusteuerte, wuchs ihr Unbehagen. Zum einen waren da die Geräusche. Das Rascheln der Blätter konnte sie einordnen. Selbst das Knacken im Unterholz und das heisere Bellen eines Fuchses waren erträglich, auch wenn ihr Herz jedes Mal ein paar heftige Schläge vollführte. Allerdings klapperte und klimperte es lautstark rund um dieses Gebäude, das sich als riesiger Schatten bedrohlich vor ihr aufbaute. Das Heulen des Windes klang wie eine Horde kreischender Hexen, die an den Mauern entlangjagten, um unwillkommene Gäste zu verscheuchen.

Die Fantasie ging mit Klara durch, bis sie laut zu sich selber sagte: »Du gehst jetzt da rein.« Sie stampfte trotzig mit dem Fuß auf und gab sich einen Ruck.

Doch es dauerte, bis sie den Eingang fand. Erst lief sie in die falsche Richtung und landete auf einem schmalen Pfad, der anscheinend nach unten führte. Also kehrte sie um und glaubte, einen der beiden kleinen Türme zu erkennen, die das Schlosstor flankierten.

Diesen Anblick hatte sie schon bewundert, als sie mit der Königinmutter einen Ausflug zum Bannwaldsee machten. Mit Josefine und Sophia hatte sie sich ausgemalt, wie die Neue Burg fertig aussehen würde. Sie stellten sich unzählige Türme vor, in allen erdenklichen Größen und Formen, runde und eckige, mit Balkonen und Schießscharten. Vielleicht würden sie selber dort oben eines Tages wohnen dürfen, wenn der König irgendwann verheiratet war und sie im Hofstaat der neuen Königin dienten. Zwar war keine Herzensdame bei Ludwig in Aussicht, seit er vor ein paar Jahren seine Verlobung mit Prinzessin Sophie aufgelöst hatte, aber man konnte ja nie wissen. Zudem hatten sie gehört, dass es in der Neuen Burg einen Wohntrakt für die Frauen geben sollte, und es wäre ja unsinnig gewesen, eine solche Kemenate zu bauen, um sie leerstehen zu lassen.

Klara konnte jetzt einen der kleinen Türme des Torbaus erkennen und lief schneller. Der Weg führte bergauf. Sie geriet außer Atem.

Endlich stand sie vor dem Schlosstor. Noch während sie überlegte, wie sie hineinkommen würde, fiel ihr die kleine Tür im Tor auf. Zu ihrer Überraschung ließ sie sich tatsächlich öffnen. Sogleich kam Klara ein kalter Windstoß entgegen, der sie beinahe wieder rückwärts hinausschob. Klara packte den Türgriff und zog sich mit aller Kraft nach innen. Als sie das Portal schloss, war es mit einem Schlag windstill. Sie holte einmal tief Luft. Nirgendwo brannte Licht. Sie glaubte in einem Gewölbe zu stehen, denn neben und über ihr schimmerten weiße Wände. Geradeaus konnte sie eine Öffnung erkennen. Sie ging langsam in diese Richtung und stand plötzlich erneut im Freien. Ihr Herz pochte wie verrückt. Weit und breit kein Lenz. Sie hatte keinen blassen Schimmer, wo genau sie jetzt war. Sie kannte diese Baustelle ja nur aus der Ferne.

Für einen Augenblick dachte sie, Stimmen zu hören. Sie fragte sich, ob das Lenz war. Angestrengt lauschte Klara ins Dunkle. Zu dem andauernden Klimpern und Klappern mischte sich noch ein konstant dumpfes Rauschen.

Zwar konnte sie sich keinen Reim darauf machen, was da rauschte, doch sie wurde magisch davon angezogen. Bei jedem Schritt wurde es lauter. Klara vergaß ihre Angst. Als sie mit der Hüfte gegen eine Mauer stieß, wusste sie plötzlich, was sie da hörte. Das war der Wasserfall unter der Marienbrücke.

In genau diesem Moment rissen die Wolken auf und der Mond erhellte die Nacht. Das herabstürzende Wasser funkelte in der Dunkelheit wie bei einem illuminierten Brunnen. Hinter der Brücke erhob sich der Säuling, auf dessen Spitze Schnee schimmerte. Die Schmelze war zwar schon im vollen Gang. Oben in den Bergen gab es allerdings noch reichlich von der weißen Pracht.

Klara stand am Fuße einer breiten Treppe, die augenscheinlich zu einem weiteren Hof hinauf führte. Dort oben konnte sie eine große Rolle auf einem Gerüst erkennen. Das musste eine Art Seilwinde oder ein Flaschenzug sein. Schlagartig wurde es finster. Die Wolken hatten den Mond wieder verschluckt. Nach einer Weile entschied sich Klara, die Stufen hinaufzusteigen. Vielleicht würde sie Lenz in diesem Hof finden. Wie sehr sie sich wünschte, den Gehilfen des Kastellans jetzt zu sehen!

Bei jedem Schritt wurden die klappernden und klimpernden Geräusche lauter. Kamen sie von der Seilwinde, die sie gesehen hatte? Klara wollte es herausfinden, um sich selber zu beruhigen.

Oben wehte ein kräftiger Wind, es war also kein Wunder, dass es hier allerhand Geräusche gab. Soweit sie das in der Dunkelheit beurteilen konnte, hatte sie das hölzerne Gerüst, auf dem sich die Seilwinde befand, fast erreicht. Links meinte sie die Umrisse einer Hütte oder Baracke ausmachen zu können. Behutsam, um nicht zu stolpern, setzte sie einen Fuß vor den anderen. So also musste sich ein Blinder vorkommen. Plötzlich trat sie auf etwas Weiches. Alle Muskeln in ihrem Körper spannten sich vor Schreck an. Zugleich dachte sie: Das kann ja eigentlich nur ein Sack voller Zement sein! Vorsichtig tastete sie mit der Fußspitze nach dem Gegenstand am Boden. Sie beschloss, darüber hinwegzusteigen und weiterzugehen. Da stöhnte der Sack.

Das Herz schlug ihr bis zum Hals. Ihre Gedanken rasten.

Zeit zum Umkehren! Hau ab von hier! Geh zurück! Sie wollte nur noch in ihr Bett und sich die Decke über die Nase ziehen. Bisher war ihr lediglich unheimlich zumute gewesen, jetzt verspürte sie blanke Angst.

Der vermeintliche Zementsack stöhnte erneut. Es war ein heiseres, gequältes Stöhnen. Klara hätte nicht sagen können, ob es von einem Mann oder einer Frau stammte.

Es kostete sie viel Überwindung, aber sie kniete sich nieder. Mit zitternden Händen tastete sie nach der Person am Boden. Bis auf einen dunklen Schatten sah sie nichts.

Urplötzlich packte sie eine Hand am Unterarm. Der Griff erfolgte so unvermittelt und kräftig, dass sie aufschrie. Sie kippte um und landete hart auf ihrem Hinterteil. Die Hand klammerte sich an den Stoff ihrer Jacke, der mit einem hässlichen »Ratsch« nachgab.

Jetzt ist der Ärmel zerrissen, schoss es Klara durch den Kopf. Angesichts ihrer Lage war das natürlich unwichtig. Aber sie liebte diese Jacke. Ihre Mutter hatte sie ihr geschenkt, als Klara das letzte Mal in München gewesen war und für zwei Nächte zu Hause schlafen durfte.

Ihr Vater verhielt sich wie stets kühl und abweisend ihr gegenüber. Die Mutter freute sich und schloss sie bei jeder sich bietenden Gelegenheit fest in die Arme.

»Weißt du, Klärchen«, flüsterte sie ihr ins Ohr, »er meint es nicht so.«

Ihre Mutter nannte sie noch immer Klärchen, wenngleich sie schon beinahe erwachsen war. Am achten Oktober würde sie endlich ihren 21. Geburtstag feiern und somit vor dem Gesetz als vollwertiger Mensch angesehen werden. Wobei das mit der Vollwertigkeit für jüdische Bürger in Bayern nicht ganz so einfach war. Obwohl alle Juden den christlichen Mitbürgern in Bayern schon seit 1868 gesetzlich gleichgestellt waren, konnte man Jahrhunderte der Ausgrenzung nicht von heute auf morgen wegwischen.

Klara verdankte ihre Anstellung bei Hofe einem Vorfahren ihrer Mutter, einem gewissen Noe Samuel Isaac. Dieser war Anfang des 18. Jahrhundert ein geduldeter Jude am Hof des Kurfürsten Max Emanuels gewesen. Der Kurfürst hatte sich bei Isaac eine stattliche Summe geliehen, um seinem Sohn eine prunkvolle Hochzeit ausrichten zu können. Seit jener Zeit gehörten Isaac und seine Nachkommen zu den bayerischen Hofjuden, die schon seit längerer

Zeit ähnliche Rechte wie die Christen besaßen. Für den Großteil der Juden in Bayern war dies nicht der Fall. Seit dem Bayerischen Judenedikt von 1813 besserte sich deren Situation zwar allmählich, eine Gleichstellung vor dem Gesetz gab es für die jüdische Bevölkerung in Bayern jedoch erst seit der Reichsgründung vor vier Jahren.

Durch diese verwandtschaftlichen Bande hatte es Klaras Mutter jedenfalls geschafft, sie am Hof unterzubringen. Weshalb ihr Vater gegen diese Anstellung war, konnte Klara nicht verstehen — bis zu jenem Besuch vor ein paar Wochen.

»Sein ganzes Leben lang hat Vater versucht, dich und deine Schwester vor den anderen Menschen zu beschützen.«

Klara konnte sich nur zu gut an die Hänseleien der Mitschülerinnen erinnern. Rosa und sie waren die einzigen jüdischen Mädchen an ihrer Schule gewesen und hatten nahezu täglich eine Abreibung bekommen. Jedes Mal waren sie weinend nach Hause gekommen. Es dauerte, bis sie verstanden, dass man sie nur so behandelte, weil sie Juden waren.

»Es hat ihm fast das Herz gebrochen, wenn ihr mit blauen Flecken von der Schule nach Hause gekommen seid. Aber er traute sich nicht, etwas dagegen zu unternehmen. Er fürchtet andauernd, sich mit den falschen Leuten anzulegen, die ihn womöglich beim Kanzler der Universität anschwärzen.«

Irgendwann hatten Klara und Rosa gelernt, sich gegen ihre Mitschülerinnen zu wehren. Es gab zwar keine Prügel mehr, aber tägliche Verachtung. Manchmal wünschte sich Klara, keine Jüdin zu sein, sondern ein Christenmädchen. Das Leben am Hof kam ihr deshalb entgegen. Hier interessierte sich niemand dafür, dass sie Jüdin war. Noch nie hatte jemand negativ auf den Namen Grünspan reagiert, wobei viele bei Hofe ihren Namen sowieso nicht kannten oder nur ihren Vornamen. Auch Lenz hatte nicht gestutzt, als sie ihren Nachnamen nannte. Dennoch hatte sich Klara bemüßigt gefühlt, ihm zu erklären, dass es ein jüdischer Name war und die Juden in Bayern erst seit Kurzem dieselben Rechte besaßen wie die Christen. Lenz schien ihr erst kaum glauben zu können. Dann regte er sich mächtig darüber auf und schimpfte fürchterlich. Schließlich wurde er sehr leise und meinte, dass er sich für seine Landsleute schäme. Das berührte Klara sehr. Auch wenn sie es sich zunächst nicht eingestehen wollte: In diesem Moment begann sie für Lenz etwas zu empfinden.

Beim letzten Besuch in ihrem Elternhaus verstand Klara zum ersten Mal das Verhalten ihres Vaters. Dennoch verletzte sie seine Zurückweisung. Zum Abschied schenkte ihr die Mutter die Jacke. Klara vermutete, dass der Vater bis jetzt nichts von diesem Geschenk wusste. Geld für Kleidung auszugeben, war ihm zuwider. Die Mädchen bekamen nur das Nötigste. Doch diese Jacke aus dunkelgrauem Leinen war für Klara eine Art Schatz geworden. Sie hielt zwar nicht besonders warm, erinnerte Klara aber an ihre Mutter, die sie manchmal schrecklich vermisste. Vor allem jetzt.

»Hilf mir«, röchelte die Person am Boden. Es war eine Männerstimme.

Klara spürte einen unangenehmen Druck in ihren Schläfen.

Der Mann am Boden setzte sich mit einem heftigen Ruck auf, so dass sich sein Kopf unmittelbar vor Klaras Gesicht befand.

Der metallische Geruch von Blut strömte ihr in die Nase.

»Nimm das ...«, hustete der Unbekannte und griff nach ihrer Hand.

Einen Moment lang sahen sie sich in die Augen. Dann ließ Klara ihren Blick über den Kopf des Mannes gleiten. Seine Haare waren klatschnass und hingen in Strähnen von der Stirn. In Kombination mit dem Geruch ergab sich ein Bild, das sie am liebsten verdrängt hätte. Es war kein Wasser, sondern Blut. Der Mann hatte einen zertrümmerten Schädel.

»Was, was … ist denn passiert?«, stotterte Klara.

Der Mann sank nach hinten und ließ etwas in ihrer Hand zurück. Es fühlte sich an wie ein kleines, verschnürtes Päckchen. Klara streckte es weit von ihrem Körper weg. Fast so, als fürchte sie, dass jeden Augenblick ein Ungetüm daraus hervorbrechen könnte.

»Er kann nicht weit gekommen sein.«

Klara zuckte zusammen. Hier war noch jemand?

»Der ist bestimmt schon verreckt«, sagte eine weitere Stimme.

Klara stockte der Atem. Wo war sie hineingeraten? Sie versuchte, sich so klein wie möglich zu machen.

Der Mann am Boden röchelte erneut.

Diese Leute führten nichts Gutes im Schilde, das war offensichtlich. Wenn sie Klara in die Finger bekämen, würde es ihr sicher schlecht ergehen.

Da packte sie der Mann, den sie für einen Zementsack gehalten hatte, am Kragen und zog sie ganz nah zu sich herab. »Versteck dich!«, krächzte er ihr ins Ohr.

Ihr Körper war schwer wie Blei. Es kam ihr so vor, als drückte sie das Gewicht von riesigen Felsbrocken auf den Boden.

»Das ... Päckchen ...«, stieß der Mann gequält hervor. »Reisinger ... vertrauen ...«

Klara spürte das Päckchen in ihrer Hand. Plötzlich fühlte es sich heiß wie Feuer an. Sie wollte es am liebsten sofort fallenlassen. Oder besser noch: weit von sich werfen.

»Schau mal vorne bei der Winde nach«, sagte jemand ganz in ihrer Nähe.

Klaras Herz setzte für einen Schlag aus. Jetzt wirst du sterben, dachte sie. Tränen schossen in ihre Augen. Wo sollte sie sich verstecken? Als sie sich verzweifelt umschaute, bemerkte sie, dass der Mann am Boden seine Hand ausgestreckt hielt. Ihr Blick folgte dem Zeigefinger und sie entdeckte die Leiter am Gerüst unterhalb der Seilwinde.

»Versteckt … fünf … neun … achtzehnneunundsechzig …«, blubberte der Mann, als ob er Wasser im Mund hätte. Aber Klara wusste: Es war Blut.

Ein paar Schritte von ihr entfernt tauchte das Licht einer Laterne auf. Im Schein der Lampe konnte sie eine dunkle Gestalt erkennen. Es war höchste Zeit, sich zu verbergen. Dem Mann am Boden konnte sie nicht mehr helfen. Auf allen vieren kroch sie in Richtung Seilwinde und versuchte, möglichst keine Geräusche zu machen. Das Päckchen hatte sie in ihre Jackentasche gesteckt.

»Ich glaub, da liegt er«, rief der Mann mit der Laterne. Er war höchstens zehn Schritte von Klara entfernt. Der Lichtkegel würde sie gleich erfassen. Klara ertastete die unterste Sprosse der Leiter. Sie zog sich hinauf und kletterte die Leiter empor. Hätte sie nach unten geblickt, wäre ihr aufgefallen, dass just in dem Moment, als sie nach oben stieg, das Licht die unterste Sprosse der Leiter erhellte.

»Kommt her. Ich hab ihn«, rief der Mann mit der Laterne. »Besser gesagt: das, was von ihm übrig ist.«

Klara war oben auf einem Podest angekommen und presste sich flach auf den Boden. Sie traute sich kaum zu atmen. Sie konnte hören, wie sich weitere Schritte näherten. Sie fragte sich unablässig, was hier los war. Ihre heile Welt am Hof der Königin geriet ins Wanken, nein, eher ins Schleudern. Sie fühlte sich wie im Kettenkarussell auf dem Oktoberfest, das sie früher so gern gefahren war, nur dass sich dieses Karussell hier viel zu schnell drehte und ihr elend schlecht wurde.

»Wo hast du es?«, sagte jemand, den sie bislang noch nicht wahrgenommen hatte. »Gib uns, was wir wollen, und wir lassen dich in Frieden.«

Klara drehte ihren Kopf zur Seite. Durch einen Spalt im Boden des Podestes konnte sie die Szene beobachten.

Ein Mann kniete, mit dem Rücken zu ihr gewandt, über dem am Boden Liegenden. Zwei weitere standen ebenfalls mit dem Rücken zu ihr, so dass sie den Verletzten verdeckten. Einer hielt die Laterne. Im Schein der Lampe blitzte etwas in der anderen Hand dieses Mannes auf. Klara erkannte sofort, dass es sich um eine Klinge handelte. Hier würde gleich etwas Schreckliches passieren. Sie wollte die Augen schließen, aber sie konnte nicht. Schockiert starrte sie hinunter.

»Wo ist das Paket? Ich weiß, dass du es hast, Herold«, fuhr der kniende Mann den Verletzten jetzt deutlich lauter an und durchsuchte dessen Taschen.

Klara hatte den Namen Herold schon einmal gehört. Ihr fiel nur nicht ein, in welchem Zusammenhang.

Plötzlich packte der Mann Herold am Kragen und schüttelte ihn heftig. »Ich werde dich töten, wenn du es nicht sagst«, schrie er. »Wie einen räudigen Hund!«

Klara zitterte am ganzen Körper. Sie wünschte, sie könnte sich in Luft auflösen. Die Stimme des Mannes verwandelte sich in ein hasserfülltes Brüllen: »Lachst du mich etwa aus?« Er schleuderte den Verletzten hart auf den Boden zurück. Klara konnte den dumpfen Aufprall des Kopfes deutlich hören. Dann stand der Mann, der hier offensichtlich das Sagen hatte, auf. Er griff nach hinten unter seine Jacke und zog einen Gegenstand hervor. Klara benötigte einen Augenblick, bis sie erkannte, dass er jetzt eine Pistole in der Hand hielt.

Tu das nicht! Das darf nicht passieren. Ich will nach Hause. Oh mein Gott! Klara schwanden fast die Sinne. Sie fühlte sich einer Ohnmacht nahe.

Jetzt ging alles ganz schnell. Der wütende Mann stellte sich mit gespreizten Beinen über Herold und richtete die Pistole auf dessen Brust. Klara blickte genau in das Gesicht des Verwundeten und konnte es kaum glauben. Er lächelte. Im nächsten Augenblick drückte der Angreifer den Abzug. Der Schuss war so laut, dass

Klaras Körper unwillkürlich einen Satz nach oben machte. Herolds Lächeln erstarb und sein Kopf kippte zur Seite.

Der Schütze schaute seine beiden Begleiter an und steckte die Pistole zurück in den Hosenbund. Und er sagte etwas, das Klara Grünspans Herzschlag schier aussetzen ließ. Seine Stimme war ruhig und gefasst. »Und jetzt schauen wir nach, ob wir hier wirklich allein sind.«

Das Geheimnis des Kastellans

Benedikt Pfeifer wollte nur kurz in seiner Wohnung im Kavaliersbau das Medizinfläschchen auffüllen, das er immer bei sich trug. Dann würde er im Billardzimmer des Schlosses klar Schiff machen. Bei der anstehenden Nachtschicht konnte er ab und an ein Schlückchen gebrauchen. Allerdings ging sein Vorrat allmählich zur Neige, also musste er beizeiten den Küchenchef um Nachschub bitten. Am liebsten hätte er wieder Kirschwasser als Medizin, dachte er sich, denn das schmeckte ihm am besten. Die letzte Flasche, ein billiges Gemisch aus verschiedenen Obstbränden, war gottlob beinahe leer. Er hatte es von einer ihm völlig unbekannten Dame aus Füssen erhalten, als Dankeschön für die »interessante Führung«.

Bis zum Tag des Diebstahls hatte er sich nichts mehr dabei gedacht, fremde Leute durch die privaten Gemächer seiner Herrschaften zu führen. Er kam sich wichtig vor, wenn er mit seinem großen Schlüsselbund eine Tür nach der anderen öffnete und die erstaunten Gesichter der Leute sah, die ihm andächtig von Raum zu Raum folgten. Pfeifer konnte sich kaum erinnern, wann genau er damit angefangen hatte. Er wusste nur noch, dass ihn ein Arbeiter von der Neuen Burg eines Abends gefragt hatte, ob er da nicht etwas arrangieren könne. Es war an einem jener Samstage gewesen, an denen es den Kastellan nach Schwangau ins Wirtshaus in der alten Postkutschenstation zum Kartenspielen verschlug. Es kam eigentlich immer eine Runde Schafkopf zusammen. Das war sein Lieblingsspiel, aber man musste zu viert sein. Waren sie nur drei, konnten sie zur Not auch Watten oder eine Partie 66 spielen, wobei Letzteres eher etwas für die Preiß'n war, weshalb es Pfeifer nur im äußersten Notfall spielte. Er scheute den langen Fußmarsch nach

Schwangau nie, obwohl er eine dreiviertel Stunde dauerte. Für den Heimweg benötigte er meistens sogar noch länger. Das lag in der Regel am Bier. Es schmeckte ihm einfach zu gut. Zwischendurch gab es dazu ein Stamperl Schnaps.

Der Arbeiter spendierte ihm damals mehrere Maß. Als sie fertig gespielt hatten, nahm Pfeifer ihn mit nach Hohenschwangau. Obwohl er wusste, dass die hohen Herrschaften alle ausgeflogen waren, hatte er Angst, entdeckt zu werden. Im schwachen Schein einer kleinen Petroleumlampe gingen sie von einem Zimmer zum anderen. Der Arbeiter sprach die ganze Zeit über kein Wort, auch Pfeifer selber blieb beinahe stumm. Alles wirkte vollkommen fremd auf ihn, als wäre er zum allerersten Mal in diesen Zimmern. Wenn man mit der Lampe ganz nah an die Wände leuchtete, waren nur kleine Ausschnitte der großen Wandgemälde zu erkennen. Der Rest der Malereien soff zunehmend in der Dunkelheit ab. Die dargestellten Ritter und Edelfrauen aus den Heldensagen traten noch imposanter in den Vordergrund, wenn alles andere im Finstern lag. Bei dieser allerersten Privatführung empfand es der Kastellan noch so, als ob die gemalten Gestalten ihn mahnend anblickten. Aber je öfter er diese besonderen Rundgänge unternahm, desto mehr hatte er das Gefühl, als ob sie ihn wohlwollend beobachteten, ja es schien ihm sogar so, als wollten sie sich den nächtlichen Gästen voller Stolz präsentieren.

Dass er etwas Verbotenes tat, verscheuchte Pfeifer rasch aus seinen Gedanken. Schließlich war sein Einkommen, gemessen an der Pracht, die ihn täglich umgab, viel zu gering. Also, warum sollte er sich nicht etwas dazuverdienen? Manche bezahlten in Naturalien, mit Wurst oder Käse zum Beispiel. Aber ein paar Gulden auf die Hand waren ihm schon lieber, denn zu essen bekam er ja jederzeit in der Schlossküche. Pfeifer wusste, was es bedeutete, mit wenig Geld auskommen zu müssen.

Er war in ärmlichen Verhältnissen aufgewachsen. Als viertes von acht Kindern. Seine Eltern bewirtschafteten einen winzigen

Bauernhof in der Nähe von Trauchgau. Schon die eigentliche Familie zählte zehn Personen. Dazu kamen die Eltern seines Vaters. Sie lebten mit ihnen unter einem Dach. Die Alten bewohnten eine kleine Kammer, in die gerade so das Bett und ein Kleiderkasten passten. Das Zimmer von Pfeifers Eltern war nur ein wenig geräumiger. Wiederum nur ein kleines bisschen größer war der Raum für die Kinder. Und mit jedem neuen Geschwisterchen wurde es enger.

Die Schule durfte Pfeifer immerhin vier Jahre lang besuchen. Dann aber musste er jeden Tag von früh bis spät auf dem Feld oder im Wald helfen. Irgendwann kam sein Vater auf die Idee, dass es vielleicht nützlich sein konnte, wenn er das Maurerhandwerk erlernen würde. Den Hof durfte er nicht übernehmen, da er zwei ältere Brüder hatte, die noch vor ihm an der Reihe waren. Aber er könnte dann wenigstens sinnvoll mit Hand anlegen, wenn es am Haus etwas zu reparieren gab, hatte der Vater erklärt.

Schließlich kam er bei einem kleinen Bauunternehmen in Buching unter. Wenn es Arbeit gab, marschierte er eine gute halbe Stunde dorthin und nach Feierabend zurück. Wenn er Glück hatte, nahm ihn jemand auf dem Fuhrwerk mit.

Arbeit gab es selten und die Menschen im Voralpenland waren bitterarm. Wer kein Land bewirtschaften konnte oder ein eigenes Handwerk betrieb, hatte oft nicht einmal das Nötigste.

Die Aufträge für das Bauunternehmen waren rar. Arbeit hatten sie, wenn überhaupt, im Frühjahr und im Sommer. Erst als Kronprinz Maximilian im Jahr 1832 die verwahrloste Burg Schwanstein in der Nähe des Alpsees kaufte, änderten sich die Verhältnisse. Innerhalb von wenigen Jahren ließ er die Anlage erneuern und zu seinem Sommersitz umgestalten. Von da an gab es immer öfter Aufträge für die Firma und auch Pfeifer wurde hin und wieder nach Hohenschwangau mitgenommen.

Pfeifer war damals beinahe volljährig. Er wusste, dass es nicht mehr lang dauern würde, bis ihn der Vater vor die Tür setzte.

Abgesehen davon hielt er es kaum noch aus mit den Alten und den Geschwistern auf engstem Raum.

Er bemerkte, dass sogar die Pferde der Bediensteten im Schloss Hohenschwangau schönere und geräumigere Unterkünfte hatten als er selber. Da begann Pfeifer zu grübeln. Irgendwie musste er es schaffen, im Umfeld des Schlosses eine Arbeit zu ergattern. Ein glücklicher Zufall kam ihm schließlich zu Hilfe — oder besser gesagt: ein Unglücksfall.

Er setzte gerade mit seinem Meister, einem kleinen, kräftigen, sehr geschäftstüchtigen Mann, einen Fenstersturz, als der Bauleiter in den Raum stürmte. Pfeifer erinnerte sich nur noch an seinen Nachnamen: Ohlmüller. Dieser hatte vor wenigen Monaten die Nachfolge des verstorbenen Domenico Quaglio angetreten. Quaglio, ein ruhiger Mensch mit krausem Haar und wachem Blick, schien immer irgendwie abwesend zu sein. Oft führte er laute Selbstgespräche und bemerkte gar nicht, dass jemand im selben Zimmer stand.

»Quaglio ist nicht nur Architekt, sondern auch Theatermaler«, erfuhr Pfeifer von seinem Meister, wobei das Wort »Theatermaler« reichlich abfällig klang. »Ein Künstler«, ergänzte er noch und tippte sich mit dem Zeigefinger an seine hohe Stirn.

Ohlmüller war da anders, Pfeifers Meister nannte ihn »bodenständiger«. Letztlich führte Ohlmüller die Arbeiten weitestgehend nach Quaglios Entwürfen aus. Außerdem wurde ein zusätzlicher, vierter Turm unter Ohlmüllers Regie erbaut. Genau dort arbeiteten Pfeifer und der Maurermeister gerade, als der Bauleiter hereingestürzt kam.

»Habt ihr den Johannes irgendwo gesehen?«, fragte er die Männer.

»Also, ich nicht«, antwortete sein Meister und wandte sich Pfeifer zu. »Und du, Bursche?«

Pfeifer schüttelte den Kopf. »Schon seit drei Tagen nicht.«

Johannes war in Pfeifers Alter. Er lebte auf einem Hof in Schwangau, kam jeden Tag zum Schloss und sah nach dem Rechten. Denn es konnte ja passieren, dass Kronprinz Maximilian unvermutet auftauchte, und dann sollte alles in Ordnung sein. Außerdem half er Ohlmüller bei dessen alltäglichen Angelegenheiten.

Ein paar Stunden später kam Ohlmüller zurück. Sein Gesicht war kalkweiß.

»Was fehlt dir denn?«, fragte sein Meister den sichtlich verstörten Bauleiter. Der Maurermeister hatte die Angewohnheit, alle Menschen zu duzen. Auch Personen, die gesellschaftlich höher standen — und solche traf man in Hohenschwangau ja des Öfteren. Diese schauten ihn meistens verdutzt an. Eigentlich sprach man nur mit seinen Untergebenen so. Aber anscheinend waren die Angesprochenen zu perplex, um den Maurermeister zurechtzuweisen.

»Stellt euch nur vor«, begann der Bauleiter mit einem Zittern in der Stimme.

Pfeifer war überrascht, dass Ohlmüller nicht nur den Meister, sondern auch ihn ansprach, denn die meisten Leute ignorierten ihn einfach. Er war überzeugt davon gewesen, dass Ohlmüller ihn nicht wahrnahm, obwohl sie sich oft stundenlang im gleichen Raum aufhielten.

»Ein Knecht hat Johannes gefunden«, flüsterte er und senkte den Blick.

Pfeifer schwante Übles.

»Er hat sich in der Scheune aufgehängt.«

Sein Meister bekreuzigte sich, zog ein Taschentuch aus der Gesäßtasche und schnäuzte sich kräftig. »Wir müssen weiter machen, sonst wird der Mörtel hart«, sagte er und stupste Pfeifer an.

Ohlmüller schluckte hörbar, nickte ihnen zu und drehte sich um. Mit hängenden Schultern schlurfte er nach draußen. In Pfeifers Hirn schlugen die Gedanken Purzelbäume.

Der Bursche tat ihm leid. Er fragte sich, weshalb er das getan hatte. Pfeifer war gar nicht aufgefallen, dass es ihm schlecht ging. Aber wenn er ehrlich war, musste er sich eingestehen, dass er sich nie ausführlicher mit Johannes unterhalten hatte. Er kannte nicht mal seinen Nachnamen. Andererseits war das jetzt die Gelegenheit, auf die er gewartet hatte. Ohlmüller brauchte sicher einen neuen Helfer. Er durfte den Architekten nicht gehen lassen.

»Herr, ich muss mal«, log er den Meister an.

»Kannst du das nicht zurückhalten bis zur Mittagspause?«, schnauzte dieser zurück.

Wenn Ohlmüller erst mal außer Reichweite war, würde er ihn wohl nicht mehr finden und die Gelegenheit wäre dahin.

»Ich mach mir gleich in die Hose«, jammerte er.

»Pah!«

»Wirklich! Ich halt es nicht mehr aus ...«

Pfeifer versuchte, so weinerlich wie möglich zu klingen. Das war natürlich unter den hartgesottenen Männern der Maurerzunft verpönt.

»Dann verschwind'«, brüllte sein Meister und verpasste ihm einen Schlag mit der flachen Hand auf den Hinterkopf. »Und beeil dich, du Mimoserl.«

Das ließ sich Pfeifer nicht zweimal sagen. Er stürzte aus dem Zimmer und die schmale Wendeltreppe nach unten. Auf halber Höhe stand Ohlmüller und blickte versonnen aus einem der kleinen Fenster. Pfeifer rannte ihn fast über den Haufen.

»Gnädiger Herr«, stammelte er.

Ohlmüller schaute ihn ausdruckslos an.

Pfeifer nahm seinen ganzen Mut zusammen. Eigentlich sprach er niemanden von sich aus an. »Darf ich Euch bitte helfen? Ich lerne schnell. Ihr braucht doch bestimmt jemanden, oder nicht?«

Ohlmüller sagte nichts und blickte nun bedenklich drein.

Pfeifer erwartete, dass jeden Augenblick ein Donnerwetter über ihn hereinbrechen würde.

»Aber du stehst bereits in Arbeit. Was wird dein Meister sagen?«

»Könnt Ihr bitte mit ihm reden?«

Pfeifer konnte sehen, dass Ohlmüller angestrengt nachdachte.

»Ich überlege es mir. Versprochen. Und jetzt schnell zurück. Husch.«

»Danke, gnädiger Herr. Ich werde Euch nicht enttäuschen, gnädiger Herr.«

Pfeifer stolperte, sich andauernd tief verbeugend, rückwärts die Treppe hinauf. Er verbeugte sich selbst noch, als Ohlmüller ihn gar nicht mehr sehen konnte.

Als Pfeifer zwei Tage später in Buching vor dem Haus seines Meisters auf den Aufbruch nach Hohenschwangau wartete, ahnte er noch nichts von seinem Glück. Zur Begrüßung kassierte er vom Maurermeister erst einmal eine schallende Ohrfeige.

»Wir sind dir wohl nicht gut genug, Hundskrüppel, elendiger«, schrie der Meister. Dann setzte es noch einen Schlag. »Für die hohen Herrschaften will man jetzt arbeiten.«

Ohlmüller hatte also mit dem Meister gesprochen. Pfeifer durfte nicht einmal auf das Fuhrwerk aufsitzen und musste über eine Stunde bis zum Schloss nebenher laufen. Dabei hatte er viel Zeit, darüber zu grübeln, ob er jetzt tatsächlich für Ohlmüller arbeiten durfte. Oder aber im schlimmsten Fall dort nicht angestellt wurde und dazu noch seine Arbeit als Maurer verlor. Er war die ganze Zeit über vom Meister und den anderen Männern ignoriert worden, als würde er gar nicht existieren. Als er beim Abladen helfen wollte, stieß man ihn zur Seite. Er stand wie ein begossener Pudel im Schlosshof und war den Tränen nahe. Das geschah ihm am Ende ganz recht, kam es ihm düster in den Sinn. Warum hatte er Ohlmüller gefragt, bevor der arme Johannes überhaupt unter der Erde lag? So etwas konnte der Herrgott wohl nicht durchgehen lassen.

Plötzlich tippte ihm jemand sanft auf die Schulter. Es war der Bauleiter, der ihn freundlich anlächelte. »Komm, ich zeig dir, was heute zu tun ist.«

Pfeifer war ihm unendlich dankbar.

Der Bauleiter nahm Pfeifer regelrecht unter seine Fittiche und half ihm, sich rasch in seine neue Aufgabe einzufinden. Ohlmüller starb allerdings schon im darauffolgenden Jahr. Der Tod des Bauleiters bestürzte Pfeifer sehr. Vor allem hatte er große Angst, seine Arbeit zu verlieren. Doch man brauchte weiterhin jemanden, der sich um alles kümmerte. Eines Tages bekam er sogar eine kleine Kammer in einem Stadel unten im Dorf gestellt, damit er in der Nähe war. Kurz nachdem sich der Kronprinz mit der preußischen Prinzessin Marie vermählt hatte, ernannte man Pfeifer offiziell zum Bediensteten im Schloss Hohenschwangau.

Der Kronprinz bewohnte damals das zweite Stockwerk, seine Gemahlin die Gemächer eine Etage darunter. Ungefähr zwei Jahre nach Maximilians Thronbesteigung begann man, auf dem Schlosshügel ein weiteres Gebäude zu errichten. Außerdem verlegte man die Stallungen ins Tal, weil man jetzt mehr Platz für das größere Gefolge des Königs und der Königin benötigte. In dieses neue Gebäude durfte Pfeifer eines Tages einziehen, gleichzeitig mit der Beförderung zum Kastellan.

Er hatte es geschafft. Vom einfachen Bauernbub und Hilfsmaurer zum Verwalter des königlichen Schlosses in Hohenschwangau. Jetzt, 37 Jahre später, grämte er sich, weil er das alles aufs Spiel gesetzt hatte.

Natürlich war es nicht seine Schuld. Man hatte ihn hereingelegt. Wie konnte er ahnen, dass einer seiner nächtlichen Gäste den König bestehlen und ihn selber damit erpressen würde?

Sollte er jemals ein Wort darüber verlieren, würde er auffliegen, hatte der dreiste Dieb ihm gesagt. Er würde ihn nicht sofort umbringen, obwohl das ein Leichtes für ihn wäre, nein, er würde nur dafür sorgen, dass die königlichen Herrschaften von seiner Indiskretion erführen. Was dann käme, wäre viel schlimmer als zu sterben. Man würde ihn einsperren, zusammen mit gewöhnlichen Verbrechern und natürlich würde er seinen Posten als Kastellan verlieren. Jeder würde davon erfahren. Er möge nur an den Hohn und Spott denken, der dann über ihm ausgegossen würde.

Pfeifer wusste inzwischen, wie König Ludwig tickte. Laut Stallmeister Hornig gab es für den Monarchen kein größeres Übel als ungebetene Menschen in seiner privaten Umgebung. Deshalb hatte Hornig die Order ausgegeben, dass sich jeder Bedienstete sofort unsichtbar zu machen hatte, wenn er den Monarchen sah. Ludwig war menschenscheu. Er vermied öffentliche Auftritte, wo es nur ging, was für den obersten Repräsentanten des Staates natürlich schwierig war. Aber er ließ sich meistens von seinem Onkel Luitpold vertreten.

Mehrfach hatte Pfeifer Hornig sagen hören, dass der König seine Schlösser nur baue, damit er sich besser verstecken könne. Pfeifer wusste auch, dass die Öffentlichkeit die Bauprojekte des Königs eher argwöhnisch beäugte. Natürlich nicht vor Ort, denn hier gab es für die Menschen nun regelmäßig Arbeit. Man konnte ordentliches Geld verdienen. Aber in der Hauptstadt sah man das anders.

Vor allem die Verwandtschaft des Königs betrachtete die Sache kritisch. Sollte das Privatvermögen des Monarchen für seine Ausgaben nicht mehr reichen, könnte dies irgendwann das Familienvermögen beeinträchtigen, hatte Hornig gegenüber Pfeifer spekuliert. Die Minister waren nicht sonderlich begeistert davon, dass der bayerische König sein Schloss Linderhof nach dem Vorbild eines französischen Lustschlösschens umgestalten ließ. Seit 1871 war Bayern ein Mitglied des deutschen Reiches. Frankreich galt als Erzfeind.

»Und dann baut der König ein französisches Schloss nach«, echauffierte sich Hornig und schüttelte in einer Tour den Kopf.

»Das macht er mit voller Absicht, um den Deutschnationalen eines auszuwischen. Und es wird noch schlimmer kommen«, fügte er hinzu und ließ Pfeifer stehen.

Auf diese Andeutung von Richard Hornig konnte sich der Kastellan keinen rechten Reim machen. Was sollte denn da Schlimmeres kommen, rätselte er. Ludwig II. liebte und verehrte die französische Kultur. Was war daran falsch? Gut, Ludwig war durch ein Abkommen dazu gezwungen gewesen, an der Seite Preußens gegen die Franzosen in den Krieg zu ziehen. Aber es konnte schlicht nicht verwerflich sein, für die französische Architektur zu schwärmen. Für Pfeifer stand sowieso fest, dass Preußen der wahre Feind Bayerns war. Das sahen viele Menschen freilich ganz anders.

Dass es bei König Ludwig noch viel Abgründigeres gab als die Liebe zu den Franzosen, dämmerte Pfeifer erst, als der Monarch bemerkte, dass etwas aus seinen Privatgemächern in Hohenschwangau verschwunden war.

Ein paar Tage, nachdem Pfeifer ein kleines Grüppchen Männer durch das Schloss geführt hatte, klopfte ihm Hornig auf die Schulter. Pfeifer stand gerade in der Burgkapelle beim Altar und putzte die Fenster. Es kam ihm so vor, als starrten ihn die beiden Wittelsbacher-Fürsten in den Buntglasfenstern neben dem Altar durchdringend an. Auch der Gekreuzigte auf dem Altar blickte mahnend auf ihm herab.

»Der König tobt«, sagte Hornig scharf.

Pfeifer zuckte zusammen. Jetzt bist du aufgeflogen, dachte er augenblicklich. Irgendwann musste es ja so kommen.

»Ich muss alle befragen. Es wurde etwas aus den Gemächern seiner Majestät entwendet.«

Der Kastellan brachte keinen Ton hervor. Ein Diebstahl! Wenn man seine nächtliche Runde auch noch mit einem Diebstahl in Verbindung bringen würde, wäre es um ihn geschehen.

»Fangen wir gleich bei dir an. Wann warst du zuletzt in seinem Schlafzimmer?«

»Das ... das ist bestimmt schon Wochen her«, log Pfeifer und hoffte inständig, nicht rot zu werden.

»Und hast du gesehen, wer die letzten Tage rein und raus gegangen ist? Außer mir und den Kammerlakaien natürlich.« Pfeifer hatte das Gefühl, dass ihm sein gesamtes Blut in den Kopf schoss. Er musste hier unbedingt weg, denn er war ein miserabler Lügner.

Um keine Antwort geben zu müssen, versuchte er es schnell mit einer Gegenfrage. »Was fehlt denn?« Zweifellos klang er sehr besorgt.

»Das darf keiner wissen«, antwortete der Stallmeister und zog die Augenbrauen hoch. »Also, wenn dir noch etwas dazu einfällt, sag mir sofort Bescheid.«

Hornig ließ von ihm ab, um andere Bedienstete in die Mangel zu nehmen. Pfeifer atmete erleichtert auf.

Ein paar Tage später hörte er, wie ein paar Küchenmägde darüber tratschten, dass aus dem Schlafzimmer des Monarchen wichtige Dokumente verschwunden seien. Demnächst solle es wohl eine Durchsuchung aller Räume geben. Der Kastellan war zunächst tief beunruhigt. Aber Hornig sprach ihn nicht mehr auf den Vorfall an. Pfeifer schien aus dem Schneider zu sein. Die restliche Woche war er erleichtert und beschloss, sich auf seinen Kartenabend am Samstag zu freuen.

Zu Recht, wie sich zeigte, denn Pfeifer hatte an diesem Abend wirklich ein sensationelles Blatt, das Bier schmeckte deshalb noch besser als sonst und von einem Teil seines Gewinns gönnte er sich einen Extrakrug vor dem Nachhauseweg. Er hatte gerade die halbe Strecke zurückgelegt, als ihm plötzlich eine dunkle Gestalt den Weg versperrte.

»Ich habe mit dir zu reden, Pfeifer.«

Der Kastellan erkannte die Stimme sofort. Ihn befiel eine böse Ahnung.

»Haben Sie die Sachen aus dem königlichen Schlafzimmer gestohlen?«, fragte Pfeifer leise.

»Gestohlen? Nein, so würde ich das nicht sagen.«

Pfeifer konnte den Mann lächeln sehen. Seine Zähne schimmerten weiß in der Dunkelheit. Bis jetzt hatte er diesen Mann als zuverlässigen Zeitgenossen gekannt. Deshalb hatte er sich neulich nichts dabei gedacht, als er ihn mit ins Schloss genommen hatte.

»Ich habe sie mir nur ausgeliehen. Quasi als Pfand für schlechte Zeiten. Aber das behältst du schön für dich, hörst du!«

Pfeifer verstand nicht, was der Mann erzählte.

»Ansonsten bekommen Allerhöchstdieselben ein Problem. Das würde ihn den Thron kosten.«

»Und was habe ich damit zu schaffen?«, versuchte der Kastellan kühl zu parieren, obwohl ihm fast die Stimme versagte.

»Du, mein Lieber ...«, zischte der Dieb, »... du hast mir das Pfand besorgt und mir damit sehr geholfen. Dafür bin ich dir dankbar. Aber ...« Der Mann trat einen Schritt näher an Pfeifer heran. »... du hältst deine Schnauze. Kein Wort zu niemandem. Außerdem ...«, der Dieb hielt inne und packte Pfeifer Jackenkragen. Er zog ihn ganz nah an sich heran.

Der Kastellan konnte den Atem seines Gegenübers riechen. Er nahm eine Mischung aus Tabak und Haarwachs wahr. Unwillkürlich hielt Pfeifer die Luft an.

»... willst du etwa daran schuld sein, wenn der König abdanken muss und der Dynastie der Wittelsbacher unwiderruflicher Schaden zugefügt wird?«

Von dieser nächtlichen Begegnung an war für den Kastellan nichts mehr wie früher. Seine Gedanken kreisten andauernd um die verbotenen Führungen, die Nachforschungen von Hornig, die Drohungen des Diebes.

Benedikt Pfeifer füllte den letzten Rest des billigen Obstbrandes in sein silbernes Fläschchen, nahm einen Schluck und steckte seine »Medizin« in die Innentasche der Livree-Jacke. Bevor er sich auf den Weg zur Schlossküche machte, um beim Küchenchef nach dem guten Kirschwasser zu fragen und dann das Billardzimmer zu reinigen, dachte er an seinen Gehilfen Lenz. Der Junge musste schon oben in der Neuen Burg sein. Der Kastellan betete inständig, dass Lenz alles richtig machen und es keinen Ärger geben würde.

Pfeifers Gebete sollten nicht erhört werden.

Anfortas' Vasallen

Richard Reisingers Gedanken kreisten um sein Opfer. Wie ein Adler über der ahnungslosen Beute. Längst hatte er sie fixiert. Er musste nur noch zustoßen.

Er saß im Saal der *Postwirtschaft* in Schwangau und wartete, bis er mit seinem Bericht an der Reihe war. Aber er folgte den Ausführungen seines Vorredners nicht wirklich. Der Applaus der Zuhörer und ihr Klopfen auf die Tische würden ihn rechtzeitig warnen, dass der andere fertig und er gleich dran war. Noch konnte er seinen ganz eigenen Überlegungen nachhängen.

Reisingers Eltern stammten aus Berlin, wo auch Richard das Licht der Welt erblickte. Als er zwei Jahre alt war, zog die Familie nach München um. Sein Vater hatte eine Anstellung als Sekretär des preußischen Gesandten in Bayern bekommen. Die guten Beziehungen seines alten Herrn öffneten Richard später so manche Tür. Obwohl er sein Studium an der Münchner Universität bald abgebrochen hatte, engagierte ihn die Regierung von Preußen. Allerdings wurde er eine Art inoffizieller Mitarbeiter. Wenn der preußische Gesandte nähere Informationen über Aktivitäten der bayerischen Regierung oder des Königshauses benötigte, kam Reisinger ins Spiel.

Zu Beginn seiner Laufbahn in München hieß sein Vorgesetzter Heinrich VII. Prinz Reuß zu Köstritz. Dessen Beliebtheit hielt sich bei seinen Mitarbeitern zwar in Grenzen, Reisinger allerdings fand in ihm ein großes Vorbild. Reuß wirkte auf seine Untergebenen steif. Seine Bemerkungen kamen wie von oben herab. Er blieb auf Distanz und sprach nie über Privates. Reisinger aber schätzte seinen Sinn für Gerechtigkeit im Umgang mit seinen Untergebenen. Und er bewunderte sein Äußeres. Reuß achtete stets auf ein korrektes und gepflegtes Erscheinungsbild. Er trug jeden Tag ein frisches, weißes Hemd unter dem dunklen Anzug und aus der Brusttasche lugte stets ein gefaltetes Tuch hervor. Die Haare waren, wohl mit Unmengen von Haarwachs, streng nach hinten gekämmt, so dass seine hohe Stirn glänzend zur Geltung kam. Imposant wirkte der buschige Schnurrbart in Kombination mit den beinahe genauso dichten Augenbrauen. Als Reuß 1868 von König Wilhelm I. nach Russland versetzt wurde, war Reisinger wahrscheinlich der Einzige in der Münchner Gesandtschaft, der dies zutiefst bedauerte.

Geblieben war ihm der tägliche Drang, sein Erscheinungsbild an das von Reuß anzupassen. Das war das Schwierigste an seinem Auftrag hier in der Provinz: sich so anzuziehen, wie es ihm ein Bedürfnis war, und trotzdem nicht durch unpassend korrekte Kleidung aufzufallen. Auf das Tuch, die nach hinten frisierten Haare und den gewachsten Schnurrer wollte und konnte er nicht verzichten. Um den Schein zu wahren, trug er dann lieber ältere, abgenützte Anzüge.

»... übergebe ich nun das Wort an unseren Vorsitzenden Reisinger.«

Reisinger hörte die Worte des Schriftführers nur gedämpft, denn sein Verstand befasste sich noch mit Kastellan Pfeifer. Diesen Mann stufte er zunehmend als Risiko für seinen Plan ein. Zwar hatte er ihn unter Druck gesetzt. Aber der Alkohol lockerte Pfeifers Zunge. Das war kein Geheimnis. Reisinger hatte das schon mehr als einmal selber miterlebt. Wenn der Kastellan genug intus hatte, gab er sogar die eine oder andere Anekdote aus dem königlichen Privatleben zum Besten. Reisinger hegte größte Bedenken, dass der Kastellan nicht doch etwas ausplaudern würde.

Die Mitglieder des Krankenunterstützungsvereins klatschten und holten Reisinger endgültig in den Saal der *Postwirtschaft* zurück. Er platzierte das Problem Pfeifer in einer Schublade seines Gehirns, um diese erst zu gegebener Zeit wieder zu öffnen.

»Verehrte Mitglieder«, begann Reisinger und erhob sich von seinem Stuhl.

Der Saal war gut gefüllt. Von den nahezu zweihundert Bauarbeitern der Neuen Burg waren fast alle im Krankenunterstützungsverein organisiert. Nur wenige scheuten den monatlichen Beitrag.

»Zu Beginn meines Berichtes möchte ich unserem gnädigen Gönner und Förderer danken.«

Alle im Saal erhoben sich von ihren Plätzen und legten die rechte Hand auf die Brust. Reisinger liebte dieses Ritual, denn es schweißte die Männer zusammen. Alle fühlten sich dann zu dieser Gruppe zugehörig, beinahe wie zu einer großen Familie. Er war ihr aller Vater.

»Nun stimmen wir die Hymne für seine allerhöchste Majestät König Ludwig II. von Bayern an«, sagte Reisinger und begann zu singen.

»Heil unserm König! Heil!
Lang Leben sei sein Teil,
erhalt ihn Gott!
Gerecht und fromm und mild
ist er sein Ebenbild.
Heil unserm König! Heil! Gott gib ihm Glück …«

Reisinger lebte seit vier Jahren in Schwangau, in einer kleinen Wohnung, die zu einem Bauernhof im Mitteldorf gehörte. Die Schwester seines Vermieters war mit einem Hohenschwangauer verheiratet. Schon bald fand Reisinger heraus, dass zwischen Schwangauern und Hohenschwangauern eine gewisse Rivalität herrschte. »Die da oben!«, sagte sein Hauswirt immer, wenn er über die Hohenschwangauer Verwandtschaft sprach. Oder von »den Schlosserern«, wegen des Schlosses Hohenschwangau. Demnächst würde es in Hohenschwangau ja sogar zwei Königsschlösser geben. Der eine oder andere Hohenschwangauer bildete sich darauf schon eine Menge ein. Man nutzte jede sich bietende Gelegenheit, einen Schwangauer auf die Lage der Königsschlösser hinzuweisen, nämlich in Hohenschwangau. Dort lebten die königlichen Herrschaften. Nicht in Schwangau.

Für Reisinger war es eine große Umstellung gewesen, in der Provinz zu leben. Er hatte das Leben in der Stadt genossen. Am meisten fehlte ihm sein Stammcafé *Probst* in Neuhausen, wo es nicht nur die neuesten Nachrichten und Zeitungen gab, sondern auch gepflegte Gespräche mit interessanten Menschen über Politik, Kultur und Gesellschaft. Das verhielt sich mit den Ureinwohnern von Schwangau und Umgebung ein wenig anders.

Er mochte die Einheimischen mittlerweile, aber es hatte schon eine Zeitlang gedauert, bis er sich akklimatisierte. Der Bayer an sich verhielt sich eher zurückhaltend, wenig gesprächig und meist in sich gekehrt. Die Menschen in Schwangau waren da nicht anders. Fremde standen erst einmal unter Generalverdacht. Keiner konnte begründen, woher diese Skepsis stammte, aber jeder Auswärtige wurde scheinbar auf Herz und Nieren geprüft. Die Kriterien waren aber simpel. Stellte man sich als königstreu, katholisch und verheiratet heraus, erhielt man einen Vertrauensvorschuss. Genau all das traf auf Reisinger nicht zu. Er arbeitete für die preußische Regierung, war Protestant und ledig. Aber das musste ja keiner wissen. Hier draußen galt er als ein Münchner, den man zur Organisation der königlichen Bauverwaltung nach Schwangau abkommandiert hatte. Er gab sich selbstredend als Katholik aus. Seine Frau sei samt dem ersten Kind bei der Geburt verstorben. Um die Neugier der Leute zu befriedigen und seine erfundene Vita zu bestärken, trug er die verblichene Fotografie einer ihm völlig fremden Dame bei sich und zeigte sie bei jeder Gelegenheit her.

Da Reisinger in München aufgewachsen war, wusste er mit der Mentalität der Dorfbewohner umzugehen — auch wenn er von seinen Eltern her genau das Gegenteil gewohnt war: Vor allem seine

Mutter redete gern und viel. Sie sprach die Dinge oft aus, bevor sie zu Ende gedacht waren, ging offen auf die Menschen zu und war eine herzliche Person. Reisinger wusste, dass es letztlich die Mischung aus all seinen Erfahrungen mit dem menschlichen Umgang war, die ihm half, hier auf dem Land besondere Vertrauensverhältnisse aufzubauen.

»Sei bester König hier,
lang noch des Volkes Zier,
der Menschheit Stolz.
Der hohe Ruhm ist Dein
der Deinen Lust zu sein.
Heil unserm König! Heil! Heil, Herrscher, Dir!«

Als die letzten Töne des Liedes verklungen waren, herrschte andächtige Stille im Saal. Der Gesang der Männer war nicht unbedingt schön gewesen, aber ergreifend. Reisinger nickte mit dem Kopf als Zeichen für die Anwesenden, dass sie sich setzen durften.

Er hatte keine Ahnung, wie es der preußischen Vertretung in München gelungen war, ihm diesen Posten zu verschaffen. Reisinger fungierte als Mittelsmann zwischen dem Kabinettssekretär des Königs, der Bauleitung vor Ort und der Handwerksbetriebe, die am Schlossbau tätig waren.

Den Kabinettssekretär Eisenhart traf er in letzter Zeit äußerst selten in Hohenschwangau. Angeblich stand es mit dessen Gesundheit nicht zum Besten. Man munkelte, Eisenhart reibe sich zwischen dem König und der Regierung auf. Seit der Reichsgründung und dem Verlust der uneingeschränkten Souveränität Bayerns mied der Monarch seine Hauptstadt und zog die Einsamkeit der Bergwelt vor. Da Eisenhart als Bindeglied zwischen König und Ministerium fungierte, musste er viel reisen. Sehr viel reisen. Die Auffassungen der Minister und des bayerischen Herrschers, wie das Land zu regieren sei, klafften stark auseinander. Eisenhart, den Reisinger als stillen und gutmütigen Zeitgenossen kennengelernt hatte, war andauernd damit beschäftigt, die Wogen zu glätten. Anscheinend auf Kosten seiner eigenen Gesundheit.

»Wissen Sie, Reisinger«, flüsterte Eisenhart ihm eines Tages zu, »der Herr Ministerratsvorsitzende ist gar nicht so traurig darüber, dass seine Majestät mit all den Bauprojekten beschäftigt ist.« Sie standen damals im unteren Hof der Neuen Burg, genau vor der Eingangstür des Torgebäudes, über der der Freimaurerstern prangte, und warteten auf Bauführer Herold. Das war der Treffpunkt für ihre inoffiziellen Besprechungen. »Und ich finde es wichtig, dass die Leute hier Arbeit haben. Das sollte möglichst lang so bleiben. Jedoch muss das Ganze finanzierbar sein«, fügte der Kabinettssekretär hinzu.

Als Herold endlich auftauchte, begrüßten sich alle drei mit dem geheimen Handschlag ihres Bundes: Bevor sie die Hände zudrückten, berührten sich ganz kurz die Daumenkuppen. Dann gingen sie gemeinsam um die Ecke zu einer kleinen Eichentür an der Seite des Torgebäudes. Daneben befand sich noch ein kleiner Bau aus Sandstein, der unmittelbar zwischen dem Torhaus und der Schlucht stand. Reisinger war schon einmal in diesem Bauwerk gewesen. Schaufeln, Pickel und Vorschlaghämmer standen darin herum. In den Wandregalen lagerten Zangen, Stemmeisen oder Schachteln mit Nägeln aller Größen. Auf den offen daliegenden Trägerbalken hatte man Bretter und Holzriegel deponiert.

Als sie sicher waren, dass sie niemand beobachtete, schloss Reisinger die kleine Eichentür auf, die zum Keller des Torgebäudes führte. Sie war mit einem schweren Vorhängeschloss gesichert. Nur der erste Aufseher, Reisinger und Eisenhart besaßen einen Schlüssel. Reisinger entzündete eine Petroleumlaterne, die unmittelbar am Treppenabgang an der Wand hing, nahm sie vom Haken und ging voraus. Über eine schmale, steile Steintreppe gelangte man in den Keller unter dem Torbau. Beim Hinuntersteigen musste man sich ducken, um nicht mit dem Kopf anzustoßen. Erst unten konnten sie aufrecht stehen. Es war feucht und roch modrig. Der Keller befand sich direkt unter der Tür mit dem Freimaurerstern und umfasste zwei Räume, nämlich einen kleineren Vorraum und den etwas größeren Hauptraum. Reisinger zündete dicke Kerzen an, die in schmiedeeisernen Halterungen an den Wänden steckten. Nach und nach erfüllten tanzende Schatten das Felsennest, wie sie ihr geheimes Versteck nannten. Der vordere Raum war leer und kahl. Graue Pflastersteine bedeckten den Boden. Die Wände bestanden aus blanken Ziegeln, die sich gewölbeartig zu einer niedrigen Decke vereinigten. Der andere Raum war ein gutes Stück höher und mit einem Dielenboden aus gehobelten Fichtenbrettern wohnlich gestaltet. Die Rückwand zierte das übergroße Konterfei von Ludwig II., mit Ölfarbe auf den trockenen Putz gemalt. Die Augen des Königs waren dem Maler so plastisch gelungen, dass jeden, der den Raum betrat, das Gefühl beschlich, der Regent starre ihn durchdringend an. In der Mitte dieses Raumes stand ein runder Tisch aus Glas mit vier Stühlen. Drei davon gehörten den Führern der Loge. Der vierte war für Gäste. In der Mitte der Tischplatte stand ein vergoldeter Kelch mit einer ovalen Schale, dessen Fuß mit grünen Steinen verziert war. Jedes neue Mitglied wurde mit verbundenen Augen zum Aufnahmeritual in das Felsennest geführt und musste aus dem Kelch trinken. Zuvor jedoch pieksten sich sowohl die drei Aufseher des Bundes als auch der Neuling eine Nadel in die Kuppe des rechten Ringfingers und tröpfelten etwas von ihrem Blut in den mit Rotwein gefüllten Becher.

»*Unser Blut für den Herrn von Monsalvat,*
Unser Herz für das unsichtbare Königreich,
Stets befolge ich der Vasallen weisen Rat
Und setzte sie mit meinem Leben gleich,
Feierlich gelobe ich, das Geheimnis zu wahren,

Trotze schweigend der bittersten Pein,
Zur finstersten Hölle werde ich fahren,
Wollte ich kein Vasall mehr sein.«

Diesen Schwur sprachen die drei Aufseher vor. Der Neuling musste ihn nachsprechen, um daraufhin den Kelch in einem Zug zu leeren. Dass der Kelch nur ein Theaterrequisit war, das der erste Aufseher aufgetrieben hatte, wusste der Frischling natürlich nicht. Wenn man ihn beim mystischen Aufnahmeritual im Felsennest in Händen hielt, mochte man durchaus glauben, aus dem Heiligen Gral zu trinken — jenem Kelch, der die meistgesuchte Reliquie des Abendlandes war, weil Josef von Arimathäa angeblich das Blut des gekreuzigten Jesus Christus darin aufgefangen hatte.

Ihre Loge war ein inoffizieller Ableger der Freimaurerlogen. Bis auf ein paar Begriffe wie den Titel eines »Aufsehers« oder einer »eleusinischen Aufnahmezeremonie« hatte ihr Bund mit den Freimaurern nichts gemein. Eisenhart, Reisinger und der erste Aufseher hatten den geheimen Bund vor ein paar Jahren ins Leben gerufen. Mittlerweile war die Zahl von »Anfortas' Vasallen«, wie sie sich nannten, deutlich angewachsen. Sie zählten schon an die 20 Brüder. Von den Unternehmern bis zu den Vorarbeitern der Baustelle und den Bediensteten des Königs waren fast alle vertreten, die Einfluss in Hohenschwangau hatten. Somit war eine Struktur entstanden, die allen das Gefühl vermittelte, zu etwas Besonderem zu gehören. Die drei Aufseher kontrollierten auf diese Weise mehr oder weniger die Geschicke vor Ort.

Den Namen »Anfortas' Vasallen« hatte sich der erste Aufseher einfallen lassen. Anfortas war, der Legende nach, der Hüter des Heiligen Grals. Die göttliche Wunderkraft des Grals verjüngte seinen Hüter und verlieh ihm beinahe Unsterblichkeit. Die fleischliche Liebe allerdings war dem Gralshüter untersagt. Nichtsdestoweniger kämpfte Anfortas in einem Ritterturnier um die Gunst einer Dame.

Dabei wurde er von einem heidnischen Ritter mit einer vergifteten Lanze an der Leiste verletzt. Von diesem Tag an fristete Anfortas ein leidvolles Dasein in der Gralsburg Monsalvat. Der Gral hielt ihn am Leben. Aber alle Medizin und Heilkunst versagten. Sein Siechtum galt als göttliche Strafe. Laut einer Prophezeiung konnte nur ein Mensch mit vollkommen reinem Herzen den leidenden König erlösen und seinen Platz einnehmen. Dazu musste er ihn fragen, was ihm denn fehle. Dieser Erlöser war ein Ritter namens Parzival.

Reisinger kannte die Parzivalsage, denn er hatte die Dichtung von Wolfram von Eschenbach gelesen. Deshalb verstand er den Hintergedanken des ersten Aufsehers bei der Namensgebung ihres Bundes.

Ludwig II. hatte den bayerischen Thron als junger Mann voller Ideale bestiegen, um alsbald von der harten Realität eingeholt zu werden. Schon zwei Jahre nach seinem Regierungsantritt musste er seine Truppen in einen aussichtslosen Krieg gegen Preußen ziehen lassen. Reisinger war zwar stolz auf den Sieg seiner preußischen Heimat. Aber er wusste auch, dass Ludwig sich grämte, Soldaten in den sicheren Tod geschickt zu haben. Sein Seelenheil suchte der unglückliche Monarch zunehmend in Theater und Literatur. Er ließ sogar den bankrotten Komponisten Richard Wagner ausfindig machen und nach München holen. Dieser hatte die von Ludwig so geliebten Heldensagen über Tannhäuser und Lohengrin zu Opernstoffen verarbeitet. Doch schon nach kurzer Zeit brachte Wagners Hang zur Exzentrik und Verschwendungssucht die Münchner Bevölkerung gegen sich auf. Das Ministerium drohte unverhohlen mit Rücktritt und Ludwig musste Wagner notgedrungen auffordern, die Hauptstadt zu verlassen. Diese Ohnmacht, trotz seiner herausragenden Stellung als Monarch unschuldige Menschen opfern und sich dem Druck der Minister und des Volkes beugen zu müssen, hatte Ludwig seelisch verwundet. Für Ludwig sollte die Neue Burg eine Art Monsalvat werden. Eine versteckte Burg, die laut Überlieferung nur der entdeckte, der reinen Herzens war. Für alle anderen blieb sie unsichtbar. Ein Ort, an dem man sich trotz allen Leids sicher und geborgen fühlen konnte — wie in der Parzivalsage eben.

»Kommt der erste Aufseher wirklich?«, wollte Herold wissen, als sie zu dritt am gläsernen Tisch im Felsennest saßen. Seine Stirn glänzte feucht im Licht der großen Paraffinkerze, die Reisinger angezündet hatte.

»Natürlich kommt er. Schließlich haben wir einen wichtigen Auftrag für dich«, erklärte ihm Eisenhart mit sanfter Stimme.

»Es besteht kein Grund zur Sorge, Herold. Du musst nur aufmerksam sein«, versuchte Reisinger ihn zu beruhigen.

Aber Herold war nervös und er wurde noch unruhiger, als Reisinger das Päckchen auf den Tisch legte.

»Du musst diese kleine Schachtel gut hüten! Verteidigen auf Leben und Tod. Ihr Inhalt darf nicht in die falschen Hände geraten. Andernfalls besteht die Gefahr, dass die Bauarbeiten beendet werden und alle Arbeiter ihre Beschäftigung verlieren!«

Herold fuhr bei diesen Worten sichtlich der Schreck in die Glieder. Er wurde noch verkrampfter.

Dass es ein politisches Erdbeben geben würde und einen Skandal für das Königshaus, falls der Inhalt an die Öffentlichkeit kommen sollte, erwähnten sie Herold gegenüber nicht.

Ursprünglich wollte Reisinger den Inhalt des Päckchens als Druckmittel einsetzen, sofern der König mit dem Gedanken spielen sollte, die Bauarbeiten an der Neuen Burg zu beenden. Notfalls hätte man Ludwigs Verwandtschaft damit erpressen können, allen voran seinen Onkel Prinz Luitpold. Denn es konnte nicht in dessen Interesse sein, das Ansehen des Königshauses beschmutzen zu lassen. Reisinger wusste aus sicherer Quelle, nämlich der preußischen

Gesandtschaft, dass Luitpold gern seinen eigenen Sohn auf dem Thron gesehen hätte. Der hätte die Bautätigkeiten wahrscheinlich sofort beendet. Alle hier wären ihre Arbeit losgewesen.

Ludwig II. bezahlte den Bau mit seinen Einkünften aus der Kabinettskasse. Laut Eisenhart deckten diese durch die bayerische Verfassung geregelten Einnahmen des Königs die Ausgaben allerdings nicht mehr.

»Bald wird der König die ersten Kredite aufnehmen müssen. Dann wollen die Bankhäuser Sicherheiten«, meinte der Kabinettssekretär bei einem ihrer letzten Treffen.

»Und das wird nur über das gesamte Vermögen der Königsfamilie funktionieren«, folgerte der erste Aufseher der Vasallen.

»Es wird irgendwann Schluss sein mit dem Bauen und dem ganzen Geld, das er für Wagner ausgibt. Zumindest wird er sich gewaltig einschränken müssen.« Eisenhart stieß einen tiefen Seufzer aus und fuhr mit belegter Stimme fort: »Aber das will seine Majestät auf gar keinen Fall hören.«

»Sie werden es ihm beibringen müssen, Eisenhart«, konterte der erste Aufseher.

»Ich weiß. Und Sie wissen, was dann geschieht.«

Der erste Aufseher nickte.

Auch Reisinger war bewusst, dass der König Eisenhart dann entlassen würde.

»Eine Million!«, rief Eisenhart und sprang plötzlich von seinem Stuhl auf. Er umrundete den gläsernen Tisch ein paar Mal und setzte sich wieder hin. Reisinger und der Aufseher blickten ihn stumm an.

»Er kann jedes Jahr beinahe eine Million Gulden verprassen und es reicht ihm nicht«, flüsterte der Kabinettssekretär. Er ließ die Schultern hängen. Reisinger kam es so vor, als würde Eisenhart in diesem Augenblick innerlich resignieren. Auch Reisinger wusste, dass der bayerische König über ein jährliches Einkommen von über zwei Millionen Gulden aus der Staatskasse verfügte. Nach Abzug aller laufenden Kosten des Königshauses, wie für den Hofstaat oder den Unterhalt für Gebäude, Parks und Theater, aber auch Zahlungen für die anderen Familienmitglieder, blieb dem Monarchen eine gute Million für Privatausgaben. Das war die ominöse Kabinettskasse des Königs.

Der erste Aufseher fixierte Eisenhart. »Es wird nie reichen. Er ist von einem Virus infiziert, das ihn zwingt, weiterzumachen. Es ist Ihre Pflicht, ihn zu bremsen. Nur: Gehen Sie mit aller Zurückhaltung und Diplomatie vor.«

Reisinger konnte sich schon denken, weshalb der erste Aufseher nicht wollte, dass der König in Schwierigkeiten geriet. Er leistete seinen Dienst im unmittelbaren Umfeld des Monarchen. Es gab Gerüchte, dass er bei der Vergabe von Bauaufträgen üppige Provisionen kassierte.

Umso bedeutender war für Reisinger der Inhalt des Päckchens, denn damit konnte er letztlich selbst den ersten Aufseher in Schach halten. Am wichtigsten schien Reisinger allerdings die Möglichkeit, den Inhalt der Schachtel einzusetzen, um seine eigene Karriere beizeiten anzukurbeln. Schließlich wollte er bald weg aus der Provinz. Bei allem, was er von sich gab, war es ihm in Wirklichkeit herzlich egal, ob die Leute hier in der Gegend Arbeit hatten. Der preußische Gesandte würde ihn sicher befördern, wenn er ihm das Päckchen präsentierte. Denn auch für ihn enthielt die Schachtel unangenehme Details, die besser im Geheimen blieben.

Nur Reisinger kannte den wahren Inhalt des Päckchens. Dachte er anfangs. Erst nach und nach dämmerte ihm die Tragweite des Diebstahles. Inzwischen wurmte es ihn, dass er den beiden anderen Aufsehern überhaupt etwas von den Unterlagen erzählt hatte. Letztlich wollte er sich vor ihnen profilieren. Er hatte nicht damit gerechnet, dass Eisenhart und der erste Aufseher darauf bestehen würden, die Schachtel vorerst einem anderen Vasallen anzuvertrauen. Es hätte ihm klar sein müssen, dass der erste Aufseher ein besonderes Interesse an der Schachtel hatte. Aber Reisingers Geltungsbedürfnis war mit ihm durchgegangen. Außerdem machten die beiden anderen keinen Hehl daraus, dass seine Geschichte, wie er an die Unterlagen gelangt sein wollte, seltsam klang. Er hatte ihnen erzählt, dass sie vor ein paar Tagen plötzlich auf dem Bett in seiner Kammer in Schwangau gelegen seien. Dazu ein anonymes Hinweisschreiben, sich diskret um die Angelegenheit zu kümmern und die Unterlagen nicht in falsche Hände gelangen zu lassen. Der erste Aufseher hatte Reisinger aufgefordert, ihm die Unterlagen sofort auszuhändigen. Was kein Wunder war, denn schließlich gehörte er zum unmittelbaren Umfeld des Königs. Dort führte der Verlust der Dokumente mit Sicherheit zu heller Aufregung. Eisenhart hingegen verlangte zuerst etwas Bedenkzeit, wie mit der Angelegenheit weiter umgegangen werden sollte. Schließlich schlug er vor, die Unterlagen bei einer neutralen Person aufzubewahren. Mit Eisenharts Hilfe setzte sich Reisinger durch, sie Herold zur Aufbewahrung zu übergeben. Reisinger und der Kabinettssekretär überstimmten den ersten Aufseher, obwohl sich dieser mit Händen und Füßen wehrte. Doch letztlich war auch er den Regeln des Bundes verpflichtet. Der Kabinettssekretär vertraute Reisinger wohl nicht wirklich. Aber dem ersten Aufseher vertraute er augenscheinlich noch viel weniger.

Für Reisinger jedenfalls war das Verhalten des ersten Aufsehers ein deutliches Zeichen dafür, dass dieser Herold die Unterlagen baldmöglichst wieder abknöpfen wollte. Reisinger musste ihm zuvorkommen.

Als sie dann mit Herold im Felsennest der Neuen Burg saßen und auf den ersten Aufseher warteten, fielen Reisinger die Finger des Bauführers auf, die nervös auf die gläserne Tischplatte trommelten. Für einen Arbeiter erschienen sie ihm überraschend gepflegt und zart.

»Stimmt was nicht?«, fragte Herold irritiert, als er Reisingers prüfenden Blick bemerkte.

Bevor Reisinger etwas erwidern konnte, flackerten die Kerzen. Oben an der Treppe wurde die Tür geöffnet.

»Parole?«, fragte Eisenhart laut.

Die Eichentür des Felsennestes fiel krachend ins Schloss. Jemand stapfte mit schweren Schritten herunter.

»Monsalvat«, antwortete der erste Aufseher.

Herold hörte schlagartig mit dem Fingertippeln auf, als sich Richard Hornig auf den vierten Stuhl setzte.

Im Saal der *Postwirtschaft* klopften die Männer auf die Tische und applaudierten. Reisinger war mit seinen Ausführungen zu Ende. Er stieg vom Podium, ging zufrieden zurück an seinen Platz, öffnete die Schublade in seinem Kopf und holte sein Opfer heraus: den Kastellan Pfeifer.

Von allen, die in die Sache involviert waren, erschien ihm Pfeifer als das größte Risiko. Vielleicht war es besser, ihn aus dem Verkehr zu ziehen, bevor er sich irgendwann im Suff verplapperte.

Reisinger packte seine Notizen weg und ließ zum ersten Mal den Blick aufmerksam durch den Saal schweifen. Die nikotingeschwängerte Luft roch nach Bier und Männerschweiß. Auch ihm war es warm geworden. Er wischte sich mit seinem Tuch über die Stirn.

Herold war nirgends zu sehen. Normalerweise saß der Bauführer mit seinem Vorarbeiter in der ersten Reihe. Wahrscheinlich war er schon fort. Je länger Reisinger darüber nachdachte, desto sicherer war er, Herold den ganzen Abend nicht gesehen zu haben. Genauso wie den Kastellan. Aber gut, Pfeifer war kein Mitglied des Krankenunterstützungsvereins. Außerdem musste in Hohenschwangau die Geburtstagsfeier des Prinzen Otto vorbereitet werden. Da hätte er sowieso nicht kommen können. Ja, der Kastellan war ein Problem, das es zu beseitigen galt. Aber auch das

Päckchen wollte er wiederhaben. Unbedingt. Richard Reisinger zog eine weitere Schublade in seinem Hirnkästchen auf. »Herold« stand darauf geschrieben.

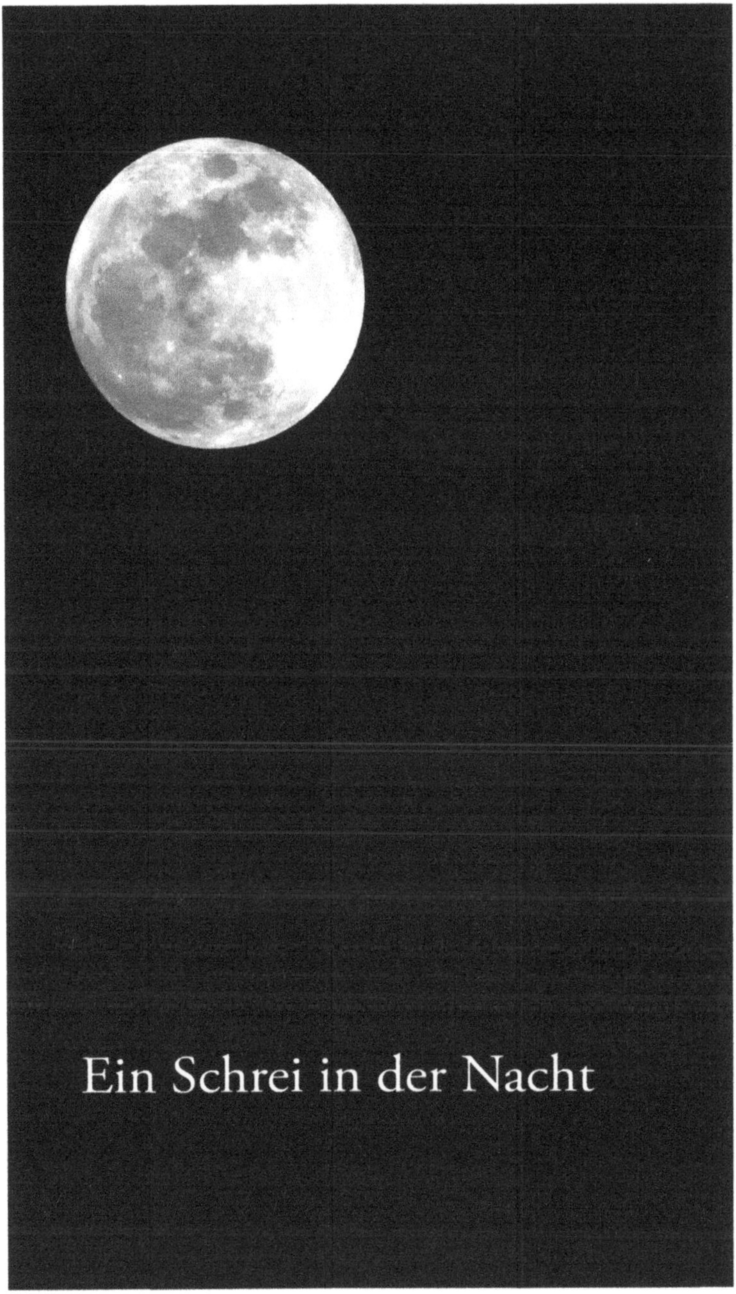
Ein Schrei in der Nacht

Sie eilten die Treppe des Turmes hinunter. Lenz trat ihm mehrfach in die Hacken, was Heiland jedoch zu ignorieren versuchte.

Nachdem Heiland dem jungen Gehilfen alles Nötige in der Wohnung des Königs gezeigt hatte, waren sie noch eine Weile auf einer der Bänke gesessen und hatten die Wandgemälde betrachtet. Sie konnten sich von den beeindruckenden Darstellungen über das Leben des Knappen kaum losreißen. Ständig entdeckten sie neue Details. Sie bewunderten die natürlichen Gesichtszüge der Figuren. So vergaßen sie die Zeit. Bis sie den Schuss hörten. Nach einem Moment der Schockstarre sprangen sie beinahe gleichzeitig von der Bank auf, rannten aus der Wohnung und überquerten eilig das Dach über den hölzernen Steg zum Treppenturm. Heiland vermutete, dass es im oberen Hof geknallt hatte. Da wollten sie jetzt hin.

Im Treppenhaus jagten ihm alle möglichen Szenarien durch den Kopf. Vielleicht war der Schuss ja doch nicht im Hof abgefeuert worden, sondern außerhalb der Baustelle, und der Knall war nur von den Felswänden zurückgeworfen worden. Oder es war gar nur irgendetwas krachend zu Boden gefallen, ein schweres Werkzeug oder Gerüststangen zum Beispiel. Diesen Gedanken verwarf er jedoch sofort wieder. Nein, er war sich sicher, den Schuss einer Pistole gehört zu haben. Er hatte als Soldat an zwei Kriegen teilgenommen und wusste, wie sich ein Pistolenschuss anhörte. Als er unten die Tür zum Hof aufriss, kam ihm noch ein ganz anderer Gedanke.

»Das war nur ein Streich, oder?«, rief er nach hinten zu Lenz, der ihm prompt in den Rücken rannte. »Wahrscheinlich irgendwelche

Strolche, die hier zur Gaudi rumballern«, antwortete er sich selber, ohne auf eine Erwiderung von Lenz zu warten.

Derartiges hatte Heiland vor einem knappen Jahr erlebt. Damals ging er mit Prinz Otto im Schlosspark von Nymphenburg spazieren. Es war eine laue Sommernacht und der Prinz wollte unbedingt noch frische Luft schnappen. Sie schlenderten gerade an der Amalienburg vorbei, als plötzlich mehrere Schüsse fielen. Der Prinz warf sich sofort flach auf den Boden und wimmerte leise. Seit einiger Zeit waren seine Krampfanfälle und Wahnvorstellungen schlimmer geworden. Heiland sah die Behandlungsmethoden der Ärzte äußerst kritisch. Wenn es Otto schlecht ging, wurde er gefesselt. Manchmal setzte es Schläge und man entzog ihm den Schlaf. Das konnte nicht heilsam sein, dachte Heiland. Aber er wurde nicht gefragt. Ottos Leibarzt Dr. Gietl würde in Gottes Namen schon wissen, was zu tun war. Doch Heiland fiel auf, dass Otto desto mehr an Angstzuständen litt, je häufiger er auf diese Weise therapiert wurde. Schon während des Frankreichfeldzuges hatte Otto unter Depressionen gelitten. Man versuchte, möglichst viel Rücksicht auf ihn zu nehmen. Wo es ging, hielt man den Prinzen von brenzligen Situationen fern, was allerdings nicht jedes Mal gelang. Wahrscheinlich hatte der Prinz seine Erlebnisse aus dem Krieg von 1866 noch nicht verarbeitet. Dann kamen die neuen Ereignisse aus dem Krieg gegen Frankreich hinzu. Das überforderte ihn restlos. Dass man ihm nun um der Genesung Willen Gewalt antat, konnte Heiland nicht nachvollziehen. Es war also kein Wunder, dass sich Otto bei den Schüssen im Nymphenburger Park zu Boden warf.

Heiland hatte sich damals entschieden, den Prinzen auf dem Boden liegen zu lassen und den oder die Schützen zu suchen. Seinen Schützling hätte er in diesem Zustand sowieso nicht zum Aufstehen bewegen können.

Der Park war riesig. Glücklicherweise waren Heilands Gehör und Orientierungssinn gut trainiert. Das verdankte er seinen zahlreichen, meist unerlaubten Ausritten als kleiner Junge. Nachdem er sich das erste Mal verirrt hatte, von seinem Vater stundenlang gesucht worden war und zur Belohnung eine gehörige Abreibung mit der Reitgerte verpasst bekommen hatte, lernte er, sich zu orientieren. Mit jedem weiteren, verbotenen Ausflug gelang es besser. Sein Gehör wiederum hatte er beim stundenlangen Warten im Stall verfeinert. Er harrte damals im Heulager der Tenne aus, öffnete die Luke, durch die das Heu in den Stall hinab geworfen wurde, und lauschte angestrengt. Bald konnte er jedes Geräusch von unten richtig zuordnen und wusste sofort, wann die Luft rein war, um auszubüxen. Sein Gehör funktionierte nach wie vor einwandfrei, worauf er stolz war.

Seine Laterne ließ Heiland in jener Sommernacht beim wimmernden Prinz Otto zurück. Trotzdem entdeckte er die Eindringlinge im Dunkeln rasch. Das lag vorwiegend an ihrem Geräuschpegel. Es handelte sich um stark angeheiterte Gestalten, die in ihrer Bierlaune nicht mehr flüstern konnten. Drei Burschen konnte er ausmachen. Heiland schlich sich an und nutzte den Überraschungseffekt. Den ersten schlug er mit dem Griff seiner Pistole auf den Hinterkopf. Der ging sofort zu Boden. Ohne zu zögern, versetzte er dem nächsten einen gezielten Fausthieb ins Gesicht. Der jaulte auf und sank in die Knie. Fast im selben Moment trat er dem letzten Burschen zwischen die Beine. Heiland stieß so fest zu, dass ihn sein eigener Fuß schmerzte. Der Bursche sackte zusammen, kippte vornüber und landete mit dem Gesicht auf dem Boden. Blitzschnell sammelte Heiland die zwei Pistolen ein, die die Eindringlinge bei seiner Attacke hatten fallen lassen.

Wie sich herausstellte, war einer der drei nach etlichen Maß Bier auf die Idee gekommen, seinem Vater, der gerade mit seiner Gemahlin im Theater weilte, zwei Pistolen aus der Schlafzimmerkommode zu stibitzen. Gemeinsam heckten sie aus, über die Mauer des Parks zu klettern. Sie hatten gehört, dass es auf dem Gelände Rebhühner und

Fasanen gab, auf die sonst die königlichen Hoheiten Jagd machten. Ihnen war wohl noch nicht zu Ohren gekommen, dass König Ludwig II. die Jagd verabscheute und die Tiere lieber beobachtete, als sie zu erlegen.

Nachdem Heiland seinen Zorn hinuntergeschluckt hatte, ließ er die Burschen laufen. Eigentlich hätte er sie melden müssen. Dann wären sie verhaftet und eingesperrt worden. Er wollte aber nicht, dass ihnen dieser Dumme-Jungen-Streich die Zukunft ruinierte. Wobei er in Anbetracht ihres nicht sonderlich sprühenden Verstandes bezweifelte, dass diese Zukunft so rosig aussehen würde.

Sie hatten ihre Abreibung von ihm bekommen. Hinterkopf, Gesicht und Unterleib würden am folgenden Morgen noch schmerzen. Die Pistolen musste der Vater am nächsten Tag persönlich bei Heiland abholen. Dem würde sicherlich eine angemessene Strafe für seinen Sohn und dessen Freunde einfallen, dachte sich Heiland. Als schließlich weitere Wachsoldaten bei Heiland eintrafen, waren die drei bereits zurück auf der anderen Seite der Mauer.

»Hier ist nichts«, log er und suchte mit den anderen noch eine Weile erfolglos den Park ab.

An ein lautloses Anschleichen, so wie im Nymphenburger Park damals, war auf der Baustelle aber nicht mehr zu denken. Lenz und er hatten einen Höllenlärm veranstaltet, als sie die knarzende Holztreppe im Turm hinuntergerannt waren. Aber vielleicht war ja das Poltern ihrer Schritte durch das Rauschen der Pöllat übertönt worden, überlegte Heiland. Er entschied sich, es wenigstens zu versuchen.

»Von jetzt an mucksmäuschenstill«, flüsterte er und presste dem überraschten Gehilfen den Zeigefinger auf die Lippen. »Es ist auf jeden Fall besser, du wartest hier. Ich erkunde das erst mal alleine.«

»Aber ...«, begann Lenz.

»Kein aber! Du rührst dich nicht vom Fleck.«

Der Junge wollte noch etwas erwidern, doch Heiland legte erneut seinen Finger auf Lenz' Mund.

»Wenn ich in einer Viertelstunde nicht zurück bin, rennst du nach unten und alarmierst die Schlosswache in Hohenschwangau.«

Heiland öffnete das Türchen seiner Lampe, pustete die Kerze aus und drückte Lenz die Laterne in die Hand.

»Lass dein Licht nicht ausgehen, aber verstecke es drinnen, bis ich wiederkomme. Es darf nicht zu sehen sein«, sagte er zu Lenz und deutete zur Tür, aus der sie gerade getreten waren. Dann ließ er den Jungen allein und schlich zur Freitreppe. Nur ein schmaler Teil der Treppe war begehbar. Der Rest war mit Holzplanken abgedeckt. Das war ihm bereits bei seiner Ankunft mit Stallmeister Hornig aufgefallen. Die Planken lagen wahrscheinlich aus, damit man Lasten hinaufziehen oder schneller hinunterbefördern konnte, wie bei einer Rutschbahn. Als er die erste Stufe erklommen hatte, meinte er trotz des rauschenden Wasserfalls eine Stimme zu hören. Heiland blieb stehen und lauschte. So sehr er sich anstrengte, es war kein Laut mehr zu vernehmen. Nur das Tosen der Fluten.

Also ging er weiter und erreichte einen Absatz. Die Treppe führte im rechten Winkel weiter nach oben. Heiland tastete nach der Pistole in seinem Schulterhalfter und zog sie heraus.

Obwohl er Soldat war, hasste er es zu schießen. Die Bilder von totenbleichen Gesichtern und blutüberströmten Körpern hatten sich tief in seine Seele gefressen. Manchmal träumte er von einem Soldaten, den er auf dem Gewissen hatte. Es war in den ersten Stunden des deutsch-französischen Krieges gewesen. Heiland ritt mit seinem Armeekorps in Richtung Vogesen, als sie überraschend bei Wörth in eine Schlacht gerieten. Im Getümmel tauchte in ihren Reihen wie aus dem Nichts ein französischer Reiter auf, der auf Prinz Otto zustürmte. Keinem gelang es, ihn zu stoppen. Als sein Pferd von einer Kugel niedergestreckt und zu Boden geschleudert wurde, dachte Heiland, der Mann sei ebenfalls tot. Er lag mit dem

Gesicht nach unten. Heiland stieg ab und wollte den Franzosen umdrehen. Als er ihn fast erreicht hatte, sprang der vermeintlich Tote plötzlich auf, zog seinen Säbel und schien ihn auf den Prinzen schleudern zu wollen. Doch Heiland reagierte schneller. Er erinnerte sich noch heute ganz genau an das Aussehen des jungen Mannes, an die schweißnassen, dunklen Haare, die auf seiner bleichen Stirn klebten. An seine strahlend blauen Augen, die ihn — weit aufgerissen — anstarrten, bevor Heilands Geschoss seinen Kopf zerriss. Heiland hatte aus nächster Nähe gefeuert. Blut und Hautfetzen des Franzosen spritzten auf sein eigenes Gesicht.

Heiland hatte in dieser Situation zwar seine Pflicht getan. Aber der Schock über das Erlebte saß tiefer, als er sich zunächst eingestehen wollte. Während des Krieges bemerkte er noch nichts davon. Erst als alles vorüber war, begannen die Albträume. Sie verfolgten ihn fast jede Nacht. Er wachte stets schweißgebadet auf. Genau in jenem Moment, als die Augen des Franzosen ihn anstarrten und zu verschlingen drohten. Wahrscheinlich hing damit seine Blockade zusammen. Seit einiger Zeit musste er sich zum Schießen überwinden. Er hatte zwar seit Langem keinen Ernstfall mehr erleben müssen. Aber selbst bei den routinemäßigen Schießübungen fühlte er sich unbehaglich. Er musste sich regelrecht zum Abdrücken zwingen und traf längst nicht mehr so zielgenau wie früher.

Auch jetzt zitterte die Hand, in der er die Hinterlader-Pistole hielt. Die Waffe fühlte sich eiskalt und schwer an. Viel unhandlicher und massiver, als sie in Wirklichkeit war. Es war noch dieselbe Pistole wie damals in Wörth. Er hatte sie behalten, obwohl man im bayerischen Heer mittlerweile die moderneren preußischen Waffen benutzte. Eigentlich hätte er sie mit Freuden gegen eine neue eintauschen müssen, weil er mit ihr dieses grausige Erlebnis verband. Aber er konnte sich nicht von ihr trennen und wusste gar nicht, weshalb. Jetzt lag sie tonnenschwer in seiner Hand und zog seinen ganzen Arm nach unten. Es fühlte sich an, als ob er einen Eimer voller

Blei halten würde. Diese Waffe würde er niemals heben können, um damit zu schießen. Er spürte kalten Schweiß auf seine Stirn treten. Trotzdem machte er den nächsten Schritt. Es kam ihm so vor, als ob er die Pistole über die Stufe wuchten müsse. Wie zur Unterstützung packte er mit der freien Hand das Handgelenk mit der Pistole und drückte es beim Gehen mit nach oben. Über ihm tauchten die Umrisse eines Gerüstes auf. Also hatte er den oberen Hof beinahe erreicht. Er blieb nochmals stehen, um zu lauschen, und konnte tatsächlich Stimmen hören. Es drangen zwar nur einzelne Wortfetzen an sein Ohr. Aber je intensiver er in die Dunkelheit hinein lauschte, desto deutlicher traten die unterschiedlichen Klangfarben der Stimmen hervor.

Das waren mindestens drei Personen, die da sprachen. Drei Männer, vermutete er. Und es hörte sich nicht nach betrunkenen Jugendlichen an.

»... brauchen keine Zeugen ...«, sagte jemand in allernächster Nähe.

Das war kein Lausbubenstreich. Heiland musste sich entscheiden. Es erschien ihm plötzlich klüger, sich unbemerkt zurückzuziehen und mit dem Jungen nach Hohenschwangau zu laufen, um Verstärkung zu holen.

»Schau mal da oben«, hörte er einen Mann sagen.

Plötzlich tauchte über ihm ein Lichtkegel auf. Er konnte deutlich eine Gestalt erkennen. Sie hielt eine Lampe in die Höhe. In ihrem Schein sah Heiland eine Leiter, die am Gerüst lehnte. Darüber befand sich die große Seilwinde, erinnerte er sich. Der Unbekannte mit der Laterne war im Begriff, die Leiter hinaufzusteigen, während ein weiterer Mann an den Treppenabsatz herantrat.

»Wenn da nichts ist, hauen wir ab«, sagte er.

Heiland hatte den Augenblick verpasst, unauffällig zu verschwinden. Jetzt musste er bewegungslos ausharren, damit sie ihn nicht entdeckten. Die beiden Männer waren keine zehn Fuß von ihm entfernt. Wenn sie jetzt nicht fanden, was sie suchten, würden sie höchstwahrscheinlich die Treppe herunterkommen, auf der er gerade stand. Sie würden ihn entdecken, obwohl er sich so eng wie möglich an die Mauer presste. Er umklammerte die Pistole fester und spannte ganz vorsichtig den Hahn.

»Hier ist jemand«, brüllte der Mann auf der Leiter.

Im selben Moment hallte der grelle Schrei einer Frau durch die Nacht.

Herzliebster,
bist du tot?

Sie waren also tatsächlich beobachtet worden. Sein Gespür hatte ihn nicht getrogen.

»Schafft sie hier runter«, blaffte Pankraz seine namenlosen Helfer an. Er fragte sie nie nach ihren Namen. Selbstverständlich erzählte er auch nichts von sich. Noch immer loderte in ihm der Zorn auf den einen Burschen, der seinen Harndrang nicht hatte kontrollieren können. Das war diesem anscheinend auch nicht entgangen. Er bemühte sich seitdem, sein Missgeschick wiedergutzumachen, und hatte sich äußerst eifrig bei der Suche nach Herold eingebracht. Er stand neben Pankraz am Fuß der Leiter und versuchte, seinem Kumpanen, der oben stand, mit der Laterne zu leuchten.

»Gib mir die Lampe«, blaffte Pankraz ihn ungeduldig an und stieg auf die unterste Sprosse der Leiter.

»Hör auf, dich zu wehren, dann tut's nicht weh«, sagte barsch jener, der oben stand und versuchte, nicht den Halt zu verlieren, während er an der Frau zog.

Sie schrie markerschütternd. Jemand musste ihr unbedingt das Maul stopfen, sonst hörte man sie noch im ganzen Dorf unten, dachte sich Pankraz. Ihr Gekreisch hallte ohne Ende in seinem Kopf wider. Es kam ihm schier so vor, als sei sein Schädel der Lautsprecher eines Grammophons, auf dem eine misstönende Platte mit Sprung abgespielt würde.

Pankraz mochte keine Frauen. Genauer gesagt hegte er eine regelrechte Aversion gegenüber dem weiblichen Geschlecht. Schon die Gespräche der Soldaten in der Kaserne über ihre sexuellen Gelüste und Abenteuer oder darüber, wie ein Frauenkörper beschaffen sein müsse, widerten ihn an. Anfangs war er geschockt über diese freizügigen Aussagen der Männer. Solche Dinge hatte zuvor noch niemand in seiner Gegenwart ausgesprochen. Allein der Gedanke daran, was sich unter den Kutten der Fräuleins in der Findlingsstraße verbarg, bereitete ihm Übelkeit. Diese perversen Männergespräche machten ihn geradezu krank. Er entschied sich, wegzuhören. Wann immer dieses Thema angeschnitten wurde, schloss er die imaginären Tore seiner Ohren und summte ein Lied:

»Ich hab die Nacht geträumet
Wohl einen schweren Traum.
Es wuchs in meinem Garten
Ein Rosmarienbaum.
Ein Kirchhof war der Garten,
Das Blumenbeet ein Grab,
Und von dem grünen Baume
Fiel Kron und Blüten ab.'
Die Blüten tät ich sammeln
In einem großen Krug,
Der fiel mir aus den Händen,
Dass er in Stücke schlug.
Draus sah ich Perlen rinnen
Und Tröpflein rosenrot.
Was mag der Traum bedeuten?
Herzliebster, bist du tot?«

Er summte dieses Lied immer und immer wieder. Es war automatisch da, wenn er von der Außenwelt nichts mitbekommen wollte. Sobald sich die Türen in seinem Kopf schlossen, ertönte das Lied und er hörte dazu den Klang einer Frauenstimme. Diese Stimme war stets dieselbe. Sie klang zuerst sanft und melodisch, wurde lauter und brummte die letzte Strophe qualvoll misstönend.

Dass er sich nie an diesen Männergesprächen beteiligte, fiel natürlich auf, aber man ließ ihn weitestgehend in Ruhe. Schließlich war er nur der Hausmeister. Nur ein einziges Mal meinte ein Frischling, ihn deswegen dumm anreden zu müssen. Ob er die Sprache verloren hätte, fragte er Pankraz. Wahrscheinlich habe man ihm die Zunge herausgeschnitten, witzelte er mit den anderen Neuen. Und sein Geschlechtsteil auch, setzte er noch einen drauf. Nach einem gezielten Hieb von Pankraz mit der Handkante auf den Kehlkopf sprach der Rekrut eine ganze Weile nur noch unter Schmerzen. Alle wunderten sich, dass der Hausmeister so zielgenau zuschlagen konnte, und machten von da an einen großen Bogen um ihn. Beinahe wäre so seine Tarnung als Hausmeister aufgeflogen. Sein Herr reagierte ungehalten. Das dürfe nie wieder passieren, schalt er Pankraz. Seine Ausbildung und Identität müssten unbedingt geheim bleiben.

Seinen Unterricht erhielt Pankraz nachts, wenn die anderen in ihren Betten schnarchten. Tagsüber kümmerte er sich um seine Hausmeistertätigkeiten und schlief. Er durfte nie länger als drei Stunden am Stück ruhen. Das war ein wichtiger Bestandteil seiner Ausbildung gewesen. Es hatte etwas gedauert, bis er an diesen Rhythmus gewohnt war. Inzwischen konnte er gar nicht mehr anders. Im Gegenteil. Er kam lang ohne Schlaf aus, wenn es denn sein musste.

Pankraz hauste in einem abgelegenen Zimmer auf dem Dachboden des Mannschaftsgebäudes. Er besaß nur eine Matratze, die auf dem Boden lag, und eine kleine Truhe für seine Kleidung. Er sollte jeden unnötigen Kontakt zu den anderen vermeiden. Es fiel ihm nicht schwer, allein zu sein. Ganz im Gegenteil.

»Jetzt komm«, brüllte sein Helfer auf der Leiter die Frau an.

Er hatte sie an ihrer Jacke gepackt und versuchte, sie herunterzuziehen, während sie sich mit aller Kraft am Rand des Podestes festklammerte.

»Lass mich mal ran«, herrschte Pankraz den Helfer über sich an, drückte dem Blasenschwachen die Lampe wieder in die Hand und steckte die Pistole in seinen Hosenbund.

Mit einem Ruck riss er den Mann von der Leiter, so dass der auf dem Hinterteil landete. Pankraz ignorierte dessen verdutzten Aufschrei und zog sich nach oben. Die Frau oder das Mädchen, so genau konnte er das nicht erkennen, wollte die Gunst der Stunde nutzen und sich nach hinten wegrollen, aber Pankraz war schneller. Mit hartem Griff packte er sie an den Haaren. Er spürte einen heftigen Widerwillen in sich aufsteigen. Pankraz wollte diese Frau nicht berühren. Er hätte Handschuhe anziehen sollen!

Die Frau stieß einen lauten Schrei aus, als er sie zu fassen bekam. Das irritierte ihn für einen Augenblick dermaßen, dass er seinen Griff lockerte. Sie schaffte es, sich von ihm loszureißen. Es blieb ein Büschel Haare in seiner Hand zurück. Die Haare der Frau streichelten samtweich seine rauen Handflächen. Pankraz schüttelte sich, als ob ihm ein kalter Schauer über den Rücken liefe. »Teufelswerk!«, murmelte er, schleuderte die Haare weg und packte erneut zu. Diesmal aber fester.

»Hilfe!«, schrie die Frau.

»Halt' s Maul«, übertönte Pankraz sie. Er zog sie mit aller Kraft zu sich her.

Sie stemmte sich vergeblich gegen seinen Griff. Schließlich packte sie seine Hände und krallte ihre Fingernägel in sein Fleisch.

Der Schmerz machte Pankraz nur stärker.

»Hör auf ... Ich will nicht ...«, jammerte sie mit tränenerstickter Stimme.

Ihr Widerstand war beinahe gebrochen. Pankraz spürte es deutlich. Er packte sie noch brutaler und sprang, sie mit sich reißend, rückwärts von der Leiter. Die Frau schlitterte über den Rand des Podestes und schlug vor seinen Füßen mit dem Gesicht auf dem Boden auf. Jetzt war sie still. Sie lag flach auf dem Bauch und rührte sich nicht mehr. Pankraz war erleichtert, dass sie keinen Laut mehr von sich gab. Er musste sie noch einmal anfassen, wenn er das Päckchen finden wollte. Wieder kroch ein Unwohlsein durch seine Eingeweide.

»Du da.« Er drehte sich zu seinem speziellen, blasenschwachen Freund um. Der zuckte merklich zusammen. »Untersuch sie. Wahrscheinlich hat sie das Päckchen.«

Bis jetzt hatte Pankraz seine Aufträge immer erfüllt. Noch kein einziges Mal musste er seinen Herrn, der sich selber Herr Schilling nannte, enttäuschen. Pankraz sprach ihn nur mit »mein Herr« an, so wie es ihm befohlen worden war. Aber er war froh, den Namen seines Herrn zu kennen. So wurde dessen übermächtige Erscheinung ein wenig menschlicher. Ansonsten pflegte Pankraz keine sozialen Kontakte und lebte für sich allein. Herr Schilling war seine einzige Bezugsperson. Die anderen Menschen sah er nur als notwendige Zutat bei seinen Aufträgen, als Mittel zum Zweck.

Nachdem ihn sein Herr aus der Findlingstraße mitgenommen hatte, brachte er Pankraz in eine Kaserne nach Regensburg. In einem ehemaligen Minoritenkloster, das nach der Säkularisierung in eine militärische Einrichtung verwandelt worden war, blieb er drei Jahre lang von der Außenwelt abgeschottet. Wie sein Herr ihm erzählte, waren die Minoriten ein Ableger des Franziskaner-Ordens. Doch sie mussten den militärischen Bedürfnissen der weltlichen Herrscher weichen.

»Vor der Säkularisation konnte sie ihr Gott nicht beschützen«, erklärte ihm sein Herr damals. »Der Kurfürst und der Staat waren stärker. Sie ließen den Menschen zwar ihren Glauben, übertrugen aber dem Kurfürstentum einen Großteil des kirchlichen Vermögens. Außerdem«, schloss er seinen kleinen Vortrag grinsend, »wollten die Franziskaner ja ohnehin in Armut leben.«

Nach all den Bestrafungsritualen, dem Hunger und den Beschimpfungen, die Pankraz bei den Fräuleins erlebt hatte, fühlte er sich hier sicher. An diesem Ort gab es keine Peiniger unter dem Deckmantel der Kirche. Hier herrschte der Staat. Pankraz würde nichts Schlimmes widerfahren. Das dachte er zumindest.

Natürlich täuschte er sich. Aber hier lernte er wenigstens, sich zu wehren — was der vorlaute Rekrut dann als Erster erfahren musste. Pankraz' Ausbildung hatte noch in der Nacht seiner Ankunft in Regensburg begonnen. Pankraz war hundemüde und konnte die Augen kaum offen halten, denn der Tag war aufregend und anstrengend gewesen. Er hatte sich gerade auf seine Matratze gelegt und die Augen geschlossen, als sein Herr ihn unsanft weckte.

»Steh auf, Junge«, schrie er ihn an und klopfte mit seinem Stock auf Pankraz' Brustkorb. »Heute übernachtest du woanders.«

Schlaftrunken torkelte Pankraz hinter seinem Mentor her, bis sie draußen im Freien waren.

»Klettere da hinauf und such' dir ein schönes Plätzchen«, befahl Herr Schilling und stupste ihn mit dem Stock unter eine gewaltige Linde, die unmittelbar neben dem Exerzierplatz stand.

Als Pankraz ihn ungläubig anstarrte, bohrte ihm Herr Schilling das Stockende in seine Nieren.

»Keine Fragen. Kein Zögern. Das ist unsere Abmachung«, herrschte ihn Herr Schilling an. »Sonst bringe ich dich zurück. Jetzt sofort.«

Pankraz zögerte nie wieder, wenn sein Herr ihm einen Befehl erteilte. Mit der Zeit gewöhnte er sich auch an das Schlafen im Baum. Die ersten drei Monate verbrachte er jede Nacht dort. Bei Wind und Wetter. Erst umklammerte er noch verkrampft den Baumstamm, bis er in der zweiten Nacht eine Astgabelung fand, in die er sein Gesäß zwängte. An den Stamm lehnen konnte er sich auch. Es dauerte ein paar Wochen, bis er zum ersten Mal tief und fest schlief, ganz ohne Angst, hinabzustürzen.

Als er zum ersten Mal nachts wieder auf seiner Matratze lag, vermisste er sogar den Duft seines Lindenbaumes.

Die Lektion, die er damals lernte — neben dem absoluten Gehorsam seinem Herrn gegenüber –, war das Verschmelzen mit seiner natürlichen Umgebung. Er saß sogar tagsüber oft auf der Linde, selbst wenn es ihm gar nicht anbefohlen war. Er wurde nie entdeckt, obwohl es auf dem Kasernenhof nur diesen einen Baum gab. Im Laufe der Zeit perfektionierte er die Fähigkeit, sich unsichtbar zu machen. Bäume, Büsche oder hohes Gras waren seine Verbündeten. Felsvorsprünge, Gräben und auch Mauern eigneten sich ebenfalls hervorragend. Äußerst wichtig war die Wahl der Kleidung. Sie musste nicht nur bequem, sondern zudem einfarbig, möglichst grau oder braun. sein. Je nachdem, in welchen Kreisen er tätig war, trug er einen Anzug oder kleidete sich in Tracht, erschien hemdsärmelig oder mit einem langen Mantel. Er wollte niemals auffallen. Pankraz wurde zu einem Meister der Tarnung.

Sein Helfer mit der schwachen Blase kniete sich neben die Frau auf dem Boden. »Ich brauche hier unten mehr Licht. Ich kann nichts erkennen.«

Der andere mit der Laterne bückte sich zu seinem Freund hinunter und beleuchtete den reglosen Körper des Mädchens.

»Geht das nicht schneller?«, rüffelte Pankraz den Suchenden. Was waren die beiden langsam! Aber er selber wollte das Mädchen unter keinen Umständen noch einmal anfassen. Nicht einmal ihre Kleidung. Noch immer kribbelte seine Hand, in der zuvor das Haarbüschel zurückgeblieben war, als ob er in einen Strauch Brennnesseln gefasst hätte.

»Ich glaub, da ist was!«

»Dann hol es raus. Beeil dich. Wer weiß, ob uns nicht doch jemand gehört hat.«

Der Mann am Boden nestelte unbeholfen an der Jackentasche der Frau herum. »Ich komme da nicht richtig ran. So ein Mist! Hilf mir mal, sie umzudrehen«, sagte er zum Helfer mit der Laterne.

»Ich leuchte euch. Gib schon her!« Pankraz riss die Lampe an sich.

Gemeinsam drehten die beiden Helfer den schlaffen Körper um. Pankraz konnte zum ersten Mal ihr Gesicht sehen. Er schätzte das Mädchen auf allerhöchstens zwanzig Jahre, sofern das im diffusen Licht der schwankenden Laterne überhaupt zu beurteilen war.

»Hier ist etwas, das könnte die Schachtel sein«, sagte der blasenschwache Helfer und zog ein kleines Päckchen aus ihrer Tasche.

Das musste es sein, dachte sich Pankraz. Herold hatte ihr das Päckchen offenbar gegeben, bevor sie ihn gefunden hatten.

»Gib mir die Schachtel«, forderte Pankraz und streckte die freie Hand aus. »Und kontrolliere, ob die da noch atmet.«

Im gleichen Augenblick öffnete das Mädchen die Augen und stöhnte.

Pankraz' Verstand arbeitete rastlos. Vielleicht hatte Herold ihr noch etwas zu der Schachtel gesagt? Pankraz brauchte keine unnötigen Mitwisser. *Zu blöd!* Selbst wenn er sie befragen würde, könnte er nicht sicher sein, ob sie die Wahrheit erzählte. Es war ihm vielleicht möglich, Informationen aus ihr herauszuquetschen. Doch dazu fehlte ihm jetzt die Zeit. Er wollte aber keine Gefangenen mit sich herumschleppen. Eine Frau schon gar nicht. Wie er es drehte und wendete, es lief stets auf das gleiche hinaus. Auf eine Leiche mehr oder weniger kam es ihm nicht mehr an. Er würde ihr in den Kopf schießen und die Pistole dann in ihre Hand drapieren. Es würde so aussehen, als hätte sie Selbstmord begangen, nachdem sie Herold erschossen hatte. Die örtliche Gendarmerie würde vielleicht an eine tödliche Liebesbeziehung der beiden denken. Auch wenn der tote Bauführer erheblich älter als das Mädchen war. Pankraz wusste nur zu genau, dass man in der Provinz einfache Lösungen bevorzugte. Pankraz griff nach der Pistole in seinem Hosenbund und zog sie heraus.

Das Mädchen riss die Augen und den Mund auf.

Kein Geschrei mehr! Pankraz hob die Waffe und nahm das Mädchen ins Visier.

»Lassen Sie die Waffe fallen! Hände hoch!«

Pankraz hielt inne.

Vor ihm stand ein Uniformierter und zielte direkt auf seinen Kopf. Wo war der denn hergekommen? Pankraz erkannte mit einem Blick die Uniform der königlichen Leibgarde.

»Die Waffe runter, sage ich!«

War da ein leichtes Zittern in der Stimme des Mannes? *Aber ja!* Pankraz war hochsensibel, wenn es galt, den Feind einzuschätzen. Der Soldat klang nervös, verunsichert. Anscheinend nicht bereit, bedingungslos zu handeln. Das war Pankraz' Chance. In seiner Pistole steckte eine Patrone. Er musste einfach schneller sein als der Soldat.

Herzschläge

K*lara!* Lenz erstarrte. Just in diesem Augenblick gellten wieder Schreie durch die Nacht. Für ihn bestand kein Zweifel, dass es sich um Klara handelte. Lenz packte die Laterne und rannte über den Hof zur Treppe. Die stechenden Schmerzen in seinem Knöchel ignorierte er.

Doch plötzlich: Totenstille. Die Schreie hatten abrupt aufgehört. Lenz blieb jählings stehen. Er lauschte angestrengt. Sein Herz pochte so laut, dass das Klopfen in seinen Ohren dröhnte.

Bitte schrei wieder. Damit ich weiß, dass du lebst! Aber es blieb still. Diese Stille war für Lenz noch schrecklicher als die Schreie zuvor. Ein Gefühl der Verzweiflung drohte ihn zu überwältigen. So wie damals, als er am Sterbebett seines Vaters stand. Der Arzt hatte ihnen zwar eröffnet, dass es dahinging — auch der Priester war schon zur letzten Ölung dagewesen –, aber Lenz wollte es nicht wahrhaben. Er fühlte sich ohnmächtig, hilflos und klein. Er wollte nicht verlassen werden.

Aber hier und jetzt gab es noch Hoffnung. *Reiß dich am Riemen!* Ohne über die Gefahr nachzudenken, rannte er die Stufen nach oben.

Es bot sich ihm eine sonderbare Szenerie. Als Ersten sah er Heiland, der mit dem Rücken zu ihm am Treppenabsatz stand und mit einer Pistole auf jemanden zielte. Dann erblickte er einen weiteren Mann, der, ein paar Schritte von Heiland entfernt, ebenfalls eine Waffe in der Hand hielt. Allerdings zielte er damit nach unten. Dort knieten zwei weitere Gestalten. Eine davon starrte zu Heiland. Die andere streckte dem bewaffneten Mann etwas entgegen.

»Was ist denn hier los?«, stammelte Lenz.

»Bleib, wo du bist, oder ich erschieße sie«, rief der Unbekannte.

Erst jetzt konnte Lenz erkennen, dass die beiden anderen Männer vor einem reglosen Körper knieten, der am Boden lag.

»Klara!« Lenz' Herz krampfte sich zusammen.

»Ich sage es jetzt zum letzten Mal: Weg mit der Waffe. Ich bin ein Soldat der königlichen Leibwache. Verstärkung ist unterwegs. Ihr habt keine Chance.« Dabei musste Heiland gerade klar geworden sein, dass keine Verstärkung unterwegs war, nachdem Lenz neben ihm aufgetaucht war. Nein, Lenz war nicht ins Schloss Hohenschwangau gelaufen, um Hilfe zu holen.

Im Schein seiner Lampe sah Lenz, dass sich der Körper am Boden regte. Klara war also am Leben. Ein ganzer Steinbruch fiel ihm vom Herzen.

»Verstärkung? Das kann ja jeder behaupten, Mann! Und die Befehle hier gebe ich!«, sagte der Mann, der auf Klara zielte.

»Erschießt du das Mädchen, töte ich dich.«

»Dann sind aber noch die beiden anderen da, um dich zu erledigen.« Er deutete mit dem Kopf auf die zwei knienden Männer. Das klang nach einer ausweglosen Situation. »Was haben sie unten im Schloss gesagt, Junge?«, fragte ihn Heiland unvermittelt.

Lenz überriss nicht sofort, was der Soldat von ihm wollte, und blieb stumm.

»Wie lang wird die Verstärkung brauchen?«

Allmählich dämmerte ihm, wie Heilands Taktik aussah.

»Ein paar Minuten höchstens. Ich bin gleich vorneweg gerannt, um Ihnen Bescheid zu geben.«

»Ich glaube euch kein Wort. Aber warten wir es einfach ab«, erwiderte der Mann mit der Waffe, beinahe im Plauderton. »Wenn wirklich jemand kommen sollte, kann ich ja noch immer aufgeben.« Er lachte dreckig.

Weil Lenz genau wusste, dass keine Verstärkung erscheinen würde, überlegte er fieberhaft. Wie konnten sie Klara retten?

Doch gerade sie, die hilflos zu sein schien, nahm ihm und Heiland weitere Entscheidungen ab. Plötzlich ging alles ganz schnell.

Lenz wusste, dass Klara ihren Körper gern ertüchtigte. Dass sich Frauen an gymnastischen Übungen versuchten, war zwar verpönt, aber im Umfeld der Königinmutter ging man sehr entspannt damit um. Wie Lenz von Klara erfahren hatte, frönte sogar Kaiserin Elisabeth von Österreich, König Ludwigs Großcousine, ausgiebigen sportlichen Aktivitäten. In allen kaiserlichen Wohnungen, sogar an den abgelegensten Orten, standen ihr Gerätschaften zum Turnen und für die Gymnastik zur Verfügung. Klara hatte ihm anvertraut, dass sie die Kaiserin dafür sehr bewunderte. Denn diese stärkte auf diese Weise nicht nur ihre Figur, sondern auch ihre Stellung als Frau gegenüber einer männlich dominierten Gesellschaft. So oder so ähnlich hatte Klara sich ausgedrückt. Klara war eines der wenigen Hofmädchen, das die ausgedehnten Wanderungen und Bergtouren der Königinmutter wirklich genoss. Wenn sich abends alle müde ins Bett fallen ließen, absolvierte sie ein zusätzliches gymnastisches Training. Das kam ihr hier im oberen Hof der Neuen Burg zu Gute.

Blitzschnell trat Klara mit ihrem rechten Fuß gegen die Laterne des Mannes mit der Pistole. Die Lampe schlenkerte so hart gegen die Waffe, dass sie dem Angreifer aus der Hand fiel.

Heiland stand mit aufgerissenem Mund neben Lenz. Auch die zwei knienden Männer regten sich nicht. Nur der übertölpelte Angreifer reagierte. Er riss seine Laterne hoch. Ihr Lichtschein dehnte sich aus und zeigte die Pistole am Boden.

Lenz durfte nicht mehr zögern. Er schleuderte seine Laterne auf den Angreifer und traf ihn an der Schulter. Der Mann jaulte überrascht auf und ließ seine Lampe fallen. Begleitet von einem lauten Klirren erlosch das Licht in beiden Laternen. Mit einem Schlag war es finster im oberen Hof. Die Seilwinde und die Bauhütte verschwanden ebenso in der Dunkelheit wie sämtliche Gestalten rundherum.

Ein Stimmengewirr aus Verwünschungen, Flüchen und Wehklagen hob an. Bevor sich Lenz' Augen an die Dunkelheit gewöhnen konnten, packte ihn jemand am Arm und zerrte ihn zur Treppe.

»Komm, schnell! Wir haben nur diese eine Gelegenheit«, hauchte Klara. Ohne auf eine Antwort zu warten, zog sie ihn mit sich.

»Auf die Rutschbahn, da geht's schneller.« In der nächsten Sekunde schubste sie ihn auf die Bretterbahn. Im Gegensatz zur Schuttrutsche am hinteren Teil des Palas, die nur zur Entsorgung diente, benutzte man die Bretterbahn auf der Freitreppe, um schwere Materialien leichter nach oben ziehen zu können. »Hinsetzen!«, befahl Klara und drückte ihn unsanft hinunter. Er landete auf dem Hosenboden. Sie platzierte sich hinter Lenz und versetzte ihm mit ihren Beinen einen kräftigen Stoß. Alles ging so schnell, dass er keine Zeit fand, sich noch einmal umzublicken. Trotz all der Hektik fiel ihm gottlob aber ein, dass die Treppe auf halbem Weg im rechten Winkel angelegt war. Deshalb hob er rasch seine Beine an und winkelte sie ab, um seinen Schwung abfedern zu können. Schon prallte er mit den Füßen voraus gegen die Mauer. Klara rumste ihm in den Rücken.

»Weiter!« Sie bugsierte Lenz zum nächsten Abschnitt der schiefen Ebene. Diesmal stieß er sich ohne zu zögern selber ab und war sicher, dass sie ihm folgen würde. Die Fahrt war rasant und kurz, bis die Rutschpartie auf der ersten Stufe der Treppe im unteren Hof endete. Dort sprang er behände auf die Beine. Da kehrte der Schmerz im Knöchel urplötzlich mit voller Wucht zurück. Lenz knickte ein. Klara landete unmittelbar neben ihm auf ihrem Hinterteil. Trotz seiner Schmerzen half Lenz ihr sofort auf.

»Ich kann dir gar nicht sagen ...«, begann Lenz.

Klara fiel ihm ins Wort: »Wir müssen hier weg. Die haben den Mann einfach erschossen und ...« Der Rest des Satzes erstickte in Tränen.

»Gut, wir laufen ins Tal und holen Hilfe.« Lenz versuchte, dabei nicht an seinen verletzten Knöchel zu denken, aber schon beim ersten Schritt jaulte er auf.

»Was hast du, Lenz?«, fragte Klara besorgt.

»Mein Fuß, aber egal. Wir müssen weg von hier.« Lenz blickte zur Treppe, ob jemand zu sehen war. Bestimmt hatten sie die Verfolgung schon aufgenommen. Er fragte sich, was wohl aus Heiland werden würde. Doch er wischte den Gedanken schnell beiseite. Schließlich war Heiland Soldat und für Krisensituationen ausgebildet worden.

Lenz ergriff Klaras Hand. Ohne ein weiteres Wort zu wechseln, liefen sie los. Er orientierte sich zuerst am Brunnen, der ja mitten im Hof stand, und rannte von dort zur Tordurchfahrt. Hier war es so dunkel, dass sie nur ganz langsam, mit weit vor sich ausgestreckten Armen, vorwärtskamen. Schließlich stieß er an das Tor und ertastete die kleine Türe. Lenz war erleichtert, dass sie nicht verschlossen war. Sonst hätten sie in einer ausweglosen Falle gesteckt. Flugs öffnete er die Türe. Ein unerwarteter Windstoß riss ihm die Türklinke aus der Hand. Die kleine Pforte schlug krachend gegen das sie umgebende Schlosstor.

»Jetzt wissen sie, wo wir sind«, ächzte Klara. »Vielleicht sollten wir uns einfach irgendwo im Wald verstecken.«

Klaras Vorschlag klang für Lenz verlockend angesichts seines schmerzenden Knöchels.

»Aber was, wenn sie auf uns warten und uns schnappen, sobald es hell wird?« Er schüttelte den Kopf. »Besser wir versuchen, nach unten zu kommen, solange wir die Dunkelheit der Nacht noch auf unserer Seite haben. Und einen kleinen Vorsprung. Also los«, antwortete Lenz und fasste nach Klaras Hand. Ihre Finger waren eiskalt. »Alles in Ordnung mit dir?«

Klara lachte gequält. »Ich habe da etwas, was die wohl unbedingt wollen. Einer der Männer hatte es mir schon abgenommen. Aber ich konnte es ihm wieder aus der Hand reißen«, erklärte sie und drückte Lenz einen kleinen Gegenstand in die Hand.

Lenz konnte das Ding in seiner Handfläche nicht erkennen. Es fühlte sich nach einer in Leder eingepackten Schachtel an. Im gleichen Augenblick knallte hinter ihnen ein Schuss. Klara erschrak so heftig, dass sie sich an Lenz' Brust warf und eng an ihn presste. Sie zitterte am ganzen Körper. Er spürte deutlich ihren Herzschlag und die Rundungen ihrer Brüste. Seltsamerweise fühlte er sich verlegen und angenehm berührt zugleich. Das war eindeutig mehr Intimität, als er je für den heutigen Abend zu hoffen gewagt hätte. Aber die Umstände schienen ihm reichlich unpassend für diese Gefühle.

Ein weiterer Schuss zerfetzte die Nacht. Jetzt gab es für die beiden kein Halten mehr. Hals über Kopf stürzten sie davon.

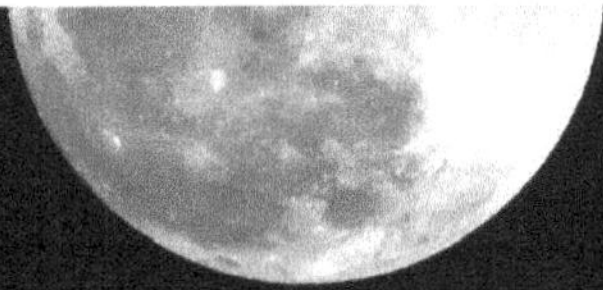

Schwindelnde Höhen

Man müsste es nach Selbstmord aussehen lassen, überlegte Richard Reisinger, als er die *Postwirtschaft* verließ.

Die Versammlung der Bauarbeiter hatte sich mittlerweile aufgelöst. Ein paar besonders Gesellige bestellten noch etwas zu trinken, formierten sich zu Schafkopfrunden oder diskutierten am Stammtisch über Gott und die Welt. In ihrer bierseligen Laune verdrängten sie wohl den Umstand, dass sie am nächsten Morgen pünktlich um sieben Uhr zur Arbeit antreten mussten. Reisinger beneidete keinen von ihnen, denn ihre Tätigkeit war die reinste Schinderei. Egal ob Maurer, Polier oder Steinmetz, ihr Arbeitstag dauerte in der Regel zwölf Stunden, und das jede Woche von Montag bis Samstag. Während der Wintermonate ruhten die Arbeiten auf der Baustelle. Erst seit ein paar Wochen erlaubte es die Witterung wieder, dass man einigermaßen gefahrlos weitermachen konnte. Die meisten Arbeiter waren voller Tatendrang. Obwohl es zwei regionale Bauunternehmen waren, die die Männer einstellten, und nicht seine Majestät, galt es als Ehre, für den König tätig zu sein. Und jeder brauchte das Geld. Dass die Bauarbeiten ausgerechnet im Winter ruhten, verdross viele, denn in diesen Monaten gab es auf den Feldern nichts zu tun. Viele der Männer betrieben einen Hof oder verdingten sich als Knechte. Wenn im Frühsommer das erste Mal gemäht wurde oder die Ernte anstand, war es schwierig, Baustelle und Hofarbeit unter einen Hut zu bringen.

Der König verlangte, dass mit höchstem Einsatz an seiner Neuen Burg gebaut wurde. Er war äußerst ungeduldig und akzeptierte keinerlei Verzögerungen. Kabinettssekretär Eisenhart berichtete manchmal über Wutausbrüche seiner Majestät, wenn irgendetwas nicht gemäß Zeitplan fertig war. Zudem überraschte König Ludwig seine Baumeister des Öfteren mit Änderungswünschen, die den kalkulierten Rahmen sprengten. Den anfangs zuständigen Hofbaudirektor Riedel hatte der König vor einem guten Jahr in den Staatsdienst befördert. Wobei diese Beförderung einer Absetzung gleichkam. An seiner Stelle wurde der wesentlich jüngere Georg Dollmann eingesetzt. Eisenhart vermutete, dass Riedel zu oft Bedenken geäußert hatte und sich der junge Monarch durch Dollmann eine Beschleunigung der Ausführungen erhoffte. Dollmann war schon seit Längerem für Ludwig II. tätig und hatte zuletzt den Umbau des königlichen Jagdhauses Linderhof geplant und realisiert. Vor einiger Zeit hatte der erste Aufseher gegenüber Eisenhart und ihm angedeutet, dass der König Dollmann mit einem geheimen Projekt beauftragt habe. Reisinger war es nie gelungen, dem Oberststallmeister irgendwelche Informationen über diesen Geheimauftrag zu entlocken. Auch Eisenhart stellte sich unwissend. Reisinger war überzeugt davon, dass dem Kabinettssekretär mehr darüber bekannt war. Also, wie sollte er Hornig und Eisenhart noch vertrauen? Natürlich erzählte man sich nicht alles. Jeder hatte seine Geheimnisse, auch er. Nicht einmal seine wahre Identität gab er preis. Die beiden anderen Aufseher des Bundes verfügten über vertrauliche Informationen, die sie verschwiegen. Höchstwahrscheinlich, um den König vor drohendem Ungemach zu schützen, oder schlicht, um ihre eigene Position zu stärken.

Doch plötzlich, vor einigen Wochen, wendete sich das Blatt dank Pfeifers — streng verbotener — Führung durch die königlichen Gemächer von Schloss Hohenschwangau. Im Grunde hätte Reisinger dem Kastellan dankbar sein müssen. Denn jetzt kannte er Dollmanns geheimen Auftrag. Mehr noch: Durch Pfeifers Vertrauensbruch war er sogar an einen Beweis für diesen Auftrag gelangt. Reisinger zweifelte, ob er das Richtige getan hatte. Wahrscheinlich wäre es besser gewesen, Hornig und Eisenhart nichts von dem Päckchen mit dem brisanten Inhalt zu erzählen. Aber er hatte sich einfach nicht zurückhalten können. Er wollte ihnen beweisen, dass auch er über Informationen verfügte, mit denen er notfalls Druck ausüben konnte. Damit glich er das Kräfteverhältnis bei den ranghohen Vasallen wieder aus. Aber er hätte sich nicht damit einverstanden erklären dürfen, das Päckchen an Herold zu übergeben. Das war ein großer Fehler gewesen. Diesen galt es jetzt auszubügeln. Der Gedanke daran ließ ihn nicht mehr los. Die verpackte Schatulle musste zwingend zurück in seinen Besitz. Je eher, desto besser. Der Inhalt war nicht nur sein Trumpf gegenüber dem ersten Aufseher und dem Kabinettssekretär, sondern gar eine Fahrkarte in den nächstgrößeren Bahnhof seiner Karriere. Sein Vorgesetzter in München, Freiherr von Werthern, würde sich mit Sicherheit sehr für den Inhalt des Päckchens interessieren.

Reisinger war zuletzt vor einem halben Jahr in der preußischen Gesandtschaft in der Türkenstraße gewesen, um von Werthern Bericht zu erstatten. Die Zustände dort verwunderten Reisinger schon sehr. Es war zwar bekannt, dass von Werthern einen deutschen Einheitsstaat unter preußischer Führung vorantreiben wollte und diesbezüglich sogar von Bismarck eher ausgebremst wurde. Aber dass bayerische Minister wie selbstverständlich in der Gesandtschaft ein- und ausgingen, war Reisinger neu. Hinter vorgehaltener Hand erzählte ihm der Gesandtschaftssekretär, ein großgewachsener Jüngling mit gehetztem Blick, dass sogar der Justizminister bei von Werthern um Bismarcks Schutz gebeten habe. Denn er fürchtete, der König wolle das liberale Ministerium zu Gunsten eines ultramontanen, dem katholischen Klerus verbundenen, auflösen. Die politische Lage in München wurde seit der Reichsgründung zunehmend undurchsichtig. Nur eines schien klar: dass Freiherr von Werthern jede Gelegenheit nutzen würde, die noch verbliebenen Reste bayerischer Souveränität hinwegzufegen. Da der König an der Spitze des Staates stand, konnte Reisinger dem preußischen Gesandten jetzt wertvolle

Beweise liefern, die die Stellung des Monarchen nachhaltig unterminierten. Er würde von Werthern den Inhalt des Päckchens aushändigen, sofern der geneigt sein sollte, ihm eine gute Position in München oder Berlin zu verschaffen.

Es war schon weit nach Mitternacht, als Richard Reisinger aus dem Gasthaus ins Freie trat. Die frische Luft fühlte sich wohltuend an nach den vielen Stunden in dem verräucherten Saal. Als erstes würde er jetzt Herold im Förster-Thoma-Haus in Hohenschwangau einen Besuch abstatten und das Päckchen zurückfordern. Das Haus lag unmittelbar an der ersten Kurve der Fahrstraße zum Schloss. Jedes Fuhrwerk, jeder Bauarbeiter, aber ebenso die königlichen Kutschen, die zur Neuen Burg hinauf wollten, mussten das Förster-Thoma-Haus passieren. Reisinger hatte Herold dort schon öfters besucht oder abgeholt, wenn sie zu einem ihrer geheimen Treffen im Felsennest gingen. Reisinger graute vor dem Fußmarsch nach Hohenschwangau. Aber ihm blieb nichts anderes übrig. Seinen Wagen mitten in der Nacht anzuspannen, wäre zu auffällig gewesen. Besser, wenn alles unbemerkt vonstattenging. Reisinger vermisste in diesem Moment sein Velociped, das im Keller seiner Münchner Wohnung lagerte. Aber auf den holprigen Wegen hier auf dem Lande konnte man dieses praktische Wunderwerk der Technik nicht benutzen. Wahrscheinlich hatte er das Velocipedfahren längst wieder verlernt. Als akrobatische Herausforderung empfand Reisinger den Vorgang des Aufsteigens, bei dem man das Velociped möglichst gerade nach vorne schubste, um dann mit einem gewagten Sprung von hinten auf den Sattel zu gelangen. Man musste nur rechtzeitig den Lenker zu fassen und die Füße auf die Pedale bekommen und augenblicklich lostreten. Das eine oder andere Mal war ihm das empfindlich misslungen. Aber seit er den Bogen raus hatte, war das der aufregendste Teil des Zweiradfahrens.

Der Spaziergang nach Hohenschwangau half Reisinger, alles in Ruhe zu überdenken. Als Erstes würde er Herold das Päckchen abnehmen, dann mit Eisenhart und Hornig eine Zusammenkunft im Felsennest vereinbaren. Freilich wusste er nicht, wann Eisenhart das nächste Mal nach Hohenschwangau kommen würde. Da der König gerade für ein paar Tage im alten Schloss residierte, konnte das durchaus bald der Fall sein. Hornig saß für solche Auskünfte ja unmittelbar an der Quelle.

Vielleicht blieb ihm bis dahin noch Zeit, sich um den Kastellan zu kümmern. Der Mann musste unbedingt verschwinden. Pfeifer war alleinstehend und kinderlos. Wer würde ihn schon vermissen? Sobald die Feierlichkeiten zu Prinz Ottos Geburtstag vorüber waren, würde Pfeifer mit tausendprozentiger Sicherheit einen Abstecher in die Schwangauer *Postwirtschaft* unternehmen. Reisinger würde ihm bei dem kleinen Wäldchen am Bullachberg auflauern und mit Chloroform betäuben. Für solche Notfälle hatte er einen kleinen Vorrat in seiner Wohnung. Den betäubten Kastellan würde er dann mit seinem Pferd zur Marienbrücke transportieren und schließlich über das Brückengeländer in den Abgrund werfen.

Als er endlich am Förster-Thoma-Haus ankam, war sein Plan völlig ausgereift. Allerdings wollte Reisinger auf das Chloroform verzichten und ihm gleich den Schädel einschlagen. Diese Verletzung würde nach dem Brückensturz niemanden verwundern. Chloroform hingegen mochte ein gewiefter Mediziner nachweisen, sollte man Pfeifers Leichnam obduzieren. Reisinger wollte lieber auf Nummer sicher gehen.

Herolds Tür stand sperrangelweit offen. Reisinger fasste instinktiv in seine Jackentasche, nach seiner Pistole. Mist, er hatte sie nicht bei sich! Schließlich wollte er ursprünglich ja nur die Versammlung besuchen.

»Ist hier jemand?«, fragte er ins Dunkel der Wohnung. Alles blieb still. Vorsichtig tastete er sich vor. Er hatte den Bauführer schon mehrmals besucht und kannte das Zimmer. Auf dem Esstisch nahm er schemenhaft eine Kerze wahr. Reisinger kramte eine Streichholzschachtel aus seiner Hosentasche und entzündete sie. Im Zimmer herrschte das blanke Chaos. Es war schon jemand vor ihm hier gewesen und hatte alles durchwühlt. Sämtliche Schränke waren geöffnet. Das Geschirr lag zertrümmert auf dem Boden. Herolds Kleidung war im ganzen Raum verstreut.

Reisinger hegte keinen Zweifel daran, dass die Eindringlinge nach der Schatulle gesucht hatten. Waren sie fündig geworden? Oder hatte Herold das Päckchen vorher noch in Sicherheit bringen können? Herold lag nicht tot in seinem Zimmer. Reisinger durfte also noch hoffen, Herold oder vielmehr das Päckchen aufzuspüren. Er musste nicht allzu lang überlegen, wohin Herold es wohl gebracht haben könnte. Trotzdem durchsuchte er den ganzen Raum gründlich — doch erfolglos. In einer der Schubladen fand er ein Küchenmesser. Er löschte die Kerze, schloss die Wohnungstür und machte sich auf den Weg zur Neuen Burg.

Sie hatten sich tatsächlich verlaufen. Anfangs führte der Weg noch bergab. Jetzt ging es bergauf. Lenz schwante Übles.

»Wir sind hier falsch, oder?«, kam ihm Klara zuvor.

Lenz blieb stehen. Sein Knöchel schmerzte gewaltig und die Pause tat ihm gut.

»Wir haben die Abzweigung verpasst. Was meinst du? Sollen wir umkehren?«, fragte er Klara.

»Dann laufen wir ihnen direkt in die Arme!«

Just in dem Moment als Klara das sagte, flackerte unterhalb von ihnen ein Licht auf. Die Männer waren zwar noch zu weit weg, um sie sehen zu können, aber sie folgten ihnen dicht auf den Fersen.

»Weiter, rasch!« Aus Klaras Stimme sprach die pure Panik. Lenz wusste nicht, was ihr im oberen Burghof widerfahren war. Es musste schrecklich gewesen sein. Sie nahmen sich an den Händen und liefen weiter. Es fiel ihnen nicht leicht, sich im Dunkeln zu orientieren. Ihre Verfolger waren da mit ihrer Lampe klar im Vorteil. Lenz überlegte konzentriert, wo genau sie gerade liefen. Aber es gab keinerlei Anhaltspunkt. Die Nacht verschluckte alles. Den Gedanken, sich im Wald zu verstecken, gab er rasch auf. Er fürchtete, sie könnten in unwegsames Gelände geraten oder gar abstürzen.

Wenn er sich nicht vollkommen täuschte, befanden sie sich irgendwo hinter der Baustelle auf dem Weg in Richtung Marienbrücke. Das Rauschen des Wasserfalls war jetzt gedämpfter zu hören. Vielleicht waren sie sogar schon hinter der Brücke. Dort schwächte ein Felsvorsprung das Tosen des Wassers ab. Über den Felsen führte der Weg zur Brücke hinauf. An dieser Stelle gab es einen Pavillon. Nur eignete der sich nicht als Versteck. Er war rundum offen und diente nur als Unterstand. Hier befand sich auch eine Weggabelung. Es ging zum Schweizer Haus in der Bleckenau, zum Säuling oder hinab ins Tal. Und Lenz wollte ins Tal. Er kannte sich hier oben gut aus. Aber bei Nacht wirkte alles ganz anders. Er konnte nicht sicher sagen, ob sie vielleicht schon an der Weggabelung vorbei gelaufen waren. Klaras Hand zitterte unaufhörlich in der seinen.

»Ich bringe uns sicher nach unten, das verspreche ich dir«, versuchte er sie zu beruhigen.

Anstelle einer Antwort drückte sie kurz seine Hand und seufzte. Lenz spürte Verzweiflung in sich aufsteigen. Es war alles seine Schuld. Wäre er nur kein solcher Aufschneider gewesen, bloß weil man ihm einmal eine wichtige Aufgabe übertragen hatte. Aber für solche Gedanken war es jetzt zu spät. Er musste dafür sorgen, dass Klara nichts zustieß.

Da rissen die Wolken auf und das Mondlicht erhellte den Weg. Lenz erschrak. Jetzt wusste er, wo sie waren. Den Pavillon hatten sie längst hinter sich gelassen. Sie befanden sich auf dem Fußweg nach oben. Nur noch eine Biegung und sie stünden auf dem Vorplatz der Marienbrücke. Sie mussten sofort umdrehen. Er wollte nicht auf die Brücke! Von dort konnte man nur noch zum Tegelberg weiter. Das war bei Dunkelheit viel zu gefährlich.

»Zurück, Klara. Hier gehen wir nicht weiter!«, sagte Lenz und machte kehrt.

Doch da war wieder das Licht. Es war jetzt sehr nahe. Wahrscheinlich hatten die Verfolger Klara und Lenz schon entdeckt.

»Ich habe Angst, Lenz«, schluchzte Klara.

Der Weg zurück war ihnen versperrt. Es blieb ihnen keine andere Möglichkeit, als weiterzugehen. Sie mussten zur Brücke.

»Ich weiß, was wir tun werden. Vertrau mir«, flüsterte Lenz und zog Klara mit sich. Er hatte eine Idee. Sie war verwegen und gefährlich, aber wahrscheinlich ihre einzige Chance. Sie durchschritten den mit dicken Bruchsteinen befestigten Korridor vor der Brücke. Wie mit einem heftigen Paukenschlag setzte das Tosen des Wasserfalls ein. Sein Vater hatte Lenz erzählt, dass zur Römerzeit genau hier oben ein Leuchtturm stand, der den Reisenden auf der Handelsstraße Via Claudia Augusta nachts eine Orientierungshilfe gab. So etwas hätten Klara und er vorhin gebrauchen können. Dann hätten sie sich nicht hierher verlaufen. Als sie die Brücke betraten, schwoll das Rauschen weiter an. Es klang in Lenz' Ohren wie das Brüllen eines wilden, unbezähmbaren Tieres. Nicht, dass er je ein wildes Tier gehört oder gesehen hatte. Aber genau so musste es sein, wenn sich ein mächtiger Löwe vor einem aufbaute und brüllte. Die Bohlen der Brücke schwangen unter ihren Tritten hin und her. Von unten spritzte Gischt durch die Spalten zwischen den Brettern.

Die Pöllat spülte Massen von Schmelzwasser aus den Bergen ins Tal. Dementsprechend kalt war der Luftzug auf der Brücke. Unter anderen Umständen wäre das nach dem schweißtreibenden Fußmarsch eine willkommene Abkühlung gewesen. Aber in dieser elenden Nacht fröstelte es Lenz. Sie hatten keinen Sinn für das atemraubende Panorama, das sich von hier oben bot. Die Baustelle wurde vom Mondlicht in ein gespenstisches Licht getaucht. Der Torbau war durch eine Baumgruppe größtenteils verdeckt. Nur einer der Türme ragte hell heraus. Auch den Giebel des Mitteltraktes, unter dem sich die Wohnung des Königs befand, konnte man erkennen. Der Mondschein wurde vom Kupferdach reflektiert. Es wirkte, als schwebe ein kleines Haus, wie von Geisterhand gehalten, direkt über den Baumwipfeln. Daneben thronte der eingerüstete Palas über dem blanken Felsen, ähnlich einer halb gefertigten Krone, und weit dahinter im Tal schimmerte der Lech, als ob er ein kitschiges Gemälde einrahmen wollte.

Die Gischt spritzte Lenz ins Gesicht. Die Angst vor dem Abgrund unter ihnen, vor dem gefährlichen Weg zum Tegelberg mit seinen steilen Hängen, die im Dunkeln zur tödlichen Falle werden konnten, und die Panik, von den Verfolgern eingeholt zu werden, lasteten tonnenschwer auf seiner Brust. Am unerträglichsten war die Vorstellung, dass Klara etwas zustoßen könnte. Als sie die Brücke überquert und den Ausgang zum Tegelbergweg erreicht hatten, klebten ihm die Haare nass am Kopf. Wassertropfen perlten über seine Stirn. Auch Klara wischte sich mit dem Ärmel über das Gesicht.

»Hier beginnt der Weg zum Tegelberg. Aber ich kann nicht mehr weitergehen. Mein Knöchel …«, keuchte Lenz. »Außerdem ist das ohne Licht viel zu gefährlich. Wir werden uns hier unten verstecken.« Lenz deutete neben die Brücke. Ins Nichts.

»Aber …«, entgegnete Klara fassungslos.

»Bitte, vertraue mir. Dort werden sie uns nicht finden. Ich war schon etliche Male da unten.« Er packte ihre Hand. Diesmal spürte er Gegenwehr. Natürlich war sie verängstig, aber sie hatten keine Wahl. Die Konstruktion der Marienbrücke war abenteuerlich und genial zugleich. Man hatte ihre beiden Hälften auf zwei Felsvorsprüngen verankert und in der Mitte verbunden. Es gab also je ein Plateau unter dem Zugang und unter dem Ausgang der Brücke. Genau auf einem dieser beiden Plateaus konnten sie sich jetzt verstecken. Die schwarzen Wolken drohten den Mond wieder zu verschlucken. Noch spendete er genug Licht, damit sie sicher hinunter steigen konnten.

»Sie kommen!«

Das reichte aus, um Klara zu überzeugen. Gefasst nickte sie.

Lenz griff mit der einen Hand nach dem Geländer der Brücke, mit der anderen half er Klara die Böschung hinab. Dann rutschte er auf dem Hosenboden hinunter und kam schließlich auf dem Fundament der Verankerung zum Stehen.

»Jetzt du. Ich fang dich auf.«

Klara zögerte.

Am anderen Ende der Brücke wurde das Licht der Laterne sichtbar. Höchstwahrscheinlich hatten sie Klara längst entdeckt. Oder doch nicht? Rasch griff Lenz nach Klaras Fußknöcheln und zog sie zu sich herab. Erschrocken schrie sie kurz auf. Aber das konnten die Männer unmöglich gehört haben. Dazu war der Wasserfall viel zu laut. Lenz zog Klara ganz nah zu sich heran und presste seine Hand auf ihren Mund.

»Psssst«, machte Lenz und sah ihr dabei fest in die Augen.

Mit einem Mal wich die Anspannung aus ihrem Körper. Sie ließ sich mit Lenz gegen den eisernen Brückenbogen sinken. Jetzt konnten sie nur noch abwarten. Lenz wusste nicht, ob sein Herz so raste, weil sie in Gefahr waren oder weil er seine große Liebe in den Armen hielt. Seine Liebe! Diese Erkenntnis traf ihn völlig unvorbereitet, aber mit Gewissheit. Um sich dessen bewusst zu werden, hatte er sie erst in Gefahr bringen müssen. Sie in Armen zu halten, war der Himmel auf Erden. Die Umstände waren die Hölle.

Die Bohlen der Brücke bewegten sich und Lenz konnte durch die Ritzen Schuhsohlen sehen. Genau über ihrem Versteck schimmerte das Licht der Laterne. Lenz hielt den Atem an. Die Männer sprachen miteinander. Aber er verstand kein Wort von dem, was sie sagten. Auch war von hier unten nicht zu erkennen, um wie viele es sich handelte. Lenz vermutete, dass alle drei Männer die Verfolgung aufgenommen hatten. Offensichtlich hatte es Heiland nicht geschafft, sie aufzuhalten. Erneut traf Lenz ein Schwall der Gischt im Gesicht. Instinktiv schloss er die Augen. Als er sie wieder öffnete, war das Licht immer noch da. Lenz reckte den Hals nach oben, um einen Blick auf den Weg zu erhaschen. Tatsächlich wanderte die Laterne in Richtung Bergpfad, um bald darauf zu verschwinden. Die Männer waren wohl um die erste Kehre nach jener Felswand gebogen, die sich unmittelbar hinter der Brücke in die Höhe reckte.

»Sie sind weg«, flüsterte Lenz und musste lächeln. »Jetzt gehen wir zurück. Nochmals verlaufe ich mich nicht!«

Als ihm nur ein unverständliches Brabbeln antwortete, merkte er erst, dass er noch seine Hand auf Klaras Mund drückte. Erschrocken ließ er los.

»Schaffst du das mit deinem Fuß?«, erkundigte sich Klara.

»Ich muss. Sie könnten zurückkommen und hier nach uns suchen. Lass uns schleunigst verschwinden. Kannst du mich stützen? Dann geht's leichter.« Tatsächlich fürchtete Lenz, hier unten mit Klara in der Falle zu sitzen, wenn sie nicht sofort aufbrachen. Sein Plan hatte bis hierher funktioniert. Sobald sie oben waren und zurückliefen, würden ihre Verfolger, sollten sie umkehren, zwar wieder hinter ihnen sein, aber ohne es zu wissen. Das war in Lenz' Augen ihr großer Vorteil.

»Halt dich hier fest.« Er presste Klaras Hand gegen den Eisenträger. »Ich klettere hoch und helf' dir rauf.« Mit drei beherzten Schritten schaffte es Lenz auf den Weg. Er wollte Klara gerade seine Hand reichen, als er Stimmen hörte.

»Da vorne ist jemand.«

Sie hatten ihn entdeckt. Er hatte gar nicht bemerkt, dass sie zurückgekommen waren. Das Licht der Lampe baumelte vielleicht zwanzig Schritte von ihm entfernt und näherte sich rasch. Lenz konnte nicht mehr unbemerkt nach unten verschwinden, sondern nur noch über die Brücke zur anderen Seite fliehen. Allerdings musste er dann Klara allein zurücklassen. Andererseits bestand die Möglichkeit, dass sie gar nicht gesehen hatten, woher Lenz gekommen war. Er durfte sie keinesfalls auf Klaras Versteck aufmerksam machen. Ohne weiter darüber nachzudenken, rannte er, so schnell es sein verletzter Fuß gestattete, auf die Marienbrücke. Sein Ziel war der Pavillon unterhalb des Brückenzuganges, wo er sich vielleicht kurz hinsetzen konnte, um das schmerzhafte Pochen seines lädierten Knöchels zu beruhigen. Er war ungefähr auf der Mitte der Brücke angekommen, als er beim Zugang zwischen den Felsen ein weiteres Licht sah. Im Mondschein erkannte er schemenhaft eine Gestalt mit einer Laterne in der Hand.

»Bitte lieber Gott, lass es Heiland sein«, murmelte Lenz.

Als er sich umdrehte, sah er, dass seine Verfolger die Brücke ebenfalls betreten hatten. Sie waren also an Klaras Versteck am Brückenausgang vorbeigelaufen, dachte Lenz erleichtert. Doch dann bemerkte er, dass dort nur zwei Männer waren. Nur zwei von ursprünglich drei Verfolgern. Ihm schwante, dass es sich bei der Gestalt auf der anderen Seite am Brückenzugang nicht um Heiland handelte.

»Du sitzt in der Klemme, mein Freund.«

Lenz hatte nicht bemerkt, dass die Gestalt vom Zugang der Brücke näher gekommen war. Er stand zwar noch ein Stück von ihr entfernt. Lenz wusste jetzt, dass er den Mann mit der Pistole vor sich hatte, nicht Heiland. Der Soldat war also tot, folgerte Lenz. Er war bestürzt, obwohl er Heiland erst an diesem Abend kennengelernt hatte. Sein Mut schwand gänzlich, als ihm bewusst wurde, dass es keinen Ausweg mehr gab. Die beiden anderen Männer kamen ebenfalls näher.

In Lenz stieg eine letzte, verzweifelte Idee auf. Aus seiner Jackentasche fummelte er das Päckchen. Es war ja wohl der Grund für diese Verfolgungsjagd und das ganze Dilemma, in dem er steckte.

»Keinen Schritt weiter oder ich werfe das Päckchen da hinunter«, schrie er.

Er hielt das Objekt der Begierde über das Brückengeländer. Lenz hatte nicht die blasseste Ahnung, was sich darin befand und weshalb es diese Männer mit brutalster Gewalt an sich bringen wollten. Aber das Päckchen war das einzige Druckmittel, mit dem er jetzt noch irgendetwas erreichen konnte. Und wenn es nur dazu diente, diese Verbrecher weiter von Klaras Versteck abzulenken.

»Und was glaubst du, was dann passiert, wenn du es hinunter wirfst?«, fragte ihn der Mann mit der Pistole.

Sein Tonfall klang von oben herab. Er schien Lenz regelrecht zu verhöhnen.

»Dann ist es weg und alles war umsonst«, antwortete Lenz. Er fror plötzlich. Ein Schauer nach dem anderen jagte über seinen Rücken. Sämtliche Körperhaare richteten sich auf. »Ihr verschwindet hier und lasst mich gehen. Wenn ich in Sicherheit bin, hinterlege ich es für euch.« Lenz wusste zwar nicht, wo er es hinterlegen sollte, aber ihm fiel nichts Besseres ein. Dieses Päckchen war seine Lebensversicherung. »Ich meine es ernst«, schrie er weiter und beugte sich weit über das Brückengeländer.

Alle drei blieben augenblicklich stehen. Anscheinend wirkte seine Drohung.

»Und wo ist das Mädchen? Hast du sie hier irgendwo versteckt? Klara war ihr Name, oder?«

Die Frage traf Lenz wie ein Dampfhammer. Jetzt wurde ihm endgültig bewusst, dass es um Klaras Leben ging. Er musste sie mit allen Mitteln beschützen und jeden erdenklichen Versuch unternehmen, sie zu retten. Der Unbekannte machte einen weiteren Schritt auf ihn zu. Er war jetzt nur noch ein paar Armlängen von Lenz entfernt.

»Wirf es ruhig hinunter. Dann schmeißen wir dich hinterher und suchen anschließend nach der Kleinen«, sagte der Mann in aller Seelenruhe.

Lenz wusste, dass er es ernst meinte. Gleichzeitig war er felsenfest davon überzeugt, dass sie sofort nach der Schachtel suchen würden. Nach allem, was sie unternommen hatten, war sie ihnen viel zu wichtig. Lenz dachte an den Tag zurück, als er mit seinem Vater auf den Tegelberg gewandert war. Er erinnerte sich daran, wie sie mitten auf der Brücke standen, nach unten spuckten und einen Stein hinab schleuderten. Er landete genau im Zentrum des oberen Beckens, in das sich der Wasserfall ergoss. »Vielleicht könnte man einen Sprung genau in die Mitte sogar überleben«, mutmaßte sein Vater damals. »Man muss nur kerzengerade springen, dann könnte es klappen. Wenn genug Wasser im Gumpen ist, wäre es sogar tief genug. Aber durch die Fallhöhe driftet man bestimmt unwillkürlich zur Seite ab und zerschellt an den Felsen.«

Er hatte seinem Vater nicht geglaubt, dass man diesen Sprung überleben könnte. Er tat es auch jetzt nicht. Spätestens beim Aufprall auf dem Wasser musste es einen zerschmettern. Ganz abgesehen von den scharfen Felskanten neben der Brücke. Die Schlucht verjüngte sich nach unten, wie bei einem Trichter. Gemessen an der Höhe, war die sichere Fläche des Wassergumpens lächerlich klein. Lenz vermisste seinen Vater plötzlich sehr. Bislang war er nur wütend darauf gewesen, dass der Vater sie im Stich gelassen hatte. Noch kein einziges Mal war Lenz auf den Friedhof gegangen, um dem Grab des Vaters einen Besuch abzustatten. Nun tat es Lenz leid. Merkwürdig, dass ihn dieses Gefühl hier und jetzt beschlich.

»Du gibst mir jetzt das Päckchen und wir überlegen uns, was wir tun. Wir finden bestimmt eine Lösung, die uns alle glücklich macht.« Der Mann war nur noch wenige Schritte entfernt.

Lenz wollte ihm zu gern glauben. Aber der Mann würde ihn töten, Klara suchen und sie ebenfalls umbringen. So leicht durfte Lenz es ihm nicht machen. Das war er seiner Liebe schuldig. Er musste ihn wenigstens ablenken, damit sich Klara in Sicherheit bringen konnte. Lenz' Blick schweifte nochmals zur unwirklich anmutenden Kulisse, der vom Mondlicht erhellten Baustelle.

Hier also ist es zu Ende.

Klara.

Das waren seine letzten Gedanken. Er kletterte auf das Geländer der Brücke. Aus den Augenwinkeln sah er die Männer auf ihn zustürmen. Für den Bruchteil einer Sekunde stand Lenz auf der schmalen Brüstung. Im selben Augenblick schoben sich die Wolken vor den Mond. Es war, als ob jemand das Licht löschte.

Dann fiel Lenz in tiefe Dunkelheit.

Kulturkämpfer

Johann von Lutz war ein kleiner, kahlköpfiger Mann. Seine äußere Erscheinung ließ nicht vermuten, dass er einer der einflussreichsten Politiker im Königreich Bayern war. Das Amt des Ministerratsvorsitzenden bekleidete zwar Adolph Pfretzschner, aber jeder wusste, dass Kultusminister von Lutz das Sagen hatte.

Auch Herrn Schilling war das natürlich bekannt. Er traf sich manchmal mit Lutz und erhielt regelmäßig Anweisungen von ihm, entweder direkt oder über einen Mittelsmann. Herr Schilling war Staatsdiener aus Leidenschaft und erkannte diese Hingabe genauso bei Lutz. Außerdem stammten sie beide aus einer Dorflehrerfamilie in der Provinz. Allerdings war Herr Schilling wesentlich älter. Als Lutz noch Rechtswissenschaften studierte, war Herr Schilling schon längst im Staatsdienst angekommen, allerdings über den Umweg einer militärischen Laufbahn. Herrn Schillings Karriere als bayerischer Beamter begann ausgerechnet in den Wirren der Märzrevolution. Ein Mitarbeiter des damaligen Innenministers hatte ihn rekrutiert. In einer politisch sehr unübersichtlichen Lage suchte der Staatsapparat loyale Diener, die — ohne Fragen zu stellen — knifflige Aufträge übernahmen. Es waren die letzten Tage der Regentschaft von König Ludwig I., als Herr Schilling seine erste Mission übertragen bekam. Er sollte sich unauffällig unter die Aufständischen in München mischen, in ihre Parolen für mehr Mitbestimmung und Meinungsfreiheit einstimmen, sich also als einer von ihnen ausgeben — und zugleich die Augen offen halten. Die ablehnende Haltung des Königs in Bezug auf Reformen und seine Beziehung zur zwielichtigen Tänzerin Lola Montez ließen die Volksseele hochkochen. Deshalb mussten die Staatsdiener den Monarchen schützen. Der König machte es ihnen nicht leicht. Als er Lola Montez schließlich des Landes verwies und erzürnte Studenten ihre verlassene Wohnung plünderten, leitete Ludwig I. höchstpersönlich den Einsatz gegen die aufgebrachte Menge, da sich seine Offiziere weigerten. Herr Schilling war damals inkognito dabei. Er unterstützte den König, indem er den größten Aufwiegler unter den plündernden Studenten kurzerhand durch eine anständige Tracht Prügel aus dem Verkehr zog. So beruhigte sich die Lage vor Lolas Wohnung bald wieder. König Ludwig I. dankte kurze Zeit später ab, Herr Schilling blieb.

Was den Minister von Lutz und Herrn Schilling jedoch am meisten verband, war das Streben, den kirchlichen Einfluss auf den Staat zu bekämpfen. Natürlich war Herr Schilling, wie die meisten Bayern, ein überzeugter Katholik. Aber die Kirche sollte nicht überall ihre Finger drin haben. Er wusste nicht, woraus sich Lutz' Widerwillen gegen die kirchlichen Einflüsterer speiste. Bei ihm selber lag es an Erlebnissen aus der Kindheit. Sein Vater war der Dorflehrer gewesen — und damit eine hoch geachtete Autorität. Trotzdem hatte der Pfarrer das letzte Wort. Herr Schilling erlebte seinen Vater oft regelrecht verzweifelt, wenn sich der Pfaffe über ihn hinweg in die schulischen Angelegenheiten einmischte. Selbstredend züchtigte sein Vater sowohl im Schulhaus als auch zu Hause die Kinder für jedes Vergehen mit dem Rohrstock. Aber er übertrieb es niemals. Allein der Pfarrer kannte keine Gnade. Herr Schilling selber wurde von ihm mehrmals blutig geprügelt. Der Vater kam gegen den Vertreter der Kirche nicht an und flüchtete sich irgendwann in den Suff. Das mitzuerleben, war für den Sohn schlimmer als alle Prügel.

Als Lutz der katholischen Geistlichkeit per Erlass verbot, das Unfehlbarkeitsdogma des Papstes zu verkünden, wurde Schilling erstmals auf den Mann aufmerksam. Das war in den ersten Tagen des deutsch-französischen Krieges. Deshalb nahm die Öffentlichkeit kaum Notiz davon. Umso mehr imponierte Herrn Schilling dieser

Schachzug. Kurz darauf begegneten sie sich, eher zufällig, vor dem Landtagsgebäude. Herr Schilling erkannte Lutz und gratulierte ihm zu seinem Schritt, was diesen wiederum bewog, ihn zu einem vertraulichen Gespräch in sein Büro einzuladen.

Seit dieser Zeit betraute ihn Lutz mit diversen Aufträgen. Nur legte Herr Schilling inzwischen nicht mehr direkt mit Hand an, sondern nutzte dafür menschliche Werkzeuge. Für einen Mann seines Alters ziemte es sich nicht mehr, selber tätig zu werden, obwohl er körperlich dazu durchaus imstande war. Er sah sich eher als Kopf einer kleinen, aber feinen Organisation innerhalb des Staates, die weder einen Namen noch Regeln besaß und die außer ihm niemand kannte. Die nötigen finanziellen Mittel wurden, ohne dass jemand nach dem konkreten Zweck fragte, jährlich vom Ministerium genehmigt.

Sein letztes Gespräch mit Johann von Lutz lag gerade einmal eine Woche zurück. Der Minister hatte Herrn Schilling in sein Büro gerufen. Allerdings fand dieses Treffen spät abends statt, was Herrn Schilling erstaunte.

»Man kann befreiter sprechen, wenn nicht mehr allzu viele neugierige Ohren im Hause sind«, begrüßte ihn der Minister. »Ich nehme an, Sie haben nichts gegen einen kleinen Schluck einzuwenden.« Er deutete auf eine bereits geöffnete Flasche französischen Cognacs. »Nun ja, die Franzosen verfügen über Errungenschaften, denen ich mich leider nicht zur Gänze entziehen kann«, fügte er entschuldigend hinzu und schenkte zwei Gläser ein, ehe er die Flasche wieder in der untersten Schublade seines riesigen Schreibtisches verschwinden ließ. Sie prosteten sich zu. Lutz bat Schilling, sich in einen der schwarzen Fauteuils zu setzen, die neben dem Schreibtisch am Fenster standen. »Seine Majestät war heuer nicht am letzten Gebetstag anwesend«, nahm der Minister das Gespräch wieder auf. »Und«, fügte er hinzu, »ich bin schon sehr erwartungsfroh, dass er in diesem Jahr sogar die Fronleichnamsprozession auslässt. Er hat Eisenhart gegenüber entsprechende Andeutungen gemacht.«

Herr Schilling nippte an seinem Cognac und nickte. Es war Tradition, dass sich der König am Ende der Fastenzeit zum Abschluss des Vierzigstündigen Gebets unter die Gläubigen im Dom gesellte. Natürlich betete der König nicht die ganzen zwei Tage mit den Geistlichen und deren Schäfchen — kaum einer blieb die ganze Zeit durchgehend im Dom –, die letzte Stunde des Gebetes allerdings war eine Pflichtveranstaltung für den Monarchen. Denn da war die Kirche am besten besucht und der König sollte vor aller Augen seine Verbundenheit mit der katholischen Kirche bezeugen. Noch wichtiger war seine Teilnahme an der Fronleichnamsprozession. Da war fast die ganze Stadt auf den Beinen und beäugte jede Geste, jede Regung der Mimik ihres Fürsten. In einer Zeit der offenen Konfrontation zwischen Staat und Kirche hoffte jede Seite, ihren Vorteil aus dem königlichen Verhalten zu ziehen.

»Das bleibt abzuwarten, denn seine Majestät wird gern schwach gegenüber den Befindlichkeiten der Kurie. Wahrscheinlich wird er sich zur Teilnahme überreden lassen«, antwortete Herr Schilling.

»Da muss ich Ihnen unglücklicherweise Recht geben, lieber Schilling. Meine Protestnote an den Erzbischof wollte er partout nicht unterzeichnen.« Lutz leerte sein Glas in einem Zug. Herrn Schilling war nur allzu bewusst, dass sich Lutz die Schwäche des Monarchen in bestimmten Bereichen zunutze machte. Schließlich führten Lutz und die liberal gesinnten Minister die Regierungsgeschäfte, obwohl die Mehrheit in der gewählten zweiten Kammer des Abgeordnetenhauses konservativ-patriotisch war. Noch dazu existierte die erste Kammer mit den vom König ernannten und hineingeborenen Abgeordneten aus Adel und Klerus. Über allem kreiste jetzt zusätzlich der preußische Adler. Auch diesem Einfluss konnte sich Lutz nicht entziehen, da er ein Verfechter des deutschnationalen Gedankens war. Im Gegensatz zu seinem König.

Obwohl dieser aber das unantastbare Oberhaupt des Staates war und die Ministerriege sowohl ernennen als auch entlassen konnte, fühlte sich Lutz in erster Linie der staatlichen Bürokratie gegenüber verpflichtet. Lutz betrachtete die Beamten als die wahren Herrscher des Staates und sich selber als hochrangigen Repräsentanten. Sein Leitsatz lautete in Anlehnung an den Grafen Montgelas, dem Vater der bayerischen Verfassung von 1818: »Alles für das Volk, aber nichts durch das Volk«.

»Ich würde mir schon des Öfteren mehr Initiative von seiner Majestät erhoffen. Aber er kann sich nur selten dazu durchringen. Nun, lassen Sie uns von etwas anderem sprechen. Ich nehme an, Sie sind vertraut mit den Bauprojekten seiner Majestät?« Lutz stand auf, ging zum Schreibtisch und holte nochmals die Cognacflasche hervor. »Darf ich Ihnen ebenfalls nachschenken?«

Herr Schilling hatte an seinem Glas bisher kaum genippt und verspürte keinerlei Bedürfnis auf mehr Branntwein. Er verabscheute Alkohol seit seiner Kindheit und trank ihn nur in der Gesellschaft anderer, um die Etikette zu wahren. Er legte seine Hand ablehnend über sein Glas und schüttelte den Kopf.

»Manchmal beruhigt das die Nerven«, sagte der Minister und goss sich selber etwas ein.

»Nun, Herr Minister, ich weiß nur, was ich in den *Neuesten Nachrichten* gelesen habe. Der König tut es seinem Vater gleich und lässt eine alte Burg wiederaufbauen. Aber ich denke, die Zeitungsschreiber kennen nicht alle Fakten, im Gegensatz zu Ihnen.«

Lutz rückte seine kreisrunde Brille zurecht, seufzte tief und setzte sich wieder in den Sessel. »An und für sich kommt die Entwicklung den Ministern zupass. Seine Majestät hält sich zunehmend im Gebirge auf, darunter leidet allerhöchstens der bedauernswerte Eisenhart, der dem König ständig hinterher reist. Dafür können wir weitestgehend unbehelligt arbeiten. Man könnte beinahe von einer stillschweigenden Übereinkunft zwischen ihm und uns sprechen.«

Herr Schilling lächelte den Minister wissend an. Vor einigen Jahren war Ludwig II. von seinen Ministern regelrecht erpresst worden, indem sie mit einem geschlossenen Rücktritt drohten. Lutz war damals als Mitarbeiter des Kabinettssekretärs mit von der Partie. Es hieß, Lutz hätte einige bösartige Zeitungsartikel in den *Münchner Neuesten Nachrichten* über Wagners Einfluss auf den König lanciert und so die Stimmung in der Bevölkerung gegen Wagner geschürt. Tatsächlich war der Komponist ein schillernder Zeitgenosse, stets in Geldnot, trotz aller königlicher Zuweisungen, und nicht bekannt für sein diplomatisches Geschick. Zudem nutzte man den Umstand, dass Wagner während der Märzunruhen 1848 gegen den König von Sachsen protestiert hatte. So war es ein Leichtes, den königstreuen Bayern zu suggerieren, Wagners Einfluss gefährde auch die hiesige Monarchie.

Für Herrn Schilling handelte es sich bei dieser Auseinandersetzung zweifelsfrei um einen Machtkampf, der dem König seine Grenzen aufzeigen sollte. Genau hier sah er die Schwäche des Monarchen. Ludwig hatte sich seither beleidigt aus seiner Hauptstadt in die Berge zurückgezogen, anstatt Präsenz zu zeigen und die Minister an die Kandare zu nehmen.

»Ich habe keine Einwände gegen seine Bautätigkeit, ganz sicher nicht, lieber Schilling. Das war schon immer eine originäre Aufgabe der Regenten, denken Sie nur an seinen Großvater«, sagte Lutz generös und strich sich über den buschigen Schnauzbart. »Er muss natürlich nicht unbedingt hier in München bauen, wie das der eine oder andere fordert.«

Noch ahnte Herr Schilling nicht, worauf der Minister hinauswollte. Die Bauprojekte des Königs hatten bislang kein größeres Aufsehen in München erregt. Als erstes hatte Ludwig sein Appartement in der Residenz umgestalten und einen Wintergarten auf das Dach des

Hofgartentraktes setzen lassen. Soweit Herr Schilling wusste, begannen anschließend die Arbeiten am Jagdhaus Linderhof und die Planungen für eine neue Burg in Hohenschwangau, an der seit einiger Zeit gebaut wurde.

»Ich finde es sogar erstrebenswert, den König zu bestärken, mehr Zeit in der Provinz zu verbringen. Allerdings bin ich in Sorge, die reichstreuen Kräfte zu vergrämen.«

»Inwiefern könnten die Bauprojekte seiner Majestät denn dazu beitragen? Gab es nicht schon genügend Anlässe, bei denen er die Abneigung gegen seine preußische Verwandtschaft demonstriert hat?« Herrn Schilling fiel dabei augenblicklich die Anekdote ein, als Ludwig II. sich einst geweigert hatte, dem preußischen Kronprinzen die königliche Villa in Berchtesgaden zur Verfügung zu stellen, als dieser einige Sommertage dort verbringen wollte.

Lutz schob seine auf die Nasenspitze gerutschte Brille nach oben und nahm einen weiteren Schluck Cognac.

»Vorerst geht es mir nicht um die kaiserlichen Herrschaften in Berlin und deren Befindlichkeiten, sondern um das, was daraus für uns entstehen könnte. Noch ist es wenig publik, aber seine Majestät baut das Jagdhaus im Graswangtal in ein französisches Lustschlösschen um.«

Herr Schilling kannte Ludwigs Vorliebe für alles Französische durchaus und wusste auch, dass der König die Sprache fließend beherrschte. Bayern und Frankreich hatten über viele Jahre beste Beziehungen gepflegt. Ohne Napoleons Zutun wäre das Kurfürstentum Bayern ja niemals Königreich geworden. Mit der Niederlage Bayerns gegen Preußen hatte sich das Blatt gewendet. Bayern bekam zwar Sonderrechte zugestanden, nur geschah im Königreich jetzt alles unter dem Einfluss Preußens. Durch Geheimverträge gezwungen, musste sich Bayern am Krieg gegen Frankreich beteiligen. In dessen Folge entstand das Deutsche Reich. Jetzt schickte es sich nicht mehr, mit Frankreich zu sympathisieren, ganz im Gegenteil. Frankreich wurde zunehmend zum Reichsfeind stilisiert und damit ebenso zu einem Gegner Bayerns. Allmählich dämmerte es Herrn Schilling, in welchem Dilemma der Minister steckte.

Dennoch entgegnete er: »Aber das Bauprojekt liegt wahrlich abseits in der Provinz und die ländliche Bevölkerung wird es nicht kümmern, was dort entsteht.«

»Da stimme ich Ihnen zu, lieber Schilling. Doch das ist nicht alles. Seine Majestät versucht, sich von der Außenwelt abzuschotten. Er wird sicher nur wenigen gestatten, sein neues Schloss zu betreten. Aber es werden Gerüchte entstehen, die irgendwann bis nach München durchsickern.«

»Das wäre unangenehm, aber nicht gefährlich.« Herr Schilling fragte sich, für wen hier überhaupt eine Gefahr bestand. Sicherlich nicht für den König. Vielleicht für das Ministerium oder für Lutz höchstpersönlich? Lutz musste während der Auseinandersetzung mit der katholischen Kirche bemerken, dass weder die bayerische Bevölkerung noch der König hinter ihm standen. Also hatte er das Problem in den Reichstag getragen. Auf diese Weise war er maßgeblich dafür verantwortlich, dass Bismarck den Streit mit der Kirche zu einem nationalen Kampf ausgerufen hatte. So konnte Lutz mit preußischer Rückendeckung weiter gegen den Klerus in Bayern opponieren. Jetzt fürchtete er wohl aufgrund des Schlossbaues von Ludwig II. einen Affront gegenüber seinem preußischen Unterstützer. Das alles schien Herrn Schilling zwar sehr weit hergeholt, aber das Spiel der Politik war nicht einfach. Vor allem dämmerte es ihm nach wie vor nicht, welche Rolle er selber in dieser Angelegenheit hätte spielen können. Nachdenklich nippte er an seinem Cognac und blickte den Minister aufmunternd an. Er sollte endlich zum entscheidenden Punkt kommen!

»Mir liegen Informationen vor, dass es ein weiteres französisches Projekt gigantischen Ausmaßes geben soll. Noch ist alles streng geheim. Und das sollte es möglichst bleiben.« Lutz zog die Augenbrauen bedeutungsschwer hoch.

»Und wo komme ich ins Spiel, Herr Minister?«, wollte Herr Schilling jetzt endlich wissen.

»Es sind vertrauliche und höchst private Unterlagen aus den Gemächern seiner Majestät in Hohenschwangau verschwunden. Sollten diese öffentlich werden, schlittern wir in eine ernsthafte Krise.« Lutz leerte das Glas Cognac und schaute Herrn Schilling durchdringend an.

»Und ich soll ermitteln, was mit den Unterlagen passiert ist?«

»Nein. Das weiß ich bereits, lieber Schilling. Ich weiß auch, wer sie im Moment hat. Sie sollen sie mir besorgen. Koste es, was es wolle, und mit allen Ihnen zur Verfügung stehenden Mitteln.«

Jetzt stürzte Herr Schilling seinen Cognac hinunter und reichte Lutz schweigend das leere Glas.

Lutz stellte die leeren Gläser auf den Schreibtisch und nannte ihm die Details. Je länger der Minister redete, desto klarer wurde Herrn Schilling, dass er diesen Auftrag Pankraz übertragen musste.

Johann von Lutz wusste offenbar nicht, welche Mittel Herrn Schilling tatsächlich zur Verfügung standen. Sonst hätte er ihn vielleicht nicht mit der Sache beauftragt.

Nur der Mond
war Zeuge

Erneut stand Richard Reisinger vor einer offenen Türe. Diesmal war es die kleine Pforte im Schlosstor. Auch hier wusste er, dass es nicht mit rechten Dingen zugehen konnte. Denn das Tor der Neuen Burg musste verschlossen sein. Er zückte Herolds Küchenmesser, durchschritt die Pforte und schlich auf leisen Sohlen zur Wachstube hinüber. Dann öffnete er vorsichtig die Stubentür und spähte in den Raum hinein. Auf dem Tisch brannte eine kleine Petroleumlampe, deren Flamme am Erlöschen war. Die Stube war leer. Auch sonst fiel ihm nichts auf. Reisinger schloss die Tür und tastete sich an der Mauer der dunklen Tordurchfahrt entlang, bis er im unteren Hof stand. In der Stube hätte mindestens ein Soldat der Wachmannschaft die Stellung halten müssen. Das war ein weiteres Indiz dafür, dass hier etwas nicht stimmte. Er schien mit seiner Überlegung richtig zu liegen, dass Herold mit dem Päckchen zur Neuen Burg geeilt war. Wahrscheinlich wollte Herold dort ein sicheres Versteck für die verpackte Schatulle suchen. Schließlich kannte sich Herold auf diesem Terrain aus wie in seiner Westentasche. Wenn er nicht wollte, dass man sie fand, würde er das sicher bewerkstelligen können. Damit wäre Herold im Vorteil. Andererseits deutete die Unordnung in Herolds Wohnung darauf hin, dass nicht nur er selber nach dem Päckchen suchte. Vielleicht hatten es andere dort schon gefunden und Herold war geflohen. Oder aber Herold war mit dem Päckchen abgehauen, bevor es jemand in die Hände bekommen konnte. Verdammt, es war wirklich eine idiotische Idee gewesen, das Päckchen herzugeben! Alle Indizien deuteten auf eine Flucht des Bauführers hin, mit oder ohne verpackter Schatulle. Es konnte durchaus sein, dass Reisingers Päckchen schon in die falschen Hände gelangt war. Aber noch bestand Hoffnung. Vielleicht hatte sich Herold ja hier oben verstecken können. Reisinger überlegte angestrengt, wie er Herold finden konnte, ohne von dessen mutmaßlichen Verfolgern entdeckt zu werden. Er bereute es, Herold keinen Schlüssel zum Felsennest ausgehändigt zu haben. Das wäre das perfekte Versteck gewesen. Sollte der Bauführer noch am Leben sein, würde er bestimmt versuchen, sich so lang zu verbergen, bis die Verfolger aufgaben, um dann einen der Aufseher des geheimen Vasallenbundes aufzusuchen. Oder — *oh Gott* — vielleicht war ja einer der anderen beiden Aufseher Herolds Häscher? Oder hatte vielmehr Handlanger geschickt, um das Päckchen unerkannt an sich zu bringen? Reisinger schwitzte trotz der nächtlichen Kühle. Er konnte niemandem mehr vertrauen und war auf sich gestellt. Es gab nur ein Ziel: Er musste Herold aufspüren.

Der Mond tauchte den unteren Hof in ein mattes Licht. Reisinger drückte sich lieber eng an die Mauern des Torgebäudes. Er musste möglichst unsichtbar bleiben. Aber er musste weiter. Er duckte sich tief und schlich beinahe auf allen vieren zur Eingangspforte des Felsennestes. Flugs sperrte er das Vorhängeschloss auf. Glücklicherweise knirschte der Schlüssel kaum. Im Notfall konnte Herold nun hineinflüchten und die Tür von innen verriegeln. Dann hastete Reisinger über den Hof und die Freitreppe hinauf. Er wusste zwar nicht, wo er zu suchen beginnen sollte und wie er ohne Licht den Flüchtenden finden wollte. Aber irgendwo musste er ja anfangen. Als er oben unbemerkt zwischen der Seilwinde und der Baubaracke hindurch huschen wollte, stolperte er und landete auf Händen und Knien. Den Fluch, den er auf den Lippen hatte, schluckte er gerade noch hinunter. *Jetzt nur keinen unnötigen Lärm verursachen!* Er rappelte sich auf und suchte im Sand nach dem Küchenmesser, das ihm beim Sturz aus der Hand gefallen war. Dabei entdeckte er den Grund für sein Stolpern. Vor ihm lag, mit dem Gesicht nach unten, ein menschlicher Körper. Im fahlen Mondlicht erkannte Reisinger, dass dieser Mensch eine Uniform trug. Er hatte jemanden von der vermissten Wachmannschaft gefunden. Für den Moment vergaß er sein Messer und versuchte, den Körper zur Seite zu rollen. Das stellte sich als schwierig heraus und verlangte ihm einiges an Kraft ab. Es schien so, als sei der reglose Körper irgendwo verhakt. Unter größter Anstrengung schaffte er es endlich und entdeckte, dass unter dem einen noch ein zweiter Körper lag. Ein weiterer Mann, der jedoch keine Uniform trug: Herold. Er war böse am Kopf verletzt und schaute insgesamt mitgenommen aus.

Reisinger überlegte, was hier wohl passiert war, und suchte nach dem Puls an Herolds Halsschlagader. Da war nichts zu finden. Dann nahm er sich die Taschen des Bauführers vor. Als er nach der Innentasche der Jacke griff, fasste er in etwas Feuchtes. Mit dem Zeigefinger konnte er durch ein Loch im Stoff Herolds Haut berühren. Er spürte, dass es sich um eine Schusswunde handelte. Reisinger drang mit seiner Fingerkuppe ein Stück weit in Herolds Brust ein. Ein leises Schmatzen war zu hören, als er den Finger herauszog. Ein Schuss ins Herz! Der Bauführer war zweifellos tot. Nachdem Reisinger Herolds restliche Taschen durchsucht hatte, musste er zu seinem Entsetzen feststellen, dass der Bauführer das Päckchen nicht bei sich hatte. Hoffnungsvoll suchte er den Boden rund um Herolds Körper ab. Vielleicht hatte es Herold hier irgendwo fallen lassen. Er kratzte mit seinen Fingernägeln durch den Sand und robbte auf den Knien und mit der Nase am Boden mehrmals um die beiden Körper. Jedoch erfolglos.

Mit Leichenbittermiene wandte sich Reisinger dem Soldaten zu, der reglos neben dem nutzlos gewordenen Bauführer lag. Reisinger kannte ihn nicht. Zumindest war ihm der Mann noch nie aufgefallen. Er schätzte ihn auf Ende Dreißig. Das war für einen Soldaten der Leibwache ungewöhnlich alt. Er trug keine Mütze, hatte sie also entweder verloren oder erst gar nicht aufgesetzt. Und er führte keinen Säbel mit sich. Es wirkte beinahe so, als ob er völlig unvorbereitet in etwas hineingeraten war. Vielleicht hatte er keine Zeit mehr gehabt, sich vollständig anzuziehen. Jetzt erst entdeckte Reisinger die Pistole. Sie lag, schwer erkennbar, zwischen den Körpern im Sand. Er fragte sich, ob man Herold mit dieser Waffe erschossen hatte. Er bückte sich, um sie aufzuheben.

In diesem Augenblick stöhnte der Soldat leise.

Ach, er lebte noch? Instinktiv hob Reisinger die Waffe. Er spannte den Hahn, ohne zu wissen, ob sich überhaupt noch ein Schuss im Magazin befand. So gewappnet fühlte er sich deutlich wohler, nachdem er ja das Messer verloren hatte. Reisingers Denkapparat lief auf Hochtouren. Er mühte sich, all die Überlegungen, die durch seinen Kopf jagten, schön geordnet in Schubladen zu packen. Verwirrt musste Reisinger feststellen, dass er diese Schubladen nicht schließen konnte. Ständig quollen seine Gedanken heraus, um sich miteinander zu verstricken. In seinem Kopf herrschte ein turbulentes Durcheinander.

Er musste sich besser konzentrieren! Also von vorne: Vielleicht hatte der Soldat den Bauführer erschossen und war jetzt im Besitz des Päckchens. In diesem Fall konnte nur Hornig dahinterstecken, der ja beste Beziehungen zur Leibgarde pflegte und nie selber Hand anlegte. Aber weshalb war der Soldat dann ohnmächtig auf dem verblichenen Herold gelegen? Hatte man ihm das Päckchen wieder abgenommen und versucht, ihn zum Schweigen zu bringen? Reisinger musste auch den Soldaten durchsuchen. Aber er zögerte. Im dümmsten Fall konnte der Soldat aufwachen und ihn plötzlich attackieren. Reisinger stupste ihn mit dem Fuß an, aber der Bewusstlose rührte sich nicht. Reisinger trat etwas fester zu. Keinerlei Reaktion. Also bückte er sich hinunter und suchte den Mann mit der freien Hand ab, während er mit der Pistole weiterhin auf ihn zielte. Der Soldat rührte sich kein bisschen, nicht einmal, als er ihn rabiat zur Seite drehte, um besser an die Gesäßtasche zu kommen.

Doch es war zum Verzweifeln! Auch der Soldat hatte das Päckchen nicht bei sich. Es konnte natürlich sein, dass es irgendwo im weiteren Umkreis am Boden lag. Reisinger konnte unmöglich den ganzen oberen Hof durchkämen. Ohne Licht glich dies der Suche nach der berühmten Nadel im Heuhaufen.

Der Soldat stöhnte erneut und öffnete sogar kurz die Augen. Reisinger musste unbedingt etwas unternehmen. Aber er wusste nicht, was. Sollte er einfach verschwinden? Man würde die beiden Männer morgen finden und alle möglichen Hypothesen aufstellen, was hier wohl geschehen war. Selbst wenn man das Päckchen irgendwo entdecken sollte, würde man keine Verbindung zu Reisinger herstellen können. Sicher: Sollte es in die falschen Hände geraten, wäre der König in Schwierigkeiten. Aber das war Reisinger herzlich egal. Ärgerlich machte ihn nur, dass seine eigene Karriere nicht den nötigen Aufschwung erhielt und er am Ende hier in der Provinz versauern würde. Nach allem, was er unternommen, ja, auf sich genommen hatte! Kampflos durfte er das Feld nicht räumen!

Reisinger taxierte den Soldaten genauer. Der Mann war in etwa so groß wie er selber, nur um einiges schlanker. Mit Hilfe der schiefen Ebene könnte es ihm vielleicht gelingen, den Mann in den unteren Hof zu bugsieren. Dann würde er ihn ins Felsennest schleifen. Da er nicht weitere wertvolle Zeit vergeuden wollte, packte er den schlaffen Körper kurzentschlossen von hinten unter den Achseln und zog ihn rückwärts zur Treppe. Dabei fiel ihm ein dunkler Fleck auf der Uniformjacke auf, ziemlich genau da, wo das Zwerchfell sitzen musste. Auch er hatte eine Schussverletzung. Das hatte Reisinger zuvor gar nicht bemerkt. Das erklärte den Zustand des Soldaten. Hoffentlich ging ihm der Mann nicht drauf, bevor er mit ihm unten angekommen war. Er sollte schon noch in der Lage sein, ihm zu erzählen, was vorgefallen war. Reisinger musste es probieren. Auf keinen Fall wollte er länger eine mögliche Zielscheibe sein für den- oder diejenigen, die hier anscheinend ein Blutbad angerichtet hatten. Andererseits konnte es eine Auseinandersetzung zwischen dem Soldat und Herold gewesen sein. Vielleicht hatte ja der Wachmann den Bauführer erschossen. Das konnte Reisinger nur in Ruhe herausfinden, wenn er den Soldaten von hier wegschaffte. Diese Situation hier war ihm einfach zu öffentlich.

Er wuchtete den Mann rücklings auf die Bretterbahn und ließ ihn kopfüber nach unten gleiten, indem er mit beiden Händen das Revers der Uniform umklammerte und — nebenher treppab laufend — der Schwerkraft entgegensteuerte. Der Soldat stöhnte ab und zu. Seine Augen flackerten zwischendurch auf. Schließlich verlor er erneut das Bewusstsein. Am mittleren Treppenabsatz hatte Reisinger alle Mühe zu verhindern, dass der Soldat mit dem Kopf gegen die Mauer knallte. Mit einer geschickten Bewegung drehte er den rutschenden Körper nach links auf den unteren Teil der Rutschbahn. Es kostete Reisinger einiges an Kraft, den leblosen Körper über den unteren Hof bis zum Eingang des Felsennestes zu schleifen. Rasch öffnete er die Tür, griff hastig nach einem Schächtelchen Zündhölzer, das innen auf dem Türrahmen lag, und entzündete die oberste Lampe. Das Licht erhellte nur die ersten Stufen des Abgangs. Danach wurde es schwächer, so dass der Eindruck entstand, man blicke in einen Tunnel, der tief in einen Bergwerksstollen hinabführte. Jetzt kam der schwierigere Teil des Krankentransportes. Erneut packte Reisinger den Verletzten unter den Achseln und zerrte ihn, rückwärtsgehend, über die Schwelle des Eingangs und auf die Treppe zum Felsennest. So stelzte er hinunter, indem er Schritt für Schritt mit den Füßen nach der nächsten Stufe suchte. Er kam sich mehr und mehr wie ein Blinder vor, nicht nur, weil er sich vom Licht entfernte, sondern weil ihm der schlaffe Soldatenkörper die Sicht versperrte. Mehrmals drohte er das Gleichgewicht zu verlieren und hinabzustürzen. Auf den steinernen Stufen konnte man sich zweifellos das Genick brechen.

Schweißgebadet erreichte Reisinger den Vorraum des Felsennestes. Er legte den Soldaten auf den Boden, sprang die Stufen hinauf und lugte vorsichtig in den Hof. Draußen war es nach wie vor duster. Der Mond versteckte sich hinter dichten Wolken. Bis zur Morgendämmerung würde es noch dauern. Also nahm Reisinger das Vorhängeschloss und legte es auf die oberste Stufe. Um keinen ungebetenen Besuch hereinzulassen, verriegelte er die Tür von innen mit einem Schiebebolzen und lief nach unten. Der Soldat hatte sich in der Zwischenzeit zur Seite gerollt, starrte aber ausdruckslos an die Wand. Eilig zündete Reisinger eine Kerze an und beugte sich im flackernden Schein zu dem Mann hinab. Vorsichtshalber holte er die Pistole hervor, obwohl er sich ziemlich sicher war, dass von diesem menschlichen Wrack keine Gefahr für ihn ausging.

»Können Sie mich verstehen, Soldat? Wie heißen Sie?«

Der Mann starrte weiterhin auf die Wand. Reisinger sah einen dünnen Blutfaden, der ihm aus dem Mundwinkel rann. Wenn er tatsächlich einen Bauchschuss abbekommen hatte, würde er die Nacht kaum überstehen.

»Sie müssen mir erzählen, was passiert ist, damit ich Ihnen helfen kann.« Er packte ihn an der Schulter und schüttelte ihn sanft. Da gab die Körperspannung des Soldaten nach. Er rollte auf den Rücken. Sein Kopf kippte zur Seite und er blickte Reisinger in die Augen.

»Heiland, Leibgarde des …«

Die Worte drangen nur leise aus seinem Mund, bevor seine Stimme ihm den Dienst versagte. Schon das Atmen verursachte ihm sichtlich starke Schmerzen. Mühevoll hob er eine Hand und fasste sich an den dunklen Fleck auf seinem Bauch.

»Ein Tuch, bitte. Blutung stillen«, stieß er hervor.

»Sie bekommen gleich einen Verband. Aber sagen Sie mir erst, was passiert ist. Wer hat Ihnen das angetan und weshalb?«

»Ich weiß es nicht. Da war ein Schuss und das Mädchen …«

»Welches Mädchen?«, fragte Reisinger überrascht.

Die ganze Angelegenheit wurde immer obskurer. Und hier vor ihm lag der einzige Zeuge, der ihm offensichtlich unter den Händen wegsterben würde.

»Haben Sie ein kleines Päckchen gesehen?«, fragte Reisinger. Er beschrieb mit den Händen, vor dem Gesicht des Soldaten, die Größe der Schachtel. »Hat das Mädchen das Päckchen?«

»Der Junge ...«, presste Heiland hervor.

Erneut floss Blut aus seinem Mund. Auch zwischen seinen Fingern auf dem Bauch sickerte die dunkle Flüssigkeit hindurch. Er hustete und schaute dann Reisinger an.

»... vom Kastellan«, flüsterte er und schloss die Augen. Sein Kopf neigte sich langsam zur Seite. Die Hände rutschten von seinem Bauch. Reisinger wusste zwar nicht genau, was Heiland damit sagen wollte. Aber das klang so, als hätte Pfeifer irgendwie seine Finger im Spiel. Er rüttelte nochmals an der Schulter des Soldaten. Doch der Mann rührte sich nicht mehr. Zwar war sein Puls noch ganz leicht zu spüren — aber ohne einen Druckverband und eine schnelle Operation würde es bald aus sein. Reisinger überlegte, was er mit dem Sterbenden machen sollte. Dann zerrte er ihn in den hinteren Raum und ließ ihn liegen. Er konnte ihm jetzt nicht helfen. Er hatte Wichtigeres zu tun.

Im Vorraum drückte er den Kerzenleuchter, der rechts vom Durchgang an der Wand befestigt war, nach unten und beobachtete zufrieden, wie sich die Wand zu bewegen begann: Eine zusätzliche Ziegelmauer schien sich herauszuschieben. Dass sie lediglich aus massivem Eichenholz und bemalter Pappmaché bestand, sah man nur, wenn man sie genau untersuchte. Als die Mauer am anderen Ende des Durchgangs in eine kaum wahrnehmbare Vertiefung einrastete, war nicht mehr zu erkennen, dass sich dahinter ein weiterer Raum befand. Heiland konnte in diesem versteckten Séparée nun in aller Ruhe seinem Schöpfer entgegentreten. Reisinger wollte sich später um die sterblichen Überreste des Mannes kümmern, die bis dahin unentdeckt blieben. Er blickte auf die geheime Wand und zwirbelte gedankenverloren die Enden seines Schnauzers. Er versuchte, sich an die Schubläden in seinem Gehirn und an deren Inhalte zu erinnern, öffnete schließlich das Kästchen, auf dem der Name Pfeifer stand, und entschied sich, nach Hohenschwangau zu laufen, um des Kastellans habhaft zu werden.

Die Schublade mit dem ehemaligen Bauführer Herold übersah Reisinger.

Unter einem schlechten Stern

Damit hatte Pankraz beim besten Willen nicht gerechnet. Er konnte einfach nicht glauben, dass der Junge vor seinen Augen auf das Brückengeländer geklettert und gesprungen war.

»Den hat's derbröselt. Der ist mausetot«, meinte einer der beiden Helfer. Von der Mitte der Brücke blickten sie in die dunkle Tiefe. Obwohl sie von hier oben nichts erkennen konnten, dauerte es eine Weile, bis Pankraz seine Fassung wieder fand und den Blick von der rauschenden Schwärze unter der Brücke löste.

»Wir müssen sofort da runter, zeigt mir den Weg.«

»Da finden wir nichts mehr, das ist zwecklos«, wandte der blasenschwache Helfer ein.

In Pankraz brodelte der Zorn an die Oberfläche. Er machte einen Schritt auf den Burschen zu, um ihn zu packen und Lenz hinterher in die Tiefe zu schleudern.

Der andere Helfer stellte sich schützend vor seinen Kameraden.

»Wir zeigen Ihnen den Weg. Aber der ist glitschig und im Dunkeln nicht ungefährlich.«

Pankraz erlangte mühsam seine Beherrschung wieder. Mit dem einen würde er noch ein Hühnchen zu rupfen haben, so viel war klar. Er knurrte: »Das Risiko werden wir eingehen müssen. Sobald wir ihn gefunden haben, könnt ihr verschwinden.«

Sie verließen die Brücke und folgten dem Pfad in Richtung Baustelle. Rasch erreichten sie den hinteren Teil des in die Höhe wachsenden Palas. Dort stand, auf einer hölzernen Plattform, geschützt in einer kleinen Hütte, eine Dampfmaschine. Diese trieb den Lastenkran an, mit dem die schweren Baumaterialien nach oben gezogen werden konnten. Daneben führte die Schuttrutsche aus dem Gebäude hinaus zum Weg hinunter. Da verlud man den Bauschutt zum Abtransport auf Fuhrwerke. Neben der Plattform führte eine Steintreppe in die Schlucht. Pankraz hatte zwar gestern, kurz nach seiner Ankunft in Füssen, extra noch einen Ausflug zur Baustelle unternommen, um die Gegend zu erkunden, aber diese Treppe war ihm dabei nicht aufgefallen.

Der Abstieg gestaltete sich tatsächlich schwierig und verkam zu einer wahren Rutschpartie. Die Treppenstufen waren schmierig und an manchen Stellen gebrochen, so dass man unversehens in Löcher trat oder über abgetretene Kanten schlitterte. Seine Begleiter jammerten am laufenden Band. Der Blasenschwache landete sogar auf seinem Allerwertesten, was Pankraz amüsiert zur Kenntnis nahm. Von ihm aus hätte er sich gern das Genick brechen können. Im Moment brauchte er ihn leider noch. Schließlich erreichten sie unbeschadet eine Lichtung unmittelbar unter der Brücke. Die Wolken gaben dem Mond ab und zu eine Chance, sich zu zeigen, und so konnte man die Szenerie trotz der Dunkelheit gut erfassen. Der Sturzbach der Pöllat toste hier unten noch lauter als auf der Brücke. Die beiden Burschen mussten brüllen, damit er sie verstehen konnte.

»Von hier unten schaut das viel höher aus. Ich komm mir richtig winzig vor.«

»Das hat der nicht überlebt. Entweder er liegt irgendwo zwischen den Felsen oder er steckt in der Wasserwalze fest.«

»Dann klettern wir da runter und suchen erst mal alles rund um die beiden Wassergumpen ab«, befahl Pankraz und stieg vorsichtig über den Wegesrand.

»Halt! Sind Sie lebensmüde, Mann?«, schrie der Helfer mit der Blasenschwäche und packte Pankraz an der Schulter.

Wie vom Donner gerührt blieb Pankraz stehen. Er warf dem Burschen einen vernichtenden Blick zu, so dass dieser die Hand sofort wegnahm.

»Fass mich nicht an! Sonst wird's dir leid tun.«

Obwohl der Bursche keine Frau war, ekelte es Pankraz vor dessen Berührung. Seine Schulter begann augenblicklich an der Stelle, wo gerade noch die Hand gelegen hatte, zu brennen und zu jucken. Er sehnte sich nach dem kühlen Nass des Baches, um sich damit diese widerwärtige Erinnerung an den Körperkontakt wegzuwaschen.

»Wenn Sie da reinfallen, kommen Sie nicht mehr raus«, brüllte der Bursche und ging vorsichtshalber einen Schritt zurück. »Wir bräuchten ein Seil.«

»Dazu haben wir aber keine Zeit. Es wird schon nichts schiefgehen.« Pankraz kletterte zurück nach oben und leuchtete den beiden Burschen ins Gesicht.

Man konnte ihnen die Angst deutlich ansehen.

»Ihr denkt also, dass er im oberen Gumpen von der Wasserwalze nach unten gedrückt wird?«

Beide nickten. Der Wasserfall stürzte mit einer unglaublichen Wucht in das kreisrunde Becken. Es war sehr wahrscheinlich, dass der Leichnam dort unten festhing. Mit dem Ende der Schmelze würde die Wassermenge geringer werden und den Körper freigeben — und das Päckchen.

»Also gut. Du läufst rüber zur Baustelle und besorgst uns ein Seil. Es muss lang genug sein, damit einer von uns unter den Wasserfall tauchen kann, während ihn die anderen sichern«, sagte Pankraz und deutete auf seinen speziellen Freund. Der würde tauchen müssen. Das hatte Pankraz natürlich schon entschieden. Im Wasser könnte er ganz zwanglos urinieren.

»Und wir zwei klettern derweil schon mal über die Böschung runter und suchen das Gelände rund um die Gumpen ab. Wir müssen eben vorsichtig sein«.

In diesem Moment unterlief Pankraz ein entscheidender Fehler. Es war nicht der einzige, wie sich herausstellen sollte. Er ging voran. Als er sich umdrehte, um nachzuschauen, ob der Andere ihm folgte, stand an der Böschungskante, einsam und verlassen, die Laterne. Fluchend hechtete Pankraz nach oben, rutschte ab und schlitterte ein gutes Stück über das Geröll zurück. Bis er es endlich hinauf geschafft hatte, waren seine beiden Helfer längst über alle Berge. Sie kannten sich hier blendend aus und es war finster. Sie konnten wieder nach oben gegangen sein oder den Pfad nach unten eingeschlagen haben, tiefer in die Schlucht hinein. Die Wahrscheinlichkeit, den richtigen Weg für die Verfolgung zu wählen, war also nur Halbe-Halbe. Die Dunkelheit und seine kaum vorhandene Ortskenntnis reduzierten seine Erfolgschancen auf ein Minimum. Er würde sie nie wiedersehen.

Pankraz konnte den Jungen jetzt unmöglich finden. Eine nächtliche Kletterei in unbekanntem und glitschigem Terrain glich einem Himmelfahrtskommando. Er beschloss, zur Baustelle zurück zu gehen und Herolds Leiche so zu drapieren, dass das Ganze wie ein Selbstmord aussah. Dann wollte er den toten Soldaten verschwinden lassen.

So schnell es ging, rannte Pankraz die feuchten Stufen hinauf. Immer wieder rutschte er aus oder stieß mit einer Schuhspitze an die unterschiedlich hohen Kanten der Stufen. Er haderte sehr mit sich. Auf dem Weg zum Schlosstor spürte er, wie seine Wut anschwoll und ihm zunehmend Kopfschmerzen bereitete.

»Ich hab die Nacht geträumet
Wohl einen schweren Traum.
Es wuchs in meinem Garten
Ein Rosmarienbaum ...«

Die Melodie des Liedes schwirrte durch seinen Kopf. Er durfte seine inneren Türen jetzt noch nicht schließen, nein! Seine Sinne mussten geschärft bleiben. Also griff er nach seinem Messer.

»Ein Kirchhof war der Garten,
Das Blumenbeet ein Grab,
Und von dem grünen Baume
Fiel Kron und Blüten ab …«

Die Melodie drohte sich in seinen Gehirnwindungen festzusetzen. Er blieb stehen, krempelte seine Jacke und den Hemdsärmel zurück und schnitt sich in den Unterarm, knapp neben dem Ellbogen. Der Schmerz kam aber nur gedämpft in seinem Kopf an, also ritzte er ein weiteres Mal, nur tiefer und länger. Jetzt spürte er, wie das warme Blut über seine Haut lief. Mit einem Mal waren das Lied verklungen, sein Kopf befreit und alle Türen seines Geistes weit geöffnet. Während ihm das Blut den Unterarm hinabrann, rannte Pankraz schneller und erreichte das Schlosstor. Das kleine Portal im großen Tor stand offen. Er konnte sich partout nicht erinnern, ob er es zugemacht hatte, als er vorhin aus der Baustelle gestürmt war, oder nicht. Vorsichtig betrat er die Durchfahrt. Nichts deutete darauf hin, dass sich inzwischen jemand anderes im Schloss befand und die Leichen entdeckt hatte. Sonst hätte man bestimmt die Lichter entzündet und Alarm geschlagen. Aber hier war alles ruhig. Sicherheitshalber zog er dennoch seine Pistole. Schnell weiter zum oberen Hof! Was er dort vorfand, verschlug ihm allerdings den Atem: Der Wachsoldat lag nicht mehr auf Herold. Pankraz blickte sich verdattert um. Im schwachen Licht seiner Lampe war nirgends ein toter Mann in Uniform zu sehen. Er hatte dem Soldaten doch in den Bauch geschossen! Das musste ein tödlicher Treffer gewesen sein! Er hatte anschließend sogar nach dessen Puls gesucht und war zufrieden gewesen, dass er keinen mehr gefunden hatte. Und nun war der Soldat verschwunden. Panik stieg in ihm hoch. Er leuchtete den Boden ab, schwenkte seine Lampe hin und her und entdeckte tatsächlich Schleifspuren im Sand. Diese führten in Richtung der Treppe. Sie konnten allerdings ebenso gut von den Bauarbeitern stammen, die irgendwelche Säcke durch die Gegend gewuchtet hatten, überlegte er fieberhaft.

Der Soldat war ein Zeuge des Verbrechens. Er würde Pankraz beschreiben können. Anscheinend hatten das unerwartete Auftauchen des Jungen und des Soldaten sowie das nervtötende Geschrei des Mädchens Pankraz vorübergehend verwirrt. So viele Fehler waren ihm bislang nicht unterlaufen. Eigentlich machte er gar keine Fehler. Und jetzt? Die reinste Katastrophe! War am Ende noch mehr schiefgelaufen? Das Mädchen! Er hatte das Mädchen vollkommen vergessen. Eine Zeugin! Seine geheime Mission zerbröckelte in lauter winzige Teilchen. Wie in Trance legte er dem toten Bauführer seine Pistole in die Hand und begann zu summen.

»Ich hab die Nacht geträumet
Wohl einen schweren Traum.
Es wuchs in meinem Garten
Ein Rosmarienbaum …«

Wie ein verwundetes Tier schlich Pankraz durch das Schlosstor und suchte ein Versteck, um sich zu verkriechen. Und nachzudenken.

Sie klammerte sich immer noch an den Eisenträger, obwohl die drei Männer die Brücke verlassen hatten.

»Oh mein Gott …«, hauchte sie. »Oh mein Gott.«

Dieser Abend war eine einzige Höllenfahrt. Sie wünschte sich sehnlichst, die Zeit zurückzudrehen. Die Ereignisse im oberen Hof der Baustelle waren schon schwer zu ertragen. Aber dass Lenz von der Brücke gesprungen war, raubte ihr beinahe den Verstand. Durch die Spalten der Brückenbohlen hatte sie von ihrem Versteck aus alles beobachten können. Noch immer sah sie Lenz' Körper vor ihrem geistigen Auge in das dunkle Nichts fallen.

Klara hatte zwar nicht verstanden, was die Männer sprachen. Aber sie war sicher, dass sie in der Schlucht nach Lenz suchen wollten. Sie würden höchstens seinen zerschmetterten Körper finden. Und vielleicht diese verfluchte Schachtel, derentwegen das alles passierte.

Klara dämmerte allmählich, was Lenz' Sprung für sie bedeutete. Er hatte ihr eine Möglichkeit eröffnet, unbemerkt von hier zu verschwinden, und das mit seinem Leben bezahlt.

Sie schloss die Augen, atmete tief ein und ließ den Eisenträger los, an dem sie sich festgeklammert hatte. Sie kletterte, mit Knien weich wie Pudding, die Böschung hinauf und wankte, wie betrunken, auf die Brücke.

»Mein armer Lenz«, jammerte sie.

Klara konnte es nicht fassen. Heute Nachmittag erst hatten sie geheime Pläne geschmiedet. Jetzt war er tot. Sie musste sich kurz am Geländer festhalten, um nicht das Gleichgewicht zu verlieren. Dabei wollte sie nur noch runter von der Brücke und diesen unheilvollen Ort schnellstmöglich verlassen.

Sie hangelte sich am Geländer entlang. Dann begann sie zu laufen, wurde schneller und rannte schließlich, als sei der Teufel höchstpersönlich hinter ihr her. Als sie die Brücke hinter sich ließ, verfinsterte der Wald schlagartig den Weg. Klara hielt an. Ihre Lungen brannten. Ihr Puls raste.

Lenz hatte ihr von einem Pfad erzählt, der beim Pavillon nach Hohenschwangau abzweigte. Den wollte sie finden. Sie hatte keine Ahnung, ob es die richtige Entscheidung war. Klara sehnte sich so sehr nach den schützenden Mauern des alten Schlosses. Hoffentlich ist die Tür vom äußeren Garten ins Nebengebäude nach wie vor unverschlossen, dachte sie immerzu, während sie blind wie ein

Maulwurf nach unten ging. Andauernd kam sie vom Weg ab und landete im Unterholz.

Als sie den Pavillon erreichte und den von Lenz beschriebenen Weg fand, war ihr Gesicht tränenüberströmt und die Haut an ihren Händen vom Buschwerk zerkratzt. Immerhin blinzelte der Mond durch das nächtliche Wolkenkleid und erhellte den freigeholzten Streifen des Weges. Klara kam nun zügig voran.

Wie sollte es nur weitergehen? Eigentlich musste sie die Schlosswache alarmieren oder zumindest die Gräfin wecken und ihr von den unfassbaren Ereignissen berichten. Man musste sofort einen Suchtrupp zusammenstellen, um die Verbrecher zu schnappen. Und man musste natürlich nach Lenz suchen.

Klara erreichte die Schlossstraße. Hier kannte sie sich aus. Nach ein paar Schritten tauchten die ersten Gebäude auf. Endlich konnte sie das alte Schloss sehen. Einige Fenster waren erleuchtet. Klara hatte jedes Zeitgefühl verloren. Sie wusste nicht, wie spät es war. Doch da vom Morgengrauen noch keine Spur am Firmament zu entdecken war, hatte man ihr Verschwinden womöglich noch nicht bemerkt. Verstohlen huschte sie an den Stallungen und am Hippodrom vorbei, wo sie sonst gern die Pferde streichelte oder den Bereitern bei der Arbeit mit den königlichen Rössern zusah. Dann passierte sie den länglichen Bau der Kutschen-Remise und stieg zum äußeren Garten auf.

Lenz war nicht mehr zu helfen. Da war sich Klara sicher. Auch die beiden anderen hatten ihr Leben ausgehaucht und man konnte nichts mehr für sie tun. Sie selber würde wiederum alles verlieren, wenn die Gräfin herausfand, dass sie sich weggeschlichen hatte. Das konnte und wollte sie ihren Eltern nicht antun. Schließlich hatten sie Klara durch ihr unermüdliches Vorsprechen bei Hofe diese Stellung überhaupt erst verschafft. In der Regel stammten die Dienerinnen, die im Umfeld der Königinmutter arbeiteten, aus Adelskreisen. Nur wenige waren Bürgerliche wie sie.

Klara kam sich schäbig vor. Sie hatte das Vertrauen ihrer Eltern und der Gräfin von der Mühle missbraucht. Lenz wäre nicht gestorben, wenn sie sich nicht auf den Weg zur Neuen Burg gemacht hätte! Selbst wenn sie jetzt alles beichtete, würde er nicht mehr lebendig werden. Er hätte bestimmt gewollt, dass sie weiterhin eine Zukunft bei Hofe besaß.

Die Tür vom äußeren Garten in das Nebengebäude war tatsächlich noch unversperrt. Erleichtert lief Klara durch den Gang in Richtung Torgebäude. Sie durfte jetzt nur nicht entdeckt werden. Ein kritischer Moment war das Knarzen der Wendeltreppe. Doch als Klara ihre Zimmertür öffnete und geschwind hinter sich schloss, hatte sie es geschafft.

Mit klopfendem Herzen lauschte sie, an die Tür gelehnt, in die Stille hinein, ob sich etwas im Zimmer der Gräfin rührte. Nein, nichts. So entkleidete sie sich und schlüpfte in ihr Nachthemd. Erschlagen kletterte sie in ihr Bett. Als Klara Grünspan sich die Decke bis unters Kinn zog und das wohlige Gefühl des vertrauten Nachtlagers ihren Körper umfing, entwich mit einem Schlag sämtliche Anspannung. Heiße Tränen der Erschöpfung und des Kummers strömten über ihre Wangen.

Meicost Ettal

Pankraz zu beauftragen, die verschwundenen Unterlagen wiederzubeschaffen, war nur die eine Hälfte seines Vorhabens gewesen. Herr Schilling sicherte sich gern ab.

Nachdem er Lutz' Büro verlassen hatte, schmiedete er einen Plan. Als erstes würde er Pankraz entsprechende Instruktionen im Hauptpostamt hinterlegen. Bis jetzt hatte er sich auf den Waisenjungen, der mittlerweile ein erwachsener Mann war, stets verlassen können. Herr Schilling rekrutierte seine menschlichen Werkzeuge bevorzugt in Waisenhäusern. Meistens waren die Kinder von den dort herrschenden Verhältnissen schon völlig gebrochen. So war es ein Leichtes, sie für seine Zwecke zu manipulieren. Die Schwester Oberin in der Findlingstraße hatte damals nicht gezögert, als er ihr 50 Gulden für einen körperlich gesunden Jungen anbot. Zu seiner Überraschung hatte sie ihn nicht mit einem Vortrag über Moral und Ethik und den üblichen bürokratischen Formalitäten behelligt, sondern war sofort auf finanzielle Verhandlungen eingestiegen.

»Ich hätte da einen für Sie. Aber der ist mindestens 75 Gulden wert.«

»Na wenn Sie es sagen, Ehrwürdige Schwester Oberin, dann bringen Sie ihn mal her.«

»Der Junge ist zwar keine Leuchte, aber robust und mit einem ausgezeichneten Körperbau gesegnet. Kein Gramm Fett zu viel auf den Rippen, wenn Sie wissen was ich meine. Alle wichtigen Teile wohl proportioniert«.

Bei diesen Worten meinte Herr Schilling ein Flackern in ihren Glupschaugen zu erkennen. Die Frau wog mindestens zweihundert

Pfund, war aber nicht sonderlich groß und kleidete sich erstaunlich freizügig für ein Ordenshaus. Sie trug keinen Schleier. Das Oberteil ihrer Ordenstracht hatte Knöpfe, die so weit geöffnet waren, dass man den Ansatz der Brüste sehen konnte. Herr Schilling hatte zu Beginn ihres Gespräches die größte Mühe, seinen Blick von der rosaroten Haut zu lösen, die unter dem weißen Stoff hervorquoll. Als sie ihr Büro verließ, um den Jungen zu holen, trällerte sie fröhlich ein Lied von einem Rosmarienbaum. Erst viel später sollte er herausfinden, dass auch Pankraz dieses Lied sang, wenn er sich von seiner Umgebung abschotten wollte. Einmal rezitierte der Junge den Text sogar im Schlaf, schrie allerdings zwischendurch »Nein, ich will nicht, lassen Sie mich los!« und schlug wild mit den Händen um sich. Herr Schilling musste nur eins und eins zusammenzählen, um zu wissen, was die Oberin Pankraz angetan hatte.

Der zweite Teil seines Planes war es, eigene Nachforschungen anzustellen. Die Auskünfte des Ministers waren vage geblieben. Dessen Informationen reichten vordergründig aus, um dem Bauführer der Neuen Burg das Päckchen abzuknöpfen. Aber Herr Schilling wollte zu gern wissen, welche Probleme eigentlich dahintersteckten. Es ging darum, sich notfalls selber zu schützen. Wenn man für die Politik Aufträge übernahm, musste man auf alle Eventualitäten vorbereitet sein. Lutz und die anderen Minister würden nicht zögern, ihn zu opfern, wenn es um ihre eigenen Köpfe ging.

Lutz konnte nur aus dem persönlichen Umfeld des Königs vom Verschwinden der Unterlagen gehört haben. Wahrscheinlich von Richard Hornig oder einem Kammerlakaien. Der Minister hatte ihm nicht erzählt, welche Papiere gestohlen worden waren, aber er hatte Andeutungen zu einem geheimen Bauprojekt gemacht. Schilling überlegte, wo er denn mit seinen Nachforschungen ansetzen sollte. Egal, in welche Richtung er dachte, es kam ihm ständig ein Name in den Sinn: August Eisenhart. Wenn einer etwas über die Bauvorhaben des Königs wusste, dann der Kabinettssekretär. Denn zu seinen Aufgaben gehörte, die finanziellen Angelegenheiten des Regenten zu regeln, die ja schon in der Planungsphase eines neuen Projektes eine wichtige Rolle spielten.

Eisenhart lebte seit einigen Jahren mit seiner Familie in der Münchner Residenz. Von seiner Wohnung im Kaisertrakt hatte er nur einige Schritte in die Kabinettskanzlei, die sich ebenfalls in dem riesigen Gebäudekomplex befand. Herr Schilling wollte Eisenharts Arbeitszimmer genauer unter die Lupe nehmen. Zu diesem Zweck suchte er am Morgen nach dem Ministergespräch den Burgpfleger Mappes auf, der sämtliche Schlüssel der Residenz verwahrte. Mappes stand kurz vor dem Ruhestand, war unverheiratet und liebte süßes Naschwerk. Herr Schilling versorgte ihn schon lang mit feinsten Süßigkeiten. Manchmal legte er eine kleine Geldsumme dazu. Dafür erfuhr er allerlei Neuigkeiten vom Hof und aus dem Kabinett.

Auch an jenem Morgen hatte Herr Schilling ein Körbchen mit Spezialitäten der Konditorei Rottenhöfer dabei, als er an Mappes' Dienstzimmer klopfte.

»Guten Morgen, Herr Mappes, ich bringe eine frische Lieferung.«

»Und nur vom Feinsten, oder?«, antwortete Mappes und sog Schnupftabak von seinem Handrücken in die Nase.

»Jawohl, Herr Burghauptmann, vom königlichen Hoflieferanten höchstpersönlich.«

Natürlich war Mappes kein Burghauptmann, aber diese Bezeichnung schmeichelte ihm. Wie immer stand Mappes auf und salutierte vor Herrn Schilling. Dann zog er eilig sein kariertes Taschentuch aus der Livree-Tasche und schnäuzte sich kräftig.

Herr Schilling streckte ihm den Korb entgegen, was Mappes sofort ein breites Grinsen ins Gesicht zauberte.

»Ich wollte nur kurz stören und fragen, ob denn der werte Herr Kabinettssekretär momentan in der Residenz weilt.«

»Er muss wohl hier sein, denn die Luise hat mir gerade vorhin erzählt, dass sie heute Abend ins Hoftheater gehen.«

Luise war Eisenharts Frau und bekannt für ihren ungezwungenen Umgang mit Anekdoten. Mappes hatte Herrn Schilling schon öfters berichtet, mit Luise durch die Räume der Residenz gewandelt zu sein, weil sie alles erkunden wollte. Dabei erzählte sie gern von sich und ihrem Gatten.

»Wann beginnt denn die heutige Vorstellung?«

»Um Schlag sieben, aber ich muss schon eine halbe Stunde früher da sein, falls eine der Herrschaften Hilfe benötigt.«

»Und wie lang geht Ihr Dienst? Hoffentlich nicht den ganzen Abend.«

»Ha! Ich werde wohl wie meistens der Letzte sein und zusperren.« Mappes deutete auf die vergitterte Vitrine aus Lärchenholz, in der die Schlüssel der Residenz ordentlich in Reih und Glied hingen. Lediglich die Schlüssel zum Appartement des Königs und zur Schatzkammer wurden nicht dort aufbewahrt. An jedem Schlüssel war mit einem Faden ein kleiner Karton befestigt, auf dem die Raumbezeichnung geschrieben stand. Das Vorhängeschloss der Vitrine lag unbeachtet auf einem Stuhl. Herr Schilling hoffte, dass dies am Abend auch noch so sein würde. Falls nicht, würde er zu seiner kleinen Feile greifen müssen. Man konnte halt nicht sagen, ob das Schloss danach noch zu verwenden war. Und Herr Schilling wollte keine Spuren hinterlassen.

Herr Schilling hatte genug erfahren. Er drückte Mappes einen Gulden in die Hand und wünschte ihm einen schönen Tag.

Dem Kastellan war ganz flau im Magen geworden, als Hornig bei ihm geklopft hatte, um ihn dringend zu sprechen. Das war zwar jetzt schon ein paar Tage her, aber noch immer beschleunigte sich sein Puls, wenn er an dieses Gespräch zurückdachte.

»Darf ich eintreten, Pfeifer, ich möchte Sie nochmals befragen.« Der Stallmeister wartete eine Antwort von Pfeifer erst gar nicht ab und drückte sich an ihm vorbei in die Wohnung. »Seine Majestät wird bald in Hohenschwangau eintreffen. Ich möchte ihm gute Neuigkeiten in Bezug auf seine verschwundenen Habseligkeiten berichten.«

Pfeifer stand mit schlotternden Knien da und versuchte, die Fassung wiederzuerlangen. Hornig schlenderte durch die Diele und schaute sich genauer um. Er strich mit dem Zeigefinger über die Kommoden, pustete ein Staubwölkchen von der Fingerkuppe und blickte den Kastellan vorwurfsvoll an. Pfeifer sah betreten auf den Boden. Er hielt dem strafenden Blick von Hornigs eisblauen Augen nicht stand.

Richard Hornig war zwar nur vier Jahre älter als der König, wirkte mit seiner stämmigen Statur und dem buschigen Vollbart jedoch gesetzter als Ludwig II. Der Kastellan konnte Hornig nicht ausstehen. Dennoch war dieser für ihn eine absolute Respektsperson. Das lag sicherlich am militärischen Auftreten des Stallmeisters, der ursprünglich als Offizier Karriere gemacht hatte. Sein Bruder diente im Rang eines Majors. Sein Vater war bereits als Stallmeister im königlichen Dienst tätig gewesen.

»Darf ich mich setzen, mein lieber Pfeifer«, fragte der Stallmeister und nahm im selben Moment in Pfeifers grauen Armlehnen-Sessel

Platz. »Bitte schließen Sie die Tür. Es soll nichts von unserem Gespräch nach draußen dringen.«

»Natürlich, Herr Stallmeister. Wie kann ich Ihnen denn zu Diensten sein?« Eigentlich wollte der Kastellan das gar nicht wissen. Es wäre ihm viel lieber gewesen, der ungebetene Gast wäre sofort wieder verschwunden.

»Nun, ich möchte mit Ihnen über Gerüchte diskutieren. Man sollte nicht allzu viel auf das Geschwätz am Hof geben. Aber ab und an lohnt es sich doch, etwas genauer hinzuhören.«

Pfeifer schwante Übles. Es musste schon einen guten Grund geben, dass der Stallmeister des Königs ihn persönlich aufsuchte — noch dazu spät abends und in seinen privaten vier Wänden. Sollte Hornig herausgefunden haben, dass er mit dem Verschwinden der Unterlagen zu tun hatte? Aber nein, das konnte nicht der Grund sein. In diesem Fall hätte Hornig ihn sofort verhaften lassen. Allmählich fand Pfeifer seine Contenance wieder und setzte sich auf das kleine Kanapee, das unter dem Fenster der Wohnstube stand.

»Ich kann Ihnen leider nichts anbieten, Herr Stallmeister, nur einen Schluck Wasser.«

Hornig schüttelte den Kopf und beugte sich zu Pfeifer. Seine unheimlichen Augen waren nur noch eine Handbreit von Pfeifers Gesicht entfernt.

»Es heißt, Sie würden sich sehr für die Abendgestaltung der Dorfbewohner interessieren.«

»Ich kann Ihnen leider nicht folgen, Herr Stallmeister.« Pfeifer blickte ihn verwirrt an, bis das entscheidende Zahnrädchen in seinem Gehirn einrastete.

»Wirklich? Man hat mir berichtet, Sie seien ein ausgezeichneter Kenner der Heldensagen, die das Bildprogramm im Schloss zieren. Ihre Erzählungen seien sehr lebendig, vor allem zu nächtlicher Stunde.«

Pfeifer schluckte. Hornigs Augen fixierten ihn unbarmherzig.

»Wissen Sie was ich gern mache? Was meine große Leidenschaft ist? Wann immer ich Zeit finde, gehe ich auf die Jagd. Das ist meine große Passion. Die beste Zeit dafür ist das Ende der Nacht, wenn der neue Tag seine ersten Vorboten schickt.«

»Die Jagd ...«, stotterte der Kastellan, ohne zu wissen, worauf der Stallmeister hinauswollte.

»Vielleicht wollen Sie mich einmal begleiten, Pfeifer. Hier im Ammerwald gibt es die prachtvollsten Hirsche. Seit keine königlichen Jagdgesellschaften mehr stattfinden, kommen die Jäger mit dem Abschießen kaum nach.«

»Die Jagd ... ist nicht meine Sache.«

»Natürlich nicht«, rief Hornig und klatschte sich mit der flachen Hand gegen die Stirn. Er sprang auf und ließ sich schwungvoll neben Pfeifer auf dem Zweisitzer nieder.

Der Kastellan fühlte sich sehr unwohl in seiner Haut.

»Ihre Sache ist eher die Kunst, nicht wahr? So wie bei unserem hochverehrten König auch. Nun, die Jagd ist eher eine grobe Sache, nichts für Feingeister.«

Der Stallmeister legte Pfeifer seine mächtige, fleischige Hand auf den Oberschenkel und drückte leicht zu. Der Kastellan war jetzt zwischen dem wuchtigen Körper des Stallmeisters und der Armlehne des Kanapees eingeklemmt. Er wagte kaum zu atmen.

»Ich verurteile das nicht im Geringsten, mein Lieber. Jedem das Seine. Wissen Sie, bei der Jagd passieren manchmal schlimme Unfälle. Erst neulich habe ich von einer bösen Verwechslung gehört. Ein Jäger hielt seinen Begleiter für einen Rehbock. Ich bete inständig zu Gott, dass mir oder einem Bekannten von mir nie etwas Derartiges widerfahren wird — schrecklich.«

Pfeifer starrte sprachlos auf die kahle Wand gegenüber vom Sofa.

»Wissen Sie, einer meiner Jagdbegleiter heißt Reisinger. Den kennen Sie, oder?«

Dem Kastellan wurde heiß und kalt zugleich. Er hatte Reisingers Bekanntschaft schon vor Langem gemacht. Doch zuletzt hatte sich das Ganze höchst unangenehm entwickelt.

Pfeifers Geheimnis war also gelüftet. Ausgerechnet Hornig war ihm auf die Schliche gekommen.

»Und jetzt möchte ich von Ihnen wissen, ob Herr Reisinger vor Kurzem Ihr Begleiter war, lieber Pfeifer. In Sachen Kunst. Hier im Schloss. Und wenn ja, wo genau.«

Hornig presste seine Hand fester auf Pfeifers Oberschenkel.

»Ich bin mir todsicher, dass wir uns arrangieren können: Ich vergesse Ihr Interesse an der Kunst und werde meiner Jagdleidenschaft garantiert nicht in Ihrer Nähe nachgehen.«

Der Stallmeister wollte ihn also nicht unbedingt verraten. Was lediglich bedeutete, dass Pfeifer zwischen Pest und Cholera wählen musste. Da war zum einen Reisinger, der ihn anschwärzen oder ihm sogar etwas antun würde, sobald Pfeifer etwas verriet. Und da war des Königs Stallmeister und enger Vertrauter, der Pfeifer schonen würde, aber nur, wenn Pfeifer plauderte.

Herr Schilling verbrachte den ganzen Tag in der Residenz, obwohl er mit seinen offiziellen Dienstgeschäften schon am frühen Nachmittag fertig war. Zum wiederholten Male hatte er die Grottenhalle mit ihrem exotischen Brunnenbau aus Muscheln, Perlmutt und Korallen bestaunt, spazierte dutzende Male durch den Brunnenhof, ging hinüber zum Apothekenhof und qualmte etliche Zigaretten. Er zählte jeden Glockenschlag mit, der von der Theatinerkirche und vom Dom her ertönte. Bis es endlich halb sieben war.

Mappes hatte seine Amtsstube tatsächlich unversperrt hinterlassen. Das war natürlich ein schweres Dienstvergehen. Herr Schilling hatte nicht vor, es zu melden. Ganz im Gegenteil. Er hätte ihm am liebsten noch einen Korb Süßigkeiten dafür gebracht. Vor allem, weil das Vorhängeschloss nach wie vor auf dem Stuhl neben der Vitrine lag.

Als er nach den Schlüsseln mit den Aufschriften »Kabinettszimmer 1«, » Kabinettszimmer 2« und » Kabinettszimmer 3« griff, hörte er draußen auf dem Flur plötzlich Schritte. Rasch setzte er sich auf den Stuhl, wobei sich ihm das Vorhängeschloss schmerzhaft in den Steiß bohrte. Er schlug die Beine übereinander, ganz so, als warte er auf den Burgpfleger. Aber die Schritte entfernten sich wieder. Als er einen Mann und eine Frau lachen hörte, vermutete er, dass hier wohl ein Pärchen auf dem Weg ins Hoftheater war. Vielleicht ja sogar die Eheleute Eisenhart? Die heutige Theateraufführung war jedenfalls ein Geschenk des Himmels. Denn üblicherweise besuchten alle wichtigen Hofbediensteten und Bewohner der Residenz die Vorstellungen.

Also holte Herr Schilling nun doch die drei Schlüssel aus der Vitrine. Er spähte vorsichtig in den Gang hinaus und machte sich auf den Weg Richtung Küchenhof. An der Kabinettskasse vorbei ging er zum Kanzleitrakt gegenüber der Hofkapelle. Nirgends war eine Menschenseele zu sehen. Nur aus der Ferne hörte er die Stimmen von erwartungsfrohen Theaterbesuchern, die zur Vorführung wollten. Gleich der erste Schlüssel passte. Herr Schilling schlüpfte geschwind in die kleine Eingangshalle und versperrte die Pforte sorgsam hinter sich. Es war zwar duster, aber noch ausreichend hell, um die schmale Treppe zu Eisenharts Büro zügig hinaufsteigen zu können. Oben blieb er kurz stehen und lauschte. Die Vorstellung musste jeden Moment beginnen. Also hatte er eine gute Stunde Zeit, um die Schlüssel zurückzubringen. Mit dem Glockenschlag um Punkt sieben drang Herr Schilling in Eisenharts Arbeitszimmer ein.

Das Büro des Kabinettssekretärs wirkte auf den ersten Blick wie ein Trödelladen voller Kunst und Antiquitäten. Überall lehnten Gemälde und standen Skulpturen. Auf den wenigen Sitzmöbeln lagen Kupferstiche und Papierrollen. Es ging das Gerücht um, Eisenhart versuche, die Gunst des Regenten über die gemeinsame Liebe zur Kunst zu gewinnen. Denn der König wollte Eisenhart bereits mehrfach als Kabinettschef entlassen. Die Wände waren mit dunkelgrünen Seidentapeten bespannt. Das kannte Herr Schilling schon von früheren Besuchen. Im Halbdunkel des Zimmers konnte man die Farbe jedoch kaum erkennen. Er würde Licht brauchen, überlegte er. Herr Schilling zündete eine kleine Petroleumlampe an, die auf einer Kommode stand. Leider gab es keine Vorhänge vor den winzigen Bleiglasfenstern. Er ging das Risiko ein, dass man den schwachen Schein der Lampe draußen sah. Er stellte sie auf den Tisch, schirmte das Licht, so gut es ging, mit seinem Körper ab, und begann, Eisenharts Schreibtisch zu durchsuchen. Auf der Arbeitsfläche lag ein großer Stapel Akten, akkurat in Mappen verstaut, die wohl noch zu bearbeiten waren — vorwiegend Anträge für Audienzen beim König. Darunter befand sich nichts von Interesse für Herrn Schilling. Neben den Schreibutensilien, Tintenfass, Federhalter und Löschpapier standen zwei Bilderrahmen. Im kleineren eine Fotografie von Frau Eisenhart mitsamt Kindern. In einem doppelt so großen das Portrait des Königs. Herr Schilling setzte sich in Eisenharts unbequemen Bürostuhl und öffnete nacheinander die Schubladen des Tisches. Auch da fand er nichts, das ihm weiterhelfen würde. Die unterste Schublade jedoch war verschlossen.

Herr Schilling entschied sich, sie mit seiner Feile zu öffnen, selbst wenn er sie daraufhin unversperrt zurücklassen musste. Er wollte unbedingt wissen, was Eisenhart darin verbarg. Er holte die Lampe, stocherte geschickt in dem winzigen Schlüsselloch herum und bekam die Schublade glücklicherweise auf, ohne das Schloss zu beschädigen. In der dunklen Lade lag nur eine einzige Aktenmappe. Auf ihr standen, in Eisenharts Handschrift, die Worte »Verschlusssache Meicost Ettal.«

Jetzt wusste Herr Schilling, dass er auf der richtigen Spur war. Das ehemalige Benediktiner-Kloster Ettal befand sich ganz in der Nähe von Linderhof. Hier konnte ein Zusammenhang mit dem gerade laufenden Umbau und einem neuen Projekt bestehen, wie es Lutz erwähnt hatte. Was die Bezeichnung »Meicost« bedeutete, erschloss sich ihm allerdings nicht. Herr Schilling packte die Mappe und ging in die hinterste Ecke von Eisenharts Arbeitszimmer, damit er weit genug vom Fenster entfernt war und in Ruhe lesen konnte. Dort legte er die Akte auf ein Beistelltischchen und stellte die Lampe daneben.

Gleich das erste Blatt war eine Federzeichnung. Sie zeigte den Entwurf für eine Kapelle mit dem handschriftlichen Vermerk »Linderhof« und war von Georg Dollmann signiert. Es folgte die Grundriss-Skizze eines Pavillons, versehen mit dem Hinweis »Projekt I 1868 Ite Etage.« Das alles passte zu den Planungen für die Umbaumaßnahmen in Linderhof. Ebenso wie eine Reihe von Fotografien, auf denen der ehemalige Hof des Bauern Linder im Graswangtal so zu sehen war, wie ihn König Maximilian später hinterlassen hatte — als Komplex mit zwei Häusern und einer kleinen Kapelle. Außerdem stieß Herr Schilling auf ein Telegramm von Ludwig II. an seinen Hofsekretär Düfflipp: »Schließen Sie den Kauf sofort ab, das Gelände scheint entsprechend zu sein.« Es folgte eine Lithographie mit den Umrissen eines Geländes und der Überschrift »Insel Herrenwörth«. Angeheftet war eine handschriftliche Notiz von Düfflipp vom September 1873. Soweit es Herr Schilling entziffern konnte, notierte Düfflipp hier den abgeschlossenen Kauf der Insel für 350.000 Gulden von einem Holzkonsortium aus Württemberg. Außerdem den Erhalt von etlichen Dankesschreiben der lokalen

Honoratioren, weil der König mit dem Erwerb von Herrenwörth die drohende Abholzung der Insel verhindert habe. Das letzte Blatt in der Mappe zeigte erneut den Entwurf einer Kapelle, nur diesmal mit angefügten Seitenflügeln im Stil der Renaissance und der Notiz »Projekt VII«.

Herr Schilling konnte sich keinen Reim darauf machen, weshalb die Unterlagen zur Insel Herrenwörth in der Mappe mit Planungsentwürfen zum Umbau für Linderhof steckten. Alles in allem ergaben sich hieraus keine neuen Erkenntnisse für ihn. Enttäuscht klappte er den Aktendeckel zu und brachte die Mappe zum Schreibtisch zurück. Als er sie nach hinten in den Schubladenkasten schieben wollte, spürte er einen Widerstand. Also zog er die Lade bis zum Anschlag heraus. Ganz hinten lag eine große Papierrolle, die er zuvor übersehen hatte. Aufgeregt trug er sie zum Beistelltisch, um sie im Schein der Petroleumlampe zu betrachten. Zu seiner Überraschung handelte es sich um eine Aquarellzeichnung mit der Signatur von Georg Dollmann im rechten unteren Eck. Darauf zu sehen war die frontale Ansicht der Hauptfassade von Schloss Versailles. Herrn Schilling war schon zu Ohren gekommen, dass Ludwig, unmittelbar nach seiner geheimgehaltenen Frankreichreise im vergangenen Jahr, seinen Baumeister dorthin geschickt hatte. Jetzt wusste Herr Schilling auch, weshalb. Aber warum bewahrte Eisenhart diesen Entwurf in derselben, versperrten Schublade auf wie die »Verschlusssache Meicost Ettal« mit Skizzen zum Umbau für Linderhof? Und was hatte das alles mit dem Kauf der Insel im Chiemsee zu tun?

Auf einmal waren unten im Residenzhof Stimmen zu hören. Es musste also gerade Pause im Theater sein. Eigentlich wollte Herr Schilling noch vor der Pause aus Eisenharts Büro verschwunden sein. Er fürchtete, der Kabinettssekretär könnte einen kurzen Abstecher in sein Arbeitszimmer machen. Er seufzte enttäuscht. Der ganze Aufwand war umsonst gewesen.

Als er Dollmanns Aquarell zusammenrollen wollte, entdeckte er auf der Rückseite einige mit Bleistift gekritzelte Worte. Herr Schilling musste die Lampe ganz nah an das Papier halten, um die Buchstaben entziffern zu können: »Neu-Versailles Chiemsee« stand dort geschrieben. Da fiel bei Herrn Schilling der Groschen. Er sprang zum Schreibtisch und holte die Mappe noch einmal aus der Schublade. Er ignorierte die Stimmen von unten und kramte in der Akte. Schon der Entwurf zu Projekt VII war von seinen Dimensionen her eine Nummer zu groß für das enge Graswangtal. Die Fassadenansicht erinnerte an Dollmanns Aquarell von Versailles. Der König hatte die Insel also nicht gekauft, um sie vor der Rodung zu bewahren. Er wollte sich ein neues Schloss bauen. Allem Anschein nach sollte es ein Nachbau von Versailles werden.

Draußen lachte eine Frauenstimme.

Jetzt fürchtete Herrn Schilling doch, in Eisenharts Büro entdeckt zu werden. So steckte er die Mappe und das Aquarell zurück in die Schublade. Er konnte sie zwar nicht mehr zusperren. Aber Eisenhart würde wahrscheinlich denken, er hätte selber vergessen, den Schlüssel umzudrehen.

Der Weg zurück in das Amtszimmer des Burgpflegers verlief ohne Zwischenfälle. Die Residenz lag wie ausgestorben da. Herr Schilling konnte die drei Schlüssel unentdeckt in die Vitrine hängen.

Es war klar, dass Lutz vom Plan des Königs wusste. Der Minister wollte das alles wahrscheinlich nur so lang geheim halten, bis er es im passenden Moment zu seinen Gunsten verwenden konnte. Natürlich bauten Könige Schlösser. Der Nachbau eines französischen Königspalastes auf deutschem Reichsboden konnte freilich für einen Skandal sorgen. Noch dazu ein Schloss in dieser Größenordnung!

Andererseits hatte Lutz bei ihrem letzten Treffen angedeutet, dass es durchaus seine Vorteile habe, wenn sich der Monarch mehr fürs Bauen interessierte als für das politische Tagesgeschäft. Außerdem hatte der Minister erwähnt, dass dem König noch eine sehr private Sache abhandengekommen sei. Diese Angelegenheit könnte vielleicht noch viel prekärer werden, als Lutz zuzugeben bereit war, sollte sie an die Öffentlichkeit gelangen.

Als Herr Schilling die Residenz durch das Haupttor verließ, grüßte er freundlich die Torwache und blieb einen Moment auf der Residenzstraße stehen. Je länger er über die Angelegenheit nachdachte, desto klarer wurde ihm, dass es bestimmt noch andere Interessenten für das ominöse Päckchen in Hohenschwangau gab. Vielleicht geriet Pankraz sogar in Schwierigkeiten. Auf jeden Fall wollte Herr Schilling jetzt ohne Umwege in den Besitz des Päckchens samt Inhalt gelangen. Also spazierte er zum Hauptbahnhof, um auf der Fahrplantafel nachzuschauen, wann der nächste Zug in Richtung Hohenschwangau abfuhr.

Von Träumen
und Albträumen

Richard Reisinger hatte es eilig. Auf dem Weg nach unten überlegte er, wie er am besten an Pfeifer herankommen würde.

Die Wohnung des Kastellans lag zwar im Kavaliersbau des Schlosses, aber die Wohnungstür konnte man nur durch den äußeren Garten erreichen. Es gab merkwürdigerweise keine Tür zu dieser Wohnung im Inneren des Kavaliersbaus. Folglich musste der Kastellan jedes Mal, wenn er ins Schloss wollte, ein paar Schritte außen herum durch den Garten gehen. Also hätte sich Reisinger nur auf die Lauer legen müssen, um den Kastellan frühmorgens abzupassen. Aber ihm lief die Zeit davon. Außerdem wollte er nicht riskieren, von der Schlosswache entdeckt zu werden. Er musste den Vorteil des diffusen Morgenlichtes nutzen.

In ihm reifte ein Plan. Aber um ihn auszuführen, musste er zuerst in seine eigene Wohnung nach Schwangau. Dort hatte er die geeigneten Hilfsmittel. Es würde noch mindestens eine Stunde dauern, bis es richtig hell wurde. War er erst einmal daheim, würde er den Weg zurück nach Hohenschwangau mit seinem Pferd im Handumdrehen schaffen. Während er heimlief, erinnerte er sich plötzlich an ein Gespräch mit dem Kastellan, das sie nach seiner ersten Versammlung des Krankenunterstützungsvereins geführt hatten.

Alois, einer der Beisitzer, stellte Reisinger nach der Versammlung einige Mitglieder vor. In der hintersten Ecke des Wirtshaussaales saß ganz allein Pfeifer und starrte in seinen Bierkrug. Reisinger dachte sich, dass es nicht schaden könne, sich mit ihm gutzustellen. Das sollte sich wiederholt bewahrheiten.

»Darf ich mich zu Ihnen gesellen?«, fragte er den Kastellan und stellte zwei gefüllte Bierkrüge auf den Tisch.

»Immerzu, wenn's kein Schneider ist.«

»Ich habe gehört, dass Sie im königlichen Schloss wohnen. Ist das nicht etwas ganz Besonderes? Geradezu ein Privileg.«

Pfeifers Augen blitzten auf. Er nahm einen Krug und prostete Reisinger zu. Nach der dritten Runde sprudelte es aus dem Kastellan nur so heraus. Reisinger erfuhr, dass Pfeifer aus ärmlichen Verhältnissen stammte und dass er es nur durch Fleiß und bedingungslose Loyalität so weit geschafft hatte. Irgendwann gestand ihm der Kastellan auch seine Abneigung gegenüber den Preußen. Das störte Reisinger aber nicht. Das war er inzwischen gewöhnt. Schon während seiner Schulzeit in München hatten ihn seine Mitschüler gehänselt, vor allem wegen seiner hochdeutschen Aussprache. Auch später hatte man ihn als »Reingeschmeckten« bezeichnet. Erst als Angehöriger der preußischen Gesandtschaft fühlte er sich wirklich heimisch, zumindest im Gesandtschaftsgebäude.

Reisinger war es nicht gewohnt, so viel zu trinken, und bemerkte, wie sich seine Sinne vernebelten.

Umso erstaunlicher fand er es, dass er sich jetzt noch an Pfeifers Erzählungen über die Kastellansbehausung im Schloss erinnerte.

Als Reisinger seine kleine Wohnung im Mitteldorf betrat, holte er seine Pistole aus dem Nachtkästchen und verstaute sie in seine Jackeninnentasche. Dann öffnete er ein kleines, geheimes Fach im Bodenbrett des Kleiderkastens und fischte ein braunes Apothekerfläschchen mit Chloroform heraus. Er wickelte es in ein Taschentuch ein, um es daraufhin sorgsam in seine Hosentasche zu stecken. Die Flasche durfte unter keinen Umständen zerbrechen. Sonst war sein Plan zunichte. Man würde ihn irgendwo bewusstlos oder gar tot finden. Schließlich schlich Reisinger in den Stall seines Vermieters. Dort stand der Haflingerwallach Nikolaus, den sich Reisinger für drei Gulden im Monat jederzeit borgen durfte. Leise sattelte er das Pferd und führte es unter beruhigendem Zureden ins Freie. Jeder Tritt des schweren Tieres und jedes Schnauben hallte in seinen Ohren wider. Reisinger blickte noch öfters zurück, ob im Haus ein Licht anging. Erst außerhalb des Dorfes stieg er auf, um nach Hohenschwangau zu reiten.

Damals in der *Post* hatte er den Kastellan gefragt, ob er wirklich zu jedem Raum des Schlosses einen Schlüssel besaß. Pfeifer trank einen großen Schluck und nickte.

»Ja und wie machen Sie das? Haben Sie alle Schlüssel vom Schloss bei sich?«

Der Kastellan klopfte mit den Händen auf seine Jackentaschen.

»Die hätten hier gar nicht Platz, oder? Das ist nämlich ein ziemlich großer Schlüsselbund. Außerdem, den darf ich jenseits der Schlossmauern gar nicht mit mir herumtragen.

»Aber Ihren Haustürschlüssel, den haben sie dabei?«

Der Kastellan fasste in seine Hosentasche und zog einen einzelnen Schlüssel heraus.

»Ist zwar riskant, wenn ich ihn verliere. Aber zur Sicherheit habe ich einen Ersatzschlüssel vor der Wohnung deponiert.«

In Hohenschwangau band Reisinger den Wallach an einem Baum unterhalb der Orangerie fest. Er ärgerte sich, dass ihm nicht einfallen wollte, ob Pfeifer ihm das Schlüsselversteck damals verraten hatte. Aber er würde es schon finden.

Der Raum war in ein sanftes Licht getaucht. Überall brannten Kerzen in den unterschiedlichsten Größen. Die züngelnden Flammen wirkten so, als ob im ganzen Zimmer kleine Sterne einen wilden Tanz vollführten. Klara drehte sich im Rhythmus des

Flackerns um ihre eigene Achse. Sie wogte ihren Körper langsam hin und her. Sie liebte es zu tanzen. Wann immer es die Möglichkeit dazu gab, tanzten sie und die anderen Mädchen heimlich in ihren Zimmern. Klara hielt kurz inne. Sophia und Josefine waren nirgends zu sehen. Hier war sie ganz alleine. Sie vermisste ihre Freundinnen. Das versetzte ihr einen Stich. Doch die Sterne aus Kerzenlicht zogen sie wieder in ihren Bann. Klara begann erneut zu tanzen.

Klara Grünspan hatte einen angenehmen Traum, aus dem sie nicht erwachen wollte. Eine wohlige Wärme durchflutete ihren Körper. Sie stieg langsam von ihren Zehenspitzen durch die Beine bis in ihre Brust. Nur im Schloss Hohenschwangau fühlte sie sich so wohlbehütet. Das musste an den dicken Mauern liegen. Auch die beiden anderen Mädchen hatten ihr anvertraut, dass sie ein erstaunliches Gefühl des Schutzes verspürten, das sie in ihren Elternhäusern so nie erlebt hätten.

Plötzlich wurde Klara unruhig und der Tanz der Sterne immer wilder. Die Lichter schwebten auf sie zu, bis sie schließlich ihren Kopf umkreisten. Dann jagten sie mit einer lautlosen Explosion in die Höhe. Klara starrte ihnen hinterher. Der Anblick erinnerte sie an das herrliche Feuerwerk, das der König eines Abends am Ufer des Alpsees hatte abbrennen lassen. Klara und die Mädchen durften das Schauspiel vom Schlossgarten aus beobachten. Es schien, als ob der Nachthimmel von geheimnisvollen Wesen aus einer anderen Welt erleuchtet wurde, die sich in die glitzernden Fluten des Sees stürzten. Für alle unsichtbar, intonierte ein Orchester das Vorspiel aus Wagners Oper *Lohengrin*, das von diesem Augenblick an Klaras Lieblingsstück wurde. Die Melodie erzählte von der Sehnsucht nach wahrer Liebe, von Hoffnung und Verlangen. Aber in ihr lag gleichzeitig der Klang von Bitterkeit und Schmerz.

Sie hatte Lenz einmal zu erklären versucht, was es mit dieser Musik auf sich hatte und weshalb der König ihr verfallen war. Doch es war ihr nicht gelungen. Man musste sie einfach selber hören.

Die *Lohengrin*-Melodie erlosch schon wieder und Klara mühte sich krampfhaft, sie sich in Erinnerung zu rufen, während die explodierten Sterne ihres Traumes beständig höher stiegen und allmählich verblassten. Mit ihnen verschwand die wohltuende Wärme aus ihrer Brust. Klara begann zu frieren. Es fühlte sich an, als habe sich Raureif auf ihre Haut gelegt. Klara löste ihren Blick von den Sternen und sah an sich hinab. Sie erschrak. Denn sie war splitterfasernackt. Schnell bedeckte sie ihre Scham mit den Händen. Trotzdem wollte sie weiter noch das *Lohengrin*-Lied hören. Anstelle der Melodie erklang aber ein Plätschern in ihren Ohren. Nur mit Mühe konnte Klara den Blick von ihrer nackten, bleichen Haut wenden, um sich umzusehen.

Sie stand vor einer hohen, undurchdringlichen Thuja-Hecke und spürte den unwiderstehlichen Drang, in sie hineinzukriechen und sich darin zu verstecken. Aber ihre Füße klebten am Boden fest, als würden sie von einer unsichtbaren Kraft nach unten gedrückt. Klara konnte sich einfach nicht bewegen. So sehr sie sich anstrengte. Schweißperlen traten auf ihre Stirn, rannen an ihr herab. Sie wusste genau, dass sie gerade träumte. Dennoch spürte sie das Brennen in ihren Augen. Klara wollte jetzt unbedingt aufwachen. Aber zuvor musste sie durch diese Hecke.

Das Plätschern wurde lauter. Sein Ursprung muss hinter der Thuja-Hecke liegen, dachte Klara. Sie versuchte wieder, einen Fuß zu bewegen. Plötzlich konnte sie ein Bein anheben. Und sogar laufen. Sie machte einen Schritt nach dem anderen. Als sie ihre nackten Füße betrachtete, fiel ihr auf, dass diese den Boden gar nicht berührten. Klara schwebte auf die Hecke zu und konnte nicht stoppen. Als sie ihre Hände schützend vors Gesicht halten wollte, öffnete sich die Thuja. Klara schwebte einfach hindurch. Dieser Traum wurde immer verrückter. Und Klara konnte nicht aufwachen.

Vor ihr tauchte ein wasserspeiender Löwenkopf auf. Es dauerte eine Weile, bis Klara ihn richtig zuordnen konnte. Sie schwebte vor dem Löwenbrunnen im Schlossgarten. Das große Marmorbecken, aus dessen Zentrum eine Wasserfontäne in die Höhe spritzte, ruhte auf den Köpfen von vier bronzenen Löwen, die Wasser in das Bassin spuckten. Klara schwebte zu einem der Löwen. Sie hielt ihre Hände in das sprudelnde Wasser und spritzte es sich ins Gesicht. Das Wasser fühlte sich nicht angenehm an. Nicht frisch, sondern warm und klebrig. Klara blickte auf ihre Handflächen und erschrak des Todes. Sie waren blutrot. Der Löwenkopf verwandelte sich in eine schreckliche Fratze. Angst überwältigte Klara. Dieser Traum musste jetzt enden! Als der blutspeiende Löwenkopf die Gesichtszüge von Lenz annahm, wachte Klara schweißgebadet auf. Sie lag in ihrem Bett und zitterte am ganzen Leib.

Als sie sich etwas beruhigt hatte, stand Klara Grünspan auf und zog sich an. Sie wusste nicht, wie lang sie geschlafen hatte. Doch da es draußen noch dunkel war, würde es noch eine Weile dauern, bis das Schloss zum Leben erwachte. Sie wollte nun nichts mehr unversucht lassen, Lenz zu finden. Ungeachtet aller Konsequenzen.

Trau, schau, wem!

Endlich Feierabend, dachte Kastellan Pfeifer und schloss hinter sich die Tür zu seiner Wohnung. Der Tag war zwar wie im Flug vergangen, aber sehr anstrengend gewesen. Pfeifer wäre niemals um die Runden gekommen und noch lang nicht mit seiner Arbeit fertig, hätte er Lenz nicht an seiner Stelle zur Neuen Burg geschickt. Anfangs hatte Pfeifer gezweifelt, ob er seinen Gehilfen wirklich mit dieser Aufgabe betrauen sollte. Schließlich würde ein Versagen auf ihn zurückfallen. Und da gab es eine Spur von Eifersucht und Neid in ihm. Denn er war ja der Kastellan und Lenz nur sein verlängerter Arm. Was, wenn Lenz seine Sache gut machte und dafür ein Lob ausgesprochen bekäme? Dann würde es womöglich nicht mehr allzu lang dauern, bis man überlegte, Pfeifer durch Lenz zu ersetzen. In der Folge müsste er seine geliebte Wohnung aufgeben und das Schloss verlassen.

Ach was! Pfeifer wollte nicht weiter darüber nachdenken. Er beschloss, den Jungen in nächster Zeit an der kurzen Leine zu halten.

Erst weit nach Mitternacht, als sich die Königinmutter in ihre Gemächer zurückgezogen hatte, hatte Pfeifer mit seiner letzten Aufgabe an diesem Tag beginnen können: der gründlichen Reinigung des Billardzimmers in der ersten Etage. Die Königin und ihre Hofdamen verbrachten beinahe jeden Abend im Billardzimmer mit Gesellschaftsspielen. Auf dem großen Tisch wurde neben Billard manchmal Boggia gespielt. Es ging oftmals hoch her bei den Damen. Ihr Gelächter war nicht selten bis in den Garten zu hören. König Ludwig nahm an diesen gesellschaftlichen Zerstreuungen nur noch selten teil. Das hatte neulich der Leibreitknecht Hesselschwerdt erzählt. Laut Hesselschwerdt verließ der König seine Räume im zweiten Stock abends erst, wenn sich Maries Gesellschaft aufgelöst hatte. Denn er musste das Billardzimmer durchqueren, um nach draußen zu gelangen. Pfeifer wollte partout nicht verstehen, wie ein Mensch keine Freude am Spielen haben konnte. Doch Hesselschwerdt erklärte ihm, dass seine Majestät ein Problem damit habe zu verlieren. Ludwig hatte aber nichts dagegen, wenn seine Dienerschaft zum Zeitvertreib Schafkopf spielte. Er spendierte ihnen dafür sogar manchmal ein paar Münzen.

Als erstes öffnete der Kastellan ein Fenster im Billardzimmer. Die Damen hatten einen Duft aus Parfüm und Zigaretten hinterlassen, der Pfeifer in der Nase kitzelte. Dann befreite er alle Flächen vom Staub, um schließlich seine Schuhe auszuziehen und auf den Billardtisch zu klettern. Nur so erreichte er die zwei Deckenlampen — wenn er sich auf die Zehenspitzen stellte. Als er dort oben stand, hörte er schwere Schritte auf der großen Treppe. Er konnte nicht einordnen, ob sie von oben oder unten kamen. Sollte es der König sein, musste er sich schnell unsichtbar machen. Das war auf dem Billardtisch leichter gesagt als getan. Die Schritte näherten sich. Gleich würde die Tür aufgehen. Es blieb ihm nichts anderes übrig, als flugs hinunter zu springen. Er rutschte auf den Knien unter den Billiardtisch, um Zuflucht zu suchen.

Schon ging die Tür quietschend auf. Hier fehlte ein Tropfen Öl. Pfeifer konnte ein Paar Füße auf sich zukommen sehen. Außerdem sah er sein eigenes Paar Schuhe vor sich, die er in der Eile vollkommen vergessen hatte.

»Gibt es einen Körper zu diesen Schuhen?«

Pfeifer erkannte Hornigs Stimme sofort. Pfeifer war einerseits erleichtert, dass er nicht dem König seine Schuhe in den Weg gestellt hatte. Andererseits wollte er dem Stallmeister nach ihrer letzten Unterhaltung ungern allein begegnen.

»Ich wollte mich nur unsichtbar machen, Herr Stallmeister.«

»Das gälte aber auch für Ihre Schuhe«, spottete Hornig und schob sie mit den Füßen unter den Tisch. »Seine Majestät will heute Nacht noch eine Ausfahrt unternehmen. Also beeilen Sie sich. Und nehmen Sie um Himmels Willen Ihre Fußbekleidung mit.« Nach dieser Ansprache öffnete Hornig die Tür und verschwand ohne ein weiteres Wort nach oben.

Pfeifer sputete sich, auch wenn das Säubern und Aufpolieren des Parketts noch einige Zeit in Anspruch nahm und ihm einen steifen Rücken bescherte. Auf dem Nachhauseweg besorgte er sich eine Kleinigkeit zu essen in der Schlossküche, die sich wie seine Wohnung im Kavaliersbau befand.

Endlich sank Pfeifer erschöpft in sein Bett und löschte die Nachttischlampe. Er war schon gespannt auf Lenz' Bericht am nächsten Morgen und hoffte zugleich, dass der nächtliche Ausflug des Königs nicht zur Neuen Burg führen würde. Das sollte lieber in einer Nacht geschehen, in der Pfeifer sich selber um alle Vorbereitungen kümmern konnte. Er schämte sich ein wenig dafür. Doch er gönnte seinem Gehilfen kein Lob. Über diesen Gedanken dämmerte der Kastellan allmählich weg.

Als er ein lautes Knacken hörte, schreckte er in die Höhe. Er saß aufrecht im Bett und lauschte mit klopfendem Herzen in die Dunkelheit hinein. Nein, da war nichts. Das musste er sich eingebildet haben. Eine Überreaktion seiner angespannten Nerven vielleicht. Er bettete seinen Kopf auf das weiche Kissen und drehte sich zur Wand. Nur in dieser Position konnte Pfeifer einschlafen.

»Ein Mucks und du bist ein toter Mann!«

Pfeifer konnte einen Aufschrei nicht unterdrücken. Panisch fuhr er hoch. Auf seiner Bettkannte saß eine dunkle Gestalt. Sie presste ihm die Hand auf Mund und Nase. Gleichzeitig spürte er etwas metallisch Kaltes an der Schläfe. Sofort wusste er: eine Pistole!

»Ich will mich nur kurz unterhalten. Wenn du ruhig bleibst, passiert dir nichts. Wenn du mich verstanden hast, nicke.«

Pfeifer war jetzt hellwach. Der Mann auf seiner Bettkannte war Richard Reisinger. Wie um alles in der Welt hatte er in seine Wohnung eindringen können? Die Fenster waren alle vergittert Und die Tür konnte man nicht geräuschlos aufbrechen.

Pfeifer nickte. Er hatte nicht vor, Alarm zu schlagen. Noch nicht.

»Wie kommen Sie hier rein?«, hauchte er.

»Es ist gut, für den Notfall einen Schlüssel zu hinterlegen, finde ich. Dankenswerterweise musste ich gar nicht lang suchen.«

Neben seiner Wohnungstür stand eine kleine Sonnenbank. Dort hatte Pfeifer den Reserveschlüssel auf der Hinterseite der Rückenlehne an einen kleinen Nagel hängen. Bis zu diesem Zeitpunkt hatte er gedacht, ein todsicheres Versteck für den Schlüssel gefunden zu haben.

»Was wollen Sie von mir?«

»Ich bin mir sicher, dass du dich an unser nächtliches Gespräch am Bullachberg erinnerst.«

In der Tat hatte der Kastellan Reisingers damalige Drohungen nicht vergessen.

»Wir waren so verblieben, dass du bezüglich der königlichen Unterlagen und unserer nächtlichen Schlossbesichtigung die Klappe hältst.«

»Aber natürlich ...«

»Heute Nacht kam es zu diversen Komplikationen und ich möchte nur zu gern wissen, welche Rolle du dabei spielst. Wem hast du was erzählt?«

Reisinger drückte die Pistole fester gegen Pfeifers Schläfe. Der überlegte fieberhaft, was er dem nächtlichen Besucher erzählen sollte, ohne ihn noch wütender zu machen.

»Also, Herr Reisinger ...«

»Sie sind Reisinger?«

Die beiden Männer drehten sich überrascht zur Schlafzimmertüre. Im Türrahmen stand eine zierliche, sehr junge Frau mit einer Petroleumlaterne in der Hand.

Reisinger nahm die Pistole geschwind von Pfeifers Schläfe und presste sie, für das Mädchen unsichtbar, gegen die Rippen des Kastellans.

»Wer will das wissen?«, fragte Reisinger unwirsch.

»Verzeihung, aber die Tür stand offen.«

Pfeifer kannte das Mädchen. Sie gehörte zum Stab der Gräfin von der Mühle.

»Ich heiße Klara Grünspan. Ich war heute Nacht oben in der Neuen Burg. Ein Mann hat mir Ihren Namen genannt und mir gesagt, dass ich mich an Sie wenden soll.«

Pfeifer wusste im ersten Moment nicht, ob das Auftauchen des Mädchens gut oder schlecht für ihn war. Jedenfalls würde es sich Reisinger nun doppelt überlegen müssen, was er mit ihnen anstellte.

Doch dem Kastellan wurde eiskalt, als Klara ihre Geschichte erzählte: die grausamen Ereignisse der letzten Stunden in der Neuen Burg, ein geheimnisvolles Päckchen, der Todessprung von Lenz! Das jagte dem Kastellan einen Schauer nach dem anderen über den Rücken. Hätte Reisinger ihm nicht den Pistolenlauf in die Rippen gedrückt, hätte er sich am liebsten die Bettdecke über den Kopf gezogen. Das konnte nur ein schrecklicher Albtraum sein! Aber die Kratzer auf Klaras Wangen und die Schürfwunde auf ihrer Stirn waren echt. Sie bestätigten ihre unglaubliche Geschichte.

»Und der Junge ist mitsamt dem Päckchen in die Schlucht gesprungen, sagst du?« Reisinger war die ganze Zeit über still gewesen und hatte Klara aufmerksam zugehört.

Das Mädchen nickte und lehnte sich erschöpft gegen den Türrahmen.

»Hat der sterbende Mann noch einen Namen erwähnt außer meinem?«

»Nein, er sagte nur, dass ich Ihnen vertrauen soll.«

Pfeifer hatte plötzlich Mitleid mit Klara. Man hörte, dass sie gegen Tränen ankämpfte.

»Ich bin froh, dass ich Sie getroffen habe. Können Sie mir helfen? Was hat das alles zu bedeuten?«

»Das kann ich dir leider nicht sagen. Doch ich kann dir helfen. Jetzt gehen wir erst einmal in die Stube und du setzt dich kurz hin. Komm, Pfeifer, zeig uns, wo sie sich ausruhen kann.«

Reisinger steckte flink die Pistole in seine Jackentasche und formte mit seinen Lippen deutlich die Worte »kein falscher Ton« in Pfeifers Richtung. Dann stand er vom Bett auf und bedeutete dem Kastellan, ebenfalls aufzustehen. Pfeifers Nachthemd war völlig durchgeschwitzt. Seine Knie zitterten, als er sich aufrichtete, um die Lampe anzuzünden.

»Die brauchen wir nicht. Klaras Licht reicht aus. Du gehst voran, Pfeifer.«

Die Wohnung des Kastellans war verwinkelt. Man musste immer wieder ein paar Stufen nach oben oder unten gehen, um in den nächsten Raum zu gelangen. Die Stube war das größte Zimmer. Trotzdem hielt sich Pfeifer nur selten in ihr auf. Erst recht seit Hornigs ungebetenem Besuch vor knapp zwei Wochen. Pfeifer zeigte dem Mädchen das Kanapee. Er selber wollte sich unter keinen Umständen hinsetzen. Er trug keine Wäsche unter seinem Nachthemd und wollte sich die Peinlichkeit einer Entblößung ersparen. Doch Reisinger drückte ihn zurück in den Sessel. Hastig schlug er seine Beine übereinander und zog den Stoff über die Knie. Auch Klara hatte sich mittlerweile hingesetzt und die Lampe auf den Tisch zwischen Kanapee und Sessel gestellt.

»Hier, ein frisches Taschentuch«, sagte Reisinger und hielt es dem Mädchen hin.

Ein Geruch nach bitterer Medizin strömte zu Pfeifer herüber. Noch bevor Klara sich bedanken konnte, presste Reisinger ihr das Tuch vor den Mund. Im selben Augenblick kippte sie reglos zur Seite. Reisinger fing ihren schlaffen Körper geschickt auf und setzte sich neben sie. Jetzt schaute es so aus, als habe sie sich an seine Schulter gelehnt und schlafe friedlich.

»Chloroform. Es ist noch genug davon da«, sagte Reisinger drohend.

»Was haben Sie jetzt vor?«

»Je weniger du weißt, desto besser für dich.«

Reisinger war deutlich anzusehen, dass er fieberhaft nachdachte. Mit der einen Hand umarmte er Klara, als ob sie seine Geliebte wäre. Mit der anderen zwirbelte er unablässig seinen Schnauzbart. Plötzlich stand er auf.

»Los, pack mit an«, sagte er zu Pfeifer, griff der betäubten Klara von hinten unter die Achseln und deutete mit seinem Kinn auf ihre Beine. »Wir tragen sie runter zur Orangerie. Da steht mein Pferd. Und nimm die Lampe mit.«

»Aber ich bin barfuß und nur im Nachthemd.«

Reisinger lehnte Klara gegen seine Brust, umklammerte mit einem Arm ihren Oberkörper, fasste mit der freien Hand in seine Jackentasche und holte die Pistole heraus.

»Ich denke nicht, dass du in der Position bist, mit mir zu diskutieren.«

Diesem Argument konnte sich der Kastellan nicht entziehen. Also packte er Klaras nackte Waden, was ihm Unbehagen bereitete. Er empfand es als unsittlich, das Mädchen dort zu berühren. Auf dem gesamten Weg zur Orangerie zupfte er an ihrem Rock, damit er nicht zu weit nach oben rutschte. Gleichzeitig musste er darauf achten, dass sein eigenes Nachthemd weit genug unten blieb und dass ihm die Laterne nicht aus der Hand fiel.

»Und jetzt hilf mir, sie da rauf zu hieven«, sagte Reisinger, als sie das angebundene Pferd erreichten.

Als sie Klara auf den Rücken des Haflingers wuchteten, verrutschte ihr Rock. Pfeifer konnte seinen Blick nicht mehr rechtzeitig von Klaras Beinen abwenden. Er schloss instinktiv die Augen.

Jedoch machte er sie gleich wieder auf, weil ihm die Beine recht ansehnlich schienen.

»Was machen Sie mit ihr?«

»Ich suche jetzt den Jungen. Das Mädchen ist mein Pfand, bis ich ihn gefunden habe«, sagte Reisinger und bohrte Pfeifer die Pistole in den Bauch. »Und du verhältst dich ruhig. Du hast schon genug angerichtet. Wenn ich habe, was ich will, lass ich das Gör laufen. Ein Wort von dir zu irgendjemand — und sie ist tot! Hast du mich verstanden?«

Pfeifer nickte. Er kam sich in seinem Nachthemd lächerlich vor und hatte fürchterliche Schuldgefühle. Er konnte ja nicht ahnen, was seine nächtlichen Rundgänge durchs Schloss alles anrichten würden. Aber nun war es zu spät.

Reisinger schwang sich auf seinen Haflinger. Er packte Klara, die sich nicht rührte, an der Jacke.

»Jetzt leg dich ins Bett und mach morgen einfach alles so wie an jedem Tag.« Reisinger gab seinem Pferd die Sporen und ritt davon.

Der Kastellan blieb noch eine Weile reglos stehen und starrte in die Dunkelheit. Nachdem der letzte Hufschlag verklungen war, kam ihm das alles wie ein Hirngespinst vor. Völlig unwirklich. Wie in Trance stolperte er zu seiner Wohnung zurück. Er konnte unmöglich so tun, als ob nichts geschehen sei. In der Neuen Burg war ein Mann erschossen worden. Sein Gehilfe hatte sich von der Brücke in den Tod gestürzt. Zu allem Unglück befand sich auch noch eine Dienerin der Königinmutter in der Gewalt eines Entführers. Pfeifer fühlte sich an allen diesen Ereignissen schuldig. Eine zentnerschwere Last drückte auf seine Schultern. Tief gebückt erreichte er seine Wohnung und verschloss die Tür hinter sich. Diesmal ließ er den Schlüssel innen stecken. Er wusste nicht, ob Reisinger den anderen behalten hatte, und er wollte keinen weiteren Überraschungsbesuch erleben müssen. Reisinger war durch und durch bösartig. Pfeifer schleppte sich ins Schlafzimmer und setzte sich auf sein Bett.

Da klopfte es an der Türe.

Der Kastellan rührte sich nicht von der Stelle. Er wollte gar nicht wissen, wer da zu so später Stunde klopfte. Das konnte nichts Gutes bedeuten. Er würde einfach dasitzen und abwarten.

Es klopfte wieder, diesmal lauter. Pfeifer wollte sich am liebsten in seinem Bett verkriechen. Es klopfte erneut.

Mit einem tiefen Seufzer stand er auf und ging zum Eingang. Es konnte kaum noch schlimmer kommen.

»Wer da?«, fragte der Kastellan durch die verschlossene Tür.

»Ich bin's. Bitte lassen Sie mich rein.«

Ungläubig drehte Pfeifer den Schlüssel um. Er konnte es nicht fassen, wer da vor seiner Tür stand.

Ein kräftiger Schnitt

Er spürte ein Kitzeln in seinem rechten Ohr, als ob jemand sanft hineinpusten würde.

»Johannes, es ist an der Zeit, aufzustehen. Die Pferde müssen auf die Koppel.« Das war die Stimme seiner Mutter. Aber Johannes wollte nicht aufstehen, also rollte er sich nochmals zur Seite und tat, als würde er ganz tief schlafen.

Erneut pustete ihm seine Mutter ins Ohr. Diesmal aber deutlich entschlossener. »Aufwachen, du Schlingel, ich weiß, dass du mich hörst.«

Seine Mutter war die Geduld in Person — ganz im Gegenteil zu ihm selber und seinen Brüdern. Wenn sie in ihrer Aufgedrehtheit gar nicht bemerkten, dass es dem Vater gleich zu viel werden würde, verstand sie es, die Wogen rasch zu glätten. Die allmorgendliche Weckzeremonie war ein fester Bestandteil seines Lebens. Er wollte auf keinen Fall missen, dass seine Mutter ihn sanft in den Tag hinein geleitete. Jeden Morgen zögerte er das Aufwachen so lang wie möglich hinaus.

»Aufwachen, rasch!« Ihre Stimmlage hatte sich verändert. Von Geduld und Zärtlichkeit war nichts mehr zu hören. Sie rüttelte ihn jetzt an der Schulter. So wollte er nicht aufwachen! Das war kein guter Start in den Tag. Also kauerte er sich zusammen, um sich möglichst klein zu machen. In diesem Augenblick fuhr ein stechender Schmerz durch seinen Bauch. Er hatte das Gefühl, seine Eingeweide würden platzen.

Johannes Balthasar Heiland öffnete die Augen und blickte in das Gesicht einer jungen Frau, die nicht seine Mutter war. Er hatte nur geträumt. Das erste, was ihm an der Frau auffiel, war eine Schürfwunde vom Haaransatz bis zum Nasenrücken.

»Können Sie mich hören? Wissen Sie, wo wir sind?« Ihre Worte drangen nur gedämpft in seinen Gehörgang ein. Er fühlte sich, als ob ihn ein Schleier umgebe, der ihm Sicht und Sinne vernebelte.

»Sie müssen wach bleiben und mit mir sprechen, hören Sie«, sagte die Frau und tätschelte ihm abwechselnd links und rechts die Wangen. »Lassen Sie mich hier bloß nicht alleine! Sie dürfen nicht wieder ohnmächtig werden!« In einer Tour sprach sie weiter auf ihn ein. »Wie heißen Sie? Sie sind der Soldat, der mir das Leben gerettet hat, erinnern Sie sich?«

Erneut jagte eine Schmerzwelle durch seinen Bauch. Er krümmte sich unwillkürlich zusammen.

»Da ist ein Loch in Ihrer Uniformjacke, aus dem Blut quillt. Ich habe meinen Unterrock in Streifen gerissen, um die Blutung zu stillen. Sagen Sie mir, was ich noch tun soll.«

Heiland wollte etwas erwidern, aber sein Hals war wie ausgedörrt. Er brachte nur ein heiseres Krächzen zustande, das in seinem Hals höllisch brannte.

»Hier, trinken Sie einen Schluck«, sagte sie und hob seinen Kopf vorsichtig in die Höhe.

»Nicht wundern, das ist Wein. Sonst steht hier nur eine Flasche Schnaps. Wasser gibt's nicht.«

Vor seinen Augen tauchte ein glänzender Kelch auf, den ihm das Mädchen behutsam an die Lippen führte. Der Wein schmeckte schwer und süß. Der erste Schluck strömte heiß durch seine trockene Kehle. Er hätte ihn beinahe ausgespuckt, weil er zu hastig trank.

»Wir sind … aber nicht … in einer Kirche, oder?« Jedes Wort kostete ihn Überwindung. Gierig trank er noch einen Schluck aus dem prunkvollen Becher und spürte, wie seine Lebensgeister zurückkehrten.

»Ich weiß nicht, wo wir sind. Es riecht wie in einem modrigen Keller. Ich habe nirgends eine Tür oder ein Fenster entdeckt. Als ich aufgewacht bin, war es stockfinster. Gott sei Dank hatte ich ein Streichholzblättchen in meiner Jacke.«

Heiland wollte sich mit ihrer Hilfe aufrichten, aber der Schmerz war zu stark. Auf den provisorischen Verbandsstreifen wurden sogleich die roten Flecken noch größer. Ermattet sank er auf den Boden zurück. In seiner gesamten Laufbahn war er noch nie verwundet worden. Jetzt hatte es ihn erwischt. Zwei Kriege hatte er ohne Schaden überstanden. Ausgerechnet hier, auf einer verlassenen Baustelle, musste es passieren. So wollte er keinesfalls aus dem Leben scheiden.

»Du heißt Klara, oder? So hat dich der Junge vorhin ...«, krächzte er mühsam.

Sie nickte und starrte ihn ausdruckslos an, als hätte sie die Erwähnung des Jungen paralysiert.

Heiland tastete mit dem Finger nach der Schusswunde. Er hatte das Gefühl, unterhalb des abschließenden Rippenbogens etwas Hartes zu fühlen, das dort nicht hingehörte. Zwar wusste er nicht, wie lang er hier schon lag, eines war ihm trotzdem klar: Wäre die Kugel tief in seine Eingeweide eingedrungen, wäre er längst verblutet. Jetzt erinnerte er sich an den Mann mit den pechschwarzen Haaren und der hellen Haut, der im oberen Hof auf ihn geschossen hatte. Heiland hatte auch noch einen Schuss abgeben können, bevor er das Bewusstsein verlor. Er wollte Klara so vieles fragen, aber zuerst mussten sie versuchen, diese Kugel zu entfernen.

»Du musst mir zur Hand gehen. Hast du ... den Schnaps?«

Klara stand auf. Sein Blick folgte ihr durch den schwach erleuchteten Raum. Ganz hinten brannte eine Kerze in einem geschmiedeten Wandleuchter. Mitten im Raum stand ein Tisch, der anscheinend völlig aus Glas war. Mehr erkannte Heiland nicht. Er schaffte es nicht, seinen Kopf weiter zu drehen.

Klara kam zurück, kniete sich neben ihn und reichte ihm die Flasche.

»Gib mir einen Schluck und hol das Messer … Im Täschchen. Am Hosengürtel. Beeile dich.«

Die Schmerzen waren unerträglich. Heiland keuchte.

Das Mädchen hielt ihm die Flasche an den Mund. Der Schnaps, ein undefinierbarer Obstbrand, rann seinen Hals hinab. Sein Körper entspannte sich verblüffend schnell.

»Und jetzt etwas Schnaps auf die Klinge … Desinfektion …«

»Was genau soll ich denn machen?«, fragte Klara. In ihrer Stimme schwang überdeutlich Angst mit.

»Kreuzförmiger Schnitt. Durchs Einschussloch. So groß, dass du hineinkommst. Mit Daumen und Zeigefinger.«

»Das … das kann ich nicht.«

»Ich auch nicht. Schau …«, sagte er und zeigte ihr seine zitternden Hände.

»Hol die Kerze. Du musst sehen, wo du schneidest. Ich leucht' dir.«

Klara schaute ihn flehend an. Sie blickte abwechselnd auf das Messer in der einen Hand und auf die Flasche Schnaps in der anderen.

»Verdammt, hilf mir!« japste er. »Ich halt's nich' mehr aus. Sonst krepiere ich hier direkt vor deinen Augen!«

»Ich könnte schreien oder klopfen, irgendjemand wird uns schon hören.«

»Ja, klar. Der Mörder.«

Klara wischte die Tränen weg, die ihr in den Augenwinkeln hingen, und atmete tief durch. Dann stellte sie die Flasche neben Heiland, holte die Kerze, drückte sie ihm in die Hand, schüttete einen Schwall Schnaps über die Messerklinge und nahm selber einen kräftigen Schluck. Trotz seiner Schmerzen musste Heiland lächeln. Klara war ein mutiges Mädchen.

Sie zog sein Hemd aus dem Hosenbund und schob es ihm bis über die Brust nach oben. Tief seufzend, aber ohne zu zögern, schnitt sie, wie er es ihr gesagt hatte, durch die Wunde. Heiland schrie auf. Blut quoll aus dem Schnitt.

»Lass es bluten«, keuchte er mit schmerzverzerrtem Gesicht. »Du kannst eh nichts sehen. Du musst tasten.«

Klara legte das Messer beiseite und schüttete sich den Alkohol über die Finger.

Heiland nickte ihr aufmunternd zu. Sie war nicht nur mutig, sondern zudem klug.

Klara schloss kurz die Augen, bevor sie mit konzentriertem Blick Daumen und Zeigefinger in die Wunde schob. Erneut schrie Heiland auf, biss sich jedoch sofort auf die Lippen. Dann presste er rasch hervor: »Spreiz' deine Finger, ich halt's aus.« Das war eine glatte Lüge. Am liebsten hätte er ihre Hand gepackt und aus dem Einschussloch herausgezerrt. Aber er musste es aushalten. Sonst würde er sterben.

»Ich glaub, ich spüre etwas.«

»Kannst du's … greifen? Zieh's raus«, stammelte er und biss die Zähne aufeinander.

»Bereit?«

Im nächsten Augenblick wurde Heiland schwarz vor Augen. Er verlor das Bewusstsein.

Als er wieder zu sich kam, lehnte Klara über ihm und presste ihre Hand auf seinen Bauch. Er schaute sie stumm an.

Es dauerte eine Weile, bis sie bemerkte, dass er wach war.

»Ich habe sie erwischt«, sagte sie stolz und zeigte ihm die Kugel auf ihrer blutverschmierten Handfläche. »Und dann habe ich meinen Unterrock komplett zerrissen, die Fetzen in Schnaps getränkt und die presse ich jetzt auf die Wunde. Die Blutung lässt schon nach. Jetzt müssen wir das Loch zunähen. Irgendwie.«

Heiland musste erst seine Lippen mit der Zunge befeuchten, bevor er etwas sagen konnte.

»Danke. Danke, vielen Dank. Du warst sehr tapfer. Du hast mir das Leben gerettet.« Die Schmerzen in seinem Bauch waren erträglicher. Es tat nicht mehr jede Bewegung weh. Zum ersten Mal konnte er sich in diesem Gefängnis umsehen. An der Wand hinter ihnen prangte das Portrait des Königs. Vor ihnen standen Stühle und ein Tisch, darauf der Kelch und die Flaschen. Ansonsten war der Raum leer — abgesehen von zwei schmiedeeisernen Kerzenleuchtern an der Wand.

»Nirgends eine Tür oder ein Fenster«, murmelte Heiland.

»Nein. Ich habe mit der Kerze überall an den Wänden entlang geleuchtet. Es gab nicht mal ein Flackern von einem Luftzug.«

»Der Raum ist also hermetisch abgeschlossen.« »Lösch die Kerze. Wir müssen Atemluft sparen.«

Ins Netz gegangen

So richtig fassen konnte er das alles noch nicht. Seine Gedanken drifteten ständig ab. Immer wieder ließ er die letzten Minuten, bevor er ohnmächtig geworden war, Revue passieren.

Pfeifer wäre ebenfalls beinahe umgekippt, als er ihm die Tür öffnete. Der Kastellan lief rot an, bevor seine Gesichtsfarbe ins Grünliche wechselte. Mittlerweile war er leichenblass. Seine Finger zitterten, als er seinem Gehilfen am Esstisch gegenübersaß. Zwischen ihnen, in der Mitte des Tisches, lag das in Leder gewickelte Päckchen.

»Wie ... wie kann es sein, dass ... dass du den Sprung von der Marienbrücke überlebt hast?«, stammelte Pfeifer, während er Lenz ein Tuch zum Abtrocknen reichte.

»Ich weiß es nicht, wirklich nicht«, murmelte Lenz.

Tatsächlich wusste Lenz nur, dass er unglaubliches Glück gehabt hatte. Als er mit zitternden Knien auf das Brückengeländer geklettert war, hatte er mit seinem Leben abgeschlossen. Er wollte zwar nicht sterben, aber es war die einzige Möglichkeit, Klara Zeit zu verschaffen und ihr so vielleicht das Leben zu retten. Genau in dem Moment, als er sich über das Geländer beugte, sah er unter sich ein glitzerndes Meer feiner Striche. Es dauerte nur einen Wimpernschlag, bis er wusste, was er erkennen konnte. Er hatte nur nicht mehr genug Zeit, darüber nachzudenken, wie er abspringen musste, um eine Chance zu haben. Lenz hatte überhaupt nicht mehr an das schmale Netz gedacht, das einige Fuß unterhalb der Brücke quer über die Schlucht gespannt war. Vor einigen Tagen, bei einem Abstecher zur Brücke, war es ihm aufgefallen — Pfeifer hatte ihm dann abends erklärt, dass man das Eisengeländer frisch streichen wolle, weswegen die Arbeiter aus Sicherheitsgründen das Netz gespannt hätten. Aber dass es ihn schon kurz darauf retten würde, wäre Lenz zu diesem Zeitpunkt nicht in den Sinn gekommen. Als er auf dem Geländer balancierte und sich der Mond verfinsterte, verschwand das Glitzern. Lenz schloss die Augen und tat den Schritt ins Leere. Das Gefühl des freien Falles war unbeschreiblich. Sein Magen sauste in die Höhe und schien mit voller Wucht gegen seine Lunge zu prallen. Jedenfalls bekam er keine Luft mehr. Die feine Gischt des Wasserfalles benetzte sein Gesicht. Der Gegenwind ließ ihm Tränen in die Augen schießen. Mit den Beinen voran landete Lenz in den Maschen. Er federte gleich wieder nach oben und wurde aus dem rettenden Netz hinausgeschleudert. Blitzschnell musste er sich drehen, um wenigstens noch die äußersten Maschen mit beiden Händen zu fassen zu bekommen. Durch die Wucht seines Aufpralles schwankte das Netz so stark hin und her, dass ihm die miteinander verknoteten Schnüre allmählich aus den Händen glitten. Unter seinen baumelnden Beinen rauschte der Wasserfall. Sein ganzer Körper wurde von einer Woge aus Angst erfasst. Sein Atem stockte. Sein Herzschlag tobte. Mit einem Knall löste sich eines der beiden Seile vom Brückengeländer. Lenz klammerte sich an die Maschen. Es ging abwärts. Seitlich zur Felswand hin. Der blanke Fels raste heran. Lenz krachte gegen die Wand. Der Aufprall wurde von einem Busch oder einer Latsche gedämpft. Was ihm da dabei das Gesicht und die Arme zerschrammte, konnte Lenz nicht ausmachen. Er verlor den Halt und glitt Masche für Masche am Netz hinab.

Und jetzt? Eigentlich war er sich noch immer nicht hundertprozentig sicher, ob er nicht bloß träumte, in Pfeifers Esszimmer zu sitzen. Seine nasse Kleidung, die Schürfwunden und Blutergüsse an Armen und Beinen sowie seine aufgeschnittenen Handflächen bewiesen ihm das Gegenteil.

Sein Höllenritt hatte nicht am Ende des abgerissenen Seils aufgehört. Sondern erst im eiskalten Wasser. Er prallte von der Felswand ab und flog die letzten Fuß rücklings durch die Luft. Beim Aufprall auf dem Wasser verlor er das Bewusstsein.

Lenz wusste, dass von Zeit zu Zeit Menschen ihrem Leben ein Ende setzten, indem sie von der Brücke sprangen. Ihm war noch nie zu Ohren gekommen, dass jemand einen solchen Sturz überlebt hätte.

Zu sich gekommen war er ein gutes Stück unterhalb der Gumpen. An der seichtesten Stelle. Er lag rücklings am Steilhang des Tegelbergs und hatte es einem abgestürzten Fichtenstamm zu verdanken, dass er nicht über die Wasserkante gespült worden war, um doch noch in einer der wilden Stromschnellen zu ertrinken. Lenz wusste nicht, wie lang er benommen am Ufer gesessen und mit weit aufgerissenem Mund ein Loch in die Dunkelheit gestarrt hatte. Als er sich ein wenig gesammelt hatte, watete er durchs kniehohe Wasser zur anderen Seite und stolperte den Pöllatweg nach unten.

»Zuerst habe ich meine Gliedmaßen nicht mehr gespürt. Ich dachte, ich sei gelähmt. Dann kam der Kälteschock. Das Wasser war wirklich eisig, doch ich hab wenigstens was gespürt. Aber jetzt spüre ich mehr, als mir lieb ist. Mir tun sämtliche Knochen weh.«

»Wir sollten den Arzt rufen«, sagte der Kastellan. »Du bist der Erste, der da lebend rausgekommen ist. Du hast heute wohl einen Pakt mit allen Engeln des Herrn geschlossen. Oder mit Luzifer höchstpersönlich!« Erneut schüttelte Pfeifer ungläubig den Kopf, bevor er in die Diele hinausging, um kurz darauf mit einer kleinen, silbernen Flasche zurückzukommen. Er setzte sich wieder, schraubte den Verschluss ab und nahm einen kräftigen Schluck. »Das hab ich jetzt dringend gebraucht«, sagte er zu Lenz und wischte sich mit dem Handrücken über den Mund. »Nimm 'nen Schluck, das hilft gegen die Schmerzen.«

Lenz legte das Handtuch beiseite und betrachtete Pfeifers Pulle. Das war also das geheime Medizinfläschchen des Kastellans. Als er danach griff, erkannte er das eingravierte Monogramm des Königs. Ein geschwungenes »L«, darüber die Königskrone.

»Ein Geschenk seiner Majestät zum dreißigjährigen Dienstjubiläum. Er kann sehr großzügig sein«, sagte Pfeifer, als er Lenz' fragenden Blick sah.

Davon hatte Lenz schon gehört. Vergangenes Jahr an Weihnachten konnte er sogar einen kurzen Blick auf den reich gedeckten Gabentisch im Billardzimmer erhaschen. Eigentlich war es der Billardtisch selber gewesen, auf dem die Kostbarkeiten beinahe überquollen. Lenz wollte anfangs gar nicht glauben, dass alle die Geschenke des Königs nur für die Bediensteten gedacht waren.

Pfeifer hatte recht. Der Schnaps betäubte schon nach kurzer Zeit seinen Körper. Dennoch stöhnte Lenz: »Am meisten schmerzen meine Fußsohlen. Und mein Knöchel tut weh. Den hab' ich mir schon beim Aufstieg zur Burg verstaucht. Den linken Schuh habe ich verloren. Der liegt irgendwo in der Pöllat.«

Zum Beweis legte Lenz den nackten Fuß auf den Tisch und nahm noch einen Schluck.

»Was hat es denn mit dem Päckchen da auf sich?«, wollte der Kastellan wissen und nahm Lenz das Fläschchen ab.

Sein Gehilfe lehnte sich erschöpft zurück und genoss die beruhigende Wirkung des Alkohols.

»Das wenn ich wüsste ... aber nach allem, was deswegen passiert ist, muss es immens wichtig sein.«

»Was ist denn alles passiert? Erzähl'. Bist du wegen dem Päckchen von der Brücke runter?«

Da erzählte Lenz dem Kastellan die ganze Geschichte. Lediglich die geheime Verabredung mit Klara sparte er vorsichtshalber aus.

»Hast du nachgesehen, was in dem Päckchen drin ist?«

Lenz war zwar froh, dass der Kastellan die Umstände von Klaras Anwesenheit auf der Neuen Burg nicht genauer hinterfragte, zugleich aber stutzte er, weil Pfeifer offenbar gar nicht wissen wollte, weshalb eine Dienerin der Königinmutter in die Angelegenheit verwickelt war. Pfeifer fragte auch nicht, was mit dem Mädchen geschehen war, nachdem Lenz sie zurückgelassen hatte.

»Natürlich habe ich schon reingeschaut! Ich bin wegen dem Ding in den sicheren Tod gesprungen. Da will ich wenigstens wissen warum.«

Lenz konnte beobachten, wie Pfeifers Gesichtszüge bei diesen Worten entgleisten. Der Kastellan nahm noch einen Schluck aus der Silberflasche und starrte dabei unentwegt auf die Schachtel, die zwischen ihnen auf dem Tisch lag.

»Und was ist drin?«

»Wissen Sie etwas von Klara? Wenn ja, wie geht es ihr?«, fragte Lenz, ohne auf Pfeifers Worte einzugehen.

Pfeifer stellte die Flasche zur Seite und zog das Päckchen ein Stück zu sich heran. Lenz starrte den Kastellan ungläubig an. Er saß vor ihm wie ein Gespenst aus einer Schauergeschichte. In einem viel zu weiten, blütenweißen Nachthemd und mit Wangenknochen, die im Schein der Lampe noch stärker hervortraten als sonst. Natürlich ahnte Lenz, dass er nicht viel besser aussah — nach allem was er durchgemacht hatte. Doch sein Gegenüber wirkte gruselig.

»Vielleicht sollte man das Päckchen an den Stallmeister übergeben.«

»An Hornig? Wieso denn?«, wollte Lenz wissen und schob das Päckchen zurück zur Tischmitte.

Jetzt war Lenz endgültig misstrauisch, weil der Kastellan seiner Frage nach Klara komplett ausgewichen war. Hier stimmte etwas ganz und gar nicht.

»Nun, Hornig ist eine Vertrauensperson. Er wird wissen, was zu tun ist«, antwortete Pfeifer und führte seine Hand näher zum Päckchen.

Lenz war schneller und zog die Schachtel wieder zu sich. Pfeifers böser Blick verriet, dass er das Päckchen unbedingt haben wollte.

»Ich kann mich täuschen, aber Sie wissen offenbar mehr, als Sie zugeben wollen. Was ist mit Klara passiert? So reden Sie doch! Ein Mann wurde erschossen, ein Wachsoldat wahrscheinlich auch. Eine Dienerin der Königinmutter schwebt vielleicht in Lebensgefahr!«, sprudelte es aus Lenz nur so heraus. »Und Sie interessiert nur, was in der Schachtel da ist? Das kann nicht Ihr Ernst sein!«

Lenz war zornig und ballte die Fäuste. Am liebsten hätte er alles, was Pfeifer verschweigen mochte, aus dem hageren Kastellan im Schlafrock herausgeprügelt. Er konnte es kaum ertragen, nicht zu wissen, was mit Klara passiert war. Doch halt! Mit Gewalt riskierte er vielleicht, dass sich Pfeifer erst recht in Schweigen hüllte.

Der Kastellan saß steif in seinem Stuhl und blickte Lenz ausdruckslos an.

»Also gut, nachdem Sie nichts dazu sagen wollen ... Ich möchte Klara sehen, dann bekommen Sie oder wer auch immer es unbedingt haben will, das Päckchen.«

Das war die Idee! Schließlich besaß Lenz das beste Druckmittel: das Päckchen. Er entspannte seine Fäuste. Er stützte die Ellbogen auf die Tischkante. Ihre Blicke trafen sich direkt über dem Päckchen. Die ganze Zeit über hatte Pfeifer kein Wort gesagt. Auch jetzt saß er regungslos am Tisch. Nur die Nasenflügel bewegten sich unablässig auf und ab.

Jetzt, oder nie, schoss es Lenz durch den Kopf. Blitzschnell griff er nach der Schachtel und stand auf.

»Wir treffen uns um halb acht Uhr auf der Plattform des Kalvarienbergs. Bei den drei Kreuzen.«

»Wie meinst du das?«, fragte Pfeifer.

»Sie bringen Klara unversehrt hoch zur Plattform. Ich komme mit der Schachtel samt Inhalt. Dann tauschen wir.«

»Glaub mir, Junge, du bringst dich unnötig in Gefahr. Hier sind Kräfte am Werk, die wir nicht bändigen können.«, warnte ihn Pfeifer.

»Sagen Sie mir, was Sie wissen, und wir lösen das zusammen.«

Der Kastellan schaute Lenz an und schüttelte resignierend den Kopf.

»Ich kenne den Inhalt. Das ist meine Lebensversicherung und ich werde nicht zögern, alles publik zu machen«, sagte Lenz. »Um halb acht, pünktlich! Sonst wird es für viele Leute sehr unangenehm.«

Lenz humpelte mit nur einem Schuh, tropfnassen Klamotten und dem ominösen Päckchen in der Hand aus Pfeifers Wohnung, wohl wissend, dass jede Menge Glück nötig sein würde, damit sein Plan funktionierte.

Verräter

Benedikt Pfeifer saß noch eine Weile an seinem Esstisch und überlegte, was er jetzt tun sollte. Aber wie er es drehte und wendete, es war wohl am besten, Hornig aufzusuchen. Reisinger hatte ihm zwar befohlen, in seiner Wohnung zu bleiben, doch jetzt wusste Pfeifer ja, dass Reisinger den Jungen und das Päckchen nicht in der Pöllat finden würde. Dass ihm selber bekannt war, wann der Junge samt Päckchen wo auftauchen würde, verschaffte ihm einen gewissen Vorteil. Außerdem würde ihn Hornig schon aus Dankbarkeit vor Reisinger schützen. Es gab nur noch das Problem mit dem Mädchen zu lösen. Darüber sollte sich Hornig den Kopf zerbrechen. Selbst wenn sie Klara nicht zum Kalvarienberg mitbringen würden, wäre es Hornig sicherlich möglich, Lenz zur Vernunft zu bringen. Dann konnten sie in Ruhe über alles Weitere nachdenken.

»Um halb acht auf der Plattform«, hatte der Junge gesagt. Das war bald. Der Kastellan sprang wie von der Tarantel gestochen auf und stürzte in sein Schlafzimmer. Eilig schlüpfte er in seine Hose, zog sich das Hemd vom Vortag über den Kopf und suchte nach seinen Strümpfen, die er schließlich unter dem Bett fand. Er würde einfach seine Livree anziehen, überlegte er und rannte in die Diele, wo die Jacke einsam und verloren an einem Kleiderständer hing. Schnell kramte er in der Innentasche nach seiner vergoldeten Taschenuhr, die er zusammen mit der Flasche vom König zum Dienstjubiläum bekommen hatte. Die Existenz dieser Uhr hielt Pfeifer penibel geheim. Er wollte keinen Neid bei den anderen Schlossbediensteten aufkommen lassen. Beim Anblick der Zeiger erschrak er. Es war kurz vor sieben Uhr. Er musste sich beeilen.

Draußen wurde es allmählich hell. Die ersten Vögel zwitscherten ihre Lieder. Bald würden der Ort und das Schloss zum Leben erwachen. Wahrscheinlich waren die Knechte unten in den Stallungen bereits mit dem Füttern der Pferde beschäftigt. Auch Stallmeister Hornig würde bald aufstehen, wenn er nicht schon längst wach war. Die Dienstzeiten waren für Ludwigs Personal ein leidiges Thema, denn die Hofhaltung des Königs verlagerte sich zunehmend in die Nacht hinein. Mensch und Tier hatten ihre Probleme mit dem nächtlichen Wachsein.

Der Kastellan sprang die Stufen zur Orangerie hinunter, wobei er ständig Gefahr lief zu stürzen. Zwischen den Bäumen, durch die sich der Weg schlängelte, war es düster. Erst als Pfeifer den großen Stadel unten an der Straße erreichte, wurde die Sicht besser.

Ein Großteil des königlichen Gefolges logierte in der Pension *Alpenrose* und im Jägerhaus. Die Unterkünfte im Schloss reichten nicht aus. Die *Alpenrose* lag malerisch am Ufer des Alpsees. Man kam sich dort eher wie in der Sommerfrische vor und nicht wie im Dienst, hatte ihm Hesselschwerdt einmal anvertraut. Natürlich wurde in den noblen Gästezimmern nur das höher gestellte Personal einquartiert. Die Stallknechte und Mägde mussten mit simplen Unterkünften in Stall oder Wagenremise vorlieb nehmen. Hornig besaß mittlerweile einen beträchtlichen Einfluss. Deshalb durfte er stets das größte Zimmer im ersten Stock der *Alpenrose* bewohnen. Von Hesselschwerdt wusste der Kastellan auch, dass Hornig sich manchmal darüber echauffierte, nicht im Kavaliersbau wohnen zu dürfen. Das war eben herausragenden Persönlichkeiten vorbehalten — vor einigen Jahren etwa Richard Wagner für ein paar Tage. Pfeifer begegnete dem Komponisten nur ein einziges Mal. Er fand ihn auf den ersten Blick unsympathisch. Auch der preußische Kronprinz Friedrich Wilhelm residierte im Kavaliersbau, wenn er in Hohenschwangau weilte. Ebenso Hornigs Vorgesetzter, Max von Holnstein, seines Zeichens Oberststallmeister und Jugendfreund des Königs. Pfeifer konnte Holnstein gut leiden, denn der war durch und durch ein bayerischer Patriot. Geboren in München und mit familiären Wurzeln in der Oberpfalz. Er hatte es durch seinen Ehrgeiz weit gebracht. Es gab Gerüchte, dass Holnstein im Herbst 1870 eine entscheidende Rolle bei der Vermittlung zwischen Bismarck und König Ludwig gespielt hatte. Damals ging es darum, für das Königreich Bayern besondere Rechte im neuen Deutschen Reich auszuhandeln. Pfeifer konnte sich noch gut an jenen Tag im November erinnern. Stundenlang wartete der Graf auf eine Audienz beim König, der sich nach einer bereits länger zurückliegenden Zahnbehandlung indisponiert gab. Im Gepäck soll Holnstein ein Schreiben von Bismarck gehabt haben. Ludwig sollte dem König von Preußen praktisch die deutsche Kaiserkrone anbieten. Es war also kein Wunder, dass der König immer noch an Zahnschmerzen litt. Erst kurz bevor Holnstein zu den Verhandlungen nach Versailles zurück musste, in denen es um die deutsche Reichsgründung ging, empfing ihn der König. Holnstein verließ bereits nach einer knappen halben Stunde lächelnd das Schloss. Er hatte es anscheinend geschafft, dem mit sich hadernden König die nötige Unterschrift abzuringen. Sogar Pfeifer wusste, dass dem Monarchen angesichts der politischen Entwicklungen gar keine andere Wahl geblieben war. Nur so konnte er ein kleines Maß an Souveränität im Reich für sich und Bayern bewahren. Zu groß war die Vormacht Preußens und zu lautstark trommelten bestimmte Kreise für eine Vereinigung der nord- und süddeutschen Staaten. Hornig war schon damals eifersüchtig auf Holnstein gewesen. Er behauptete Pfeifer gegenüber sogar, der Oberststallmeister hätte sich für seine Bemühungen kräftig schmieren lassen. Der Kastellan konnte sich beim besten Willen nicht vorstellen, dass es bei solch wichtigen Entscheidungen ums Geld gehen konnte. Der König und sein Oberststallmeister waren Patrioten, die mit ihrem Einsatz noch schlimmere Übel von Bayern abwenden wollten. Sie verhandelten bestimmt nicht des schnöden Mammons wegen mit Bismarck.

Pfeifer lief die Straße zum Alpsee hinauf und am Jägerhaus vorbei, wo noch alle Fenster dunkel waren. Rechts befand sich die Remise. Dort stand tatsächlich schon eines der großen Portale weit offen. Doch niemand war zu sehen. Auch gegenüber im Hippodrom rührte sich noch nichts. Dafür brannte in den Stallungen schon Licht. Eine Gestalt lehnte an einer der halbhohen Doppeltüren und schaute nach draußen.

»Wer da?«, fragte der Mann, dessen Gesicht Pfeifer nicht erkennen konnte und der im nächsten Moment eine dicke Rauchwolke in die frische Morgenluft blies.

Es war Karl Hesselschwerdt. Pfeifer rannte die letzten Schritte auf den Leibreitknecht zu.

»Guten Morgen, Karl. Du bist aber schon früh auf den Beinen«, sagte Pfeifer und streckte Hesselschwerdt die Hand entgegen.

»Wie immer in letzter Zeit, aber du ja auch, Herr Kastellan.« Hesselschwerdt nahm einen letzten Zug, drückte die Zigarette in einem Aschenbecher in seiner Hand aus, blies Pfeifer den Qualm ins Gesicht und schüttelte seine Hand. »Und was führt dich zu dieser Zeit schon zu den Normalsterblichen ins Tal?«, fragte Hesselschwerdt Pfeifer frotzelnd.

Wie Hornig trug Hesselschwerdt einen buschigen Vollbart. Selbst zu so früher Stunde hatte er seine Haare akkurat nach hinten gekämmt. Bestimmt waren hierzu Unmengen von Wachs nötig gewesen. Auch Hesselschwerdts Vater war bei Hofe angestellt gewesen und hatte dafür sorgen können, dass der Sohn bereits früh in den Marstalldienst aufgenommen wurde. Karl Hesselschwerdt stand in der Hierarchie weit über Pfeifer. Genau genommen war der Kastellan gar kein richtiger Höfling wie Hornig oder der Leibreitknecht. Aber wenigstens durfte er im Schloss wohnen.

Manchmal hatte er das Gefühl, die beiden waren neidisch auf ihn. Pfeifer ignorierte Hesselschwerdts flapsige Bemerkung.

»Ich müsste mit dem Herrn Stallmeister sprechen, ist der schon wach?«

»Du hast ja Nerven, Herr Kastellan. Es ist noch ziemlich früh am Morgen, würde ich sagen.« Hesselschwerdt holte noch eine Zigarette aus seiner Brusttasche und zündete sie an. Erneut blies er Pfeifer den Qualm ins Gesicht. »Weiß er, dass du kommst? Bist du angemeldet?«

Pfeifer konnte ein Husten nicht mehr unterdrücken und der Rauch reizte seine Augen.

»Ich habe Informationen für ihn, die er schnellstmöglich bekommen sollte«, hustete Pfeifer.

»Und was sind das für Informationen?«, fragte Hesselschwerdt und zog die Augenbrauen hoch. »Erzähl es mir und ich gebe alles an den Herrn Stallmeister weiter.«

Das wollte Pfeifer auf gar keinen Fall. Er brauchte nicht noch einen Mitwisser. Schon gar nicht diesen Schnösel von Leibreitknecht.

»Ich denke, es ist besser, du holst jetzt Herrn Hornig oder lässt mich zu ihm. Sollte er erfahren, dass du das Ganze verzögert hast, wird er nicht erfreut sein.«

Hesselschwerdt verschluckte beinahe seine Zigarette und schaute Pfeifer verdutzt an. Eine solche Aussage hatte er vom Kastellan anscheinend nicht erwartet. Dann aber nahm er einen besonders tiefen Zug. Ganz langsam und genüsslich nebelte er Pfeifers Gesicht komplett ein.

»Seine Majestät ist heute Morgen zur Neuen Burg hochgefahren«, sagte Hesselschwerdt und deutete mit dem Kopf in Richtung Baustelle. »Entweder du wartest hier, bis sie wiederkommen. Oder du stattest den Herrschaften da oben einen Besuch ab.« Er schnippte die glühende Zigarette vor Pfeifers Füße und verschwand ohne Gruß im Stall.

Der Kastellan warf einen Blick auf seine Taschenuhr. Es war schon kurz nach sieben. Die Zeit rann ihm wie feiner Sand durch die Finger. Er entschloss sich, sofort zur Neuen Burg hinaufzulaufen. Am Ende würde der König noch eine Weile oben bleiben oder sogar eine Ausfahrt zur Bleckenau unternehmen. Dann wäre die Frist nicht mehr einzuhalten. Während Pfeifer am Hippodrom vorbei in Richtung Schlossstraße lief, verfluchte er seinen Gehilfen. Lenz hätte ihm das Päckchen geben müssen. Schließlich war Pfeifer sein Vorgesetzter. Am meisten ärgerte er sich über sich selber. Das Päckchen war direkt vor ihm auf dem Tisch gelegen! Er hätte es sich einfach nehmen müssen!

»Dummkopf!«, schalt er sich.

»Da muss ich dir vollkommen Recht geben«, flüsterte ihm eine Stimme ins Ohr. Einen Augenblick später lag er rücklings im Straßengraben und ein wutentbrannter Richard Reisinger hockte auf seiner Brust. »Hatte ich dir nicht ausdrücklich gesagt, du sollst in deiner Wohnung bleiben?« Reisinger spuckte Gift und Galle. Ein Schwall Speichel platschte auf Pfeifers Gesicht.

Pfeifer konnte sich keinen Zoll mehr bewegen. Sein Angreifer presste ihm mit beiden Knien die Oberarme auf den Boden und drückte ihm so allmählich die Blutzufuhr ab.

»Aber ...«, wimmerte der Kastellan und kassierte eine schallende Ohrfeige. Die rechte Wange brannte wie Feuer.

»Kein aber! Ich möchte wissen, was du hier zu suchen hast! Spuck's aus oder du wirst es bereuen«, zischte Reisinger, wohl wissend, dass er nicht zu laut sein durfte. »Und denk nicht mal im Traum daran, um Hilfe zu schreien. Sonst bist du tot.«

Ein Blick in Reisingers Augen genügte, um zu erkennen, dass der Mann es ernst meinte. Zum wiederholten Male befand sich der Kastellan in einer höchst misslichen Situation. Wieder musste er krampfhaft überlegen, wie er sich daraus befreien konnte.

»Ich wollte Sie suchen, Herr Reisinger ...«, log Pfeifer und fing sich die nächste Ohrfeige ein. Genau auf dieselbe Stelle wie zuvor. Der Schlag war noch härter. Pfeifer hätte losheulen können, riss sich aber am Riemen.

»Lüg mich nicht an, du Hund. Du wolltest hoch zur Burg und mich verraten. Aber das wirst du büßen!«, geiferte Reisinger. Er ballte die Hand zur Faust.

Instinktiv drehte Pfeifer den Kopf zur Seite. Der Schlag traf ihn hart auf dem Nasenrücken und dem rechten Auge. Er sah Blitze und hörte sein Nasenbein knacken. Blut schoss aus seiner Nase.

Der prügelt mich tot, dachte sich Pfeifer.

»Hören Sie auf«, winselte er. »Ich weiß, wo der Junge mit dem Päckchen ist.«

Pfeifer spuckte Blut. Er sah alles nur noch verschwommen. Reisinger war im Begriff, seine Faust nochmals auf Pfeifers Gesicht herabdonnern zu lassen.

»Sag, was du weißt. Dann lass ich dich vielleicht am Leben.«

»Zuerst brauchen wir das Mädchen ...«

Reisinger öffnete seine Faust und verpasste Pfeifer eine weitere klatschende Ohrfeige.

Dem Kastellan liefen die Tränen über die Wangen. Sein Gesicht schmerzte höllisch. Todesangst verdrängte mit Macht alle rettenden Gedanken.

»Du stellst hier gar keine Forderungen, verstehst du! Wo ist der Junge? Was weißt du über das Päckchen?«

Pfeifer mobilisierte seine letzten Kräfte. Er versuchte, selbstsicher zu klingen, anstatt zu winseln. »Er gibt Ihnen das Päckchen im Tausch mit dem Mädchen. Wir haben bis halb acht Uhr Zeit. Andernfalls geht er zur Gendarmerie.«

Reisinger packte den Kastellan am Hemdkragen und begann ihn zu schütteln.

»Wo steckt er? Raus mit der Sprache!«

Pfeifer versuchte, sich unter seinem Angreifer herauszuwinden. Aber ohne Erfolg. Reisinger legte die Hände um Pfeifers Hals. Der Griff wurde fester. Dem Kastellan wurde schwarz vor Augen. Er würde bald das Bewusstsein verlieren. Ihm blieb noch ein letzter Versuch.

»Ich ... bin der Einzige ...«, röchelte er verzweifelt, »... der weiß, wo der Junge ist! Ich sag's nur, wenn Sie das Mädchen holen.«

Reisinger drückte noch fester zu und schaute dem Kastellan tief in das unverletzte Auge. Ihre Stirnen berührten sich beinahe.

»Bist du sicher?«

»Ja ... sonst nehm' ich's mit ins Grab ...«, japste der Kastellan. Dann versagte seine Stimme den Dienst.

Zögerlich lockerte Reisinger den Würgegriff.

Pfeifer hustete, spuckte wieder Blut auf den Waldboden und holte tief Luft. Beim Einatmen brannte es wie Feuer in seiner Kehle. Doch für den Augenblick war er erleichtert. Anscheinend hatte er Reisinger überzeugen können, dass er ihn und das Mädchen brauchte.

»Also gut. Du bringst mich hin«, sagte Reisinger und holte seine Pistole aus der Jackentasche. »Aber wehe, du kommst auf dumme Gedanken ...«

Er fuchtelte drohend mit der Waffe vor Pfeifers zertrümmerter Nase herum. Dann stand er auf und reichte dem Kastellan die Hand.

Pfeifer kam diese Geste surreal vor, nach dem, was er gerade erlebt hatte. Nichtsdestoweniger wollte er die helfende Hand packen. Aber er konnte seine Arme nicht bewegen.

»Also holen wir zuerst das Mädchen, oder?«, fragte er Reisinger.

Pfeifer schüttelte seine blutleeren Arme, um sie so wieder einsatzfähig zu machen.

»Das geht nicht mehr«, sagte Reisinger beiläufig. Er packte Pfeifers schlaffe Oberarme und zog ihn hoch.

»Aber ohne das Mädchen gibt er Ihnen das Päckchen nicht.«

»Wir besorgen uns einen Ersatz«, sagte Reisinger und stupste ihn mit dem Pistolenlauf in den Wald hinein. »Und ich weiß schon, wen. Das wird ihn bestimmt überzeugen.«

Zum Kalvarienberg

Schon als kleiner Junge war Lenz gern auf den Kalvarienberg gelaufen, am liebsten mit seinem besten Freund Wiggerl. Der hieß eigentlich Ludwig Bleicher und wohnte am Brotmarkt, genau gegenüber dem Eingang in den Klosterhof von St. Mang. Besonders gern verschickten sie Nachrichten auf selbstgeschnitzten Booten, die sie in den Lech setzten. Sie hofften, irgendwann eine Antwort zu bekommen. Das geschah allerdings nie. Außerdem spielten sie mit Begeisterung Räuber und Gendarm, entweder im Baumgarten hinter dem Hohen Schloss Füssen oder im weitläufigen Gelände des Kalvarienbergs. Wiggerl war schon immer der Kräftigere gewesen. Gleich nach ihrer Schulzeit hatte er begonnen, als Metzgergehilfe im Geschäft seines Vaters zu arbeiten. Er war einen guten Kopf kleiner als Lenz, wog inzwischen aber bestimmt das Doppelte. Lenz hätte ihn jetzt am liebsten bei sich gehabt. Sein Freund konnte wirklich kräftig zulangen und scheute keine Auseinandersetzung. Das bekamen zuletzt ein paar aufmüpfige Burschen aus Tirol zu spüren. Lenz hatte sich mit Wiggerl zu einem Feierabendbier im Gasthaus *Löwen* am Fuß der Lechhalde verabredet. Er wurde aber durch einen unerwarteten Plausch mit Klara in Hohenschwangau aufgehalten und kam etwa eine halbe Stunde zu spät. Schon als er die Tür zur Wirtsstube öffnete, sah er drei junge Männer am Boden liegen. Wiggerl stand triumphierend über ihnen, wischte sich Blut von der Nase und bestellte bei den verängstigt dreinblickenden Wirtsleuten zwei Krüge Bier.

»Die sind an unserem Tisch gesessen«, sagte er beinahe entschuldigend zu Lenz, als er dessen verwunderten Blick sah. »Ich war zuerst ganz höflich. Aber die wollten einfach nicht aufstehen.«

Ja, so einen wie Wiggerl hätte er jetzt gut gebrauchen können, dachte sich Lenz, als er die letzten Schritte zur Heiliggrabkapelle nach oben lief. Aber er konnte seinen Freund nicht um Hilfe bitten. Er wollte nicht noch einen geliebten Menschen in Gefahr bringen. Das musste er jetzt allein durchstehen. Er war vom Schwanseepark durch den Wald nach oben gestiegen und näherte sich seinem Ziel von hinten her. Die Grabanlage mit der Aussichtsplattform war die letzte von vierzehn Stationen des Kreuzweges auf den Kalvarienberg. Diesen pilgerte man normalerweise von Füssen aus hinauf. Der Einstieg befand sich unweit der Theresienbrücke bei der Kirche »Unsere liebe Frau am Berge«. Die Grabanlage gliederte sich in vier Räume, die auf drei Ebenen verteilt lagen. Ihren Abschluss bildete ein pyramidenförmiger Überbau mit der Aussichtsplattform und einer Kreuzigungsgruppe. Von beiden Seiten führten steinerne Stufen nach oben. Hinter diesen Treppen konnte man unter der Plattform hindurchgehen. Im Durchgang befanden sich die Heiligkreuzkapelle auf der einen und ein Panoramagemälde von Jerusalem auf der gegenüberliegenden Seite. Genau unter der Heiligkreuzkapelle lag die Grabkapelle. Diese war allerdings nur von außen her zugänglich. Der Eingang war frontal unter das mittlere Kreuz der Plattform gelegt worden. Ein schmaler Stollen führte zu der winzigen Kapelle. Darin stand nur ein gläserner Sarg mit dem Leichnam Jesu. Wiggerl und er wussten als Kinder nicht, dass es sich hierbei nur um eine hölzerne Figur des toten Heilands handelte. Sie machten aus dem Betreten des engen Tunnels stets eine Mutprobe.

Genau dort stand Lenz jetzt. Er wartete darauf, dass es halb acht Uhr wurde. Vor ein paar Minuten hatte die Kirchturmuhr von St. Mang einmal geschlagen. Also konnte es nicht mehr allzu lang dauern. Der Tunneleingang gab ihm ausreichend Deckung. Lenz konnte beide Treppen zur Plattform gut einsehen. Er rechnete fest damit, dass derjenige oder diejenigen, die das Päckchen unbedingt haben wollten, ebenfalls vom Schwansee heraufkommen würden. Denn die Strecke über Füssen war ein Umweg, wenn man aus Hohenschwangau kam. Lenz konnte von seiner Position aus diesen letzten Streckenabschnitt nicht erkennen. Die Kapelle mit der neunten Kreuzwegstation verdeckte ihm die Sicht nach unten. Mit Wiggerl war er von hier aus oft auf das flache Dach der Kapelle geklettert. Stundenlang saßen sie dort oben, um in die Ferne zu schauen und allerlei Pläne für ihre Ferien zu schmieden: Im Hopfensee, den man genau im Visier hatte, schwimmen zu gehen. Oder am Lech entlang zu wandern, bis zur Schlucht am Tiefental, wo es geheimnisvolle Plätze geben sollte, an denen angeblich blutige Opferrituale stattgefunden hatten. Die Buben vergaßen dabei sogar den Leichnam des Heilands im gläsernen Sarg, der sich genau hinter ihnen am Ende des Tunnels befand. Erst wenn ein kalter Luftzug aus dem Stollen einen der beiden berührte, kehrte das Gruseln zurück. Sie kletterten dann rasch vom Dach, um sich möglichst tief geduckt am Tunneleingang vorbei zu schleichen. Auch jetzt spürte Lenz einen frischen Luftzug aus dem Inneren der Grabkapelle kommen. Das erinnerte ihn daran, dass Wiggerl und er viele ihrer Pläne nie in die Tat umgesetzt hatten. Sein Freund musste andauernd in der Metzgerei helfen und Lenz seinem alten Herrn beim Instandhalten der Brücke oder seiner Mutter auf dem Hof und im Haushalt. Seit er im Schloss Hohenschwangau arbeitete, hatte er überhaupt keine Zeit mehr, sich regelmäßig mit Wiggerl zu treffen.

Lenz fröstelte. Hemd, Jacke, Hose und Strümpfe waren feucht und klamm vom Sturz in die Pöllat. Er steckte seine kalten Hände tief in die Hosentaschen, um wenigstens seine Finger zu wärmen. Mit der linken Hand umklammerte er das Päckchen, das er in die Hosentasche gestopft hatte.

Dieses verdammte Päckchen! Gestern um diese Zeit stand er noch auf der Haupttreppe von Schloss Hohenschwangau und beobachtete die Nebelschwaden im Tal. Pfeifer hatte ihm kurz zuvor von seinem abendlichen Auftrag in der Neuen Burg erzählt. Und in ihm war der Gedanke gereift, Klara zu fragen, ob sie ihn dort oben besuchen wollte. Dass dies alles in eine Katastrophe münden würde, wäre ihm da im Traum nicht eingefallen. Lenz schickte ein Stoßgebet gen Himmel, dass sein Plan aufgehen würde und er Klara unbeschadet in seine Arme schließen könnte.

»Steh auf, wir sind gleich oben!«

Lenz zuckte zusammen. Er hatte die beiden Treppen zur Aussichtsplattform ständig im Blick gehabt, aber niemanden gesehen.

»Die paar Schritte schaffst du schon noch, Pfeifer«, sagte eine Männerstimme. Sie kam ihm bekannt vor. Allerdings wollte ihm kein passendes Gesicht dazu einfallen.

Wer auch immer Pfeifer anschnauzte, war vermutlich schuld an der ganzen Katastrophe.

Es ging also los. Der erste Teil seines Planes hatte funktioniert. Lenz schaute zu den Treppenaufgängen und presste sich so nah wie möglich an die Mauer, damit man ihn nicht sehen konnte. Er rechnete fest damit, dass der Mann gleich auf dem linken Treppenaufgang erscheinen würde. Deshalb registrierte er zuerst gar nicht, dass unterhalb der Kapelle ein kleines Grüppchen Menschen hervortrat und nach oben marschierte. Als er sie kommen sah, flüchtete er hastig in den Tunnel und hoffte, nicht entdeckt worden zu sein. Sein Herz klopfte so laut, dass er fürchtete, jeder Schlag würde ohrenbetäubend laut von den Stollenwänden zurückgeworfen werden und ihn verraten. *Mist.* Er war sich zu sicher gewesen. Gleich würde jemand in seinem Versteck auftauchen. Lenz saß in der Falle.

Da hörte er die Kirchturmuhr von St. Mang. Der erste Glockenschlag drang dumpf in den Stollen ein. Noch war niemand vor dem Eingang zu sehen. Lenz zitterte am ganzen Körper. Der zweite Glockenschlag dehnte sich schier endlos aus, als ob die Zeit eine Pause einlegen wollte. Eine Gestalt erschien im Tunneleingang. Lenz versuchte, mit der nasskalten Wand zu verschmelzen und sich unsichtbar zu machen. Schon einen Augenblick später war die Gestalt verschwunden. Lenz atmete auf. Anscheinend hatte ihm seine Fantasie einen Streich gespielt. Er nahm all seinen Mut zusammen, schlich zum Tunneleingang und riskierte einen Blick ins Freie. Der Fußweg, der sich von der unteren Kapelle am Eingang der Grabkapelle vorbeischlängelte, war menschenleer. Lenz schaute zur linken Treppe hinauf. Dort stiegen tatsächlich drei Leute nach oben. Der Erste war ohne jeden Zweifel Kastellan Pfeifer. Er schleppte sich mit Mühe die Stufen hinauf, als wäre er kraftlos oder verletzt. Die zweite Person war zierlich und trug Frauenkleider. Das Gesicht war unter einem schwarzen Kopftuch verborgen. Das musste Klara sein! Und hinter den beiden marschierte: Richard Reisinger. Mit einer Pistole im Anschlag. Lenz konnte es nicht fassen. Ausgerechnet Reisinger, der seiner Mutter und ihm in größter Not geholfen hatte! Lenz schloss kurz die Augen und schüttelte sich vor Schreck. Ihm wurde übel. Als er sie wieder öffnete, erstarrte er. Die Frau in der Mitte blickte gerade in seine Richtung. Jetzt konnte er ihr Gesicht erkennen. Diese Frau war nicht Klara. Diese Frau war seine Mutter.

Er war bislang noch nie auf dem Kalvarienberg gewesen, obwohl er schon des Öfteren hinaufgehen wollte. Doch auch heuer hatte er die traditionelle Karfreitagsprozession auf den Berg verpasst. Richard Reisinger mimte seit einigen Jahren zwar einen tiefgläubigen Katholiken. In Wirklichkeit hatte sich seine protestantische Seele noch nicht mit den katholischen Zeremonien und Feiertagen verbündet. Im Grunde war er überhaupt kein religiöser Mensch.

»Von hier aus brauchen wir noch etwa zehn Minuten«, hatte Pfeifer eben noch geröchelt. Er hatte sichtlich Probleme beim Luftholen. »Können wir kurz Pause machen?«

Reisinger wollte gerade seine Taschenuhr herausholen, als eine Kirchturmglocke einmal schlug. Sie hatten also noch eine Viertelstunde Zeit. Mit Sicherheit würde der Bengel eine Verspätung in Kauf nehmen, bevor er seine einzige Chance verspielte, das Päckchen gegen das Mädchen einzutauschen.

»Nein, keine Pause«, fuhr Reisinger den Kastellan trotzdem an. »Und Sie, Frau Baumgartner, richten Sie Ihr Kopftuch. Es darf keine Haarsträhne zu sehen sein. Ziehen Sie sich das Tuch tiefer ins Gesicht.«

Sie standen auf der großen Lichtung mit der Marienkapelle auf der einen Seite und dem hohen Kreuz, um das sich eine eiserne Schlange wand, auf der anderen. Das Kreuz wurde von zwei lebensgroßen Madonnenfiguren flankiert, die auf mannshohen Bruchsteinsockeln platziert waren. Hier finden sicher Gottesdienste unter freiem Himmel statt, überlegte sich Reisinger. Er staunte über die außergewöhnliche Lage des Ortes. Denn zwischen der Kapelle und dem Kreuz erstreckte sich eine natürliche Mulde, so dass man als Gottesdienstbesucher ehrfürchtig nach oben blicken musste. Sowohl die Kapelle als auch das Kreuz erschienen so um ein Vielfaches größer.

»Geht es meinem Jungen gut, Herr Reisinger? Was hat das denn alles zu bedeuten?«

»Liebe Frau Baumgartner, wie ich Ihnen schon erklärt habe, wird sich alles zum Guten wenden, wenn Sie und Pfeifer alles genau machen, wie ich es möchte. So können Sie Ihren Sohn bald in die Arme schließen und mit ihm nach Hause gehen.«

»Aber ich verstehe das nicht. Was hat er denn angestellt? Er ist so ein braver Junge«, sagte Frau Baumgartner beinahe flehentlich und zog sich das Kopftuch bis über ihre blonden Augenbrauen.

»Vertrauen Sie mir wie damals, als Ihr Mann gestorben ist und ich Ihnen geholfen habe. Sie haben mich damals gefragt, wie Sie das alles je gutmachen könnten, erinnern Sie sich?«

Lenz' Mutter blickte zu Pfeifer. Der Kastellan schaute furchterregend aus mit seiner schiefen, gebrochenen Nase. Die Blutkruste, die sich unter dem Nasensteg gebildet hatte, hätte man mit viel Fantasie für die Überreste von Schnupftabak halten können. Sein rechtes Auge war vollständig zugeschwollen und leuchtete in sämtlichen Schattierungen der Farbe Blau. Er saß mittlerweile auf der untersten Stufe der Treppe, die zur Marienkapelle hinaufführte. Mit der Schulter am Geländer angelehnt, starrte er mit dem gesunden Auge ausdruckslos ins Leere.

»Pfeifer ist zwar lädiert«, sagte Reisinger, als er Frau Baumgartners Gesichtsausdruck sah. »Aber er muss uns bei der Sache behilflich sein. Schließlich ist alles seine Schuld.«

»Ja aber ...«, begann Lenz' Mutter.

»Still jetzt«, unterbrach sie Reisinger. »Vertrauen Sie mir! Wenn die Sache vorbei ist, hole ich mein Pferd aus Ihrem Stall und Sie werden mich nie wiedersehen. Und jetzt steh auf, Pfeifer! Wir haben es eilig.«

Reisinger packte den Kastellan am Arm und zog ihn mit aller Kraft in die Höhe. Pfeifer ächzte. Als er auf den Beinen war, wankte er hin her wie ein Betrunkener, der mühsam versucht, nicht umzufallen. Die Pistole verbarg Reisinger in der Jackentasche. Er hielt sie jedoch griffbereit, falls Pfeifer auf dumme Gedanken kam. Frau Baumgartner hatte er ganz ohne die Überzeugungskraft seiner Waffe überreden können. Sie war gerade im Stall beschäftigt gewesen, als er mit Pfeifer bei ihr auftauchte. Sie hatte sofort gefragt, ob ihrem Sohn etwas zugestoßen sei, weil die beiden Männer sie zu dieser frühen Uhrzeit aufsuchten. Reisinger erklärte ihr kurz und bündig, dass sich Lenz in einer unangenehmen Situation befände und sie ihm helfen könne, wenn sie keine Fragen stelle und mit ihnen käme. Frau Baumgartner ließ sofort alles stehen und liegen und zog sich auf Reisingers Geheiß einen Mantel mit hohem Kragen und ein Kopftuch über.

»Also gut, gehen wir«, sagte der Kastellan und trottete auf dem schmalen Kiesweg nach oben.

Schon nach ein paar Minuten tauchte am Wegesrand eine weitere Kapelle mit einer Kreuzwegstation auf.

»Bald sind wir da ...«, murmelte Lenz' Mutter und bekreuzigte sich.

Reisinger überlegte, ob sich der Junge diesen Ort wohl mit Absicht ausgesucht hatte. Er fühlte sich angesichts der ständig wiederkehrenden Gebetsstätten, religiösen Symbole und Darstellungen vom Leiden Christi ein wenig gehemmt. Hemmungen konnte er aber nicht zulassen. Wenn er das Päckchen in seinen Besitz bekommen wollte, musste er rücksichtslos vorgehen. Rechter Hand passierten sie eine weitere Kreuzwegstation. Pfeifer blieb stehen und drehte sich zu Reisinger und Frau Baumgartner um.

»Da oben ist die Aussichtsplattform«, sagte er mit brüchiger Stimme. Er deutete mit zitternder Hand über das Dach der Station hinweg nach oben.

Dieses Gebäude lag unmittelbar unterhalb des pyramidenförmigen Aufbaus der Grabanlage. Hinter seinen vier mächtigen Zinnen erhob sich die Plattform mit den drei großen Kreuzen in den Morgenhimmel. Endlich waren sie am Ziel. Reisinger konnte es kaum erwarten, das Päckchen in Händen zu halten und damit seine Eintrittskarte in ein besseres Leben zu lösen.

»Weiter!«, herrschte er Pfeifer an.

Wie vom Blitz getroffen, lief Pfeifer los, stolperte über seine eigenen Füße und fiel der Länge nach hin. Er krachte mit der rechten Schulter hart gegen einen der Holzpfeiler des Gebäudes und landete mit dem Gesicht auf dem Weg.

»Das kann nicht wahr sein«, murmelte Reisinger und stürzte an Lenz' Mutter vorbei auf den Kastellan zu. Er packte Pfeifer grob am Jackenkragen und zog ihn in die Höhe. Aus den Augenwinkeln warf er einen Blick in das Innere der Kapelle. Ein Ölgemälde zeigte, wie Jesus zum dritten Mal unter der Last des Kreuzes zusammenbricht. Reisinger hielt kurz inne. Noch immer umklammerte er Pfeifers Kragen. Er wollte in diese Szene nichts hineininterpretieren. Pfeifers Sturz unmittelbar vor dieser Station war reiner Zufall. Der Kastellan hatte mit Jesus genauso viel gemeinsam wie er selber.

»Es geht schon wieder«, stammelte der Kastellan und wischte sich mit dem Ärmel über das Gesicht. »Es ist ja nur noch eine Biegung, wir sind fast da.«

Reisinger ließ Pfeifer los und zog seine Pistole. Lenz' Mutter heulte beim Anblick der Waffe vor Schreck auf. Reisinger presste ihr seine Hand auf den Mund.

»Wenn Sie und Ihr Sohn leben wollen, machen Sie jetzt keinen Mucks mehr!«

Die Schatulle

Reisinger sah die Angst in ihren Augen. Das war gut so. Ja, sie sollte sich vor ihm fürchten. Er deutete mit seiner Pistole zur Aussichtsplattform und legte den Zeigefinger auf die Lippen. Ohne ein weiteres Wort setzte sich das Grüppchen wieder in Bewegung. Reisinger dirigierte seine Geiseln achtlos an der Heiliggrabkapelle vorbei. Er konnte ja nicht ahnen, dass sich Lenz ausgerechnet hier versteckt hielt und mit pochendem Herz hoffte, nicht entdeckt zu werden.

Zielstrebig stiegen sie die ersten Stufen hinauf. Hinter der Treppe führte ein Durchgang unter der Plattform hindurch. Reisinger fluchte. Er kannte sich hier oben nicht aus. Und mit den Gefangenen im Schlepptau konnte er unmöglich alles kontrollieren. Der Junge hatte eine Vielzahl von Möglichkeiten, sich irgendwo zu verstecken. Das behagte Reisinger ganz und gar nicht.

»Augen zu und durch«, dachte er sich und drückte Frau Baumgartner den Lauf der Pistole in den Rücken. Die Frau zuckte zusammen, stupste den vor ihr laufenden Kastellan an der Schulter und dieser trottete, ohne sich umzusehen, die zahlreichen Stufen zur Aussichtplattform hinauf.

Oben strich eine frische Brise um Reisingers Gesicht. Doch das spürte er gar nicht. Er hatte auch kein Auge für die Aussicht über die Dächer von Füssen, auf die alte Stadtmauer, die Klosteranlage St. Mang, den Schwansee und Schloss Hohenschwangau. Selbst der Blick in das benachbarte Tirol berührte ihn nicht. Er machte sich nur rasch ein Bild von seiner näheren Umgebung: Die Plattform war menschenleer. Kein Lenz weit und breit zu sehen. In der Mitte ragte das Kreuz mit der Christusfigur in die Höhe, rechts und links davon standen zwei hölzerne Bänke. Ein ebenfalls hölzernes Geländer umschloss die Plattform. Gegenüber der Treppe, die sie heraufgestiegen waren, befand sich eine zweite steinerne Stiege. Reisinger schaute dort in die Tiefe und erblickte das andere Ende des Stollens, der unter der Plattform hindurch führte.

»Herr Reisinger!«

Er erkannte Lenz' Stimme sofort. Reisingers Blick irrte umher. Er konnte den Jungen nicht entdecken.

»Ich habe das, was Sie unbedingt wollen.«

Reisinger rannte zurück zur Aufstiegstreppe und spähte nach unten. Der Junge war nirgends zu sehen! Es gab nur eine Möglichkeit: Lenz schien sich im Durchgang unter ihnen zu verstecken.

»Genau«, rief er kühl zurück, »und ich habe das, was du unbedingt zurückhaben möchtest!«

»Ich hatte Pfeifer ausdrücklich gesagt, dass ich Klara hier sehen möchte. Nicht meine Mutter. Sie haben sich nicht an die Abmachung gehalten.«

Reisinger kochte vor Wut. Lenz hatte das Täuschungsmanöver also durchschaut. Aber was bildete sich dieser Rotzlöffel ein, in diesem Ton mit ihm zu sprechen! Anscheinend war ihm nicht bewusst, dass er das Leben seiner Mutter aufs Spiel setzte. Reisinger konnte jederzeit den Abzug drücken, um ihr Dasein zu beenden.

»Wenn du deine Mutter und Pfeifer lebend wieder haben möchtest, bringst du mir jetzt das Päckchen hoch. Oder ich knall sie ab!«

»Das machen Sie bestimmt nicht, denn ansonsten verschwinde ich damit auf Nimmerwiedersehen. Bis Sie überhaupt nachgedacht haben, welchen der Wege ich genommen haben könnte, bin ich längst über alle Berge und übergebe die Schachtel der Gendarmerie.«

Reisinger dachte scharf nach. In der Stimme des Jungen konnte er keinerlei Unsicherheit ausmachen. Er klang fest und bestimmt, kein Zittern oder Beben war zu vernehmen.

»Das ist meine letzte Warnung, Lenz. Bring es mir rauf. Sonst stirbt als erster der Pfeifer.« Reisinger schaute dem Kastellan tief in die Augen.

Pfeifer hockte auf einer der beiden Bänke und schlotterte am ganzen Leib. Lenz' Mutter saß neben ihm und legte schützend ihren Arm um seine Schultern. Reisinger spannte den Hahn der Waffe.

»Lassen Sie die beiden gehen und Sie bekommen die Schachtel. Ich gebe Ihnen mein Wort darauf. Außerdem verraten Sie mir, was Sie mit Klara gemacht haben. Ansonsten war es das mit dem Päckchen. Ich hab hineingesehen. Ich weiß, was drin ist. Und ich weiß, dass Sie das unbedingt haben wollen. Wenn Sie schießen, bin ich fort!«

Der Junge hatte Nerven. Das musste Reisinger sich eingestehen. Wenn Lenz tatsächlich von der Brücke gesprungen war, wie das Mädchen erzählt hatte, würde er das hier so durchziehen wie angekündigt. Reisinger war es gewohnt, alles im Griff zu haben. Jetzt wurde er von Lenz vorgeführt. Trotzdem würde er erst einmal einlenken. Sobald er das Päckchen in Händen hielt, würde die Zeit der Rache kommen.

»Also gut. Ich lass die beiden gehen. Sobald sie bei dir sind, zeigst du dich und das Päckchen. Wenn ich es habe, sage ich dir, was ich mit deiner Freundin gemacht habe.«

»Lebt sie noch?«, wollte der Junge wissen.

Reisinger fuchtelte mit der Pistole vor Pfeifer und Frau Baumgartner herum.

»Ihr könnt gehen. Husch!«

Lenz' Mutter reagierte sofort. Sie packte den lethargischen Kastellan am Oberarm und zog ihn in die Höhe.

»Die beiden gehen jetzt die hintere Treppe hinunter«, rief Reisinger. »Jetzt zeig dich!«

»Sobald ich sie sehen kann«, ertönte prompt die Antwort von unten.

Allmählich riss Richard Reisinger der Geduldsfaden. Es passte ihm überhaupt nicht, sich dermaßen diktieren zu lassen, was er zu tun habe. Aber letztlich hatte er es sich ja selber zuzuschreiben. Er war nachlässig geworden. Das Leben in der Provinz hatte ihn verweichlichen lassen.

Frau Baumgartner manövrierte den angeschlagenen Kastellan zur hinteren Treppe. Sie begannen mit dem Abstieg.

Wenn sich Reisinger Pfeifer so anschaute, würde es ein Leichtes sein, ihn nach Abwicklung des Geschäftes einzuholen. Sofort fühlte er sich besser.

»Siehst du sie? Sie sind fast unten. Komm endlich aus deinem Versteck«, rief Reisinger. Er suchte das Gelände mit zusammengekniffenen Augen ab. Eine Weile herrschte absolute Stille. Reisinger wollte gerade losbrüllen, als er den Jungen am Fuß der Aufstiegstreppe entdeckte. Er schaute fürchterlich zugerichtet aus. Seine Hose war an mehreren Stellen zerrissen. Die Löcher gaben den Blick auf Schürfwunden frei. Außerdem trug er nur einen Schuh. Die sonst stets akkurat gekämmten Haare hingen ihm in Strähnen ins Gesicht. Lenz sah tatsächlich so aus, als sei er von einer Brücke gesprungen. Schlagartig kehrte Reisingers Selbstsicherheit zurück. Auch mit Lenz würde er leichtes Spiel haben! Doch zuerst wollte er das Päckchen in Händen halten.

»Ich habe Sie gefragt, ob Klara noch lebt.«

Der Junge blickte abwechselnd zu Reisinger hinauf und zur anderen Seite des Bauwerks hinüber. Der Kastellan und seine Mutter mussten längst unten angekommen sein.

»Gib mir die Schachtel und ich sage dir, wo sie ist.«

»Wir machen das folgendermaßen, Herr Reisinger: Sie sagen mir, wo ich Klara finde. Und ich lege Ihnen das Päckchen hier unten auf die Brüstung.« Er deutete auf die Steinmauer, die bis zum Durchgang unter der Plattform führte. Der Bursche wollte eindeutig Zeit schinden, um einen komfortablen Vorsprung für seine

Mutter und Pfeifer herauszuholen. Nur hatte Reisinger ihn durchschaut und beschloss, nicht auf dieses Spielchen einzugehen.

»Ich habe das Mädchen im Keller der Neuen Burg eingesperrt. Als ich weggegangen bin, hat sie noch geatmet. Allmählich dürfte ihr die Luft ausgehen. Wenn du dich beeilst, hat sie vielleicht noch eine Chance.«

Seine Worte verfehlten ihre Wirkung nicht. Lenz blickte hasserfüllt zu Reisinger hinauf, den Mund vor Schreck weit geöffnet. Dann holte er das Päckchen unter seiner Jacke hervor. Er legte es auf die Mauerbrüstung. Ohne Reisinger weiter zu beachten, rannte er den Weg in Richtung Füssen hinunter. Natürlich wäre der andere Pfad zum Schwansee viel kürzer gewesen. Aber Lenz wollte sich wohl noch um seine Mutter kümmern, bevor er zur Neuen Burg laufen würde. Reisinger sprang die Stufen hinab und krallte sich das heißersehnte Päckchen. Endlich! Für einen Augenblick vergaß er Lenz und dessen Mutter. Auch der Kastellan und die Dienstmagd der Königin waren ihm egal. Aufgeregt fingerte er an den Lederbändchen herum. Das Siegel war zerbrochen. Der Junge hatte es also tatsächlich geöffnet und kannte nun den Inhalt. Reisinger hielt inne. Rasch wischte er den Gedanken um einen Mitwisser beiseite. Um Lenz würde er sich noch kümmern. Aber es war sowieso unwahrscheinlich, dass dem Burschen irgendjemand Gehör schenkte. Ein Gefühl des Triumphes überkam Reisinger. *Ende gut, alles gut.* Der ganze Aufwand würde sich definitiv gelohnt haben. Bald war er ein gemachter Mann. Reisinger zog die Schnüre auseinander und ließ sie achtlos auf den Boden fallen. Dann schob er den Ledereinband mit dem zerteilten Siegel zur Seite und ließ auch diesen herabgleiten.

Die Schatulle war aus dunklem Ebenholz gearbeitet und mit filigranen, silbernen Scharnieren versehen. Auf dem Deckel prangten, ganz in Gold, die bayerische Königskrone und ein verschlungenes »L« für Ludwig. Zwischen Deckel und Korpus befand sich ein kleiner Haken, der in einer winzigen Öse steckte. Die Schatulle war nur etwas größer als ein Zigarettenetui. Trotzdem befand sich in ihr genug Zündstoff, um die gegebene Ordnung in Bayern in die Luft zu jagen. Reisinger lächelte, öffnete flink den Verschluss und hob den Deckel an.

Sein Lächeln erstarb.

»Dieser elendige Bastard!«

Die Schatulle war leer. Voller Zorn schleuderte er sie gegen die Wand der Kapelle. Krachend zersplitterte sie in tausend Teile. Reisinger machte kehrt und rannte wie der Teufel den Weg nach Füssen hinab.

Sein Plan war nur bedingt aufgegangen. Lenz humpelte hektisch den Weg hinunter, um Pfeifer und seine Mutter einzuholen. Der Fuß, den kein Schuh mehr schütze, schmerzte bei jedem Schritt auf dem unebenen Waldweg. Auch der lädierte Knöchel des anderen Fußes meldete sich wieder. Es schien schon ewig her, dass er auf dem Weg zur Neuen Burg in den Straßengraben getreten war und sich den Fuß verstaucht hatte. Tatsächlich waren seitdem erst ein paar Stunden vergangen. Und doch hatte sich sein Leben radikal verändert.

»Wartet auf mich«, schrie Lenz, als die Umrisse seiner Mutter und des Kastellans vor ihm auftauchten.

Sie hatten schon beinahe die Hälfte des Abstiegs hinter sich und befanden sich auf der Lichtung bei der Marienkapelle. Die aufgehende Sonne warf ihre ersten Strahlen auf den Bau und verwandelte den orangenen Sandstein in ein grelles, rotes Inferno. Es schien, als ob die Kapelle in Flammen stünde.

»Mein Bub!«, rief Lenz' Mutter und stürmte auf ihn zu. Dabei verlor sie das Tuch, das sie um das Gesicht gewickelt hatte. Wie ein schwarzer Trauerflor flatterte es hinter ihr langsam zu Boden.

»Was ist mit dir? Du siehst ja verheerend aus!«, stieß sie aufgeregt hervor und schloss ihn fest in die Arme.

Lenz genoss ihre tröstende Umarmung. Am liebsten hätte er ihr gesagt, sie solle ihn nie mehr loslassen. Der Duft ihrer Haare strömte in seine Nase und erfüllte ihn mit Mutterliebe. Sein Hals kratzte. Er spürte einen unangenehmen Hustenreiz. Anscheinend hatte er sich durch sein unfreiwilliges Bad in der Pöllat und dem sich anschließenden Ausflug zum Kalvarienberg eine Erkältung zugezogen. Tränen stiegen in ihm auf, die er jedoch rasch wegblinzelte. Er brauchte seine letzten Kraftreserven für die Suche nach Klara.

»Ich werde dir alles erklären. Später. Jetzt müssen wir uns verstecken«, begann er und schob seine Mutter von sich weg. »Reisinger ist nicht der, für den wir ihn gehalten haben. Er ist gefährlich und wahrscheinlich sehr, sehr wütend.«

»Aber ich ...«

»Bitte hör mir zu!«, unterbrach Lenz seine Mutter. »Wir müssen uns jetzt im Wald verstecken. Denn so ...«, er deutete auf Pfeifer, der wie ein Betrunkener hin und her torkelte, »... haben wir keine Chance zu entkommen.«

»Mein armer Bub«, schluchzte Lenz' Mutter, während er sie sanft, aber bestimmt am Ellbogen packte und zurück Richtung Pfeifer und Marienkapelle lotste. Die Sonne brannte mittlerweile grell auf das Gotteshaus. Aus dem imaginären Feuer war ein strahlendes Sonnenblumengelb geworden.

»Was ist denn mit deiner Hose geschehen? Und wo ist dein Schuh?«

»Ich erklär's dir später, Mutter. Jetzt müssen wir verschwinden.« Bei diesen Worten blickte Lenz ihr fest in die Augen. Er hatte endlich das Gefühl, dass sie ihn verstand. »Wir müssen zuerst hinter die Kapelle, damit wir aus dem Blickfeld sind«, sagte er zu ihr und zu Pfeifer, den er im Vorbeigehen an der Hand packte und mit sich zerrte. Die Hand war eiskalt. Lenz spürte, dass der Kastellan am ganzen Körper zitterte. Er hatte plötzlich Mitleid mit dem Mann. Pfeifer behandelte ihn zwar nicht besonders gut, doch nie von oben herab. Er hatte seine Macken und Marotten, letztlich aber vermittelte er Lenz das Gefühl, dass er ihn respektiere. Wenngleich Pfeifer in der ganzen Angelegenheit eine dubiose Rolle spielte, war Lenz nun in Sorge um ihn. Pfeifer wirkte extrem angeschlagen. Er musste unbedingt zu einem Arzt. Bei jedem Schritt röchelte er, als wäre Flüssigkeit in seiner Lunge.

»Gleich haben wir es geschafft«, machte Lenz den beiden Mut. »Wenn wir im Wald sind, dann ...«

»Stehenbleiben! Keine falsche Bewegung! Umdrehen und die Hände nach oben!« Reisinger hatte sie eingeholt. *Oh, Hölle!*

Ganz langsam drehten sich die drei Flüchtigen zu ihrem Verfolger um. Sie standen am Fuß der Treppe, die zum Eingang der Marienkapelle hinauf führte.

Reisinger richtete die Pistole auf sie. Er stand keine zehn Schritte von ihnen entfernt und funkelte Lenz bitterböse an. Völlig unbemerkt hatte er sich an sie herangeschlichen.

»Und jetzt gibst du mir die Sachen aus der Schatulle«, sagte Reisinger mit einer eisigen Kälte in der Stimme, während er die letzten Schritte aus der Mulde zu ihnen herauf stieg. »Du hast dich nicht an unsere Abmachung gehalten.«

»Sie müssen mir glauben: Das Kästchen war bereits leer, als ich hineingeschaut habe«, sagte Lenz. Er starrte in die Mündung der Pistole, die auf ihn zukam. Reisinger stand nur noch eine Armlänge von ihm entfernt. Lenz hielt links seine Mutter und rechts den wankenden Kastellan im Arm.

»Oh, bitte verzeih, dass ich dir nicht glaube nach all dem, was du hier abgezogen hast. Rück jetzt die Sachen raus! Oder ich schieß dem Pfeifer in den Kopf.« Reisinger zielte.

»Wirklich, Herr Reisinger«, winselte Lenz verzweifelt. »Natürlich habe ich reingeschaut. Nach meinem Sprung von der Brücke. Aber sie war leer. Wenn je etwas drin gewesen ist, war es da schon weg!«

»Lüg nicht. Meine Geduld ist zu Ende! Ich kann genauso gut mit deiner Mutter anfangen.«

Reisinger schwenkte die Pistole nur ein kleines Stück. Er zielte auf Frau Baumgartner.

Lenz konnte in seinem Gesicht die Entschlossenheit sehen, abzudrücken.

»Ich flehe Sie an! Das ist die Wahrheit. Ich würde Ihnen alles geben, wenn ich es nur hätte.« Er musste zusehen, wie Reisinger den Hahn mit dem Zeigefinger der anderen Hand langsam spannte.

»Ich zähle bis drei, dann gibst du mir alles, oder ich drücke ab.«

»Gib ihm doch, was er will«, jammerte Lenz' Mutter und blickte ihn aus tränenverschwommenen Augen an.

»Eins ...«

»Aber ich habe nichts. Die Schatulle war leer!«

Auch Pfeifer wollte etwas sagen. Aber er brachte nur ein blubberndes Röcheln zustande.

»Zwei ...«, sagte Reisinger ruhig und krümmte den Finger um den Abzug.

»Um Himmels willen, Bub«, schluchzte Lenz' Mutter. Sie umklammerte seine Hand und schloss die Augen. Die Mündung der Pistole befand sich nur eine Handbreit von ihrem Gesicht entfernt. Lenz verlor jeden Mut.

»Herr Reisinger, ich schwöre es Ihnen ...«

»Drei!«

Der Knall des Schusses zerriss die morgendliche Stille auf der Lichtung und vertrieb die Vögel des Waldes in alle Himmelsrichtungen.

Hauch des Todes

Herr Schilling war mit dem letzten Zug in Biessenhofen angekommen. Seit der Abfahrt vom Münchner Centralbahnhof waren seine Gedanken um die Geschehnisse der letzten Tage gekreist: um sein Treffen mit Minister von Lutz, um den Einbruch in Eisenharts Arbeitszimmer und um die Frage, wie es seinem Gehilfen Pankraz in der Zwischenzeit wohl ergangen war. Ob er seine Mission erfüllt und das ominöse Päckchen in seinen Besitz gebracht hatte? Schillings Bauchgefühl sagte ihm, dass die Sache nicht so glatt gelaufen war wie sonst. Er konnte sich nicht erklären, weshalb er so fühlte. Vielleicht hing das damit zusammen, dass die innere Sicherheit und Souveränität Bayerns in Gefahr war. Was sich auch immer in der Schachtel befand, es könnte sich wohl auf die fragile, von Preußen geduldete Souveränität des bayerischen Königreiches auswirken, sie womöglich gar in ihren Grundfesten erzittern lassen. Herr Schilling war schon lang genug im Geschäft, um seine Schlüsse ziehen zu können. Die Baupläne, das Telegramm zum Kauf der Insel, die Aussagen von Lutz zur Vorliebe des Königs für die längst vergangene Epoche der französischen Bourbonen-Herrscher – der Inhalt des Päckchens durfte nicht an die Öffentlichkeit gelangen. Nicht in der angespannten Stimmung im Lande wegen der Reichsgründung vor vier Jahren. Viele Bürger wünschten die vollständige Eingliederung Bayerns ins Deutsche Reich und erhofften sich so die Vorherrschaft einer geeinten deutschen Nation auf dem europäischen Kontinent. Andere wollten um jeden Preis Bayerns Selbstständigkeit gewahrt sehen. Sie verfluchten den Tag der Reichsgründung und die Proklamation des preußischen Königs zum Deutschen Kaiser. Zwischen diesen Lagern musste der König von Bayern hin und her tänzeln, ohne allzu viel Schaden anzurichten. Wie sollte dieser Mann überhaupt noch wissen, wem er es wie recht machen konnte? Kein Wunder, dass er sich zusehends zurückzog und das Feld den Ministern überließ.

Aber Lutz sollte das Päckchen nicht für seine Zwecke nutzen können. Er sollte keine den Monarchen kompromittierende Informationen in die Finger bekommen. Herr Schilling fühlte sich mehr noch dem Regenten als dem Beamtenapparat verpflichtet. Deshalb würde er alles in seiner Macht Stehende unternehmen, den König zu schützen. Und sich selber natürlich.

Bis er von Biessenhofen nach Füssen weiterfahren konnte, musste er noch einige Zeit am Bahnhof warten. Er nutzte sie und ließ sich »Meicost Ettal«, das er auf Eisenharts Aktenmappe gelesen hatte, durch den Kopf gehen. Irgendwann kam ihm der Gedanke, dass es sich um ein Anagramm handeln könnte. Tauschte man die Buchstaben, ergab »Meicost Ettal« den französischen Ausdruck »L'etat c'est moi — Der Staat bin ich.« Eine Anspielung auf den Sonnenkönig, Ludwig XIV. von Frankreich. Herr Schilling musste schmunzeln, obwohl die Lage ernst war. Rebellierte der bayerische Monarch insgeheim gegen die politische Wirklichkeit in seinem Königreich? Wollte er sich ein eigenes Reich erbauen, in dem er uneingeschränkt herrschen konnte oder zumindest keiner versuchte, ihm Vorschriften zu machen? Ein Königreich aus Stein. Mit Mauern, die die Minister aussperrten.

Der örtliche Fuhrunternehmer kam erst spät abends von einer Materiallieferung aus Hohenschwangau zurück. Er spannte die Pferde aus, ging in seine Stube, um etwas essen, und spazierte anschließend gemächlich in den Stall. Dann erst spannte er einen kräftigen Haflinger vor ein elegantes, mit schwarzem Stoff überzogenes Coupé, das man im Fuhrpark eines Adeligen oder reichen Geschäftsmannes vermuten würde, nicht aber bei einem Fuhrunternehmer in der tiefsten Provinz. Der Mann selber war von kleiner, stämmiger Statur. Er hatte einen kahlen Schädel und einen feuerroten Vollbart. Trotz des wartenden Gastes erledigte er alle seine Aufgaben ohne jede Hast. Hektik schien ihm fremd zu sein.

Wie Herr Schilling unterwegs von ihm erfuhr, belieferte er die königliche Baustelle in Hohenschwangau exklusiv mit Materialien, die per Eisenbahn bis nach Biessenhofen transportiert wurden.

»Da seine Majestät keinen Bahnhof in Füssen wünscht, laden wir hier um und transportieren dann alles weiter«, schrie der Unternehmer Herrn Schilling zu, als sie losfuhren.

»Ist das nicht sehr aufwändig?«, wollte Herr Schilling wissen. Auch er musste gegen das laute Rattern der Wagenräder anschreien. Die Sonne war mittlerweile untergegangen und Herr Schilling würde sich nach der Ankunft in Füssen genau wie sein Helfer im Kloster St. Mang einquartieren. Er hoffte, Pankraz dort anzutreffen.

»Sehr aufwändig«, bestätigte der Mann neben ihm auf dem Kutschbock, »aber lukrativ.« Er rieb Daumen und Zeigefinger aneinander, ohne die Zügel loszulassen. Auf die Frage, wie lang sie unterwegs sein würden, hob der Kutscher die beiden Finger in die Höhe und starrte ohne ein weiteres Wort nach vorne in die zunehmende Dunkelheit.

Aha, zwei Stunden. Herr Schilling klammerte sich mit beiden Händen am vorderen Rahmen des rasant dahinrauschenden Coupés fest, obwohl er dadurch unbequem nach vorne gebeugt sitzen musste. Das Fuhrwerk war klein, wendig und bei ausreichendem Tages- oder Mondlicht das passende Gefährt, um schnell vorwärts zu kommen. Dem Kutscher schien es nichts auszumachen, dass es inzwischen stockdunkel war. Nur die kleinen Wagenlaternen links und rechts am Chassis warfen schwache Lichtkegel. Im Schein der Petroleumlampe neben seinem Sitz konnte Herr Schilling winzige Ausschnitte des Weges vorbeirasen sehen. Nach vorne war überhaupt nichts zu erkennen.

»Ich kenn den Weg in- und auswendig«, schrie der Fahrer, als ob er die Gedanken seines Fahrgastes zu lesen im Stande sei. Er grinste zu Herrn Schilling herüber und trieb den Haflinger mit heftigen Zügelschlägen noch mehr an.

In diesem Augenblick beschloss Herr Schilling, die Augen zu schließen und keinen Blick mehr zu riskieren, bis sie in Füssen eintreffen würden.

Klara konnte die Augen kaum noch offen halten. Sie war müde, unendlich müde.

Nur ein kleines Nickerchen, dachte sie und ließ alle Anspannung aus ihrem Körper weichen. Ganz kurz, dann geht es mir gleich besser. Sie seufzte, legte den Kopf auf ihren Unterarm und zog die Knie ganz eng an ihren Unterkörper heran.

Die wummernden Kopfschmerzen, die sie unaufhörlich marternden, klopften dumpf gegen ihre Schädeldecke

Wenn du jetzt einschläfst, wachst du nicht mehr auf!, warnte sie eine leise Stimme in ihrem Kopf.

»Ach was!«, murmelte sie. »Ich schlaf ja nur ganz kurz ...«

Eine kräftige Hand packte sie an der Schulter und rüttelte heftig an ihr.

»Bleib wach, Klara!«

Klara versuchte, die Augen zu öffnen. Es gelang ihr kaum. Nur durch einen schmalen Schlitz erkannte sie vor sich die Konturen eines Gesichts — eine Nase und Lippen, die sich stumm auf und ab bewegten. Sie wollte etwas sagen. Aber ihre Kehle war wie zugeschnürt. Es drang auch keine Atemluft in ihre Lunge. Es war, als ob ihr jemand den Hals zudrückte. Wie damals Leoni Schuster. Leoni war ein pausbäckiges, großes und stämmiges Mädchen gewesen, vor der sich alle in der Klasse fürchteten. Mit ihr war nicht gut Kirschen essen. Wenn man ihr blöd kam, landete man schon mal auf dem Hosenboden. Manchmal sogar ohne triftigen Grund, wenn Leoni schlecht gelaunt war.

Irgendwann am Ende der dritten Klasse begann Leoni, Klara und ihre Schwester zu hänseln. Anfangs beschränkte sich das auf die üblichen, kindischen Rüpeleien. Doch mit einem Mal kamen antisemitische Sprüche hinzu. Man solle alle Juden zusammenbinden und in der Isar versenken. Das war noch das Harmloseste, was sie jeden Tag zu hören bekamen. Rosa und Klara schlugen sich tapfer. Sie ließen sich nichts anmerken. Ganz so, wie es ihnen ihr Vater gesagt hatte. Tag für Tag hörten sie sich Leonis Sprüche an und versuchten, ihr aus dem Weg zu gehen. Aber irgendwann wurde es Klara zu viel. Es war einer der letzten Tage vor den großen Ferien. Rosa und sie standen, wie immer, ganz allein in der hintersten Ecke des Pausenhofes. Anfangs hatten sie noch versucht, mit den anderen Kindern in der Pause zu spielen. Aber sie durften nie mitmachen, wenn sich die Mädchen in Gruppen aufteilten, um Seil zu springen oder den Ball hin und her zu werfen. Einmal fragte Veronika Gersthofer Klara und ihre Schwester, ob sie nicht mit ihr Seilhüpfen wollten. Aber sie hatte noch nicht ganz zu Ende gesprochen, da stand Leoni schon vor ihr und drängte sie mit ihrem massigen Körper zu den anderen Mädchen hinüber, die in der Mitte des Schulhofes standen und die Situation mit neugierigen Blicken verfolgten. Von diesem Tag an verbrachten Rosa und Klara die Pausen alleine. Keines der Mädchen traute sich mehr, die jüdischen Kinder anzusprechen. An jenem Tag vor den Ferien kam Leoni auf Rosa und Klara zu, baute sich vor ihnen auf, stemmte die Hände in die Hüften und fragte Klara, weshalb sie denn blonde Haare habe. Alle Juden hatten doch dunkle, gekrauste Haare wie Rosa. Sie fragte Klara allen Ernstes, ob ihre Mutter sich vielleicht an einen bayerischen Mann verkauft habe und

Klara dabei herausgekommen sei. Das war eine Gemeinheit zu viel gewesen. Klara ließ ihr Butterbrot auf den Boden fallen und rammte Leoni mit der Schulter in den Brustkorb. Jedes andere Mädchen wäre durch diesen unvermittelten Rempler auf dem Hintern gelandet. Nicht aber Leoni. Sie wankte nur kurz, packte Klara bei den Schultern und warf sie mit ihrem ganzen Gewicht zu Boden, wo sie sich auf ihre Oberarme kniete. Klara hörte die anderen Mädchen grölen und sah, wie Rosa kreidebleich wurde. Dann umklammerte Leoni mit ihren schweißnassen, dicken Fingern Klaras Hals und drückte zu. Ein breites Grinsen trat auf ihr kugelrundes Gesicht.

»Bleib bei mir, Mädchen!«

Die Worte drangen nur sehr leise an ihr Ohr. Sie waren nicht einmal synchron mit der Bewegung der Lippen, die Klara vor sich erkennen konnte. Klara dämmerte, wo sie war. Damit erinnerte sie sich auch, wer da mit ihr sprach und an ihren Schultern rüttelte. Es war der Wachsoldat, dem sie die Kugel aus dem Bauch gezogen hatte. Er wollte sie nicht einschlafen lassen.

»Du wirst nicht mehr aufwachen! Wir haben dafür hier im Verließ zu wenig Sauerstoff!«

Ach ja, das Kellerverließ. Hermetisch abgeriegelt …

Damals im Pausenhof hatte Rosa sie gerettet. Ihre Schwester war sofort ins Lehrerzimmer gelaufen, um Hilfe zu holen. Doch hier im Keller der Neuen Burg gab es keinen rettenden Engel. Leonis Hände drückten fester zu. Klara verlor langsam das Bewusstsein.

Lenz liebte seine Mutter über alles. Nicht nur, weil sie ihm das Leben geschenkt hatte, sondern vor allem, weil sie ein herzensguter Mensch war. Auch sie hatte früh ihren Vater verloren. Wenn Lenz es richtig verstanden hatte, war sie gerade einmal fünf gewesen. Seine Mutter sprach nicht gern darüber und hatte Lenz die Geschichte nur einmal erzählt.

Lenz' Großvater war beim Holzfällen von einem Baum erschlagen worden. Weil damit der Ernährer der Familie fehlte, mussten seine Mutter und Großmutter ihre Wohnung räumen. Sie kamen schließlich beim alleinstehenden Großonkel seiner Mutter in der Reichenstraße unter. Der betrieb dort einen kleinen Gemischtwarenladen. In der Reichenstraße wohnten seit jeher die Füssener Kaufleute und jene, die etwas mehr Kleingeld im Portemonnaie hatten als die anderen Bürger. Leider hatte Lenz seine Großmutter nie kennengelernt. An den Großonkel konnte er sich jedoch gut erinnern. Dieser hatte ihm bei jeder sich bietenden Gelegenheit ein Karamellbonbon zugesteckt, als Lenz noch ein kleiner Junge war. Erst später verriet ihm seine Mutter, dass ihr der Großonkel ein wenig Geld hinterlassen hatte, mit dem sie eine Anzahlung für den Kauf des Wegmacherhäuschens an der Brücke leisten konnten. Die Restsumme liehen sie sich bei einem Füssener Bankier, der natürlich Monat für Monat die Ratenzahlung des Kredits forderte. Kurz nach Vaters Tod hatte er Lenz' Mutter eine Aussetzung der Zahlungen für zwei Monate zugesichert. Doch bald wollte er wieder Geld sehen. Sie hatten sich schon damit abgefunden, das Haus zu verlieren, als eines Tages Richard Reisinger zu Besuch kam. Er berichtete ihnen von der Witwenrente der

Bauarbeiter am königlichen Burgbau und verschaffte Lenz kurz darauf die Anstellung in Hohenschwangau. Dieser Mann war ihr Retter gewesen. Sein ganz persönlicher Held. Ein Heiliger.

Lenz' Knie waren mit einem Mal weich geworden. Der Schuss, der die angespannte Stille zerrissen hatte, hallte ohrenbetäubend in seinem Kopf nach. Das alles war seine Schuld. Weil er Klara beeindrucken wollte, musste seine Mutter jetzt sterben. Die Dinge waren komplett aus dem Ruder gelaufen. Wie hatte er sich einbilden können, Richard Reisinger austricksen zu können? Reisinger war mit allen Wassern gewaschen und offensichtlich skrupellos. Er war nicht vor einer Entführung Klaras zurückgeschreckt. Und jetzt erschoss er Lenz' Mutter vor seinen Augen, weil er den Inhalt des Päckchens haben wollte.

Kurz bevor der Schuss gefallen war, hatte Lenz die Augen geschlossen. Schon als Reisinger die Pistole auf Lenz' Mutter gerichtet und gezählt hatte, hatte ihre Hand seine eigene beinahe zerquetscht. Bei »Drei« drückte sie noch fester zu. Jetzt ließ sie los. Lenz konnte nicht hinsehen, wie seine Mutter zu Boden sank und starb. Sie hatte ihn zur Welt gebracht, getröstet, wenn er traurig war, ihm ein Dach über dem Kopf gegeben und das Gefühl vermittelt, dass sie ihn bedingungslos liebte. Wie geborgen fühlte er sich in ihren Armen, selbst jetzt noch, da er viel zu erwachsen für ihre Umarmungen und Küsschen auf die Wange war. Sie war der wichtigste Mensch in seinem Leben. Sie durfte ihn nicht auch noch verlassen, so wie der Vater. Was sollte er denn ganz allein tun? Er war verloren ohne sie. Seine Welt war endgültig aus den Fugen geraten.

Mit angehaltenem Atem öffnete Lenz die Augen. Er blickte direkt in den Lauf von Reisingers Pistole.

Lenz wagte es nicht, sich zu seiner Mutter umzudrehen. Er wollte nicht in ihr zerfetztes Gesicht blicken. Diesen Anblick würde er nicht ertragen.

Plötzlich stieß Reisinger einen tiefen Seufzer aus, als wäre er von einem fürchterlichen Schmerz befreit worden.

Lenz wusste nicht, was er davon halten sollte, eigentlich konnte es ihm auch völlig egal sein. Er konnte aber seinen Blick nicht von Reisinger abwenden, weil er zu viel Angst vor dem hatte, was er stattdessen neben sich zu sehen bekommen würde.

Irgendetwas stimmte hier nicht. Es dauerte eine Weile, bis Lenz darauf kam. Normalerweise hätte es aus dem Lauf qualmen oder es hätte irgendwo Pulverdampf in der Luft liegen müssen, nachdem die Waffe abgefeuert worden war. Aber die Luft war glasklar. Lenz konnte Reisinger genau in die Augen schauen. Diese zeigten einen Ausdruck der Überraschung.

Die Pistole in Reisingers Hand begann zu zittern. Schließlich entglitt sie ihm und stürzte zu Boden.

»Ich ...«, presste Reisinger zwischen seinen Lippen hervor.

Ganz kurz dachte Lenz, dass Reisinger bereute, was er getan hatte, und vor lauter Schreck über sich selber die Pistole fallen ließ. Doch da geschah etwas sehr Unerwartetes. Der eben noch so wütende und wild entschlossene Mann mit dem gezwirbelten Schnauzer und dem dunklen Anzug, aus dessen Brusttasche stets die Spitze eines weißen Tuches ragte, fiel wortlos zur Seite. Zusammengekrümmt blieb er liegen.

Schatten

Er durfte sie nicht verlieren. Er rüttelte an den Schultern des Mädchens, tätschelte ihre Wangen und pustete ihr ins Gesicht. Johannes Balthasar Heiland wollte nicht zusehen, wie Klara, die ihm das Leben gerettet hatte, hier in diesem Kellerverließ zu Grunde ging, weil die Atemluft knapp wurde. Heiland hatte in den beiden Kriegen der vergangenen Jahre viel Elend gesehen: geschundene Körper, abgetrennte Gliedmaßen, vergewaltigte Frauen, zerstörte Häuser, Kinder, die hilflos neben den Leichen ihrer Eltern weinten. Seine militärische Ausbildung, der Drill und die damit einhergehende Entmenschlichung hatten ihn abstumpfen lassen. Er sah das Leid zwar, jedoch ließ er die Bilder nicht in sein Innerstes dringen. Dachte er zumindest. Er stellte sich eine unsichtbare Mauer vor, die ihn umgab und die schrecklichen Erlebnisse abprallen ließ. Allerdings hatte diese imaginäre Schutzmauer Risse bekommen. Zuerst hatte er sich das nicht eingestehen wollen. Aber die wiederkehrenden Bilder vom explodierenden Kopf des französischen Soldaten waren ein untrügliches Zeichen dafür. Aus einem ihm nicht erklärbaren Grund fanden die Bilder einen Weg durch seine Schutzmauer. Sie zerfraßen seine Selbstsicherheit. Er war nicht einmal mehr in der Lage, die Hand beim Schießen ruhig zu halten. Noch nie hatte er mit einer Menschenseele über diese Dinge reden können. Unter den Soldaten galt man als Schwächling, wenn man Unsicherheit zeigte. Erst der Dienst bei Prinz Otto öffnete ihm die Augen dafür, was der Krieg mit einem Menschen anstellen konnte. Aber selbst in diesem Fall wurde das Offensichtliche ignoriert, verdrängt, totgeschwiegen. Auch die Schutzmauer des Prinzen hatte Risse bekommen und war schließlich ganz eingestürzt. Davor fürchtete sich Johannes

Balthasar Heiland am allermeisten: dass seine Mauer nicht mehr standhielt und die dunkle Flut des Grauens sein Gehirn eroberte und seine Seele vergiftete. Die letzten Jahre war er eher Maurer als Soldat gewesen, ständig bemüht, die Risse mit Mörtel zu kitten, von ständiger Angst getrieben, die Löcher nicht schnell genug stopfen zu können. Aber jetzt spielte das alles keine Rolle mehr. Man hatte ihn zusammen mit diesem unschuldigen Mädchen in ein hermetisch abgeriegeltes Kellerversteck gebracht, damit sie starben. Sein brüchiger Schutzwall war ihm jetzt völlig egal. Er durfte nicht zulassen, dass Klara hier unten ihren letzten Atemzug tat. Sie hatte schließlich ihr Leben noch vor sich!

Heiland beschloss, die Kerze wieder anzuzünden. Er glaubte zwar nicht daran, dass er damit noch einen Ausweg aus dieser Situation finden würde, aber was blieb ihm denn sonst? Es konnte nicht mehr lang dauern, bis auch er ohnmächtig werden würde. Als er sich am Tisch nach oben zog, meldete sich schmerzhaft die Schussverletzung. Seine Eingeweide verkrampften sich schlagartig. Ihm blieb die Luft weg. Röchelnd zog er sich weiter hoch und tastete mit den Fingern nach der Streichholzschachtel auf dem Tisch. Kurz bevor seine Beine ihren Dienst versagten, bekam er die Schachtel zu fassen und ließ sich damit erschöpft zu Boden sinken. Heiland fühlte sich, als ob er den Exerzierplatz mit vollem Marschgepäck und bei sommerlicher Mittagshitze ein Dutzend Mal im höchsten Tempo überquert hätte. Die Schachtel fest im Griff, krabbelte er auf allen vieren durch die Finsternis, um eine Wand zu erreichen. Heiland biss die Zähne zusammen. Er wusste, dass es seine letzte Chance war. Mit ausgestreckter Hand ertastete er schließlich eine Wand, drehte sich um, lehnte sich mit dem Rücken dagegen und stieß sich mit beiden Beinen nach oben. Der Schmerz traf ihn wie ein Magenschwinger. Beinahe hätte er die Streichholzschachtel fallen lassen. Er spürte, wie sich Klaras provisorischer Verband löste und eine warme Flüssigkeit über seinen Bauch rann. Die Wunde blutete also wieder. Doch das war jetzt nebensächlich. Er drehte sich zur Wand und tastete sich seitlich voran, um einen der Kerzenhalter zu finden. Es gelang ihm nach ein paar Schritten. Mit zitternden Fingern fummelte er ein Streichholz aus der Schachtel und strich es über die Reibefläche. Das Hölzchen glomm kurz auf, nur um sofort wieder auszugehen. Heiland spürte Verzweiflung in sich aufsteigen.

»Verdammt!«, fluchte er. »«Das gibt es nicht.«

Er holte nochmals ein Streichholz heraus, ließ es aber vor lauter Zittern zu Boden fallen. Allmählich wurde ihm schwindelig. Er konnte sich kaum noch auf den Beinen halten. Seine Finger fanden in der Streichholzschachtel noch ein letztes Hölzchen.

Lass es bloß nicht fallen, ermahnte er sich selber. Mit letzter Kraft rieb er das Streichholz an der Schachtel. Tatsächlich zischte eine lodernde Flamme auf. Er umhüllte das Feuer schützend mit seiner Handfläche, als könnte es ein Windstoß plötzlich ausblasen. Dann entzündete er die Kerze im Halter. Für einen Augenblick erhellte sich das Kellerverließ. Heiland konnte das Konterfei des Königs an der gegenüberliegenden Wand erkennen. Die Augen blickten ihn geheimnisvoll an und schienen ihn zu ermuntern, nach einem Ausgang zu suchen. Am Boden lag Klara. Er konnte nicht erkennen, ob das Mädchen noch atmete. Auf jeden Fall rührte es sich nicht. Ihr Kopf hing zur Seite. Heiland blickte in die Flamme der Kerze. Was er sah, gefiel ihm nicht. Die anfangs hell lodernde Flamme wurde kleiner und kleiner.

»Nein! Brenn weiter...«, schrie Heiland.

Sein Flehen wurde nicht erhört. Die Flamme erlosch mit einem kurzen Aufflackern. Das Kellerverließ versank erneut in Dunkelheit. Es gab also nicht mehr genügend Luft in diesem Raum. Heiland rutschte an der Wand entlang zu Boden. Ihm wurde schwarz vor Augen.

Das Bad in der Isar hatte bei seinen Ausritten im Sommer nie fehlen dürfen. Zuerst trabte er mitsamt dem Pferd in das kühle Nass. Die Pferde liebten die Abkühlung an den heißen Sommertagen ebenso wie er selber — schon wegen der lästigen Bremsen und Fliegen, die dann für kurze Zeit von ihnen abließen. Danach nahm er ohne Gaul ein ausgedehntes Erfrischungsbad.

Einmal wäre ihm der Fluss beinahe zum Verhängnis geworden. Er hatte die Strömung unterschätzt. Sein Pferd erkannte die Gefahr, buckelte und warf ihn ab, kaum dass sie ein paar Schritte ins Flussbett hineingewatet waren. Die Strömung riss ihn augenblicklich mit. Er schluckte Unmengen Wasser, bevor er mit letzter Kraft den Ast eines umgestürzten Baumes zu fassen bekam.

Johannes Balthasar Heiland wusste, dass er sterben würde. Seltsamerweise war er trotzdem ruhig und gelassen. Er hatte alles versucht. Jetzt war es vorbei. Er beschloss, loszulassen. Damals in der Isar war er dem Tod näher gewesen, als er es sich hatte eingestehen wollen. Er fühlte förmlich das eisige Wasser auf seinem Körper, aber es machte ihm nichts aus. Eine kalte Welle klatschte in sein Gesicht. Wasser drang in seine Nase ein.

»Komm her, Soldat!«

Das war die Stimme seines Vaters. Er rief ihn zu sich. Sie würden also endlich wieder vereint sein. Als sein alter Herr das Zeitliche segnete, kämpfte Heiland gerade auf dem Schlachtfeld gegen die preußische Armee. Er hatte sich nicht verabschieden können und bisher nur ein einziges Mal das Grab seines Vaters besucht. Er war wirklich ein Meister der Verdrängung. Damals hatte er seine Mauer nochmals ein Stückchen höhergezogen. Jetzt würden sie sich wieder begegnen. Noch einmal traf ihn ein Schwall kalten Wassers im Gesicht. Er riss die Augen auf. Grelles Licht blendete ihn. Seine Augen schmerzten. *So fühlt es sich also an, wenn man das Licht am Ende des Tunnels sieht.* Heiland kniff die Augen zusammen.

»Er lebt! Gott sei Dank!«

»Und das Mädchen rührt sich auch!«

Wieder öffnete Heiland die Augen. Er konnte Köpfe zwischen sich und dem Tunnel der Ewigkeit erkennen.

»Soll ich noch einen Eimer Wasser holen?«

Gehörte die Stimme nicht dem Jungen, der ihn am Abend in der Burg aufgesucht hatte? Dem Gehilfen des Kastellans?

»Nein, ich glaube, das genügt.«

Die zweite Stimme erkannte er auch. Stallmeister Hornig. Nach und nach kristallisierten sich tatsächlich die Gesichter von Hornig und Lenz aus dem hellen Licht heraus. Heiland atmete tief ein.

Er hatte die Kurve vor dem Tunnel gerade noch gekratzt.

»Wir müssen die beiden wegen dem Päckchen befragen«, sagte jemand im Hintergrund, dessen Stimme Heiland fremd war.

»Lassen wir sie erst mal ein wenig zu sich kommen«, antwortete Hornig und beugte sich zu Heiland herab.

»Wie geht's dir, Soldat? Hast du Schmerzen?«

Wie auf Kommando spürte Heiland seine Bauchwunde. Unwillkürlich krümmte er sich zusammen.

»Wenn du aufstehen kannst, bringen wir dich nach oben in die Wachstube. Da kannst du dich auf die Pritsche legen.«

»Wo bin ich eigentlich?«, hauchte Heiland. Jedes Wort fiel ihm unendlich schwer. Sein Hals fühlte sich an, als ob er eine Schachtel mit Nägeln verschluckt hätte.

»Und was ist mit Klara? Sie hat mir das Leben gerettet.«

»Das Mädchen lebt. Man hat euch im Keller des Torbaus eingesperrt. Gott sei Dank haben wir euch gerade noch rechtzeitig entdeckt. Sie müssen mir alles erzählen. Je schneller, desto besser.«

Der dritte Mann beugte sich zu Heiland herab und streckte ihm die Hand hin.

»Wie gesagt, je eher, desto besser.«

Heiland schaute nach Klara. Sie lag zusammengekauert auf dem Boden. Der Junge kniete neben ihr und hielt ihre Hand. Soweit er das mit zusammengekniffenen Augen beurteilen konnte, rannen Tränen über seine Wangen. Der Junge sah fürchterlich aus, so als sei er in einen Wirbelsturm geraten.

»Wir bringen euch jetzt nach oben«, sagte Hornig. »Dieser Keller hier unten geht niemanden etwas an. Die Arbeiter kommen bald. Noch warten sie unten bei der Burgschänke, weil der König hier ist.«

»Der König ist hier?«, fragte Heiland und ergriff endlich die Hand, die ihm hingehalten wurde. Mit einem kräftigen Ruck half ihm der Unbekannte in die Höhe.

»Du blutest, Soldat.«

Hornig deutete auf Heilands Uniform. Rund um das Einschussloch suppte frisches Blut.

»Wer hat auf dich geschossen?«, wollte der Stallmeister wissen.

»Eine dunkle Gestalt. Ich konnte sie nicht erkennen«, murmelte Heiland. Jetzt fiel ihm alles wieder ein.

»Auf dem oberen Hof liegt ein Toter!«, sagte er und ließ die Hand des Mannes los.

Weder Hornig noch der Unbekannte schienen sich darüber zu wundern.

»Ich habe dem Herrn Stallmeister und Herrn Schilling schon berichtet, was sich dort oben zugetragen hat«, erklärte Lenz und nickte Heiland aufmunternd zu.

Als Lenz Klara lebend wiedergefunden hatte, war alle Anspannung von ihm gewichen. Jetzt aber spürte er jeden einzelnen Knochen in seinem Körper. Er stand mit Herrn Schilling, mit

Hornig, dem Soldaten und Klara um Herolds Leiche versammelt. Niemand sagte ein Wort.

Lenz war trotz allem überglücklich. Klara lebte! Am liebsten wäre er nicht mehr von ihrer Seite gewichen. Doch Herr Schilling und Hornig hatten Klara vollständig in Beschlag genommen und bombardierten sie mit Fragen. Sie wollten unbedingt wissen, was Herold ihr alles gesagt hatte, bevor er gestorben war.

Lenz gefiel nicht, wie Herr Schilling Klara bedrängte. Aber gut, immerhin hatte dieser Mann ihm, seiner Mutter und Pfeifer das Leben gerettet, als er plötzlich auf der Lichtung vor der Marienkapelle aufgetaucht war.

Lenz hatte zunächst nicht richtig verstanden, was Herr Schilling nach seinem zielsicheren Schuss auf Reisinger erzählte: dass er am späten Abend aus der Hauptstadt gekommen und für die Geheimpolizei tätig sei. Zum Beweis holte der Mann aus München ein Papier mit dem königlichen Wappen aus seiner Jackentasche. Er fuchtelte ihnen damit vor der Nase herum, ohne dass sie einen richtigen Blick darauf werfen konnten. Pfeifer saß erleichtert auf dem Waldboden und flüsterte: »In Sicherheit, in Sicherheit«.

Herr Schilling war offensichtlich auf dem Weg vom Kloster St. Mang nach Hohenschwangau gewesen, als er Reisinger, Frau Baumgartner und den Kastellan zum Kalvarienberg hatte abbiegen sehen.

»Ich habe Kloppenburg sofort erkannt und wusste, dass hier etwas nicht stimmt. Dieser Kloppenburg ist ein skrupelloser, verschlagener Fuchs.«

Es dauerte eine Weile, bis Lenz kapierte, dass mit »Kloppenburg« Richard Reisinger gemeint war.

»Ich bin euch heimlich gefolgt und habe alles mitangehört. Du bist wirklich ein mutiger Bursche. Aber Kloppenburg ist noch gerissener. Ich hatte ihn in den letzten Jahren aus den Augen verloren. Dachte, er sei endlich verschwunden, der Hund. Wenn ich ihn nicht erschossen hätte, wärt ihr jetzt alle tot. Er hätte keinen am Leben gelassen.«

Lenz zweifelte nicht im Geringsten an Herr Schillings Worten und erzählte ihm alles. Auch dass Reisinger, oder besser gesagt Kloppenburg, Klara entführt hatte. Als Pfeifer vermutete, dass Reisinger das Mädchen zur Neuen Burg gebracht haben könnte, drängte Herr Schilling. Sie durften keine Zeit mehr verlieren.

»Frau Baumgartner, wir bringen Sie jetzt nach Hause. Wir nehmen uns Kloppenburgs Pferd. Er braucht es ja nicht mehr.«

Lenz' Mutter bestand zwar darauf, dass Pfeifer und ihr Sohn augenblicklich einen Arzt aufsuchen sollten, aber Herr Schilling versprach ihr, dass der Leibarzt des Königs einen Blick auf die beiden werfen würde. Lenz' Mutter musste Herrn Schilling zum Abschied versprechen, kein Sterbenswörtchen über die Angelegenheit zu verlieren. Außerdem stellte er ihr eine angemessene Belohnung in Aussicht, wenn die Sache gänzlich ausgestanden sein würde. Pfeifer und Lenz durften auf dem Haflinger sitzen. Herr Schilling lief die gesamte Strecke bis nach Hohenschwangau und zur Neuen Burg nebenher. Für einen älteren Herrn mit schneeweißen Haaren war er in einer erstaunlich guten körperlichen Verfassung.

Sie luden Pfeifer in Hohenschwangau an der Weggabelung zur Neuen Burg ab und überließen ihn sich selber. Dann machten sie sich auf den Weg zur Baustelle. Dabei überholten sie ganze Scharen von Männern, die zu Fuß oder auf Fuhrwerken sitzend den Hügel hinaufströmten. Lenz konnte die neugierigen Blicke der Arbeiter spüren, die das seltsame Duo an sich vorbeieilen sahen. Auf Höhe der Burgschänke versperrten königliche Wachsoldaten den Weg. Die Arbeiter versammelten sich rund um die Schänke. Dort warteten sie darauf, endlich zur Baustelle gelassen zu werden. Lenz' Vater hatte ihm davon erzählt, dass bei einem Besuch des Königs alle die Baustelle verlassen müssten oder erst gar nicht hineingelassen würden, bis der königliche Auftraggeber wieder verschwunden sei.

Herr Schilling zeigte den Wachen sein graues Ausweispapier. Die Soldaten ließen sie anstandslos passieren. Bei Tageslicht sah hier alles so harmlos aus. Ganz anders, als bei Lenz' nächtlichem Aufstieg gestern Abend. Die Wachstube im Torbau war diesmal besetzt, aber nicht durch den Soldaten Heiland.

Hornig rauchte gerade mit der Torwache in der Stube eine Zigarette, als sie eintraten. Seinem Gesichtsausdruck nach zu urteilen, traute er seinen Augen und Ohren nicht, als Herr Schilling und Lenz auftauchten und Bericht erstatteten. Doch kaum erwähnte Lenz den Namen Reisinger, wusste Hornig, wo sie nach Klara suchen mussten.

Die Turmuhr schlug viertel nach neun, als sie nun alle gemeinsam am oberen Hof bei Herolds Leichnam ankamen.

»Wir haben noch eine Viertelstunde Zeit. Dann muss ich den König holen. Er möchte um halb zehn nach unten fahren, um ins Bett zu gehen.«

Ludwig würde also den Tag verschlafen, dachte sich Lenz, der die Schlafgewohnheiten des Königs wie jeder am Hof kannte.

»Ich denke, es wäre besser, seine Majestät verlässt die Baustelle so bald als möglich«, sagte Herr Schilling und deutete auf Herolds Leiche. »Erklären Sie ihm, dass der Bauführer gegen sechs Uhr Selbstmord begangen hat und die Ermittlungen bereits laufen.«

»Aber Herr Schilling, da war dieser Mann ...«, widersprach Lenz.

»Wie gesagt, Hornig, berichten Sie dem König von Herolds Selbstmord«, unterbrach Herr Schilling Lenz, ohne ihn eines Blickes zu würdigen. »Wir wollen keine schlafenden Hunde wecken.«

Dann wandte er sich mit ernster Miene Klara, Lenz und Heiland zu. »Und wir versuchen, die gestrige Nacht zu rekonstruieren.«

Ich hab die Nacht geträumet
Wohl einen schweren Traum.
Es wuchs in meinem Garten
Ein Rosmarienbaum …«

Ohne Unterlass hatte Pankraz die Melodie gesummt und gleichzeitig versucht, seine Gedanken zu ordnen. Seit Stunden kauerte er in seinem Versteck im Wald und spielte die Ereignisse der vergangenen Nacht durch. Er hatte versagt. Er fühlte sich unwürdig, seinem Herrn jemals wieder unter die Augen zu treten. Ihm blieb nur noch ein einziger Weg, seine Ehre wiederherzustellen. Sein Herr hatte ihn einst aus den Klauen der Schwester Oberin Ludmilla errettet und seinem qualvollen Dasein einen höheren Sinn gegeben. Sie sprachen nie darüber, was er im Waisenhaus erlebt hatte. Dennoch fühlte er sich von seinem Herrn verstanden. Überhaupt hatte Pankraz noch keiner Menschenseele anvertraut, was die Oberin alles von ihm verlangt hatte. Wo er sie überall anfassen sollte. Wie sie ihn berührte. Wenn er nur daran dachte, wurde ihm speiübel. Sein Herr hatte ihm vor einiger Zeit erzählt, dass der Orden die Schwester Oberin in ein anderes Haus geschickt habe, wo sie vor nicht allzu langer Zeit gestorben sei. Seltsamerweise verspürte Pankraz keine Genugtuung über ihren Tod. Er freute sich zwar für die anderen Knaben, die nicht mehr unter ihr leiden mussten, nur ihm nutzte das nichts mehr.

»Ein Kirchhof war der Garten,
Das Blumenbeet ein Grab,

Und von dem grünen Baume
Fiel Kron und Blüten ab ...«

Das Lied verfolgte ihn seit jenen Tagen in der Findlingstraße. Immer, wenn ihn die Oberin am Sonntag nach der Messe in ihr Arbeitszimmer kommen ließ, sang sie die Strophen leise vor sich hin. So lange, bis er den muffigen Schattenraum endlich verlassen durfte, weil sie mit ihm fertig war. Die Strophen hatten sich in sein Gehirn eingebrannt. Sie begleiteten ein Ritual, während dessen Ausführung Pankraz seine Gefühle zu unterdrücken lernte. Er ignorierte den Ekel und versuchte sein Innenleben mit den Schatten des Raumes eins werden zu lassen. Er versteckte seine Seele in der Düsternis. Sein Herr hatte ihn schon mehrmals nach der Bedeutung des Liedes gefragt. Er antwortete stets ausweichend und behauptete, er habe es während seiner Zeit im Waisenhaus aufgeschnappt. Das oberste Gebot in Herrn Schillings Kodex lautete zwar Ehrlichkeit ihm gegenüber, doch hier gönnte sich Pankraz eine Ausnahme, und sein Herr verzichtete darauf, nachzubohren. Auch dafür liebte Pankraz seinen Herrn über alle Maßen. Nein, er vergötterte ihn. Herr Schilling hatte ihm gezeigt, was in ihm steckte, seine verborgenen Talente zum Vorschein gebracht, ihm Vertrauen geschenkt und dasselbe gefordert. Ohne Pankraz' dunkle Seite zu verurteilen. Und diesen wunderbaren Menschen musste Pankraz so bitter enttäuschen, indem er die Mission vermasselte und somit das labile Gleichgewicht der Ordnung im Königreich in Gefahr brachte. Weder innere noch äußere Feinde durften die Stellung des Königs schwächen. Ein angeschlagener Herrscher sei eine leichte Beute für die Kurie. Oder für die Preußen. Auch die Sozialdemokraten lauerten darauf, dem Monarchen zu schaden. Deshalb musste Pankraz stets erfolgreich sein. Ohne einen starken König würde Bayern zerfallen. So erklärte Herr Schilling die Bedeutsamkeit seiner Missionen.

Als die ersten Sonnenstrahlen durch das Blätterdach des Waldes fielen und den moosbedeckten Boden in ein leuchtendes Grün verwandelten, wusste Pankraz, was zu tun war. Er hatte eine Entscheidung getroffen: die Brücke! Sie würde alle seine Probleme lösen. Der Bursche hatte es ihm vorgemacht. Als der nicht mehr weiter wusste, sprang er. Zwar lag er jetzt zerschmettert irgendwo zwischen den Felsen, aber er hatte sein Schicksal angenommen und alles ins Reine gebracht. Eine schwere Last fiel von Pankraz' Schultern. Es kam ihm vor, als ob sich der finstere Schatten seiner unglücklichen Kindheit von seinem Herzen löste und in den Strahlen der Morgensonne zerstob. Jahrelang hatte er versucht, den Quälgeist Ludmilla und die Erinnerungen an die widerlichen Handlungen, die er regelmäßig an allen möglichen Stellen ihres Körpers vornehmen musste, aus sich herauszuschneiden. Doch keine Wunde war je tief genug gewesen, um die Oberin zu vergessen. Kein Schnitt schmerzhaft genug. Die Erinnerungen kehrten dennoch zurück. Pankraz lief bergauf. Behände sprang er über jede Wurzel, über Steinbrocken und umgestürzte Baumstämme. Nur er selber konnte sich von der Schwester Oberin befreien. Dieser Gedanke verlieh ihm Flügel. Plötzlich hörte er Stimmen und das Rattern von Wagenrädern. Er hielt kurz inne und beschloss, an den Waldrand zu schleichen, um einen Blick auf die Straße zu werfen. Hinter einem Baum versteckt, beobachtete er die Kolonne der Bauarbeiter, die mit ihren Lastkarren auf dem Weg zur Baustelle waren oder neben den Fuhrwerken herliefen. Aus den Augenwinkeln erspähte er einen Reiter, der im Galopp den Berg hinaufsprengte und halsbrecherisch an den verdutzt dreinblickenden Männern vorbei jagte. Pankraz traute seinen Augen nicht. Der Reiter war sein Herr. Noch weniger konnte er glauben, wer da hinter ihm auf dem Pferderücken saß: der Bursche, der das Päckchen mit in den Tod genommen hatte. Ungläubig schüttelte Pankraz den Kopf. Sein Herr war real, ja. Aber der Junge? Das musste ein Geist sein, den nur Pankraz sehen konnte. Sie ritten keine zehn Fuß an Pankraz' Versteck vorbei. Sein Herr trieb den Haflinger noch mehr an, obwohl der schon am Anschlag galoppierte. Seine Hufe schleuderten Steine vom Weg in alle Richtungen. Einer krachte wie ein Geschoss gegen den Baumstamm, hinter dem Pankraz stand.

Dieser Schlag wirkte wie ein Weckruf. Pankraz hatte nochmals eine Chance bekommen. Sein Herr war hier, um ihm zu helfen und um ihm zu verzeihen. Einen Geist zu töten, war natürlich unmöglich. Aber sollte der Junge kein Geist sein, könnte Pankraz ihn umbringen. Ja, er würde es sogar mit einem Gespenst aufnehmen. So wären seine Fehler gutgemacht und er könnte seinem Herrn und dem Königreich weiter ein treuer Diener sein. Pankraz wartete, bis der Reiter aus seinem Blickfeld und die Kolonne der Bauarbeiter an ihm vorbeigezogen waren. Dahinter sah er einen einzelnen Arbeiter, der wohl den Anschluss verloren hatte. Dieser trottete dem Trupp mürrisch dreinblickend hinterher. Pankraz schätzte die Statur ab und kam zu dem Schluss, dass sie beide in etwa dieselbe Kleidergröße haben dürften.

»Ich kehre aus den Schatten zurück und vernichte den Geist endgültig«, flüsterte Pankraz grimmig. Er zückte sein Messer.

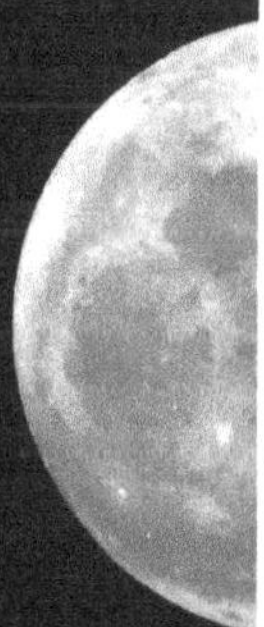

Letzte Worte

Lenz wunderte sich sehr. Herr Schilling ging mit keinem Wort auf den unbekannten Mann ein, den Klara bei ihrer Schilderung der Ereignisse der letzten Nacht immer wieder beschrieb.

»Was hat Herold zu dir gesagt, als er dir das Päckchen in die Hand drückte?«, fragte er Klara ein ums andere Mal. »Hat er wirklich nur den Namen Reisinger erwähnt?«

Lenz fiel es schwer, mitanzusehen, wie Klara mit den Tränen kämpfte. Sie war leichenblass. Ihre Hände zitterten. Die Haare hingen ihr in Strähnen ins Gesicht. Klara Grünspan war eindeutig am Ende ihrer Kräfte. Herr Schilling konnte seine Enttäuschung kaum verbergen, als er von Lenz erfuhr, dass die eingewickelte Schatulle leer gewesen war. Jetzt reagierte er regelrecht unwirsch, weil Klara kaum darüber Auskunft geben konnte, was der bedauernswerte Bauführer zuletzt zu ihr gesagt hatte. »Das kann nicht alles gewesen sein«, blaffte er sie an.

»Sie sehen es doch, Herr Schilling, das Mädchen ist völlig erschöpft«, sagte Heiland und legte schützend den Arm um Klaras Schulter. »Wir sollten ihr etwas Ruhe gönnen. Vielleicht fällt ihr dann noch etwas ein.«

Lenz konnte gar nicht in Worte fassen, wie dankbar er für Heilands Unterstützung war. Denn er selber fühlte sich Herrn Schilling gegenüber merkwürdig machtlos. Er wusste nicht, warum. Aber der ältere, hochgewachsene Mann schüchterte ihn ein. Vielleicht lag das an dem imposanten Stock, den er ständig von einer Hand in die andere wandern ließ.

»Wir haben aber keine Zeit, Soldat. Es geht hier um die nationale Sicherheit! In der Schatulle befanden sich streng geheime Unterlagen. Diese dürfen nicht in die falschen Hände gelangen«, antwortete Herr Schilling barsch und zeigte mit dem Knauf seines Stockes auf Klara.

Sie wich unwillkürlich einen Schritt zurück. Als ob sie Angst davor hätte, dass der Knauf in Form eines Löwen sie gleich verschlingen würde.

»Denk nochmals genau nach, Mädchen. Jedes Detail kann wichtig sein!«

In diesem Moment drangen vom unteren Hof Stimmen zu ihnen nach oben. Lenz sprang zur Mauerbrüstung und spähte hinunter.

»Sie haben das Tor geöffnet, um die Kutsche des Königs hinaus zu lassen.«

»Das sind gute Neuigkeiten, Junge«, sagte Herr Schilling. Man merkte ihm die Erleichterung deutlich an. »Es ist besser, wenn seine Majestät aus der Schusslinie ist.«

»Glauben Sie, der Unbekannte, der auf Herold und mich geschossen hat, kehrt hierher zurück?«, fragte Heiland alarmiert.

Alle starrten Herrn Schilling an. Der schwieg. Er bückte sich und untersuchte Herolds Jackentaschen.

»Die Kutsche fährt jetzt raus«, rief Lenz. »Und Herr Hornig kommt wieder zu uns rauf.«

Lenz kannte den Stallmeister nur vom Sehen und von den Geschichten, die ihm Pfeifer und Klara erzählt hatten. Bis zu diesem Morgen hatte er noch nie ein Wort mit Hornig gewechselt. Er wusste, dass der stattliche Mann ein enger Vertrauter des Königs war und dass sein Wort Gewicht hatte. Allerdings schien das Herrn Schilling herzlich wenig zu interessieren. Der Mann von der Geheimpolizei hatte das Kommando über ihre kleine Gruppe übernommen.

»Komm zu mir herunter, Mädchen. Wir spielen das Ganze nochmals durch.«

Klara wirkte unwillig. Aber sie konnte sich Herrn Schillings Anweisungen nicht widersetzen.

»Du bist also hier neben ihm gekniet.«

Klara ließ sich neben Herrn Schilling auf dem sandigen Boden nieder und wischte sich eine Träne von der Wange, während sich Hornig zu ihnen gesellte.

»Er hat noch gelebt, konnte aber kaum sprechen. Von irgendwo da hinten hörte ich die Stimmen der anderen Männer.«

»Und dann?«

»Hat er mir das Päckchen in die Hand gedrückt und mir gesagt, ich soll mich verstecken. Dann bin ich die Leiter zur Winde rauf. Von da oben habe ich beobachtet, wie ihm einer der drei Männer in die Brust geschossen hat.«

»Hast du das Päckchen aufgemacht und in die Schatulle reingeschaut?«, wollte Herr Schilling wissen.

Lenz kam es grotesk vor, dass Herr Schilling überhaupt nichts über die drei Unbekannten wissen wollte. Anscheinend interessierte ihn nur die Schatulle.

»Nein, natürlich nicht! Ich hatte solche Angst«, schluchzte Klara und vergrub ihr Gesicht in den Händen.

Lenz verspürte den unwiderstehlichen Drang, sie in die Arme zu schließen und zu trösten.

Plötzlich rief Klara: »Jetzt fällt es mir ein!« Alle blickten sie gebannt an.

»Er hat eine Zahlenfolge genannt«, sagte sie leise und wischte sich die letzten Tränen aus dem Gesicht.

»Eine Zahlenfolge?«, fragte Herr Schilling überrascht.

»Fünf, das war die erste.«

»Und weiter?«

Jetzt hatte sie Herrn Schillings volle Aufmerksamkeit. Vom unteren Hof drangen wieder Stimmen zu ihnen herauf. Mit einem Schlag füllte sich die Baustelle mit Leben.

»Sie haben das Tor geöffnet«, sagte Hornig. »Sie sollten doch warten, bis ich Bescheid gebe.«

»Klara!«, rief Herr Schilling und packte sie an den Handgelenken. »Du musst dich erinnern.«

»Sie tun mir weh!«

»Sperren Sie den Treppenaufgang und lassen Sie niemanden hier rauf«, befahl Herr Schilling Heiland und wandte sich erneut Klara zu.

»Neun!«, rief Klara. »Neun war die nächste Zahl.«

»Gut, sehr gut! Weiter so.«

Herr Schilling blickte zu Heiland, der immer noch regungslos am selben Fleck stand.

»Holen Sie sich Verstärkung von der Torwache und riegeln Sie die Treppe ab!«

»Achtzehnneunundsechzig«, entfuhr es Klara. »Fünf, neun, achtzehnneunundsechzig. Das hat er gesagt.«

»Die Treppe, Soldat!«, fuhr Herr Schilling Heiland an, bevor er sich wieder auf Klara konzentrierte. »Was sollen diese Zahlen bedeuten? Kannst du dir einen Reim darauf machen?«

Klara schüttelte den Kopf.

»Das waren seine letzten Worte.«

»Ich weiß, was sie bedeuten.« Der Stallmeister starrte gedankenverloren auf Herolds Leiche und kratzte sich seinen Vollbart. Von unten drang immer mehr Lärm zu ihnen herauf.

»Wir sollten den Hof räumen, Soldat«, sagte Herr Schilling. »Vielleicht kehrt Herolds Mörder zurück, um seinen Auftrag zu erfüllen.«

Lenz' Magen zog sich zusammen. Der Gedanke, diesem Ungeheuer nochmals gegenüberstehen zu müssen, erfüllte ihn mit Panik.

»Heiland, nehmen Sie den Jungen mit. Treibt die Arbeiter aus dem unteren Hof. Schickt sie vor das Schlosstor! Gehen Sie zur

Wachstube und holen Sie den Soldaten Baur zur Unterstützung. Lassen Sie niemanden hier hoch!«, befahl Hornig. »Und wir drei machen uns auf die Suche nach den Unterlagen«, sagte er zu Klara und Herrn Schilling.

Heiland packte Lenz am Arm und nickte ihm aufmunternd zu. Man sah dem Soldaten an, dass er Schmerzen hatte. Aber Heiland machte keinen Mucks. Lenz sorgte sich um Klara. Dass sich der Mörder unentdeckt im unteren Hof aufhielt und sie in Gefahr schwebte. Schillings Andeutung hatte ihn stutzig gemacht. Also folgte er dem Soldaten ohne zu zögern nach unten. Klara war bei Hornig und Schilling im Moment in besten Händen, dachte er sich. Die ersten Arbeiter waren schon auf dem Weg nach oben und ließen sich nur widerwillig von den beiden nach unten komplimentieren.

»Ich bleib hier und versuche, die Männer rauszuschicken. Geh du zur Wachstube und hol Baur zu Hilfe.«

Lenz fühlte sich nicht wohl dabei, Heiland zu verlassen und allein durch die Männer zu laufen, die sich im Hof versammelt hatten und darauf warteten, endlich an die Arbeit zu gehen. Einige füllten ihre Wasserflaschen am Brunnen. Andere standen in Gruppen zusammen und redeten. Wieder andere rauchten oder gönnten sich eine Prise Schnupftabak. Ein paar waren Kollegen von Lenz' Vater gewesen. Er erinnerte sich an einige von ihnen, die er bei der Beerdigung auf dem Sebastiansfriedhof gesehen hatte. Lenz hielt nervös Ausschau, ob sich womöglich der Mörder unter die Arbeiter geschmuggelt hatte. Aber er konnte ihn nirgends sehen.

»Der König kommt zurück! Alle raus«, schrie Heiland über den Hof.

Das ist eine gute Idee, dachte sich Lenz und steuerte auf die Wachstube zu. Bei Tageslicht wirkte alles freundlicher als in der vergangenen Nacht. Heilands Worte zeigten Wirkung. Die Arbeiter eilten mit langen Gesichtern durch den Torbogen von der Baustelle. »Bei Tag und bei Nacht die Treue stets wacht«, prangte über der

Türlaibung der Wachstube. Die Tür war zu. Ebenso das kleine Guckfenster im Türblatt. Lenz öffnete die Tür mit einem Ruck und trat in die Stube.

»Herr Baur?«

Durch die Fenster drang matt die Morgensonne in das Innere der Stube. Ein Heer von Staubkörnern vollführte einen wirren Tanz in den Lichtstrahlen. Lenz machte einen Schritte hinein. Niemand war zu sehen.

»Herr Baur, sind Sie hier?«

Er wollte gerade um den Tisch gehen, um in das hintere Zimmer der Wachstube zu schauen, als die Tür krachend ins Schloss fiel. Erschrocken drehte sich Lenz um.

»Du bist nur ein Geist«, sagte der Mann, der ihn bis zur Brücke gejagt hatte. In seiner Hand blitzte erbarmungslos der Stahl eines Messers.

In Stein gemeißelt

Richard Hornig stürmte durch den langen Gang, ohne darauf zu achten, ob ihm seine Begleiter folgen konnten. Einen richtigen Fußboden gab es hier noch nicht, nur schmale Holzbohlen.

»Wo bringen Sie uns hin, Herr Stallmeister?«, brüllte Herr Schilling. Er war dem Stallmeister des Königs schon mehrmals in der Münchner Residenz begegnet. Sie hatten aber noch nie ein privates Wort gewechselt, höchstens ein paar Höflichkeitsfloskeln ausgetauscht. Aber der Stallmeister würde wissen, dass es besser war, mit Herrn Schilling zu kooperieren.

»Wir gehen ganz nach hinten«, antwortete Hornig, ohne sich umzudrehen oder langsamer zu werden.

Sie durchquerten einen trapezförmigen Raum. Die blanken Ziegelwände mündeten in drei Kreuzrippengewölbe. Durch die scheibenlosen Rundbogenfenster im hinteren Eck konnte man deutlich die Pöllat rauschen hören. Sie passierten eine Reihe leerer Zimmer, bis sie in einem großen, quadratischen Raum ohne Decke ankamen. Herr Schilling blickte in den blauen Morgenhimmel, der nur von dünnen Wolkenschlieren durchzogen war.

»Hinter diesen Klappen befinden sich die Schuttrutschen«, sagte Hornig.

An den Wänden lehnten Schubkarren und Schaufeln. In der hintersten Ecke türmten sich zerbrochene Ziegel.

»Man kann sich kaum vorstellen, dass hier ein prunkvolles Bad mit einem riesigen, beheizbaren Schwimmbecken entstehen soll, oder? Und da hinten in der Baracke befindet sich der Dampfkran für die Seilwinde zum Materialtransport.« Stallmeister Hornig deutete zum Ende einer langen Rampe, die ins Freie führte.

Inzwischen hatte Klara zu ihnen aufgeschlossen. Herrn Schilling dämmerte allmählich, weshalb Hornig sie zur Suche mitgenommen hatte. Hornig wollte wohl nicht allein mit ihm sein.

»Weshalb haben Sie uns hierher gebracht, Hornig?«, fragte Herr Schilling.

»Reichen Sie mir bitte die Schaufel, dann zeige ich es Ihnen.«

Herr Schilling zögerte. Konnte er dem Mann überhaupt vertrauen? Oder würde Hornig versuchen, ihn zu beseitigen? Aber hier kam das Mädchen ins Spiel. Sie war Hornigs Versicherung. Und die seinige. Herr Schilling hatte den Stallmeister wohl gründlich unterschätzt und wollte das Ganze jetzt schnell hinter sich bringen. Schließlich lauerte eine weitere, unkalkulierbare Gefahr: Pankraz. Der hatte einen Auftrag bekommen, den er noch nicht erfüllen konnte. Der Tod des Bauführers war natürlich einkalkuliert. Aber die vielen Zeugen nicht. Damit hatte keiner gerechnet. Herr Schilling konnte sich nur zu gut in die Gedanken seines Schülers hineinversetzen. Pankraz würde sein Versagen mit allen Mitteln ausbügeln wollen. Sie mussten sich beeilen. Herr Schilling griff nach einer Schaufel und reichte sie Hornig.

»Diese Zahlenkombination kann nur eines bedeuten.«

Hornig nahm die Schaufel und stocherte mit der Spitze an einem Ziegelstein in der Wand herum. Herr Schilling und Klara beobachteten den Stallmeister gebannt. Es dauerte nicht lang und der Ziegel rutsche eine Handbreit aus der Mauer heraus.

»Locker, wusste ich es doch«, sagte Hornig triumphierend und ließ die Schaufel fallen. Er packte den Ziegel mit den Fingerspitzen und zog ihn vollends aus der Wand.

»Hier, lesen Sie, was drauf steht«, sagte er zu Herrn Schilling und reichte ihm den Stein.

»5.9.1869«, las Herr Schilling vor. Er blickte Hornig fragend an.

»Das hier, lieber Herr Schilling, ist der Grundstein. Besser gesagt markiert dieser Ziegelstein die Stelle, an der man damals den

Grundstein in das Fundament eingelassen hat. Der Grundstein wurde eigens aus dem Untersberg bei Salzburg gebrochen. Er hatte eine beachtliche Größe und musste mit einer Winde in das Fundament hinuntergelassen werden, bevor Zement darüber geschüttet wurde. Zuvor hatte man ein Loch in den Grundstein gemeißelt, um diverse Gegenstände hineinzulegen. Es gibt eine Urkunde, auf der protokolliert ist, was alles in diesem Stein steckt. Münzen mit dem Portrait des Königs beispielsweise oder ein Satz der Baupläne. Und schauen Sie hier«, sagte Hornig und deutete auf drei dunkelrote Fingerabdrücke auf dem Ziegelstein. Einer davon prangte genau zwischen der Fünf und der Neun. »Die könnten von Herold stammen.« Der Stallmeister zeigte zur Klappe der Schuttrutsche hinüber. »Und sind Ihnen die blutigen Spuren an der Innenseite der Klappe aufgefallen?«

Klara und Herr Schilling blickten zur Klappe hinüber. Tatsächlich war diese mit blutroten Schlieren verschmiert. Auch auf dem staubigen Boden führte eine blutige Schleifspur bis zum Loch in der Ziegelmauer.

»Anscheinend hat er sich irgendwie hier reingeschleppt, den Stein gelockert und die Unterlagen dort versteckt. Ist er durch die Klappe hereingekommen oder nach draußen gelangt? Und weshalb liegt er jetzt im Hof?«, fragte Herr Schilling in das Schweigen der beiden anderen hinein.

Hornig zuckte mit den Achseln. »Wenn das überhaupt sein Blut ist. Obwohl ich im Gang hierher vergleichbare Spuren gesehen habe«, murmelte er. Dann ging er in die Hocke und blickte in das frische Mauerloch.

»Ha!«, rief er. »Wusste ich es doch.«

Klara und Herr Schilling schauten Hornig erwartungsvoll an. Hornig steckte seine Hand in die Öffnung. Mit zusammengekniffenen Augen kramte er eine Weile darin herum. Schließlich zog er ein klein zusammengefaltetes Papierbündel hervor.

»Sind das die verschwundenen Unterlagen? Sie wissen ja wohl am besten, was gestohlen wurde, nicht wahr, Hornig?«, sagte Herr Schilling. Er tastete verstohlen nach der Pistole, die im Halfter unter seiner Jacke steckte.

Hornig faltete das Papierbündel auseinander. Im Inneren befand sich eine Fotografie. Herr Schilling konnte einen jungen Mann erkennen, der auf einem Stuhl saß. Als Hornig Herrn Schillings neugierigen Blick bemerkte, drehte er die Fotografie um. Allerdings war der Stallmeister nicht flink genug, um zu verhindern, dass Herrn Schilling die prägnantesten Details aufgefallen waren: Der bärtige Jüngling, unter dessen Kammerdiener-Livree der nackte Oberkörper hervorblitzte, war genau vor dem Paradebett des Königs in der Münchner Residenz abgelichtet worden. Man erkannte über dem Kopf noch einen Teil des königlichen Wappens, das auf die Rückwand des Bettes gestickt war. Herr Schilling hatte sich das Schlafzimmer kurz nach dessen Fertigstellung vom Burghauptmann Mappes zeigen lassen. Er war nicht sonderlich erfreut darüber gewesen, was er zu sehen bekam. Herr Schilling fand, dass es sich für einen König von Bayern, der noch dazu an eine Verfassung gebunden war, nicht gehörte, eine Dynastie zu verehren, die wie keine andere für den Absolutismus stand. Damals hatte er diese bauliche Huldigung der Bourbonen noch als unschuldige Schwärmerei eines jungen, naiven Monarchen abgetan und keine Verbindung zwischen Ludwigs Schlafzimmergestaltung und seinem Traum von einer uneingeschränkten Macht des Königs hergestellt. Herrn Schillings Geschmack traf der überbordende, neubarocke Stil des Schlafzimmers so und so nicht. Er empfand eher klaustrophobische Anwandlungen in dem Raum, als dass er ihn gemütlich fand.

Viel wichtiger als die Tatsache, dass diese Fotografie in Ludwigs Schlafzimmer aufgenommen worden war, schien ihm eine Kritzelei in der rechten unteren Ecke. Trotz des verschwindend kurzen

Moments, den Herr Schilling hatte, einen Blick darauf zu werfen, konnte er die Handschrift des Königs entziffern: Mein Tristan.

»Das darf niemals an die Öffentlichkeit gelangen, das ist Ihnen sicher klar?«, sagte Herr Schilling und umklammerte die Pistole, jederzeit bereit, die Waffe zu ziehen. Die Fotografie eines leichtbekleideten Burschen im Schlafzimmer des Königs samt einer eindeutig schwärmerischen Notiz war eine brisante Angelegenheit.

»Deshalb habe ich Klara als Zeugin mitgenommen«, entgegnete Hornig, dem Herrn Schillings Handbewegung nicht verborgen geblieben war. »Sie wird mich zum König begleiten und damit später bezeugen können, dass wir ihm seinen Besitz zurückgegeben haben. Diese Schreiben und die Fotografie gehören ihm.«

»Vielleicht wäre es aber besser, das brisante Material in die Zentrale der Geheimpolizei zu bringen und für immer wegzusperren. Wer weiß, ob es nicht wieder in die falschen Hände gerät.«

Während er das sagte, starrte Herr Schilling angestrengt auf die Papiere in Hornigs Händen. Er konnte nur ein paar Wortfetzen entziffern, doch die Begriffe »Reptilienfonds« und »Zahlungsanweisung« sowie die Unterschrift von Reichskanzler Bismarck erkannte er sofort. Aus den Augenwinkeln hatte er gesehen, dass auch Klara einen kurzen Blick auf die Fotografie und das Schreiben von Bismarck hatte werfen können. Es fiel ihm schwer, einzuschätzen, inwieweit das Mädchen sich einen Reim auf alles machen konnte. Aber dieser kurze Blick — noch dazu ohne Kenntnisse der genauen Zusammenhänge — würde nicht ausreichen, dass sie eine konkrete Aussage irgendjemandem gegenüber würde machen können. Außerdem war sie nur ein Dienstmädchen, wer würde ihr schon glauben. Dennoch war Hornigs Schachzug sehr klug gewesen, das Mädchen mitzunehmen und Heiland und den Jungen derweil mit der Aufgabe, den Hof zu räumen, zu beschäftigen.

Herr Schilling konnte unmöglich drastische Maßnahmen ergreifen, um in den Besitz der Unterlagen zu gelangen.

»Dieser Brief wäre der Zündstoff, der unser geliebtes Bayern zum Explodieren bringen könnte, Hornig.«

Herr Schilling war im Bilde. Hinter vorgehaltener Hand hatte er schon oft von der angeblichen, sündhaften Neigung des Königs gehört, die jeden normalen Bürger sofort hinter Schloss und Riegel bringen würde. Gleichgeschlechtliche Liebe war seit der Aufnahme Bayerns in das Deutsche Reich wieder verboten und wurde hart bestraft. Dennoch gab es sie. Die Betroffenen sprachen nicht darüber und verkehrten in geschlossenen Zirkeln. Herr Schilling blendete das Thema normalerweise aus, wobei es ihm ab und zu half, pikante Details aus dem Privatleben seiner Mitbürger zu wissen. Dass der König von Bayern von dieser »Krankheit« infiziert sein sollte, war für Herrn Schilling allerdings nur schwer vorstellbar. Er wollte diese Fotografie nicht überbewerten. In der Oper von Richard Wagner war Tristan ein tragischer Held, der wegen einer unerfüllten Liebe den Tod fand. Dieser Sagenstoff bedeutete dem König viel. Ludwig II. hatte maßgeblich dazu beigetragen, dass Wagners Werk in München uraufgeführt wurde. Vielleicht sah der König in diesem jungen Burschen die Verkörperung eines seiner Helden, den er auch jenseits der Bühne, im wirklichen Leben betrachten wollte. Die Öffentlichkeit würde das natürlich anders sehen und wie ein Rudel Hyänen über den Monarchen herfallen, um ihn zu zerreißen. Herr Schilling sah vor seinem geistigen Auge Aufstände, Blutvergießen und preußische Fahnen in Münchens Straßen. Die Papiere waren das Tüpfelchen auf dem I.

Schon seit Längerem kursierte das Gerücht, der bayerische König habe sich seine Zustimmung zur Gründung des Kaiserreiches von Bismarck bezahlen lassen. Herr Schilling wusste, dass Bismarck aus dem beschlagnahmten Vermögen des Hauses Hannover über Gelder verfügte, die er vor dem preußischen Parlament nicht rechtfertigen musste — den sogenannten Reptilienfonds. Dazu passte die Zahlungsanweisung auf dem Telegramm, das Herr Schilling in Eisenharts Arbeitszimmer in der Residenz gefunden hatte. So konnte der König die Insel im Chiemsee kaufen und mit den Planungen für das Neue Schloss beginnen, ohne dass die Regierung davon erfuhr. Diese monetäre Konstellation musste geheim gehalten werden. Mit allen Mitteln. Ein bayerischer König an Bismarcks Tropf wäre den urbayerischen Patrioten nicht zu verkaufen. Für die deutschnational gesinnten Bayern bedeutete es Wasser auf die Mühlen für eine vollständige Eingliederung Bayerns in das Reich — was den Monarchen den letzten Rest Souveränität kosten würde. Wahrscheinlich schickte man Königstreue wie Herrn Schilling umgehend in den Ruhestand. Seine Unabhängigkeit wäre dahin.

Er blickte wieder nach oben. Die unverputzte Ziegelmauer endete jäh im Blau des Himmels. Ein Rabe flog krächzend über sie hinweg. Es kam ihm so vor, als wolle ihn der Vogel verhöhnen. Denn Herr Schilling musste sich eingestehen, dass er sich in einer miserablen Verhandlungsposition befand. Das gefiel ihm ganz und gar nicht. Er war es gewohnt, das Ruder in der Hand zu halten und die Richtung vorzugeben. Um hier alles in den Griff zu bekommen, würde noch ein Mensch sterben müssen, ungünstigerweise eben der Stallmeister des Königs. An Herrn Schillings Händen klebte zwar Blut doch er hatte sie sich schon lang nicht mehr selber schmutzig gemacht. Dafür befehligte er schließlich seine menschlichen Werkzeuge. Angesichts der prekären Situation musste er hier aber noch einmal eine Ausnahme machen. Herr Schilling zog die Waffe aus dem Halfter.

»Ich kann alles wieder gut machen, mein Herr. Alles wird gut.«

Er hatte nicht bemerkt, dass noch jemand in den Raum gekommen war.

»Pankraz!«, entfuhr es Herrn Schilling, als er seinen Schüler in der Türöffnung stehen sah. Klara starrte ihren Peiniger an. Unwillkürlich trat sie einen Schritt zurück.

Der Gehilfe von Herrn Schilling sah aus wie eine lebende Leiche. Er trug die schmutzige Kleidung eines Bauarbeiters. Allerdings war sie ihm eine gute Nummer zu groß. Seine sonst so gepflegten Haare standen in alle Himmelsrichtungen ab. Die Augen waren hinter tiefen Rändern verschwunden, die sich dunkel um die Augenhöhlen legten.

»Ich hab ihn gefunden. Wenn er tot ist, wird alles gut sein«, sagte Pankraz und deutete mit dem Messer, das er in der Hand hielt, nach draußen. Gleichzeitig zog er fest an einem Kälberstrick. Herr Schilling kannte dieses Messer nur zu gut. Schließlich war es seines gewesen, bevor er es seinem Musterschüler geschenkt hatte.

»Komm rein, du Geist«, schrie Pankraz und zog nochmals an dem Strick. Zur Überraschung aller torkelte Lenz durch die Tür und wäre durch den kräftigen Ruck beinahe gestürzt. Seine Hände waren mit dem Strick zusammengebunden. Man konnte schon rote Striemen an seinen Handgelenken erkennen.

»Lenz!«, schrie Klara hysterisch.

»Pst!«, flüsterte Pankraz und hielt sich das Messer vor die Lippen. »Kein Laut, Weib. Zu dir komme ich später.«

»Sie kennen ihn?«, fragte Hornig Herrn Schilling erstaunt.

»Er ist der Mörder«, flüsterte Klara. Sie zitterte am ganzen Leib.

Diese Situation hatte Herr Schilling nicht vorhergesehen. Er musste Pankraz beruhigen, bevor der ein Blutbad anrichtete, das alle Pläne zunichtemachte. Denn es war für Herrn Schilling inzwischen alles klar gewesen: Der Stallmeister würde dem Vaterland mit seinem Tod einen großen Dienst erweisen. Kollateralschäden gab es bei heiklen Missionen. Dem Mädchen wollte Herr Schilling später erklären, dass Hornig der wahre Feind des Königs in dieser Geschichte gewesen sei und beseitigt werden musste. Dass Pankraz plötzlich mit diesem Jungen auftauchte, änderte die Lage grundlegend. Noch mehr zivile Opfer neben Bauführer Herold waren nicht akzeptabel.

»Du hast mir den Jungen gebracht, vielen Dank, mein Guter. Das war gute Arbeit«, sagte Herr Schilling und machte einen Schritt auf Pankraz zu.

»Nein!«, schrie Pankraz, packte Lenz und zog ihn ganz nah an sich heran. »Er ist ein Geist. Er darf Ihnen nichts antun, mein Herr.« Blitzschnell setzte er sein Messer an Lenz' Kehle.

Klara schrie aus Leibeskräften, als wolle sie Pankraz' Messer aus dessen Hand herausbrüllen.

»Bringt das Weib zum Schweigen, mein Herr, bitte! Ich kann es nicht ertragen.«

Herr Schilling war schockiert. Sein Musterschüler hatte den Verstand verloren. Pankraz war wie ein Sohn für ihn gewesen. Keines seiner Werkzeuge hatte besser und schneller gelernt als er. Keiner seiner Schüler vertraute Herrn Schilling je so bedingungslos wie Pankraz. Sie hatten Tage und Wochen miteinander verbracht, in der Kaserne und in einsamen Berghütten. Pankraz hatte jedes Wort von ihm aufgesogen wie ein Ertrinkender, der nach Luft schnappt. Herr Schilling hatte einerseits nie die nötige Distanz zu Pankraz aufgegeben, andererseits mit ihm letztlich mehr Zeit verbracht als mit jedem anderen Schüler. Pankraz sollte sein Meisterstück werden! Herr Schilling machte einen weiteren Schritt auf Pankraz zu.

»Kommen Sie nicht näher! Der Geist wird Sie töten!«, schrie Pankraz und hob das Messer.

Herrn Schilling war jetzt klar, dass Pankraz den Jungen tatsächlich abstechen würde. Das durfte nicht passieren. Er zog seine Pistole aus dem Halfter und feuerte auf Pankraz. Er sah, wie die Kugel den Baumwollstoff zerfetzte. Pankraz starrte seinen Herrn überrascht an.

»Warum ...«, stieß er hervor und ließ das Messer sinken. Es bohrte sich dabei in Lenz' Schulter und blieb darin stecken.

Lenz heulte vor Schmerz auf und sank in die Knie. Hornig und Klara stürmten auf ihn zu und versuchten, ihn zu stützen. Für all das hatte Herr Schilling keine Augen mehr. Er ließ seine qualmende

Pistole fallen und versuchte, Pankraz aufzufangen. Gemeinsam gingen sie zu Boden. Pankraz landete auf Herrn Schillings Beinen. Der Geheimpolizist schlang seine Arme um den dünnen Körper seines Schülers. Die blassen Unterarme waren übersät mit Schnittwunden. Manche schienen ganz frisch zu sein. Andere hatten schon Narbengewebe gebildet.

Pankraz riss die Augen auf. Sein Herr starrte auf die böse zugerichteten Arme.

»Ich konnte sie einfach nicht herausschneiden, mein Herr.« Pankraz' überraschter Blick wandelte sich in einen Ausdruck tiefer Traurigkeit. »Bitte verzeiht mir!«

Herr Schilling schlang seine Arme fester um Pankraz. Er hatte selber nie eine Familie mit Kindern gehabt. Nur seine menschlichen Werkzeuge. Die Zeit der Ausbildung war jedes Mal sehr intensiv, aber irgendwann vorbei. Normalerweise bekam er die Jungen danach nicht mehr zu Gesicht, sondern spielte ihnen nur Nachrichten für ihre Missionen zu. Wenn sie sich nicht mehr meldeten, waren sie umgekommen oder untergetaucht. Jetzt musste er zum ersten Mal zusehen, wie einer seiner Schüler starb. Noch dazu durch seine eigene Hand. Herrn Schilling übermannte plötzlich ein Gefühl der Sinnlosigkeit.

»Nein, bitte verzeih du mir«, seufzte er.

»Habe ich den Schatten besiegt?«, flüsterte Pankraz und schaute Herrn Schilling tief in die Augen.

»Ja, das hast du, mein Junge.«

Blut quoll zwischen Pankraz' Lippen hervor und färbte seine Zähne rot. Er lächelte Herrn Schilling an.

»Endlich ... Licht, da ist Licht im Schattenraum. Danke, mein Herr ...« Sein Kopf sank zur Seite. Der Schatten verließ Pankraz für immer.

Sterne, Mond und Regenbogen

Ehrfurchtsvoll betraten sie das Schlafzimmer des Königs. Dieser Raum war eigentlich für alle tabu — außer für die engsten Vertrauten und Diener des Monarchen. Stallmeister Richard Hornig hatte ihnen mit einem breiten Lächeln die Tür geöffnet und wortlos auf die mit Samt überzogenen Stühle gedeutet, auf denen sie Platz nehmen sollten.

Das Tassozimmer im zweiten Stock des Hauptgebäudes von Schloss Hohenschwangau war schon von König Max als Schlafzimmer genutzt worden. Doch sein Sohn Ludwig hatte einige Veränderungen durchführen lassen, die natürlich von den Schlossbediensteten herum erzählt wurden und wie ein Märchen aus Tausendundeiner Nacht klangen.

Der Mond war schon längst aufgegangen, als Hornig sie hereinbat und ihnen erklärte, wie sie sich zu verhalten hätten.

»Der König wird durch diese Tür kommen«, erläuterte er geschäftsmäßig. » Ihr steht auf und schaut zu Boden. Erst wenn er euch anspricht, dürft ihr ihn anschauen. Wenn er sich hinsetzt, dürft ihr Platz nehmen. Antwortet nur auf direkte Fragen und beendet jeden Satz mit: Eure Majestät.«

Als sich Lenz setzte, wurde er schmerzhaft daran erinnert, dass noch vor ein paar Tagen eine Klinge in seiner Schulter steckte. Ganz zu schweigen von den zahllosen Stauchungen, die er beim Sprung von der Brücke davongetragen hatte. Dazu kam noch der lädierte Knöchel vom Aufstieg zur Neuen Burg. Er konnte kaum glauben, dass diese Abenteuer erst ein paar Tage her waren. So musste sich ein Hundertjähriger fühlen, dachte er sich, wenn er eine zu rasche Bewegung machte.

Lenz musste lächeln, als er sah, wie überwältigt Klara dreinblickte. Aber das Ambiente raubte ja auch Lenz den Atem. Zudem fühlte er sich in Klaras Gegenwart peinlich berührt von den leicht bekleideten Nymphen, die auf den Wandgemälden des Tassozimmers um sie herum schwammen.

»Schaut nur, die Sterne«, flüsterte Johannes Balthasar Heiland und deutete zur Zimmerdecke. »Und der Mond. Zunehmender Mond, wie heute Nacht.«

Auch der Soldat war noch gezeichnet von den Ereignissen der letzten Tage. Wahrscheinlich wäre er in einem Hospital besser aufgehoben gewesen. Doch er wollte sich die Audienz beim König nicht entgehen lassen. Seit den dramatischen Stunden oben auf der Baustelle hatten sie sich nicht wiedergesehen. Heiland und Lenz waren nach Füssen ins Franziskanerhospitium gebracht worden, wo man sie in verschiedenen Trakten versorgte. Lenz erhielt sogar Besuch vom Leibarzt des Königs, Doktor Schleiß von Löwenfeld. Der tastete ihn kurz ab, linste über seine kreisrunden Brillengläser und fragte ihn, ob er wirklich von dieser Brücke gesprungen sei. Ohne eine Antwort abzuwarten, klopfte er Lenz auf die Schulter und nickte ihm aufmunternd zu. Kopfschüttelnd verließ er das spartanisch eingerichtete Krankenzimmer. Klara kam leider nicht zu Besuch. Sie musste sich wahrscheinlich erst den Fragen der Gräfin von der Mühle stellen, die ihr bestimmt untersagte, Hohenschwangau zu verlassen. Erst kurz vor der Audienz im Schloss Hohenschwangau trafen sie sich wieder. Lenz' Herz machte einen regelrechten Sprung, als er das Mädchen mit den schönsten goldgelben Haaren der Welt auf sich zukommen sah. Insgeheim hatte er befürchtet, sie nie wieder zu sehen.

Nachdem Herolds Mörder in Herrn Schillings Armen gestorben war, hatten sie nach Heiland gesucht und mit dem Schlimmsten gerechnet. Sie fanden den Soldaten geknebelt und gefesselt in der Wachstube im Torbau. Außer einer Beule am Hinterkopf hatte er keine Blessuren. Abgesehen von der Schusswunde natürlich, aus der Klara die Kugel herausoperiert hatte.

Herr Schilling versprach Hornig, die Papiere und das Foto zu vergessen, wenn der Stallmeister im Gegenzug niemals etwas von Pankraz erzählen würde. Sie einigten sich darauf, dass Herold Selbstmord begangen hätte. Herr Schilling betonte mehrmals mit ernster Miene, dass es für jeden besser wäre, bei dieser Geschichte zu bleiben. Lenz ließ das Gefühl nicht los, dass Herr Schilling etwas gegen Hornig in der Hand haben könnte. Denn der sonst so souveräne Stallmeister ließ sich allzu schnell auf Schillings Handel ein. Pankraz' und Herolds Leichname verluden sie auf einen Handkarren und warfen ein paar Decken darüber. So verließ Herr Schilling die Neue Burg. Sie hatten ausgemacht, dass er Herold in dessen Wohnung im Förster-Thoma-Haus deponieren sollte. Der Tod des Bauführers durfte nicht mit dem Schlossbau in Verbindung gebracht werden. Jeder von ihnen hoffte, den weißhaarigen Mann der Geheimpolizei niemals wiederzusehen.

Erst geraume Zeit, nachdem Herr Schilling die Baustelle verlassen hatte, alarmierte Hornig die Gendarmerie in Füssen. Die Ermittlungen wurden rasch abgeschlossen und bestätigten, der Bauführer habe sich in seiner Wohnung durch einen Schuss ins Herz das Leben genommen. Schon bald kursierte das Gerücht, Herold hätte an geistiger Zerrüttung gelitten. Er habe sich in einem Anflug von Melancholie selber erschossen. Andere Mitglieder seiner Familie litten wohl ebenfalls an Geisteskrankheiten. Das sei mehr als ein überzeugendes Indiz für Herolds Selbstmord.

Als Lenz aus dem Hospitium entlassen wurde, stieg er als erstes zur Marienkapelle am Kalvarienberg hinauf. Er war neugierig, was mit Reisingers respektive Kloppenburgs Leiche geschehen war. Auf der Wiese vor der Kapelle fand sich keine Spur mehr, die auf die Vorkommnisse hingewiesen hätten. Später hieß es, dass Richard Reisinger quasi über Nacht verschwunden sei und mit ihm das Vermögen des Krankenunterstützungsvereins. Man leitete eine Fahndung nach ihm ein, aber Lenz glaubte, Bescheid zu wissen. Hinter all dem konnte nur der Geheimpolizist aus München stecken.

Klara verbrachte die Tage vor der Audienz allein in ihrer Kammer und schlief beinahe ununterbrochen. Die Ruhe tat ihr wirklich gut. Mittlerweile fühlte sie sich besser, zumindest körperlich. Sie konnte es kaum erwarten, mit Lenz endlich über alles zu sprechen, was sie erlebt hatten.

Als Hornig Klara ins Schloss zurück gebracht hatte, nahm Gräfin von der Mühle sie zur Seite und verwickelte sie in ein langes Gespräch. Klara wusste nicht, ob die Gräfin über alles Bescheid wusste, aber sie erwähnte Klaras nächtlichen Ausflug mit keinem Wort und war ungewöhnlich freundlich zu ihr.

Auch Kastellan Pfeifer glich allmählich wieder einem menschlichen Wesen. Die blauen Flecken und das dunkelviolette Veilchen begannen zu verblassen. Klara begegnete ihm kurz vor der nächtlichen Audienz im Schlosshof. Er trug seine Livree und half, die Kutsche des Prinzen Otto zu beladen, der nach seiner Geburtstagsfeier abreiste. Klara bedauerte, das Geburtstagsfest des Prinzen verpasst zu haben, doch sie hatte die Ruhe gebraucht. Sie war sehr gespannt darauf, wie es mit dem Kastellan weitergehen würde. Insgeheim hoffte sie, dass Lenz demnächst seine Nachfolge antreten durfte. Pfeifer war ja nicht mehr der Jüngste.

»Ihr werdet dem König schwören müssen, nie über die Vorgänge zu sprechen«, sagte Hornig streng. »Ich brauche ja nicht zu erwähnen, was ein Schwur bedeutet und was mit dem geschieht, der ihn bricht«, fügte er hinzu und stellte sich hinter die drei Sessel.

Im selben Moment öffnete sich die Türe. Der König kam mit schweren Schritten herein. Sofort senkten sie die Köpfe, wie Hornig es befohlen hatte.

»Meine drei Helden«, sagte der Monarch. »Zwei strahlende Ritter und eine zauberhafte Fee«. Seine Stimme klang warm und herzlich.

Ganz anders, als Lenz es erwartet hatte. Er blickte auf. Die riesenhafte Statur des Königs füllte den kleinen Raum und verdeckte den künstlichen Mond, der aus der dunkelblauen Decke strahlte. Erst jetzt fiel Lenz auf, dass es sonst keinerlei Beleuchtung im Schlafzimmer gab. Nur den Mond und die Sterne. Klara hatte ihm davon erzählt, dass man kleine Löcher in die Decke geschlagen hatte, die mit Kristallglas ausgefüllt wurden, so dass man mit dahinter brennenden Öllampen den Effekt von funkelnden Sternen erzielen konnte. Neben dem grüngekachelten Ofen hatte man einen künstlichen Felsen an die Wand modelliert, aus dem ein sanft plätschernder Wasserfall hervorsprudelte. Darüber strahlte die Mondsichel, die nach demselben Prinzip wie die Sterne funktionierte. Ihr Licht wurde zudem durch geschickt angebrachte Spiegel um ein Vielfaches heller reflektiert. Die unterschiedlichen Mondphasen ließen sich durch einen besonderen Mechanismus einstellen, wie Lenz von Klara wusste. Wie das genau funktionierte, hatte sie ihm nicht erklären können. Jetzt den König danach zu fragen, traute sich Lenz freilich auch nicht.

Ludwig ging auf die drei zu und schüttelte ihnen nacheinander die Hand. Dabei strahlte er sie an und eine Strähne seiner akkurat frisierten dunklen Haare fiel ihm tollkühn in die Stirn.

»Setzt euch doch! Wie kann ich das wieder gut machen?«, fragte er und strich die Strähne in die perfekt sitzende Frisur zurück.

»Der Schwur, Majestät. Der Schwur«, zischte Hornig aus dem Hintergrund.

»Natürlich«, seufzte der König und ging zu seinem Nachttisch. Er öffnete die Schublade und holte eine kleine, in feinstes Leder gebundene Bibel hervor. Mit riesigen Schritten kehrte er zu den dreien zurück und hielt ihnen die Bibel hin.

»Ihr habt euer Leben für mich riskiert, also vertraue ich euch. Aber Hornig meint, es wäre noch besser, wenn ihr auf dieses Buch schwört, nie mit einer Menschenseele darüber zu sprechen, was ihr erlebt habt«, sagte der König und verlieh seinen Worten einen würdigen Unterton. Doch mit einem Mal wich sein ernster Gesichtsausdruck dem heiteren Strahlen eines aufgeregten Kindes, das seinen Eltern etwas Wichtiges zeigen will. Schelmisch zwinkerte er den dreien zu. »Zur Belohnung dürft ihr meinen Regenbogen sehen. Und das ist kein Geheimnis, das ihr für euch behalten müsst.«

Auch davon hatte Klara erzählt. Der König besaß eine Maschine, mit der man einen künstlichen Regenbogen erzeugen konnte. Lenz dachte damals, die Fantasie sei mit Klara durchgegangen. Was sie aber an diesem Abend erlebten, sollten sie noch ihren Kindern und Kindeskindern berichten. Allein die Umstände, wie sie zur Ehre dieser königlichen Vorführung gekommen waren, würden sie nie einer Menschenseele erzählen können. Nachdem der König dem Stallmeister kurz zugenickt hatte, ging Hornig zur Felswand hinüber und drehte mehrmals an der Kurbel einer hölzernen Kiste, die wie ein Leierkasten aussah. Plötzlich stob aus einem Trichter an der Seite des Kastens ein Schwall feinsten Wasserdampfes und hing in einem dichten Netz aus feinsten Perlen über der Felsenwand mit dem kleinen Wasserfall. Hornig klappte einen kleinen Kippschalter an der Frontseite des Kastens nach oben und wie durch ein Wunder strahlte unter dem künstlich erzeugten Nachthimmel ein wunderschöner Regenbogen im Schlafzimmer des Königs. Andächtige Stille herrschte in dem Raum. Nur der König klatschte vor lauter Freude mit der freien Hand auf die Bibel und strahlte über das ganze Gesicht. Dann hielt er seinen drei Gästen das Buch hin.

Noch ganz ergriffen legten Lorenz Baumgartner, Johannes Balthasar Heiland und Klara Grünspan nacheinander ihre rechte Hand auf die Bibel.

»Ich schwöre ...«, begannen sie wie aus einem Munde.

Nachdem die private Vorführung vorüber war, brachte Hornig die drei nach draußen. Sie gingen, so wie Hornig sie zuvor instruiert hatte, rückwärts und in leicht gebückter Haltung — nur hin und wieder unauffällig über die Schulter schielend, um ja die Tür nicht zu verfehlen — mehr hinausstolpernd als -gehend. Der König blieb ohne ein Wort des Abschiedes zurück und starrte weiter versonnen auf den herrlich funkelnden Regenbogen, der sich über den künstlichen Felsen spannte.

Der Stallmeister begleitete sie bis zum Schlosshof hinunter und verabschiedete sich mit einem huldvollen Kopfnicken. Stumm blickten die drei ihm hinterher. Selbst als er schon lang nicht mehr zu sehen war, sprach keiner ein Wort. Von den schneebedeckten Gipfeln der Ammergauer Alpen wehte ab und zu eine kühle Brise durch den Hof.

»Morgen, ganz in der Früh, reise ich zurück nach München.« Heiland war der Erste, der die Stille unterbrach. Er reichte Lenz die Hand. »Was du da getan hast, war verrückt. Verrückt, aber das Mutigste, was ich jemals erlebt habe.« Der Soldat packte Lenz' Hand und schüttelte sie kräftig. »Ich hoffe, wir sehen uns irgendwann wieder. Es gäbe sicher einiges zu bereden.«

»Das hoffe ich auch«, begann der Gehilfe des Kastellans, doch bevor er fortfahren konnte, wandte sich Heiland Klara zu.

»Und du, junge Dame, bist meine Heldin. Aber eines muss ich dir sagen.«

Wieder wehte eine schneekühle Brise durch den Hof und ließ die aufgekeimten Blätter der Bäume und Sträucher rascheln.

Heiland richtete seinen Zeigefinger auf Lenz. »Ich kann mir nicht vorstellen, dass es jemals einen Mann geben wird, der dich mehr lieben wird als dieser Teufelskerl.«

Dann salutierte der Soldat vor den beiden, machte auf dem Absatz kehrt und stapfte mit in die Hüften gestemmten Armen in

Richtung Schlosstor. Man konnte seinem unsicheren Gang ansehen, dass er noch Schmerzen hatte.

Klara Grünspan und Lorenz Baumgartner standen jetzt allein im Schlosshof und schauten sich lang wortlos an. Lenz wusste nicht, was er sagen sollte. Sein Herz pochte noch wilder als in jenem Moment, in dem er Klara gefragt hatte, ob sie ihn in der Neuen Burg heimlich besuchen wolle.

Plötzlich machte Klara einen Schritt auf ihn zu.

Das war für ihn das Zeichen. Klara und Lenz fielen sich in die Arme. Ohne Rücksicht auf ungebetene Zuschauer, die auf die höfische Etikette pochen würden, küssten sie sich wieder und wieder.

Postskriptum

Fluch und Segen

Am 5. September 1869 wurde der Grundstein für die »Neue Burg zu Hohenschwangau« gelegt. Lange Zeit sprach die Bevölkerung nur vom »Neubau«. Erst zwölf Jahre später erwähnte der Schwangauer Dorflehrer Alois Left in seiner Ortschronik zum ersten Mal den Namen »Burg Neuschwanstein«. Es ist nicht sicher, ob Ludwig II. seinem Bauprojekt diesen Namen selber gegeben hat. Heute jedenfalls kennt die ganze Welt das berühmte »Schloss Neuschwanstein«.

Der Bau wirkt wie das Idealbild einer mittelalterlichen Burg. Und doch ist Neuschwanstein ein Neubau. Ein Neubau, der nie fertiggestellt wurde, der immer Baustelle blieb. Man könnte darüber spekulieren, ob der Bauführer der »Neuen Burg zu Hohenschwangau« dieses Schicksal vorausahnte und darüber verzweifelte. Der Dorflehrer Alois Left jedenfalls notiert in seiner Chronik, der Bauführer Herold habe an »Geisteszerrüttung« gelitten und sich im Jahr 1875 mit einem Schuss ins Herz das Leben genommen. Mehr erfahren wir nicht.

Für eine Hundertschaft von Maurern, Zimmermännern, Steinmetzen, Fuhrunternehmern, Malern, Schreinern und Dekorateuren war der gewaltige Bau in den bayerischen Voralpen eine willkommene Einnahmequelle, vor Ort ebenso wie in den Werkstätten in München und anderswo. Auch lockte bereits die wachsende Burg eine steigende Zahl von Neugierigen. Heute nennt man diese Menschen Touristen — und diese kommen in Scharen ins einst so beschauliche Hohenschwangau.

Die Geschichte vom Mord am Bauführer Herold ist frei erfunden. Lenz, Klara oder Heiland entspringen meiner Fantasie. Richard Reisinger hat es nie gegeben, Herrn Schilling auch nicht. Stallmeister Hornig oder Minister von Lutz dagegen schon, sogar einen Kastellan Pfeifer. Doch ihre Worte und Taten habe ich ihnen dreist angedichtet, in der Hoffnung, dass sie mir dies posthum nicht allzu krumm nehmen.

Bauführer Herold war wohl der Erste, für den dieses Bauwerk zum Fluch wurde. Es folgten zwei Zimmerleute, die vom Gerüst beziehungsweise vom Dach in den Tod stürzten. Ein Steinmetz wurde »zerschmettert« in der Schlucht gefunden. Wie es dazu kam, konnte nie geklärt werden. Ein weiterer wurde bei einem Felsrutsch im nahegelegenen Steinbruch erschlagen.

Als sich König Ludwig II. immer mehr in finanzielle Schwierigkeiten verstrickte, Klagen von Handwerksbetrieben und Firmen wegen unbezahlter Rechnungen drohten, die Minister um ihre Posten fürchteten und die Familie der Wittelsbacher um ihr Vermögen und Ansehen bangte, entschloss man sich, den Monarchen zu entmündigen. Am 12. Juni 1886 wurde Ludwig II. von einer »Fangkommission« in Neuschwanstein verhaftet. Man eröffnete ihm dort, dass er geisteskrank und somit regierungsunfähig sei. Er starb zwar erst einen Tag später auf bislang ungeklärte Weise im Starnberger See, doch bereits die Entmündigungserklärung in Neuschwanstein bedeutete für ihn wahrscheinlich eine Art Todesurteil. Für Ludwig II. war Neuschwanstein der Ort, in dem er seine bittersten Stunden erlebte.

Auch nach Ludwigs Tod war die Historie des Schlosses mit vielen Schicksalen verknüpft, die kaum bekannt sind. In den letzten Jahren des Zweiten Weltkrieges diente Neuschwanstein als Lagerstätte für Beutekunst. Ein tapferer Wehrmachtsoldat missachtete den Befehl zur Sprengung des Schlosses beim Heranrücken der US-Armee. 1953 wurde der Schlossverwalter im nahegelegenen Wald bei Fällarbeiten von einem Baum tödlich verletzt. Mitte der sechziger Jahre erschoss sich sein Nachfolger mit seiner Dienstpistole, weil man ihn von Neuschwanstein nach Aschaffenburg versetzte. Seine unglückliche Frau hinterließ in einem Wandschrank im Torbau einen Fluch: Sie wünsche allen kommenden Bewohnern, dass sie genauso unglücklich werden mögen wie sie. Zwei Jahrzehnte später verunglückte am letzten Tag vor der Winterpause und kurz vor Fertigstellung seiner Arbeiten ein Spengler tödlich. Er stürzte aus ungeklärten Gründen aus einem Fenster im Dachboden. Zwanzig Jahre lang hatte er mit einem Kompagnon das Kupferdach, Bahn für Bahn, Turmspitze für Turmspitze, unter teilweise halsbrecherischen Bedingungen erneuert. Zahlreiche unglückliche Menschen sprangen von der Marienbrücke in den Tod. Einen dieser Sprünge musste ich aus dem Fenster meiner damaligen Wohnung im Schloss hilflos mitansehen. Ein Anblick, den ich nicht vergessen kann.

Das Wohnen im Schloss fühlte sich für mich anfangs großartig an. Wurde ich nach meiner Anschrift gefragt, blickte ich bei meiner Antwort »Schloss Neuschwanstein« stets in ungläubige Gesichter. Die dicken Mauern vermitteln das Gefühl, als könne einem nichts zustoßen — das Gefühl von uneingeschränkter Sicherheit. Blickt man aus den Fenstern ins Tal, scheint es, als schwebe man über den Dingen. Die reale Welt droht in weite Ferne zu rücken. Der Kontakt zu Freunden und Familie wurde schwieriger. Erhielt ich anfangs noch des Öfteren Besuch, scheuten die meisten irgendwann den Aufwand, nach oben zu kommen. Der Weg in die Wohnung war ein alltäglicher Spießrutenlauf, die Fahrt auf der Schlossstraße, zwischen Fußgängern und Pferdekutschen hindurch, ein Albtraum. Fremde Menschen wurden plötzlich zu unerwünschten Eindringlingen in die Privatsphäre. Und das an einem Ort, der täglich von tausenden Touristen besucht wird.

All die Jahre, in denen ich auf Neuschwanstein gelebt und gearbeitet habe, fragte ich mich, ob nicht tatsächlich etwas Ungutes auf diesem Ort lastet. Ob der Bauherr etwas von seinem persönlichen Unglück zurückgelassen hat.

Als ich nach vier Jahren wieder auszog, verlor ich diesen Tunnelblick und kam zurück ins richtige Leben. Ich gewann Abstand und erlangte zugleich eine neue Perspektive auf Bauwerk und Bauherr — es fühlte sich fantastisch an, dass Menschen aus aller Welt nur wegen König Ludwig und seines Schlosses nach Hohenschwangau reisten. Ich genoss es, diesen Menschen das Schloss und die Aussicht auf meine wunderschöne Heimat präsentieren zu dürfen. Doch irgendwann zogen erneut dunkle Wolken über der Neuen Burg auf. Ein Gewitter braute sich zusammen und es war an der Zeit, Neuschwanstein ganz zu verlassen ...

Nachdem Sie, liebe Leserin, lieber Leser, das Buch und meine Anmerkungen gelesen haben, wissen Sie, dass sich Fiktion und persönliche Erfahrungen vermischt haben.

Ich danke meiner Frau Vanessa, meinen Kindern und der übrigen Familie, dass sie in den schwierigen Neuschwanstein-Jahren immer zu mir gehalten haben.

Markus Richter, Füssen 2017

Und wie war das nun tatsächlich mit dem Monarchen, der nach seinem tragischen Tod geradezu zum Mythos wurde?

In der Biographie *Die phantastische Welt des Märchenkönigs* präsentieren Klaus Reichold und Thomas Endl ein Feuerwerk erstaunlicher und sinnlicher Details aus dem Leben Ludwigs II., die seine Anziehungskraft über alle Zeiten hinweg erklären.

ca. 230 Seiten
Broschur mit Klappen
14,90 € (D)
ISBN 978-3-944936-33-8
(auch als E-Book erhältlich)
Edition Luftschiffer

Aktualisierte Neuausgabe des ursprünglich bei *Hoffmann und Campe* erschienenen Hardcovers *Ludwig forever — Die phantastische Welt des Märchenkönigs.*

Er träumt von absolutistischer Allmacht und ist ein Opfer der Ohnmacht. Er sieht sich als Fürst des Friedens und führt zwei furchtbare Kriege. Er verdammt den Sog der Moderne und bedient sich der neuesten Technik. Er fürchtet den Gang zum Zahnarzt und vergöttert tapfere Ritter. Ludwig II. ist der Bühnenbildner seiner eigenen Traumwelten — und zugleich sein eigener und einziger Zuschauer. Am Ende erklärt man ihn für verrückt. Dabei wird Ludwig II. schon zu Lebzeiten wie ein Popstar verehrt.

»Wer dieses Buch liest, hat viele Rätsel des Märchenkönigs gelöst, ohne dass das Geheimnisvolle verloren gegangen ist!« (Münchner Abendzeitung)

In den kulturhistorischen Reihen »Die Wittelsbacher privat« und »Auf den Spuren des Märchenkönigs« bieten die Autoren immer wieder Vorträge und Führungen an. Details gibt es unter *www.histonauten.de/bavaricum.*

edition tingeltangel

Aktuelle Informationen finden Sie auf *www.edition-tingeltangel.de* und auf der *Facebook*-Seite der *edition tingeltangel.*

Entdecken Sie weitere spannende Romane in unserem Programm:

Marta Donato
Tod am Gardasee
Ein Italien- & Bayern-Krimi

368 Seiten
Broschur mit Klappen
14,90 € (D)
ISBN 978-3-944936-31-4
(auch als E-Book erhältlich)

Matthias Holzinger, Bürgermeister einer Chiemsee-Gemeinde, wird am Ufer des Gardasees jäh aus dem Leben gerissen. Die Kommissare aus Verona und Traunstein stoßen auf ein Netz aus Korruption, Immobilienschwindel und Rivalität bei den Opernfestspielen der Arena di Verona. Als die Ermittlungen diesseits und jenseits der Alpen vorankommen, fallen wieder Schüsse ...

»Marta Donato lässt ihre Krimis dort spielen, wo ihre Seele aufblüht: in Italien. Die Münchnerin mordet mit leichter Hand, stets sehr amüsant und spannend bis zum Schluss.« (BR Fernsehen / Abendschau)

London Crimes von Kris B.

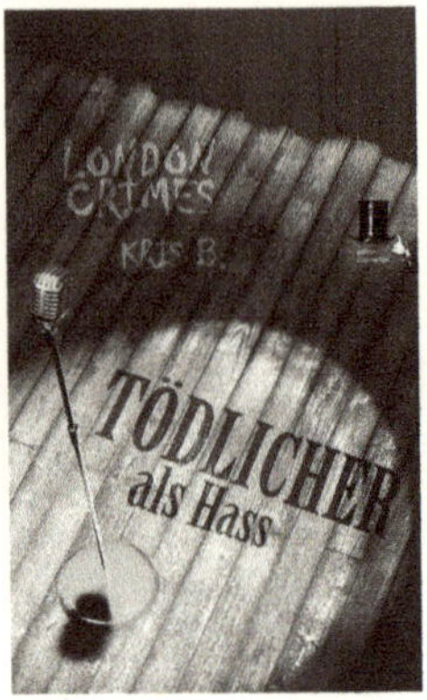

Englands einfühlsamster Ermittler: Rick London — verstrickt in vier Verbrechen:

1 / *Näher als du ahnst* — April sieht den gewaltsamen Tod anderer Menschen voraus. Kann sie den nächsten verhindern?

2 / *Schlimmer als dein Tod* — Jessica lebt nur für den Tanz. Ist sie auch bereit, dafür zu sterben?

3 / *Dunkler noch als Schatten* — Joy weiß, dass Angst das Leben zur Hölle machen kann. Wer ist der Unbekannte, der damit grausam spielt?

4 / *Tödlicher als Hass* — Kyra hat eine Stimme wie ein Engel. Ihr letztes Lied singt sie … für ihren Mörder?

Jeweils erhältlich als Klappenbroschur und als E-Book.

»Ungewöhnlich, spannend und humorvoll. Ein Lesevergnügen!«
(krimizeitschrift.de)

Leseprobe aus *Schlimmer als dein Tod*

Ihre Gedanken trieben ziellos umher, ihr Körper hatte keine Form. Sie wusste nur, dass sie aufwachte, auch wenn es Stunden zu dauern schien.

Lange starrte sie in die Dämmerung, während jeder Atemzug ihr mehr Luft zu nehmen als zu geben schien. *Wo bin ich?* Ihr Geist war ein langer Korridor mit geschlossenen Türen, in dem namenlose Schatten vorbeihuschten und im Nichts verschwanden.

Sie versuchte, um Hilfe zu rufen, aber ihre Stimme gehorchte ihr nicht. Sie lag wie in einer Zwangsjacke, die sie innerlich und äußerlich fesselte.

Eine schwere Stille erfüllte den Raum mit den sich ablösenden Tapetenbahnen. Der Lack der geschlossenen Tür war vergilbt und rissig. Es roch nach Schimmel.

Wer bin ich?

Wieso lag sie in diesem faulig riechenden Raum, in dem nichts darauf hinwies, dass er überhaupt bewohnt war?

Nein, das war kein Zimmer, in dem man an einem normalen Morgen erwachte. Irgendetwas war hier schrecklich verkehrt.

Wie sind Markus Richter, Marta Donato und Kris B. eigentlich auf die Idee gekommen, ein Buch zu schreiben, wie kam es zu ihrem allerersten Buch?

Genau darüber hat sich die *Münchner Schreibakademie* mit ihnen und vielen anderen unterhalten. Die spannenden Interviews finden Sie unter: *www.münchner-schreibakademie.de/category/erstes-buch.*

Und wenn Sie schon immer davon geträumt haben, ein Buch zu schreiben und gern mehr über das Handwerkszeug lernen möchten, dann finden Sie hier das aktuelle Kursprogramm: *www.münchner-schreibakademie.de.*

Schreib!

Das Buch. Den Roman. Die Story.
Die Münchner Schreibakademie